U0755042

家国五味长

新时代工匠精神在潍柴闪光

山东省报告文学学会　主编

山东科学技术出版社

·济南·

图书在版编目（CIP）数据

家国五味长：新时代工匠精神在潍柴闪光 / 山东
省报告文学学会主编 . -- 济南 : 山东科学技术出版社，
2024.4

ISBN 978-7-5723-2064-4

Ⅰ . ①家… Ⅱ . ①山… Ⅲ . ①报告文学 – 中国 –
当代 Ⅳ . ① I25

中国国家版本馆 CIP 数据核字 (2024) 第 061303 号

家国五味长
——新时代工匠精神在潍柴闪光
JIAGUO WUWIECHANG——XINSHIDAI GONGJIANG
JINGSHEN ZAI WEICHAI SHANGUANG

策划编辑：夏海涛
责任编辑：孙雅臻
装帧设计：孙　佳

主管单位：山东出版传媒股份有限公司
出 版 者：山东科学技术出版社
　　　　　地址：济南市市中区舜耕路 517 号
　　　　　邮编：250003　电话：（0531）82098088
　　　　　网址：www.lkj.com.cn
　　　　　电子邮件：sdkj@sdcbcm.com
发 行 者：山东科学技术出版社
　　　　　地址：济南市市中区舜耕路 517 号
　　　　　邮编：250003　电话：（0531）82098067
印 刷 者：济南龙玺印刷有限公司
　　　　　地址：济南市历城区桑园路 14 号
　　　　　邮编：250100　电话：（0531）86027518

规格：16 开（170 mm×240 mm）
印张：20　字数：258 千
版次：2024 年 4 月第 1 版　印次：2024 年 4 月第 1 次印刷
定价：86.00 元

代序

沉甸甸的答卷

潍柴在很多人眼里是个谜。25年间，他们从负债累累的老牌地方国企，一跃成为全球具有重要影响力的高端装备跨国集团，实现了从潍坊潍柴、山东潍柴、中国潍柴向世界潍柴的华丽转身。他们不仅彻底改写了潍柴的成长轨迹，更深深影响了中国动力行业的前进方向，极大地改变了全球产业的竞争格局。从"活下来""追上来"到"强起来"的根本性转折是怎么完成的？视野是怎么打开的？老牌国有企业的"懒散馋""等靠要"顽疾是怎么祛除的？现代观念是怎么扭转的？良好的风气是靠什么力量促成的？谭旭光说了一个字："人。"

在潍柴，每一滴汗水都有收获，每一分努力都不被辜负。尊重每一个创新火苗，让每一朵理想之花都自由绽放，让一个个潍柴人的小梦想，托起共同的"百年潍柴梦"。正是平时不显山不露水的潍柴人，心无旁骛攻主业，创造了中国装备制造业高质量腾飞的潍柴奇迹；他们用一个个行业首创、中国首款、全球第一，彰显了永不服输、勇攀高峰的志气、骨气和底气；他们用无可争议的改革成果和业绩赢得了全社会的肯定，以实实在在的行动回答了"谁说国企搞不好"的时代之问。

创业之路，每一步都写满了艰辛。解放战争的炮火为它的诞生洗礼。从此，红色基因深深根植在潍柴的血脉里。新时期以来的发展史，无论从求生求存，还是到求新求变，潍柴人都对准了追求卓越的目标。这一些，等待着人们去解读。潍柴是座富矿，潍柴人不但创造了巨大的物质财富，同时也积淀了宝贵的精神财富，让"老一辈"感染"新生代"，让"少数人"带动"大多数"的潍柴激情文化、效率文化、团队文化，凝聚起潍柴人上下同欲、风雨同行的磅礴力量。这一些，等待着人们去开掘。潍柴是个大熔炉，穿上一身"潍柴蓝"，则气宇轩昂，就有了用不完的劲，有了"不争第一就是在混"的自省，更有了只争朝夕、迎难而上的豪迈气概。他们没机会抱怨，没工夫发牢骚，没时间躺平，有的是创新的激情和家国情怀，有的是破"极限之限"、攀"巅峰之巅"挺起中国工业脊梁的抱负。这一些，等待着人们去领略，去发现，去欣赏，去学习。

可是谁来写他们？谁能写出他们的风采？对于产业工人、科研人员、销售人员该如何展现？他们的生活很刻板，很枯燥，导致戏剧冲突少，除了车间、班组、机器，就是家庭；除了产品、规章，就是奖杯、奖状；除了指标、效率，就是市场、客户；除了图纸、机床、试验台，就是精密复杂的机械世界、枯燥的数据、烦琐的测试……很难看到类似题材的小说和影视剧。我曾接触过几个导演，提出这个疑问，他们的回答惊人一致，"出力不讨好"。看着那些"抗日神剧""戏说宫廷剧"，上天入地，才子佳人，令人云里雾里，叫好又叫座，可是产业题材却没戏！我为常常被忽略也被冷落的劳动群体鸣不平。其实，一线产业工人、科研人员、销售人员的精神世界很丰富，无论是在车间还是在机房，无论是在澡堂还是在食堂，无论是在飞机上还是高铁上，无论是在非洲的沙漠地带还是在美洲的原始森林边，他们活得有滋有味，他们跌倒了又爬起来，有流泪有欢笑，有委屈有欣慰。他们身上有独特的美，缺的只是被发现。可是谁还在为他们歌唱？

我本普通人，心向普通人。想起一双双粗糙的大手，想起额头上的汗水；想起他们憨厚的笑，想起咬紧嘴唇，忍了再忍的泪水；想起他们温暖慈爱的眼神，想起那一张张表情丰富的面庞。一切都源于普通，一切都平平常常。但是这一切却像烙铁一样在我的心灵上烙上了印痕。

中国报告文学学会会长徐剑曾经说过："伟大的复兴之梦，是由普通百姓的人生梦想连缀、叠加而成的。小人物之梦构成了中华民族伟大复兴之梦的青史断章，普通人圆梦的故事沉淀为中国故事的精神底色。唯有普通人的圆梦之旅一帆风顺，中华民族的伟大复兴之梦才会出彩。"光泽在普通人身上，我们必须紧盯普通人，不断增强脚力、眼力、脑力、笔力。将目光投向普通人，将笔触落在普通人身上。唯有平凡，才是书写和记录的永恒坐标。

山东省报告文学学会2023年9月组织部分优秀报告文学作家走进潍柴，走近潍柴人。与以党的二十大代表、大国工匠王树军为代表的潍柴工匠、科研人员、海外销售人员一对一结对采访，近距离体验、体会、感悟，他们用心用情用力写出了潍柴人的印象记。我读后，大为感动。有些篇章，让我潸然泪下。

一段时期以来，我们的报告文学作家对新时代飞速发展的现实贴得不紧，反映不够充分，把握重大题材的能力不强，特别是科技素养不足，影响了报告文学的品质。同时不同程度地存在着"有报告无文学"的现象，忽略、缺失细节的刻画，导致见事不见人，见景不见人，或者见人不见神，代入感差，不同程度地存在概念化、模式化。而这次写潍柴的每一篇作品，都是合格的文学报告。没有资料堆砌，没有事例的简单罗列，字里行间透着的是对潍柴人的敬佩和赞赏，细节接地气，情节冒热气，故事有烟火气。一个个鲜活生动的潍柴人形象呼之欲出，他们真正走进了潍柴人心里。

我们的报告文学作家，大多没有从事企业工作的经历，还都是文科生，面对一个个理工男，一个个拙于言辞，满嘴专业术语的采访对象，我能体会到作家们的"愁眉苦脸""挖空心思"，作家们以工匠精神写工匠，以劳模精神写劳模，以劳动精神写劳动，调动一切能量讲好潍柴人的奋斗故事、潍柴崛起的发展故事、潍柴品牌的全球故事。为在作品中冲淡工厂生活的枯燥和刻板，作家们耐心地一遍一遍启发着潍柴人——当面挖不到，就用语音，用视频；本人挖不到，就寻同事，找家属。一次不行，两次；一天不行，两天、三天，甚至更长。于是，那些颇有生活情趣的鲜活细节，就像闪光的珍珠一样散落在一篇篇访文记中。作家们打捞珍珠的功夫，我感受到了。

我读着各位作家的作品，想起潍柴人口中的名言："一个疯子带着一群疯子在埋头干。"想起了科技人员问谭旭光："在董事长眼中，谁是最可爱的人？"刚刚被授予"国家卓越工程师"称号的谭旭光答道："那些像'疯子'一样去创新的人，是我们企业最可爱的人。"视自己的职业为神圣，视正在做的事情为神圣。这就是独特的潍柴文化。我忽然明白了一个道理：生活没有滋味，滋味全在咂摸，能从苦味里咂摸出甜来，这算是活明白了；再进一步，苦味就是本味，本味更有滋味，那境界更清澈。潍柴人是这样做的，我们的作家们也是这样做的。他们都在咂摸，咂摸着，咂摸着，各自交出了优秀答卷。

所有人最吸引人的时刻，都是在他的专业里发光的时刻，所有人，概莫能外。我欣喜地看到，山东的报告文学家们借助潍柴的平台也开展了擂台赛，作家们和潍柴人碰出了各具特色的火花，各自的答卷，都沉甸甸的。他们写出了大工业的诗意，写出了中国气派，写出了普通人的喜怒哀乐，写出了"大国重器"故事中小人物的大情怀。当然，限于时间紧促，我们的文学答卷也有不完美之处。我们期待再次描摹潍柴人，再写精彩答卷。

这是一本为劳动者歌唱的致敬之书，是一本洗涤心灵的书，也是一本有筋骨有温度有厚度的醒人之书。

逄春阶

2024 年 2 月 21 日于济南

目录

高建国

家国五味长
——"大国工匠"王树军的烟火人生

将近 40 年过去，当年班里的笑声犹在耳畔，那些心怀五彩斑斓梦想的同学，回首往事不免为儿时的幼稚哑然失笑。而一心只想当一名工人的王树军，却在不起眼的岗位上默默奉献，以令人惊叹的成就，向世人展示了一座闪光的路标。

恋爱季节

王树军到了说媳妇的岁数，他和他的父辈赖以安身立命的企业——矗立在白浪河畔半个多世纪的潍坊柴油机厂，正像一匹壮志未酬的卧槽之马，日夜嘶呖槽头，躁动不安。

这条河最早打昌潍大平原当央这片膏腴之地流过，还在清朝以前。不过，那时潍坊叫潍县，白浪河也被当地百姓唤作"白狼河"，河名来源待考。1746 年，清乾隆年间，擅写"六分半书"的"扬州八怪"之一郑板桥，从范县调任潍县县令后，赋诗"七载春风在潍县"，说的就是那时候的事。

王树军至今忘不了那个给自己带来好运的日子——戊寅年二月初二，1998 年 2 月 28 日。在亲戚家，他和一位文静贤淑的姑娘见了面。父母之命，媒妁之言，生于孔孟之乡的王树军自然未能免俗，终身大事还靠月老牵线。

那时王树军刚刚经历了一次情感"滑铁卢"。因经常加班，他颇为心仪的那个姑娘嫌他"不顾家"，遂生退意。王树军虽心有不舍，可又没招儿。加班加点挤占了花前月下，难道都怨自个儿吗？他是干维修的，专在班头班尾抢活儿，机器零部件出了毛病，工人为了少耽误活计，往往快下班时才报修，八小时外跨两班抢修，就成了他的家常便饭。说不惋惜是假的，多好的一个女孩啊，面容姣好，身材高挑，像一只轻盈灵动的报春鸟，眼瞅着扑棱一下翅膀，说飞就飞走了。

祸兮福所倚，福兮祸所伏。就在王树军倍感失落时，爱情悄悄来叩门了。姑娘名叫单爱青，潍坊人，生于书香门第，在潍柴当话务员，平时操一口道地的潍坊话，可上班值机，普通话说得倍儿棒。她发现王树军加班加点多，不嗔反喜。

前边的女友刚黄摊，这一位会不会又嫌俺老加班？王树军心里像敲小鼓。他更为忧虑的是，厂里效益不好，工资都发不出来了，不少人都选择离开。以王树军的技术，"跳槽"另择高枝并非难事。可他舍不得潍柴。从父亲 1958 年进厂，到自己 1993 年进厂，王家两代人的根都扎在这里。不过话说回来，柴米夫妻，油盐日子，嫁汉嫁汉，穿衣吃饭。那个年代，你不把真金白银挣回家，谁跟你谈情说爱？厂里那些俏比天使、心比天高的女话务员，你找有发展前途的公务员，我找有钱的老板，最不济也找个体面的"白领"。自己妥妥一"蓝领"，入得了人家法眼吗？他心里没底，眉头越发锁得紧了。

王树军一辈子的福气都在这儿了。独具慧眼的单爱青，从王树军对工作的专注，发现了一个青年倾注事业的责任心，也看见了将来要撑门立户的男人最宝贵的东西。今天回头来看，对这一发现怎么评价都不过分。夫妻同船共渡，工匠事业有成，有声有色的人生演绎都从这里开始。

王树军感受到单爱青目光里的肯定和赞许，便悄悄买了一瓶香水送给她。香水是黑瓶装的，牌子他已记不清了，反正是玫瑰香型的。他不知从哪儿听说，芳香是恋爱的甜蜜剂。那么，就让甜蜜的事业来得更热烈、更持久些吧！他渴望得到姑娘认可，可又无从展示。唯一能做的，就是在生活中本色出演，没白没黑加班，一点儿也不带装的。对女神的全部热望和诉说，都在那瓶精心挑选的香水里了。有空且天气好，他也会"人约黄昏后"，和女友到白浪河边散步。那年月，白浪河是青年男女恋爱的天堂。小河淌水，芳草萋萋，晚风送来玫瑰的馨香，青年维修工的心都要醉了。

就在两颗年轻的心慢慢靠近之际，一个决定潍柴及其员工命运的转折到来了。

当时的企业内外债达 3 亿元，累计亏损也已超 3 亿元，滞销压库的发动机攒了好几千台，账面上却只剩下 8 万块钱……企业为寻活路，先从人浮于事、上重下轻的"倒金字塔结构"开刀！一番拆庙搬神，53 个部门减至 39 个，700 余领导干部减至 219 人，人力结构在分流中趋于平衡。又在一夜之间，工资制度改革端了"大锅饭"，工人实行计件工资，技术人员实行项目工资，管理人员实行岗位绩效工资。全厂上下的积极性、创造性像开闸之水，排山倒海。

这时候，改革开放已快 20 年了，国内、国际两个大市场的联系和交融日益加深。要把潍柴打造成世界名企，必须到国际舞台参与竞争，面向国内、国际两个市场把企业做大做强。潍柴在揣摸编织玫瑰色的海外并购和"联姻"梦。

芬芳多彩的恋爱季，企业和师傅都忙。白浪河还是那么不疾不徐从南往北淌过，静夜里却悄悄竖起了耳朵。河东岸那个包袱甚重正左冲右突的潍柴，还有把加班加点当日子过的年轻师傅，他们能圆梦成真、修成正果吗？

"从来就没有什么救世主，也不靠神仙皇帝。要创造人类的幸福，全靠我们自己……"陵谷沧桑，将近130年前响彻巴黎塞纳河两岸的慷慨悲歌，又穿越时代在潍柴人心头回响。全厂上上下下憧憬着玫瑰色的海外并购和"联姻"梦，但同时心里又不免有些犯嘀咕：那些金发碧眼的"洋妞"俊着哪，"海外攀洋亲"，有那么容易吗？

星空抓土

"一个民族有一群仰望星空的人，他们才有希望。"

200多年来，德国哲学家黑格尔提出的这半是哲学半是社会的命题，使关于星空与大地的争论一直不绝于耳。

群雄称霸的春秋战国，贤能之士之所以入楚楚重、出齐齐轻、为赵赵定、叛魏魏伤，皆因国运系于才运……人才为政事之本，也是企业振兴发展之本。超前谋划发展战略，潍柴的人才兴企战略魔方转得人眼花缭乱：

优化潍柴人才金字塔顶层设计，遴选投资并购、财务管理、技术研发、市场行业等领域18名业界精英，组建专业、高效、前瞻的董事会，确保决策中枢敏锐的战略判断力，按现代企业要求，以制度和民主保证领导决策科学性。

完善人才引进、培养和激励机制，每年从211、985高校招聘1000多名本科以上学历毕业生，推荐公司首席科学家申报国家"千人计划"。坚持市场化引才，面向海外引进300多名高端人才，在全球建起研发中心，努力建设一支具备国际化素质、富有创新活力的人才队伍。发挥利益导向杠杆这只看不见的手的作用,实施股权激励、前置激励政策,研发人员薪酬是同职级管理人员两倍以上。

搭建员工发展平台,设置助理技师、技师、高级技师、首席技师、首席机械师、主任工程师岗位,让每个潍柴人都有上升通道。每两年召开一次创新大会,每次拿出二三百万元奖励工人技师,员工分房与贡献和创新成果挂钩。

一时间,星空辉映下的潍柴群英荟萃,万马奔腾。

此时,作为"柴二代"的王树军却一如既往,把大把大把的时间慷慨挥洒在流水线上,日复一日醉心于扳手、卡尺和螺丝刀的交响。

他出生于古密州诸城西北万家庄乡(现为舜王街道),那是一千多年前苏轼知密州豪吟"西北望,射天狼"之处。不过,王树军似乎天生就不具备苏轼那种大江东去的气质和情怀,而是更多继承了父亲心灵手巧、工于器物的基因。

王树军父亲王廷春于 1958 年进入潍柴,在最苦、最脏、最累的铸造配料车间和融化车间当工人。在童年王树军的眼里,工休回家的父亲封凉台、打家具、织毛衣,几乎无所不能。更神奇的是,父亲能织毛衣、看电视、听收音机,一心三用互不耽误。血脉相传,潜移默化,父亲那双神奇的手及延伸手的功能的工具,培养了王树军对器械特殊的敏感和兴趣。有一次,牙牙学语的小树军跟父亲去商店,看到柜台里摆放的各种修理工具,竟然看得入了迷,说啥也不肯走了。家里有只上了弦就能蹦蹦跳跳的小青蛙,好奇的王树军用父亲的螺丝刀,三下五除二就拆成一堆零件。6 岁那年,王树军把姐姐上学用的闹钟拆了,结果安装不起来,挨了父亲一顿打。不过,这次刻骨铭心的教训,成为他受用一生的财富。

青葱岁月总是美好的。王树军的事业像一棵茁壮挺拔的小白杨,向着碧空骄阳尽情抽枝展叶,不断刷新维修技术的天花板。他和女友的爱情也荡起双桨，在水岸葱茏中驶向幸福的港湾。1999年末，两位心心相印的年轻人携手走进婚姻殿堂。

热爱、执着、聪颖、谦和，更兼美好爱情加持，王树军的惬意人生有如大河行舟，飞流直下，一日千里。从1993年潍柴技校毕业进厂开始维修老式机床，入职不到10年，他就当了负责"615厂"4个维修车间的维修班班长，成了企业离不开的"大拿"。"两岸猿声啼不住"之际，有外企通过"猎头公司"找到他，想以高薪聘请他跳槽。王树军那时还弄不清"猎头公司"的确切含义，但知道是在人才市场上专干"挖墙脚"营生的一拨人。他淡然一笑，予以婉拒。从儿时心灵手巧的父亲培养了自己对机械的兴趣后，王树军就咬定青山不放松，把自己交给了潍柴。维修工作虽平淡无奇，但这样一个年代和这样一个平台，值得托付终身。

鉴于王树军技艺精湛且深谙企业运行规律又善凝聚员工，分厂领导几次提出，让他改行从事管理工作。他感激领导信任，坦诚说自己还是想在一线和设备打交道。对自己的未来，他没有更高奢望。能在三线城市有份自己喜欢的工作，每月薪水能买1平方米房子，足矣。楼高千尺，根基为本。成为强固企业大厦的一抔土，是本分，也是光荣。

虽说王树军在克服"不顾家"缺点上起色不大，可夫妻俩的小日子还是过得红红火火、有滋有味。2000年底，爱情的结晶瓜熟蒂落，这个欣欣向荣的潍柴之家添丁进口。时天降喜雨，教语文的老岳父凝望雨帘对王树军说："你的姓大，孩子起名得往小处落。"宝贝儿子遂有了"雨点"的大号。

2003年，潍柴为提升主力高速机型WP10产品竞争力，从德国和日本等国家引进海勒、丰田、格林等先进数控加工中心和加工单元。这年10月，王树军被抽调到公司技改部，参建被誉为"全球灯塔工厂"的"一号工厂"。经过近一年半筹建，2005年3月1日，王树军壮别拼搏了10年的"615厂"，一步一回头地离开承载着事业与爱情的白浪河，挥泪东迁。站在世界制造业的前沿，他很快感受到时代的严峻挑战——土技师遭遇洋设备。而洋设备落地出现的"水土不服"，给维修带来的难题又格外刁钻。在到德国、日本接收世界先进装备的过程中，王树军的视野被强制性地打开了，回国后，工作领域和工作平台空前拓展。他如饥似渴地报名参加专修班并查阅各种资料，随身携带的小本子密密麻麻记满了各种问题。而设备保养和故障排除范围，则从平面变立体。维修德国进口机床，需要钻到设备工作台底部。王树军在狭小、闷热的空间连续作业一两个小时，爬出来时满身油污和汗水。

天天与洋设备打交道，王树军心中始终有个梗：在嘉宾如云的国际博览会上，欧美国家生产的柴油机铺着猩红的金丝绒，而潍柴生产的柴油机却可怜巴巴独处一隅。啥时候咱潍柴自主生产的具有完全知识产权和国际领先水平的柴油机，能扬眉吐气躺在国际展台的金丝绒上，大模大样接受欧美制造业强国人士的青眼呢？

"跨国婚姻"

潍柴动力"航母"扬帆出海后发现，放眼风云变幻的世界统一大市场，再也找不到一个可以规避风浪的宁静港湾了。

1997年亚洲金融危机，像嘴阔爪利的饕餮巨兽，眨眼就把你的财富吞噬得一干二净，潍柴外汇有时一天缩水一半。

鲜血淋漓的教训还没来得及结痂，2008年，美国爆发"次贷危机"，对我国投资造成严重冲击，潍柴业绩也坐了滑梯。

驰骋全球需登高望远，借助国际眼光规避风险势在必行！于是，世界四大战略咨询公司之一——罗兰·贝格国际管理公司 CEO 走进潍柴。满头华发的罗兰·贝格在潍柴人面前五指一伸，语惊四座："如果固守现有柴油机过日子，不进行产业延伸的话，不出五年，潍柴就会重新陷入困境。"

一道电光石火闪过，居安思危的潍柴人忧虑愈深。

经过一系列大刀阔斧的战略重组，潍柴动力接连并购世界8家高技术、高价值企业，"跨国联姻"好戏连台：

2009年并购法国具有百年历史的博杜安公司，填补了企业大缸径高速发动机空白，实现了企业向海上动力转型；

2012年重组世界最大豪华游艇制造企业——意大利法拉帝集团，优化了产业和技术资源，拓展升级了产业链；

同年重组德国凯傲和林德液压业务，掌控全球液压控制系统核心技术资源，打造出全球唯一液压动力总成系统……

企业走向世界，自小在乡间长大的王树军开始与越来越多的洋设备和洋专家打交道。礼仪之邦接待心诚意满，安装调试设备的洋专家差不多快要沉醉了——舒适雅致的星级宾馆，色香味俱佳的中国美食，美不胜收的自然风光。可一走上流水线，开始调试核心部件时，洋专家们便在作业区域用带子扯出禁区，中方人员一律不得入内。

王树军傻眼了，他们也小来小去搞些感情投资，送些土特产和小礼物。老外也不见外，欣然接受，且时有回馈。不过他们公私分明，在大是大非和原则问题上丝毫不肯通融，对作业禁区严防死守。有一次，一个师傅在"红线"处伸手拿了一件老外专用的工具看了看，对方立马跟他翻了脸。

不过，在跟洋专家礼尚往来中，王树军也有意外收获。一次，德国专家回礼时赠他一双劳保鞋，上脚后感到整个脚弓被托起来了，那种融防护与养脚于一体的舒适感，是王树军从没验过的。不少人感知德国工匠精神是从手开始的，如参观青岛德国总督府，上楼时手搭在扶手上，便感受到一种奇异的舒适和熨贴感，仿佛扶手是为你量身打造的。王树军体味德国工匠精神，则始于双脚的触感。他不胜感慨：一丝不苟，精益求精,加工制作必追求完美,把寻常的事情做到极致,这或许就是德国工匠精神的真谛吧!

王树军真正被"逼上梁山",是在 2005 年。那一年,德国海勒公司进口设备安装调试完毕交付使用后,加工薄壁和细长件废品率高达 10%,德方束手无策,提出商务解决。当时,从该设备下线的产品销售火爆,一机难求,因每购入一台发动机,就能卖出一辆重卡,很多下游主机厂家派员在潍柴附近租房等货,董事长、总经理纷纷出面抢货,可居高不下的废品率又使潍柴供货难以为继。王树军决心拆卸设备排除故障。他判断,是机床俗称"夹具"的工装设计有缺陷。他早已吸取当年拆姐姐闹钟记拆不记装的教训,动手前仔细研究设备说明书,拆卸中将零部件按顺序排列登记好并拍照备查。找到症结后,他将核心设计工装一处刚性支撑改为弹性支撑,解决了平面加工超差问题,产品废品率降至 1% 以下。半年后德国专家回访,听说故障问题已解决,还有些不相信。现场查看交接班记录后,纷纷对中国技师的能力表示钦佩。

海勒加工中心长时间运行后,堪比人神经系统的数控机床最精密的部件光栅尺故障频发,而更换费时且价格高昂。工树军大胆质疑:会不会是设计缺陷所致?他用一周时间,悉心研究设备构造原理,通过拆解废弃光栅尺,发现了气密保护设计上的缺陷。通过 3D 建模构建光栅尺气路空气动力模型,利用欧拉运动微分方程计算出 16 处气路支路负压动力值搭建全新气密气路,他带领团队成功解决了光栅尺设计上的缺陷,故障率由 40% 降至 1%,年创造经济效益 780 余万元。

2009 年秋,王树军接报,德国海勒公司进口的数控加工线关键设备 MCH350NC 工作台漏油。他到现场一看,设备一天漏一桶油,一桶近 170 升,一升合十块钱。打开出身"欧洲贵族"世家的设备需要权限,走海运回德国维修要三个月且要价不菲,正高产运营的工厂等不起。可自己动手修理,要承担报废风险。王树军知难而进,用三天时间拆开机器,发现是锁紧盘裂缝导致漏油。他创造性地采用浸渗加低温焊接技术进行修理，精准稳妥地排除了故障，流水线很快重新投产。

创新性维修蕴含着惊人价值。这些年来，王树军带领团队采用"加工精度升级、智能化程度升级"等方法，升级主轴孔凸轮轴孔精镗床等52台设备，自制"树军自动上下料单元"等33台设备，制造改制工装216台，优化刀具刀夹79套，不仅节约设备采购费用3000多万元，而且将日产能从80台提高到120台，生产效率是国外同类设备四倍，缩短投放市场周期12个月，每年直接创造经济效益1.44亿元。

变革年代，创新每天都把生机勃勃的新生活呈现在潍柴人面前。企业发展龙骧虎步时，以员工名字命名的设备单元成为一道新的风景线。当潍柴首次建立的"王树军首席技师工作室"闪亮登场后，他发现，人们看自己的目光变了。他读出了蕴含其中的渴望、期许和信任。深明头雁使命，就要恪尽领飞职责。在一如既往兢兢业业为设备安全高效运行保驾护航中，他致力于为企业培养高技能人才，联合5名高级技师成立创新工作分站，直接与年轻员工签订导师带徒弟协议，制订导师带徒弟管理办法以利监督实施，通过首席技师大讲堂和潍柴网上学习平台进行技术交流和培训，以案例分析、典型故障交流会等形式提升维修人员技能。

以他名字命名的工作室，被评为"山东省劳模创新工作室""全国机械冶金建材系统示范型职工（劳模）创新工作室"，5名高徒获任高级技师，7人获任技师。2018年，他的两个徒弟分获全国机器人大赛和自动化控制大赛二等奖。身有长技受益的岂止是企业，王树军勇于创新，勇于突破的精神也不断为他的高足所实践。他的徒弟甘洋洋，妻子怀孕不到预产期羊水就破了。在来不及送医院的情况下，心灵手巧的甘洋洋灵机一动与妇产科医生连线，在医生指导下顺利为妻子接生，母子平安，一时被传为佳话。

潍柴之光

2019 年 3 月 1 日晚 8 时,由中华全国总工会和中央广播电视总台联合录制的"大国工匠 2018 年度人物"颁奖典礼,在央视综合频道黄金时段首播。中国制造业首批 10 名"大国工匠",犹如璀璨的新星闪耀于共和国天穹。

"这是世界上最繁忙的重型柴油发动机生产线,平均每 95 秒就有一台下线,生产效率比国外提高近四倍,足以比肩世界最强!"当央视著名节目主持人康辉,邀请在 20 多年拆拆修修中,以不服输精神超越洋专家,解决无数难题的潍柴动力首席技师王树军上台领奖时,从白浪河边走来的"大国工匠",带着中国制造业的希望之光,走到国人和世界面前。

光荣当选为党的二十大代表的王树军,被评为全国劳动模范、全国技术能手,荣获中华技能大奖,享受国务院政府特殊津贴,在"新中国成立 70 周年山东国资国企改革发展重大典型、事件推选活动"中,荣膺"国企工匠"称号。

家是最小国。成功之路各有千秋,但时代轨迹却九九归一。浪淘风颠远航归来,他们都锚泊在各自幸福的港湾。

温馨的春夜,央视新楼演播厅里,有一双属于妻子的眼睛,紧紧注视着走上领奖台的王树军。善解人意的编导和制片专门邀请 10 名"大国工匠"妻子同行,于是单爱青得以目睹丈夫走进事业的高光时刻,分享只有她才能品味的特殊幸福。人生即选择。21 年前那个"龙抬头"的日子,她邂逅了"不顾家"的王树军。姑娘凭直觉认为,一个男人对工作负责和对家庭负责应该是一致的。这一判断,成为齐鲁首个"大国工匠"开山传奇的楔子。巧合的是,就在那一年,潍柴和王树军的命运都拐了弯。

流光似水。小天使雨点的降临，给这个潍柴职工之家平添无限欣喜。可接送孩子上幼儿园、上学，特别是儿子偶有头痛脑热送医院时，妻子感到疲惫、无助，近乎绝望。"什么也指望不上啊！"初恋的浪漫和甜蜜，在为人母的辛劳中被销蚀殆尽。有一次，王树军好容易到学校参加了一次家长会，可到点了却找不到孩子班级，让老师好一顿数落。因父子白天总不见面，一天王树军调班白天在家，孩子醒来看见他奇怪地问："爸爸，你怎么还不去上班？"作为企业承前启后的"壮工"，丈夫的坚守和付出，的确使妻子柔弱的双肩重荷倍增。可此类俗世烦恼，哪家不是成筐成篓，剪不断，理还乱？这些点点滴滴，犹如酸甜苦辣，融入潍柴世家的生活日常……可平心而论，丈夫和她得到的回报和成就感不是更多吗？

王树军的人生在央视出彩时，在遥远的潍坊白浪河畔，他在潍柴的发小、同学和工友——潍柴动力装备技术服务公司维修钳工于海，在追溯往事中思绪飘得更远。

1985年，王树军从诸城老家转学到潍柴子弟小学四年级读书。正是人生理想萌芽时节，有一天，教语文的班主任让同学们畅谈自己的理想。大家一个个踊跃发言，有的说，我想当个科学家；有的说，我想当个作家；有的说，我想当个医生；有的说，我想当个艺术家……而最后发言的王树军却平静地说："我想当个工人……"一言未了，全班哄堂大笑。放飞理想笑翻全班，少年王树军的人生旗帜上写着"我想当个工人……"这则轶事从班级迅速传遍全校。

将近40年过去，当年班里的笑声犹在耳畔，那些心怀五彩斑斓梦想的同学，回首往事不免为儿时的幼稚哑然失笑。而一心只想当工人的王树军，却在不起眼的岗位上默默奉献，以令人惊叹的成就，向世人展示了一座闪光的路标。

家国五味，颊齿留香；奉身潍柴，人生值得。弥足珍贵的潍柴之光，给了每个心怀梦想者多少新的启迪？赴京领奖归来，外出开会返回都要补活的王树军，来不及洗去一路征尘，换好工装又走向逻辑缜密又尽呈曲水流觞的生产线……

高建国　青岛西海岸人。创作的长篇报告文学《一颗子弹与一部红色经典》获第六届徐迟报告文学奖；长篇报告文学《大河初心——焦裕禄精神诞生的风雨历程》获第八届鲁迅文学奖提名并被评为全国第六届党员教育培训优秀读物；中篇报告文学《本世纪无大战》获百家期刊"中国潮"全国报告文学征文奖和《解放军文艺》优秀作品奖；散文《冰湖上的小木屋》获《人民日报》"中国故事"征文优秀奖；散文《连接历史的此岸与彼岸》获《光明日报》新闻奖专刊副刊类文章一等奖。

苗长水

驰骋的辉煌
——记潍柴动力首席技师汤海威

> 工匠就是一个没有名的艺术家，因此哪天我要成为一个工匠会高兴地满地打滚。
>
> ——一位著名画家的话

1844 年，美国人 J.G.Pierson 发明了第一个活塞环，这个发明解决了活塞在汽缸内的密封问题，让发动机更加高效。

1888 年，苏格兰化学家约翰·邓洛普发明了充气轮胎，这种轮胎比实心轮胎更加安全和舒适，成为汽车必不可少的零件。

1897 年，德国热机工程师、发明家鲁道夫·狄塞尔试制成功以煤油代替汽油的压缩点火式内燃机，即中国习称的柴油机，经过改进，在汽车、船舶和整个工业领域得到广泛的应用。

1927 年，美国约瑟夫·路易斯和罗伊·艾伯哈特发明了燃油喷射器，大大提高了燃油利用率和动力输出。

相比划时代的发明家，他也许不能与之并肩，可是前行和钻研的方向是一致的。他叫汤海威。

2021 年,中国人汤海威发明了内燃机高温运动件动态测量技术,获得中国机械工业科技进步一等奖,是多年来这个奖项唯——次被工人团队获得……

充满驰骋想象力的一家

出生于 1979 年 5 月的汤海威是个农村娃。这个山东潍坊附近农村的小家庭,还有农村娃的姐姐、农民的妈妈,以及在镇拖拉机站当拖拉机手的爸爸。爸爸妈妈虽然是农民,却一点都不限制孩子们的性格活跃度和空间想象力。

妈妈当时在村里也算是一个"文化人",干过几年"民办教师",后来又在村里干会计等工作,用现在的话来说思想比较开明。汤海威上小学期间成绩一般,在学校里不是挖蚂蚁洞、养蚂蚁,就是在操场上挖陷阱、捅马蜂窝、做弹弓打鸟、看日全食,还会在冬天的操场上做滑冰场、做子弹(木质弹头,在学校燃放,被教导主任约谈)。小时候的汤海威还特别爱拆东西,拆风葫芦,拆缝纫机,拆收音机,拆闹钟……那时候只要是假期,海威基本上都是宅在家里做他的"玩具"。做陀螺,他把家里的铁锹木柄头部削尖并锯下一段,从自行车修车部捡一颗钢豆,用烧红的铁丝将木段尖头处烙一小孔,再将钢豆敲进小孔,一个陀螺就做好了,最后一定要将铁锹木柄在硬土地面上摩擦一下,这样父母就不会发现他破坏家里工具了。汤海威爱问"为什么",慢慢地,他的问题父母也回答不上来了,他就自己研究,到火车站研究火车变轨,到飞机场看飞机、爬飞机。小学期间,妈妈对他的爱好和兴趣非常了解,从四年级开始,妈妈就给他订阅了《少年科学》《航空知识》《兵器知识》等期刊。每到年底邮局就会把订阅的宣传页给妈妈,汤海威想看什么杂志，妈妈都能给他订。那时候能给孩子订阅期刊很不简单，因为全家的收入微薄，订那么多种期刊是笔不小的开支，而这一订就是好多年。

在那信息闭塞的年代，这无疑打开了汤海威探索科学的大门。当拖拉机手的爸爸是汤海威崇拜、模仿、热爱的偶像级人物。爸爸心灵手巧，几乎无所不能，家里的家具都是他亲手打造的，焊盆，养做鹦鹉的笼子也都是自己上手，就连鸡舍也是他自己搭建的，还是蛋粪分离的那种，当时在海威看来，父亲充满了智慧。放风筝的线盘，爸爸能用有机玻璃黏合抛光，全是透明的，非常漂亮。在那个物资贫乏的年代，父亲靠他的聪明才智和勤劳的双手，让姐弟俩的童年生活变得丰富多彩。闲暇时，父亲还会给他和姐姐做秋千，做跷跷板，吸引了大半个村的小朋友到他们家里玩。

汤海威 5 岁的时候，父亲亲手焊接制作了一辆儿童三轮车。一个下午父亲从城里下班回来，神秘地对他说："我给你做一个超级好玩的东西。"他十分好奇地见父亲伏在桌前写写画画，踮着脚尖看到了一些奇怪的图形。等父亲画完，纸上呈现出来一辆三轮儿童车，他立马兴奋起来，寸步不离地跟着父亲，看他怎么做出来这辆车子。父亲拿着图，嘴里念念有词，带着他到处寻找配件，先是在家里，后来在村里，再到镇上供销社的一个废品站，从这些地方淘了些生锈的铁管，还买了三个橡胶轮儿和一个小灯座。他俩顶着炎炎烈日奔波了一整天，才凑齐了爸爸嘴里说的圆管、轮子、销子……爸爸将这些东西井然有序地摆在桌子旁边，一再确认，之后便开始动手制作。他在旁边目睹了父亲认真细致的样子，有样学样地打打下手，心中充满了对三轮车的期待，就这样，一辆前面有灯的橡胶轮小三轮儿就诞生了。他越发觉得父亲很厉害，萌发了要成为他那样的人，亲手做很多很多东西的想法。

父亲是远近闻名的拖拉机手，每年农忙的前几个月，周围村子的人都会邀请爸爸去给他们维修保养拖拉机。只要海威不上学，就会跟在父亲后面，和他一起用汽油清洗零件，帮父亲刮垫片、研气门、打打下手。在父亲的影响下，海威从小就认识了缸盖、气门、活塞、连杆等柴油机零部件，并对柴油机产生了浓厚的兴趣。父亲是一个总能给他惊喜的人，也通过自己的身体力行逐渐让海威发现了生活的巨大乐趣。

未能飞上天空的木飞机

因为《少年科学》这本杂志，海威对飞机产生了兴趣，他用书后面的硬纸壳，按照它的折叠痕迹折叠便能做出飞机来。对于汤海威的兴趣所在，家里也比较支持，在爸爸妈妈看来，"只要不是胡闹"都能满足。

海威在读书过程中还学到了关于兵器的先进知识，有了一些感性的认识，这是对海威当上制图工人的启蒙，杂志里的二维图和三维图打开了他的空间想象能力。

那时候海威最喜欢的就是做飞机，也做过各种各样的飞机，纸壳飞机、竹条扎制的飞机等，这些都是自制螺旋桨用橡皮筋作动力的，其中难度最大的是轻木固定翼飞机。当时他在《少年科学》的邮购信息上看到了轻木模型飞机的广告，售价100多元，而当时他的压岁钱只有60多，只能把想买模型飞机的想法告诉姐姐，姐姐二话没说就给他凑足了钱，并帮他到邮局办理了打款和邮购手续。但拆开包装的那一刻他却傻眼了，包装盒里全是些木条、木块、木片，还有一张大大的图纸，看得他一筹莫展、毫无头绪，原本还以为买来的是一架完整的飞机呢。飞机零件就那样被扔在桌子上好几天，他心中暗想：这可是花了我和我姐一百多块钱买的啊！我一定要把它组装起来。他就从让爸爸教他看图纸开始，边研究图纸，边把二维的图像在脑子里转换成三维的影像，再根据零件的形状和图纸对比确定安装位置，在图纸上和零件对应编号编好，并一一对应分组。粘接安装的过程是令人更为抓狂的一件事，为了减重，木质零件做得非常轻薄，稍有不慎就会弄断，因为没有多余备件，还要重新将断裂的零件粘接修复，所以整个安装过程都需要小心翼翼。就这样，整架飞机的拼装耗费了大半年的时间，飞机的翼展就有一米多长，但可惜的是，最后因为没钱购买燃油发动机和遥控器而始终没有飞上天。虽然"飞天计划"无疾而终，但整个过程却让他成长了很多，让他做事情更有耐心、精益求精，干事之前必须先有计划，考虑问题并找出应对策略，更重要的是，他学会了看图纸，为后期的机械制图打下了一个好的基础。

汤海威1996年初中毕业，当时他的学习成绩优良，面临中专、高中、技校多种选择。考中专可以解决非农业户口，考高中的话，除非考上了大学才能解决非农业户口，可以说，那个年代是一个转折的年代。汤海威选择了最难考的中专，因为喜欢飞机，汤海威以高出分数线120多分的成绩被西安航空学院录取，却因为家庭困难没能去成，实属遗憾。

父亲原来所在的拖拉机站被撤销之后，就到了潍坊市的纺织机械厂上班，再后来，上了年纪，便在库房里当起了库管。这个纺织机械厂，后来因效益不好被潍柴接收，爸爸便成了潍柴人。

海威记得爸爸身体还好的时候，潍柴还能发七百多元工资。但是爸爸病倒了，只剩下二百多元"病保"。吃"病保"就是厂里发不出工资来的时候，也就是他想买飞机遥控器但家里拿不出钱来的时候。

1996年，爸爸生病在家，但知道潍柴有个技校，不用交学费，每月还发三十元。爸爸说："你去考技校吧。"妈妈迫于无奈同意了爸爸的建议。那年汤海威在几百名考生中，名列第六。

从落差到惊奇打开一个新世界

妈妈懂得他的失落，所以给他报了汽车与发动机维修专业，她知道海威喜欢机械。到了学校以后，汤海威惊喜地发现潍柴技校采用的跟德国"双元制"教学一样的教学方法。潍柴技校的所有教具及所有的课桌、椅子都是德国制造。 汤海威的空间想象力非常强，对书本上的理论有大概的理解之后，第二周到现场看到实物拆解立马能学以致用。在众多德国教具中，相当部分为奥迪、奔驰、大众等汽车拆解的部件，给发动机整机充上电，里面的机械结构就能转，非常直观，这样的教学方式令他受益匪浅，也引领他来到了一个全新的世界。

汤海威跟李永刚差不多是同时期进入潍柴技校的，这批优秀年轻人进入潍柴的时机正值潍柴新时代的黎明，可以说，是比较幸运的一代潍柴人。

虽说他们的专业是汽车与发动机维修，别的课程为辅修，但汤海威学得比较全，车、铣、刨、模、铸造和锻打等，均有涉猎。当年潍柴技校的汽车与发动机维修专业在业界也是比较厉害的，也是非常务实的。他在三年的学习中考了两次试，试卷没有文字，而是一张大头汽车的剖面图纸，有很多索引线，问：这是个什么件儿？它的作用是什么？用什么材料？应该注意什么？对此，汤海威记得很清楚，就是一张用 A3 纸彩印的图片。再就是画电气图。这就是培养工匠的方式，理论知识只占30%，70% 是实际操作。

三年理论加实践，学了什么就操作什么，学习靠理解而不是死记硬背，极大地强化了学习效果。在这里，海威第一次见到了电脑，见到了世界上最先进的发动机、自动化的加工机床，还有好多不可思议的汽车检查工具，这些极大地刷新了他的认知，提高了他的知识及技能。在校期间，因为他的空间想象能力不错、机械制图成绩好被选入校队，连续两年代表潍柴技校参加潍坊市制图竞赛，取得团体和个人的优异成绩。

技校第一年的钳工考试中，考试内容是锉配，手工锉制一个阳件、一个阴件，两个件都有严格的尺寸要求，而且阳件最后要完美地放进阴件。他的考试进行得非常顺利，划线、锯割、钻孔、排料、锉削，最后考试件所有的尺寸都在尺寸公差范围内，而且阳件可以两个面、任意旋转方向严丝合缝地与阴件装配在一起，工件有棱有角、横平竖直、光洁照人，海威对自己的作品非常得意，认为肯定可以考到一个好成绩。可是当考试成绩公布后，他却发现自己的成绩不及格，让他一度怀疑肯定是哪个地方出了差错，就在此时，钳工老师找到了他，拿着他的工件问他觉得自己做得怎么样。他看到老师手里的工件确实是他做的，并没有搞错，就说，考试的时候都测量检查过了，做得完美，为什么会不及格呢？老师把工件交到他的手里说："我可以让你再检查一下，如果你能发现问题，我就给你满分。"他拿着工件反复测量，组装检查，始终没有发现问题所在。这时老师拿过工件沉下脸来说道："你的工件没倒角！"这是钳工工作最基本的工艺常识。海威说道："这么漂亮的工件，倒了角装在一起多难看啊，反正又不影响装配。"老师听到后立刻变得非常严肃，说："工作要严格按照工艺文件执行，不能因为个人的喜好而去改变它，只有每个人都去严格执行工艺文件才能使每个不同的操作者制作和加工出一致性的产品。这是一次教训，希望你能深刻地领会。"就这样，海威得到了技校学习生涯中唯一的不及格成绩，也让他明白了，搞机械一定要有"规矩"，这是职业操守和底线。

他接手的台架年使用量竟达到了德国台架 4 年的使用量

1999 年 7 月，汤海威技校毕业，按照毕业名次，可以选择加入潍柴最核心、技术最高、学习环境最好的技术中心（现发动机研究院）产品试验室。当时实验室的这些"大拿"工人们，大都想去挣钱多的销售公司销售部，技术人才流失严重，亟须新鲜血液来补充。海威考完试，一心只想等着放暑假，结果 7 月 14 号当天，试验室主任就领着他们到了试验室，海威以为认个门儿就可以回家继续过暑假了，没想到，这就开始正式上班儿了。

产品试验室负责潍柴所有机型的新产品研发、产品升级及改型的试验验证工作，在这里他们需要严格按照设计和工艺，组装和试验发动机，并在装试过程中对比设计指标，发现问题，解决问题。

当时的试验室只有6个常用试验台架，3个中速机型分别占用3个台架，高速机2个机型使用3个台架，高速机的试验任务要比中速机多很多。什么是台架？就是发动机的测试床，国外叫测试床，我国称之为台架。

汤海威被分配到了中速机170的班组，师傅孙岳是实验室的"大拿"级的技术工人。他每天跟着孙师傅领件、清洗、修整、测量、装配、上台架、做试验、查故障、排除故障、生成有效试验数据、下台架、拆机、再测量。作为学员，所有的工作必须由师傅陪同一起进行，严禁自己单独操作。

那时，汤海威干活慢、稳，可以说就是"一根筋"。因为他记得领导给他们开会时说："我们做的是潍柴的标准机，你们所有后续的产品都要往这个标准上靠。"孙师傅也经常教育他们：一是"慢"，二是"精"，三是"章"。于是他就想尽自己最大的能力做到最好，让师傅们省心、放心。在工作中，他仔细地观察师傅的工作方法，不懂就问，结合问题和场景，在自己脑海里演练和检查自己的方法是否可行，并在操作工程中进一步验证。在发动机的装配过程中有好多工序的装配过程是必须亲身操作来感受的，只可意会不可言传，就像自行车和滑冰，不上手试，不勤加练习，永远也学不到精髓。他利用闲暇时间不断地练习和感受这些装配调整过程，努力做到每一次装配结果的准确性、一致性和重复性达到最高。他还经常到当时试验任务更忙的高速机班组"串门"，只要他们有装机或试验任务就去，一开始只是看，后来熟了就给他们打下手，学习高速机班组一些更先进的结构和装配工艺。正是因为有了之前的学习和"偷艺"，他掌握了当时潍柴所有机型的参数和性能，让他在新进员工摸底考试中考了第一名，更重要的是，师傅们可以放心让他自己独立操作而不再监督他了。

2004年，谭旭光董事长大刀阔斧的改革初见成效，潍柴的效益实现翻倍增长，潍柴员工的收入跨入新时期。潍柴建成了当时世界先进的新试验室（老厂区），拥有21个台架，全部为自动化发动机试验台架，其中21号台架是世界上最先进的全流排放台架，全国只有两套。该台架集成了德国SCHENCK电力测功系统，HORIBA全流排放设备，AVL颗粒采集设备及后处理分析设备，台架系统庞大繁杂，集成程度为国内第一。

因为汤海威有一定的电脑操作基础，出于对他的信任，领导安排由他来负责该台架。从小学开始玩任天堂的红白机，中学玩街机，上技校后开始玩索尼的PS、世嘉DC，工作后尝试研究DIY电脑，自己组装电脑，从玩电脑单机游戏，到后来玩网络游戏，汤海威深深地沉浸其中。但接手21号全流排放台架后没几天，他突然感悟到：我为什么要在虚拟的网络里证明自己，而不在真实的环境里实现自我？新的高难度的工作激发了汤海威的激情，更使他确定了要学好和干好全流排放的信心，从那以后，他就再也没有碰过游戏，开始了每年360天，每天12个小时，连续6年的高强度工作状态。当时潍柴所有的排放升级和新机型开发都必须经过该台架的标定和认证，试验任务多、台架资源少，他们就以"人休台架不休"的方式进行高密度的排放标定及认证试验。该台架使用一年后，德国专家来中国对台架进行维保，看到台架的工作信息时惊呆了：该台架一年的使用量竟然达到了德国台架4年的使用量。经过努力，他们开发出了国内第一台两气门国三发动机，第一台内部EGR国三发动机，第一台SCR国四发动机，非道路一阶段、二阶段发动机等引领国内发动机排放路线的发动机等，实现潍柴全系列柴油机的台架排放标定及性能优化，完成 TUV、EPA、VCA、CNAS 等排放认证，完成《大功率车用发动机开发》国家 973 项目，《气体机达国 IV 排放发动机开发》《国产燃油系统开发》国家 863 项目。为潍柴发动机排放升级新产品开发提供了关键技术支撑。

多年的工作经历，让汤海威接触了世界最先进的技术，开阔了视野，锻炼了自己，积累了经验。在工作中，汤海威对遇到的问题进行了大量的改良，其中测功机进气滤清器、油门拉杆换向器被申克公司采用并作为其产品出厂标配。通过长期的台架试验的经验积累，汤海威还编写了《AVL 部分流台架操作规程》《SCHENCK 全流台架操作规程》《PUMA 测试平台操作规程》《MEXA-7100EGR 五组份气体份分析仪》等规范化作业指导文件 22 份，涵盖所有进口排放设备及其配套设施，为新进员工提供安全、翔实的标准作业指导文件，为潍柴后期对该类排放台架的大量使用提供了重要的人员储备和技术保障。

全都是英雄的"三高"试验队伍

汤海威从 2007 年起加入潍柴"三高"试验队。"三高"试验是检测柴油机在高温、高原、高寒环境中的适应性试验，需要在超过 50℃的高温、-40℃低温和海拔 5200 米高原的环境中与整车匹配进行测试验证工作。

"三高"试验的征途，不仅是对发动机严苛的考验，更是对试验技师们意志的磨砺。其中，高寒试验尤为艰苦，在去往黑龙江黑河的路上，试验车装上沙子或者大石头之类的负载，标定发动机在低温情况下的性能，如果哪些参数不达标，试验工程师立即就在路上给予修正。

为了获得最佳数据，每天晚上查看天气预报成了必修课，大家总是希望气温能再低一度，气温越低就越兴奋。凌晨四点，当人们还在温暖的被窝中熟睡的时候，"三高"试验团队的工程师们就已经爬进冰冷的驾驶室，按照试验标准要求依次完成发动机低温起动试验、燃油系统低温验证、低温考核零部件试验等一系列考核试验，采集每个温度下的试验数据。

令汤海威印象深刻的是，2008 年，寒区试验车队驱车前往试验目的地黑河，这是最后一天的路程。按照原定计划，车队早上 7 点从哈尔滨出发，估计晚上天黑以前就会到达黑河。可一出宾馆门口他们就被外面的寒风吹了一激灵，因为寒潮，北风带着极冷的空气到达哈尔滨，使得这里的气温一夜下降到了 −42℃。当启动汽车时，大家发现所有的服务保障车全部都不能启动，马达根本无法带动发动机运转。值得欣慰的是，潍柴试验车都能正常启动，那就用潍柴试验车拖服务车来启动，但天气实在是太冷了，服务车的发动机和变速箱里的润滑油因黏度太高导致汽车动力总成运转阻力过大，拖车绳断裂，大家又换上钢丝绳拖，在动力总成内部零件的转动和挤压下，油温慢慢升高，黏度下降，2 台服务车终于成功启动。

就在要准备出发时，又传来了坏消息，一台试验车帮服务保障车启动后去加油，加完油后刚走了没多远就熄火了。接到消息后他们立即出发赶去排除故障，如果再耽误时间的话就必须要走夜路了，在如此寒冷的夜间赶路，万一遇到故障将非常危险。汤海威到达故障现场，通过现场观察，发现起动机能带动发动机达到启动转速，可发动机打不着火，进一步排查发现是燃油管路内部有空气。汤海威的大脑飞速运转，判断是低压油路出现问题而导致吸空，而泄漏点一定是在输油泵的前端。他将故障区域缩小到了很小的范围，以便尽快找出故障点。

在 −42 度的天气，海威穿上军大衣钻到了车底，逐步检查低压油路，−50 号的柴油滴到地面立马就成了绿色的"果冻"，他的背和脚也慢慢失去了知觉。好在最终及时发现了故障点，是一个进口过滤器的密封胶圈因为不能耐受低温而失去弹性，没有了弹性就失去了密封的功能而导致吸入空气，无法启动。

故障找到了，没有备件怎么修复呢？只能试一把，他把胶圈揣到怀里，等它升温后恢复弹性，迅速装配回发动机，只要发动机机能启动故障就解决了一大半。终于，发动顺利启动，发动机的回油也把温热的柴油输回了油箱，随着油温的慢慢升高，故障也完美排除了。当队友们把他从车底拖出时，他的背和腿脚早都已经失去了知觉，回到车里，放在热风口上吹了很久才得以恢复。

汤海威的左手上至今还留着一道疤痕。由于气温太低，连接胶圈被冻得变形了，他摘下手套就去卸。一不小心，手背碰到了金属管被粘住。他使劲一扯，撕下一大块皮。

那天，排除故障已是中午，顾不上吃午饭，他们迅速出发，因为现在的寒冷天气正是他们追求的最佳温度，坚决不能错过。原本以为经过一上午的考验，会顺利地到达黑河，可没承想这只是刚刚开始。下午，试验队员吃了几个蛋黄派和火腿肠继续赶路，3点多时在路上碰到了其他公司的试验车队出现了故障，因为无法修复，便帮他们将车拖到了一个镇上继续赶路。晚上7点多，他们砸开了一家运输队的食堂，吃到了当天的第一顿饭，真香啊！吃完饭刚又走了两个小时，车队的试验车又趴窝了，原来是离合器踏板油缸的橡胶活塞因为温度太低，液压助力油太黏而破损翻边了，只能更换。晚上9点多，荒郊野外，又是低温，又是大风，他们只能分成两组采取轮流工作的方式更换离合器踏板油缸，刚开始还可以10分钟一轮，后来改成了8分钟，6分钟……终于更换完毕，此刻所有队员的脸上都挂满了白霜，不再逗留，他们继续赶路。当凌晨1点的时候，电话里又传来了求救的消息，另一台服务车因为加到了劣质（或标号太低）柴油导致结蜡而流量受限，动力严重不足，这可是进口车，"我能解决吗？"汤海威这么想，但只能硬着头皮上。通过现场分析和目测各零部件管路距离，他采取了一个大胆的办法，将低压油路切断绕开柴油过滤器，让燃油直供高压油泵，这样就解决了蜡块在柴油过滤器内聚集而产生的阻力，重新连接后故障排除，就这样走走停停，汤海威感觉只有脑子还能动而全身都是僵硬的，历尽千辛万苦，车队于凌晨 3 点到达了试验目的地黑河。

海威曾说，创新，从一开始的时候我们连追的样子都没有，追不上。我们的发动机跟在欧美的后面，我们连人家的身影都看不到。而今天，潍柴成为中国最优秀乃至世界上最先进的发动机生产商，我们是怎么做到领先世界的？是我们的研发人员，从一次次排除故障中拼出来的。他们很年轻，现在的研发人员都是 985、211 大学的毕业生，平均年龄也只有二十七八岁。

很多时候我们老说"80 后""90 后"是垮掉的一代，瞧不起他们，真是这样吗？他们中间有很多的"拼命三郎"，为了不让中国的发动机领域被外国产品统治，为了不让中国的商用车用的都是外国品牌，为了中国的装备制造业在拼命，就是这种责任感驱使他们这么做！汤海威举了个例子。假如在我国高原边境发生冲突，我们的发动机在海拔 4000 米以上能不能启动，或者它的寿命有多少，直接关乎冲突的结果。如果我们的发动机能正常启动，祖国的边防部队一定会更有保障。

"三高"试验队是英雄的团队，我属于这个团队的一员，感很光荣。海威说。

人类把这个铁疙瘩搞成一个大千世界，有什么东西比这值钱？

2012 年，汤海威进入零部件试验室，这个试验室是为发动机正向开发需要更深层次的研究而设立的。发动机在设计中要有一个安全系数，即要知道这些零部件设计出来它最高承受能力是多少。一些设计经验的积累，必须要通过实践来取得，汤海威则负责搭建这个零部件试验室。在搭建的过程当中，他发现，好多试验能力国内没有，国外没有，供应商也没有。只通过一些间接的办法来获取这些零部件的一些试验参数，没有一个正规的试验方法和试验装置。怎么办？只能自己建，在一些新的领域创立这些试验方法，用这个试验硬件来弥补这些试验能力短板。

汤海威最大的优势就是动手能力强，在设计过程当中就考虑到可加工性，能自己设计、出图、加工并改进。他自学 CATIA 制图，可以怎么想就怎么画，把自己的想法完全分毫不差地表现出来。这个软件还能运动仿真，可以直接让它动起来，看哪儿有干涉，哪儿不合理，也可以直接改。这就是三维图的魅力，也是汤海威从淘宝买了 30G 的视频一步一步自学的。2012 年起，在搭建零部件试验整个系统的过程当中，试验室团队完成了这些零部件试验方法的建立，过程中还产生了一些子项目，获得了市级或者省级的奖项。

2016 年，潍柴就专门给汤海威成立了首席技师工作室，让他专心致志地搞研究。有了工作室这个平台，才有了更多的试验方法的建立，特别是发动机高温运动件动态测量技术这一项。

发动机运转过程中，机体内部的活塞、连杆、曲轴等，有上下动的，有来回摆的，还有旋转的。此时想要采集它的一些参数几乎是不可能的，因为它是动的，里面还有高温、高压、高加速度和机油冲刷。汤海威带领团队攻克难关，自主开发了一套测量系统，能够装在活塞、连杆、曲轴上，在发动机正常运转过程中采集出它的温度、应变等参数。通俗来说，发动机该怎么转怎么转，我这儿照常采集，到了哪一个工况点，温度一有变化，立刻就能看到，这就是动态测量的装置的优势。装置还被拓展运用到了活塞连杆、曲轴、飞轮以及现在正在做的离合器片上。离合器片数据采集尚属首次，因为它是浮在里面，上下左右都没有连接的，要把里面的温度信号采出来输入计算机测试，硬件、软件都由汤海威团队自主开发完成。

2021年，汤海威创新团队完成的《内燃机高温运动件动态测量技术研究及应用》项目，获得了中国机械工业科技进步一等奖，此项技术在整个中国发动机行业是最先进的，打破了欧美技术壁垒，破解了"卡脖子"难题。"这是世界性的难题，还是被我们的工人做到了。这是首次由一个工人团队的项目获得这样一个奖项。"汤海威自豪地说。

产品试验测试中心做的是产品开发试验，潍柴所有的新产品工程师会先在电脑上根据计算仿真和一些"大牛"的设计经验，设计出一款发动机，包括各种尺寸、各种材料，设计出来后，最初都是手工装配出来的，也是人工来操作台架试验来标定出来的，采集发动机在不同情况下各种参数。

首先，他们会对照这台发动机的图纸，对它进行初次装配，在装配过程中他们会发现一些机械干涉的问题，如螺丝好不好上、好不好拆，就是可装配性、可维修性。发动机装起来后，放到台架上进行点火试验，看它油耗多少，排放多少，能不能再继续，等等。"原来是210千瓦每小时，后来降到二百零几，再降到一百九十几，一步步在台架上测试。"汤海威如数家珍地说着自己和团队的挑战。

如今的发动机最主要的是电控，所有的发动机运行参数都可以用电脑进行调整控制，并且可以优化。比如喷油器，感觉六个喷孔少了，就跟工程师定制做个七个的，六个跟七个的对比，七个的好就留七个的；增压器拿五个来，也是把它依次挨着装到发动机上对比数据，只换这一个件，确保他们在台架上的一致性，如果第三个件是最好的，就留第三个。

限制是磨刀石，突破限制，就是成功。汤海威说，发动机各个零部件都有一个限制，如最大的范围值，活塞温度最高值……设计之初都有一个保险值。但是发动机在运转过程中及标定过程中的具体数值仍需测算，所以在没有动态测量技术的时候，只能靠经验来大体估计。但是有了这个测量技术后，就把注意力放在发动机里面，就能看到这个数值的实时变化，只要不超限，就可以尽量把发动机的性能潜力全部挖掘出来。

人类把发动机这个铁疙瘩搞成一个大千世界，有什么东西比这值钱？

一战封神的世界领先水平

汤海威还讲了他们研发工程师团队的一些故事。

2022 年 12 月，他们遇到了一个考验，要在 5 个月的时间里创新一款发动机。他们咨询了国际上的一些大的设计机构，他们表示产品周期在 12 个月到 18 个月之间。

正值疫情防控期间，所有研发人员主动申请来公司隔离，在试验室里打地铺，春节期间也一直在奋战，大年三十、大年初一没有一个人回家。汤海威记得，当时咨询机构的总裁说，世界上的咨询机构、设计机构都完成不了，但是你们完成的话就可以封神了。听了这句话之后，团队当天晚上在战地上写下一个标语"只争朝夕，一战封神"。他们按照目标计划，每天晚上奋战到 12 点，所有的团队成员都自觉主动加班，耗时 139 天，终于完成了这款发动机，一次性装配成功、一次性点火成功、一次性系统开发，满足了客户的要求。五个月的时间完成了一个不可能完成的任务，将机器交付客户，而且这台发动机的指标已经处于世界的先进水平。

2018 年初，潍柴在春节后第一个工作日，召开了工匠工作会议，明确了企业优化技术工人的发展通道，成立了专门的"工匠工艺研究院"，各级工会搭建了"技师工作站"，从体系上支持搞钻研、搞项目、搞成果应用，也为他们带来了荣誉和收获。谭旭光董事长还没见过汤海威，但在会上听到讲他的事，由衷地说："这个年轻人行！"

这些年来，汤海威正式签订导师带徒协议的徒弟有 9 人，从 2005 年开始干班长，到 2016 年成立工作室，带领的团队成员还是挺多的，特别是潍柴每年招聘的博士生和研究生都要到他们的关键岗位来实习 6 个月，可以说在人员和团队培养方面做出了贡献。在工作中他常对徒弟们说的一句话就是"严能出人才，严能长知识，严能保质量"。徒弟们有的成长为技师和高级技师，有的在国内外直接面对客户做技术支持和服务工作，有的跨入领导岗位。汤海威说，我觉得我们潍柴在全国是 NO.1，而我们发动机研究院在潍柴又代表技术的最高水平，所以我相信我们的试验室的工人技师队伍是最强的。

就在 2019 年的 10 月 19 日，汤海威通过了党组织的考察，成为一名中共预备党员。那一天，他内心充满了激动，感到自己的工作得到了认可，也感受到了巨大的鼓舞。他妻子就常说，"你回家就跟回宾馆一样。"确实，除了钻研自己的工作，他很少管家里的事情，妻子也不是真的埋怨他，他们的大家庭和小家庭还是像从前那样充满温馨和活力，支持汤海威去做自己喜欢做的事情。

当奋斗成为常态，收获自然成为习惯。"活塞无线测温技术研究开发及应用"项目，实现了活塞温度的动态测量，提高了试验精度，解决了实时测量与标定的难题，获"山东省机械工业技术创新二等奖"；"发动机特种测量技术研究及应用"项目，攻克了活塞、连杆轴承、飞轮、气缸盖、气门等高温运动件动态温度测量技术，解决了高温、高速、高振动状态下的温度测量难题，处于国际先进地位，获得"山东省职工优秀创新成果特等奖""潍坊市职工技术创新成果一等奖"；"发动机及零部件开发自动化"项目解决了零部件性能和可靠性试验自动化程度低的问题，提升了试验效率和精准度，获得"山东省职工优秀创新成果二等奖""潍坊市职工技术创新成果二等奖"。授权发明专利 14 项、实用新型专利 24 项、公司技术秘密 4 项，创造经济效益 1.26 亿元。汤海威工作室先后被授予"齐鲁大工匠创新工作室""鸢都技能大师特色工作室""全国机械冶金建材行业示范性创新工作室""山东省总工会工人先锋号"等集体荣誉。汤海威个人享受国务院政府特殊津贴,先后获得"全国五一劳动奖章""齐鲁大工匠""中国机械工业百名工匠","齐鲁首席技师""山东省突出贡献技师""潍坊市首席技师","富民兴鲁""富民兴潍"劳动奖章,及"潍坊金牌工匠"等荣誉称号,并入选"鸢都产业领军人才"。习近平总书记讲"幸福都是奋斗出来的",在潍柴这一国家内燃机尖端平台上,他们更深切地感受到,要追求的幸福感就是科技创新的奋斗过程。

苗长水 1953 年 3 月生,1970 年 12 月入伍,1984 年考入解放军艺术学院首届文学系。小说《冬天与夏天的区别》等被译为英文、法文,获全国优秀中篇小说奖、庄重文文学奖、冯牧文学奖、中宣部第十三届"精神文明建设五个一工程奖"。

许 晨

走向海外大博弈

——

"我们潍柴一直有一个发展理念，就是要打造一个国际化的企业。未来的潍柴必须是一个国际化的潍柴，一个多元化的潍柴，还是一个创新性、开放型的潍柴。"

"太好了，请您具体讲一讲吧！"

"好的，请看大屏幕……"

这是几天前，我到潍柴动力采访企业文化负责人时的场景。

正值癸卯年深秋季节，西风乍起，黄叶飘零，大自然进入了清冷萧瑟的季节，可在现代化的潍柴动力工业园，一排排高大宏伟的车间里，一栋栋宽敞明亮的科研楼中，依然是一派热火朝天、井然有序的忙碌景象。置身其间，令人振奋不已。

早在十几年前，"潍柴动力，凤凰大视野"的广告语就如雷贯耳了。那是潍柴动力与凤凰卫视联手打造的一档介绍历史人文的专题节目，深受人们欢迎。只听这句广告词，观众就觉得激情澎湃，也感受到潍柴动力的发展大格局。如今，我们更是近距离真切地看到了"潍柴大视野"。

在这里，关于"绿色动力、国际潍柴"的感人故事太多太多了。可以说，潍柴集团浓缩了一部典型的国有企业改革史、奋斗史。而我却对其中的"走向海外大博弈"情有独钟，这不，此次就是专门前来深入了解个中情由的。

试水"博杜安"

马赛，位于地中海沿岸，是法国南部一座美丽的海滨城市。历史悠久，风光迷人。早在十八世纪法国大革命时期，马赛志愿者奔赴巴黎保卫革命政府，在行进的路上高唱《莱茵河战歌》。激昂的歌声鼓舞着他们为国家战斗，这首歌后来成为法国国歌，被称为《马赛曲》。

这里地势山峦起伏，三面被石灰岩山丘所环抱，东南濒地中海，水深港阔，无急流险滩，万吨级巨轮可以畅通无阻，是法国也是欧洲重要的商业港口。渔业、运输业和旅游业都十分繁荣，码头上豪华游艇和运动帆船比比皆是。

就在此地，潍柴动力打响了"出海记"的第一炮：一举收购融合了具有百年历史、专门生产高端品质船用发动机的法国博杜安公司，震惊了欧美等发达国家同行业，从而使原本只在国内颇有名气的潍柴走向了世界舞台，令人刮目相看。这项海外并购还包含着一个一波三折的传奇故事——

早在100多年以前，马赛港生活着一位渔夫，名叫博杜安，打鱼之外，他还爱好摆弄机械，之后干脆开了一家小工厂，生产钟表。现在马赛市区圣母大教堂里面的大钟，还是当年老博杜安制作的。那时已有了机帆船，博杜安自己做发动机。"突突突……"跑得又快又好，邻居们纷纷前来购买，博杜安的小工厂就这样慢慢发展起来。

1918年，博杜安公司正式成立，老先生十分热爱这个行业，专注于研究发展，工艺技术不断提升。二次大战前后，公司成为全球三大船用发动机生产商之一。然而，他的后人们却对公司业务兴趣不大，只好交给基金公司管理经营。而金融企业的注意力在资金流上，一旦遇到经济风浪，就要设法"跳船"逃生。时至2009年，欧洲再次出现了金融危机，博杜安公司资金链断了，面临破产。

"每一次危机，都是优势企业大发展的好时机。潍柴要抓住产业、行业重新洗牌的机会，利用充足的现金流和资本运作方面的优势，在'冬泳'中抢占先机。"

潍柴人走出国门出击海外，目标瞄准了法国百年老牌"博杜安"。巧合的是，这家公司的产品包括16升大马力柴油发动机、齿轮箱、传动轴和螺旋桨等，正好与潍柴当时12升柴油机形成互补，通过它可提升自己在高速大功率船用发动机方面的技术，并挺进欧美市场。

收购博杜安需要付出近300万欧元，相当于3000万人民币。对于这样一个只有200多人的小公司，而且不知未来能否顺利经营下去，还是有些风险的。所以，在潍柴高管办公会讨论时，果不其然遭到了绝大多数人的反对，有人甚至尖锐地说：

"这一招太不靠谱了，虽说收购资金不太多，但远在海外，人生地不熟，弄不好买来也干不好，这钱不就打了水漂了？"

"是啊，咱放着好日子不过，干吗去蹚那个不知深浅的浑水？万一失败还可能拖累自己，就成了让人唾骂的败家子！"

面对一边倒的摇头，主持会议者没有马上反驳，而是充分听取各方意见，然后向时任发动机总设计师提出一个问题："这样吧，如果让你开发16升以上的柴油机，需要多长时间？"

"这个……"总设计师想了一下，报出了一个数字："资金充足，团队有力，5年！"

"5年？我看就是开发出来，再加上试验磨合、市场验证，至少要用上10年！如果并购成功，我们的产品就一下子打破了壁垒，技术融合省了一大步。再说，这也是一次试水，为真正走向国际化积累经验。这个百年企业的员工不到200人，要是我们连这么一个小厂都管不好，以后就不要搞什么国际化了。要知道：一家企业只守着门前一亩三分地，是没有出息的，也是做不大做不强的！"

苦口婆心，循循善诱，终于把大家说服了。

中国潍柴人昂首挺胸地来到了法国马赛，一番唇枪舌剑，台上台下斗智斗勇，战胜了多家外国竞争者，以299万欧元的价格收购了博杜安公司。

这一来水到渠成了吧，不料节外生枝：当潍柴接收团队走进博杜安大门时，竟然遇到了一群高举着标语横幅的法国工人，呼喊口号，阵势着实不小。开始，有人听不懂法语、看不明白法文，还以为是欢迎呢，但是看到人们的表情不对，一脸的愤怒，翻译过来才知晓牌子上赫然写着："把中国人赶出去！"

啊！原来虽说这家法国企业规模不大，且已经数月发不出工资来了，可先进的欧洲工业文明积淀、百年企业的发展历史还是使他们认为"瘦死的骆驼比马大"。面对来自亚洲、曾被欧美"小瞧"的中国人，工人们有一种莫名的自傲和怀疑。尤其由8家工会出面组织领导示威，更是助长了示威者的气焰。

来势汹汹，可他们碰上的是有胆有识有实力的潍柴人。看着刚进厂就遇上的"下马威"，带队者展现出了沉着冷静的大将风度，不慌不忙地与工会代表谈判。说来说去，这些法国工人并非故意闹事，而是心怀担心与忧虑：

"你们用什么办法，能把百年博杜安做好？我们可是几代人都靠这家工厂吃饭呢！如果办砸了，那就全失业了……"

"再说，你们会不会把技术、设备拿走，搬到中国去，就把法国的工厂关了？"

这些担心不是多余的，此前有家比利时公司前来收购，条件之一就是不要原来的工人，全部聘用他们新招的员工。对此，接收者微微一笑，胸有成竹地说："现在我们重申：潍柴接手后一不裁人，二不降薪，原有各项福利待遇不变。包括按时休假！"

真的？没听错吧？会场上一阵骚动，人们的情绪缓和了许多。

紧接着，潍柴人话锋一转："我们也提一个问题，现在博杜安亏损严重，你们工会能不能给企业带来订单、资金和新技术？"

"这个……"几位代表大眼瞪小眼，面面相觑。整个会场鸦雀无声。

"潍柴能够给博杜安带来想要的一切！我们将投入500万欧元恢复生产，帮助博杜安升级产品，潍柴出口的欧洲订单也交给你们来做！"

"哗——"人们不由自主地鼓起掌来，声浪犹如地中海海水一样，大潮翻涌。会场上的气氛多云转晴了。很快，抗议牌子被悄悄收了起来，示威人群偃旗息鼓，散去了。

这仅仅是开始，具体工作中还会有许多意想不到的事情，毕竟是文化观念和生活习惯不同。出资买下一家工厂不难，如何管理经营使之迎来新生就不容易了。

为了让"老外"们真正了解潍柴，认识中国企业，他们接连组织博杜安几家工会、管理层和工人代表跨海渡洋，前来东方大国潍柴总部参观走访。在著名的"国际风筝之都"，这些蓝眼睛、黄头发的戴高乐同胞受到了盛情款待，看到了先进整洁的动力车间和赏心悦目的风筝大赛，品尝了营养丰富、美味可口的地方名吃"朝天锅"，一个个眼界大开，纷纷竖起大拇指：

"想不到，想不到，中国好，潍柴好，不愧是世界一流的企业！"

同时，潍柴人也尊重学习法国方面的长处，融合双方优势形成合力。短短几年，就将博杜安从严重亏损的泥潭中拉了上来，由原来每年只生产70余台发动机，直线上升到100台、300台、500台，翻了数倍。从一个西欧小公司，一跃成为世界大品牌，13 年间博杜安的营业收入增长了 13 倍，盈利能力大幅提升。

不用说，这给了潍柴人极大的信心，也积累了走向国际化的经验。几年后，瞄准机会，有勇能谋的潍柴团队再次出手了。

智取"法拉帝"

法拉帝游艇，是意大利法拉帝集团旗舰品牌，为全球 46 尺至 88 尺机动游艇设计、制造及销售之行业翘楚。如同世界上许多伟大的工业创立一样，这家公司成功的开端也是安静地、几乎秘密地进行的。1968 年，意大利人诺贝托·法拉帝和亚历山德罗·法拉帝兄弟决定：振兴家族生意——除了销售知名造船厂的游艇以外，也制造自己的游艇！

兄弟俩开发的第一个船型就是传说中的"非洲热风"：一艘由普通钓鱼船改装而成的游艇，既舒服又可靠。它为法拉帝游艇的成功之旅写下了第一章，并引导着法拉帝一步步走向今天——成为世界上最享有声望的游艇制造商之一。他们为游艇设定了新的世界标准：打通会客舱与船尾甲板的折叠窗，建一条直通向飞桥的内部楼梯，等等。随着法拉帝产品在国际赛艇项目中屡有斩获，声誉迅速从意大利扩展到整个地中海，接着是美国和全世界。

目前，法拉帝集团拥有 2800 多名员工，22 个具有国际领先水准的造船厂，共 67.3 万平方米的生产基地，其中 19 个造船厂位于意大利，2 个在西班牙，1 个在美国。旗下拥有 9 大顶级游艇品牌。其中，丽娃 (Riva)、法拉帝 (Ferretti)、博星 (Pershing) 和博川 (Bertram)4 个品牌，位居全球十大游艇品牌之列，成为皇室、明星、富商巨贾的最爱。

作为顶级奢侈品，法拉帝的广告语一度是"买一艘法拉帝 (游艇)，送一辆法拉利 (跑车)"。其中，丽娃 (Riva) 品牌诞生于 1842 年，是游艇界最悠久、最昂贵的品牌之一，被公认为游艇中的"劳斯莱斯"。著名影星玛丽莲·梦露主演的电影《热情似火》，就出现过它靓丽的倩影。

月盈则亏，水满则溢。2008年全球金融危机爆发，全球游艇业进入不断下滑的状态，法拉帝公司同样陷入了收入持续减少、利润下滑的困局。勉强撑过一年后，法拉帝背负了巨额债务，银行不再提供贷款支持，眼看债务到期，再还不上钱，企业有可能被债权人分拆变卖。

已经70多岁、须发皆白的创始人诺贝托·法拉帝，不忍心眼看着辛苦创立的品牌烟消云散，拖着疲惫的身躯四处寻找资金，希望能够将企业延续下去。不料，欧洲乃至世界经济风云动荡，一些财团犹如"泥菩萨过河——自身难保"，要么耸耸肩膀，两手一摊，爱莫能助；要么趁机压低价格，企图转手倒卖，均让法拉帝高层失望至极。

这时候，福音传来，一家中国企业"脚踏七彩祥云"出现了。这就是潍柴控股集团有限公司。

自从2009年潍柴第一次海外收购试水，将法国博杜安公司纳入麾下后，发现它生产的大部分发动机配装到了游艇上。"与其给人家配套发动机，还不如干脆进入这个大市场。"潍柴人又一次产生了"大胆"联想。恰逢我国提出了建设海洋强国战略，收购一家游艇企业为海洋经济服务，正当其时。

为此，潍柴派员先后走访了包括卡兰奇 (Cranchi) 在内的全球前20家游艇公司中的17家。但这些游艇公司要么规模太小，要么背景复杂，并非理想的并购对象。直到2010年发现了搁浅中的法拉帝，潍柴人眼前一亮。一边想卖，一边想买，本来是可以谈的生意，结果却遇到了不小的阻碍。

2010年，在香港召开的股东大会上，潍柴负责人提出收购法拉帝的想法："这是一次抄底全球最大豪华游艇制造集团的契机，也是潍柴从投资领域向消费市场的一次转型，我们应该牢牢抓住这次机会。"

如同上次收购法国博杜安一样，收购意向一开始就遭遇到股东的质疑。进入投票阶段，在场23名股东，21人投反对票。潍柴人毫不气馁，坚持认为这是一举多得的好事：一来可以利用法拉帝游艇的知名度和完善的销售渠道，为潍柴进入消费市场领域做铺垫；二来游艇的发动机是重型高速高端发动机，与潍柴的业务匹配度高，能完成潍柴在高端发动机方面的布局，转型海上高端动力。

不管怎么说，股东们丝毫不为所动。

这可如何是好？别看潍柴人自带一身"霸气"，历来争强好胜。"不争第一就是在混"这是他们的名言，实际上还是很讲民主的，大家思想不统一就不强求，而是想方设法以情感人，以理服人。2011年6月，他们特意将潍柴动力战略研讨会选在意大利米兰召开。会上，专门安排参会股东代表参观法拉帝下属的几个工厂，并且登上豪华游艇游览海上风光，享受了一番贵宾待遇——

沐浴着落日晚霞的余晖，"泛舟"在波光粼粼的海湾里；时而走上飞桥式的甲板平台，习习海风如同少女的发丝掠过脸颊；时而手端斟满红酒的高脚杯，凭窗依栏眺望远处的水天一线。每个人都亲身感受到了顶级游艇带来的愉悦与震撼……

这就是未来人们的生活，这就是明天潍柴的产品。抚案静思，感慨万千，大家理解了潍柴集团的良苦用心，重新讨论收购法拉帝的提案时，再无置疑声音，一举顺利通过。

随后，经过与"老外"三轮协议的签署，本以为马上就要成为法拉帝的新主人了，天有不测风云——对方一直主导谈判的CEO诺贝托·法拉帝，古稀之年还在奔波的创始人之一，却在从潍坊赶赴印度的过程中，由于过度劳累，突发心肌梗死不幸病逝了——整个重组戛然而止。

祸不单行，这时潍柴才发现，法拉帝的债务纠葛远比想象的复杂。虽然这位"创始人"拥有法拉帝75%的股权，但因为先前曾有两轮债务重组且均以失败告终，公司实际上已被苏格兰皇家银行、橡树资本和意大利银行等债权人托管。这意味着等于"白谈了一年"，再次启动，谈判从"一对一"变成了"一对三"。

"这些资本家都是谈判桌上的老滑头，每句话你都要仔细分辨真假。"经历了此前的教训，潍柴人有了自己的心得，无须强攻，智取为上：不管对方说得多么天花乱坠，时间的天平不在他们一方，一旦法拉帝集团破产，所有债权人都要承担巨大损失。投资者不用着急，耐心等待时机。

果然，法拉帝破产清算的大限临近了，三家主要债权人越来越坐不住，如果没有人接盘，到时候能拿回多少钱来还不好说。他们主动找到潍柴门上。火候到了，2011年底，潍柴公司分别把苏格兰皇家银行、橡树资本和意大利银行的谈判代表请到香港，安排到不同酒店，且三方都不知道另外两方已到香港。

一连七天的分别谈判，并购重组在逐步进展。谈完债权、股权，还得再与管理团队谈判。可是，这家世界顶级豪华游艇的管理团队，平时都是与王室贵族抑或顶级富豪打交道，根本看不上来自东方的企业家。谈判开始，一位法拉帝高管跷着二郎腿，从不正眼看人。

然而他不知道，潍柴人早已将他们的软肋了如指掌，并且酝酿出了一招制胜的方案。

"法拉帝不愧是顶级品牌，长期以来领导世界游艇潮流，那是身份和地位的象征。这是近百年西方传统文化和现代管理的完美结晶，也是包括在座各位付出心血的可喜成果。你们辛苦了！潍柴集团非常认同这种企业文化，在某些方面要向法拉帝学习。"

一番由衷的"高帽"，让这些高管十分受用，一个个正襟危坐，洗耳恭听。谁知，正当他们听得热血澎湃时，潍柴人却话锋一转，一针见血地指出了当下的危机："不过，由于种种原因，目前法拉帝风光不再，已经到了破产清算的最后时限。如果没有重组方的收购注资，各位高管手中原本价值 7000 万欧元的股权，就会被银行低价拍卖，最终将分毫不剩……"

"你说得不错，这正是我们非常担心和忧虑的啊！"

"是啊，辛辛苦苦干了几十年，手中的股权竟然全都成了废纸？这可怎么办？！"

听到如此一说，犹如扎心之针，刚刚还自矜自傲、鼻孔朝天的高管，竟然失去理智地崩溃了，一头趴在谈判桌上，当场大哭起来。看清了现实，接下来就好谈了。最终，潍柴集团与他们达成了一致。

2012 年 1 月 10 日，山东重工潍柴集团战略重组意大利法拉帝集团的签约仪式在济南正式举行。根据协议，潍柴集团将通过 1.78 亿欧元的股权投资及 1.96 亿欧元的贷款额度，共计向法拉帝投资 3.74 亿欧元，获得 75% 的绝对控股权。同时，"胆大心细"的潍柴人还留了一手——剩下的 25% 股权，由债权人通过债转股外加 2500 万欧元的形式获得。这样做，一方面防止他们拿钱就跑，同时避免了收购企业的未知风险，毕竟没人愿意拿自己的钱去堵窟窿。如此这般，潍柴团队将闻名世界的老牌游艇企业——意人利法拉帝，拿到了中国人手里。

此次潍柴仅以不到峰值价值的五分之一，成功抄底收购曾经高高在上的游艇业巨头，这在全球金融界和游艇界都引起了轰动。后续，他们又增加到 86% 股权，并经过换帅、变革、融合，短短几年，法拉帝就全面扭亏为盈，营收从过去的不足 3 亿欧元，发展到了 6.5 亿欧元，复合增长率超过 22%。2018 年，公司实现净利润近 4000 万欧元，跃居全球游艇行业第一位。

一些媒体异口同声赞叹道："濒临破产的'游艇界劳斯莱斯'，被一群造柴油机的中国山东人救活了！"

又是一年芳草绿。2022 年 3 月 31 日，位于维多利亚湾畔的香港联交所，一片和谐欢乐气氛，身穿笔挺西服的企业家、金融家和政府官员们济济一堂，喜形于色。上午9时30分，"当——"，一记锣声响彻全场：意大利法拉帝集团在香港挂牌上市了！

传奇还在续写着。时隔仅仅15个月，法拉帝集团这艘超级游艇带着昔日的荣耀返航本土——意大利米兰，2023年6月27日上午9:00（北京时间下午3:00），潍柴集团旗下意大利法拉帝集团在米兰泛欧交易所正式挂牌上市。意大利米兰泛欧交易所与中国山东潍坊潍柴集团总部以视频连线方式同步举行仪式。

这是意大利法拉帝集团继2022年在香港证券交易所上市后，再一次成功登陆资本市场，实现了"香港＋米兰"两大国际金融中心双重上市，开启了法拉帝集团"欧洲＋亚洲"双核并进、走遍全球的新篇章，并且再次创新了全球资本整合的新路径。

点亮凯傲塔

马不停蹄，乘胜前进。

在日新月异的二十一世纪，有多少描绘与时间赛跑的形容词——时不我待、只争朝夕，以梦为马、不负韶华，似乎都不足以表现潍柴人的急迫心情与迅疾行动。就在将法拉帝游艇公司收入麾下不久，他们智慧且敏捷的目光又盯上了德国一家著名的企业集团。

2012年8月10日下午4时，在意大利米兰王子酒店的二楼会议室，一场注定轰动全球的并购谈判正在秘密进行。庄重而整洁的大厅内，一张红色的长桌前坐着对峙的双方。一边是重组方，中国潍柴控股公司团队；一侧是股东方，全球两大顶级投行——被称为"金融海啸背后操纵者"的高盛集团和"杠杆收购天王"KKR集团。主谈人名叫德比利。重组标的主要是：全球第二大叉车企业德国凯傲集团旗下的林德液压。

事实上，他们已经通过各种方式谈了半年之久了。从台面上的唇枪舌剑，漫天要价、就地还钱，到私底下的称兄道弟、试图以友情软化僵硬的对手。可以说，双方都是谈判高手，兵来将挡，水来土掩，你摸我的底牌，我探你的路数，虚实结合，软硬兼施，谁都想为自己争取最大利益。

这次并购起源于中国工程机械行业一大软肋——高端液压技术缺失。液压件相当于人的肌肉。一辆 50 米高的云梯消防车，伸缩支撑主要靠液压系统。曾在中央电视台《挑战不可能》节目中，一位技艺精湛的工匠开着挖掘机，表演开酒瓶盖、抛篮球进筐等复杂的动作，全都凭借"液压"的助力。

为此，工程机械行业流传着这样一句话："得液压件者得天下。"它不仅直接关系到各种机器设备的功能高下，更关乎一个国家装备制造业的竞争力水平。多年来，全球高端液压技术被德国博世、日本川崎和德国林德等少数企业所垄断。中国企业生产的高端泵车、装载机、叉车等所用的液压系统完全依赖进口，行业大部分利润只能拱手让人。

一心致力于民族企业崛起的潍柴集团，早就对此耿耿于怀了。如今发现在欧洲金融海啸中，德国凯傲集团包括所属的林德液压遇到了危机，正在寻求资金拯救。真是天赐良机，他们立即杀向了新的并购战场：只要将林德液压拿下，就能去除长期卡在中国企业脖子上的沉重枷锁。

然而，海外并购之路荆棘丛生，既是智慧的比拼，更是对人的意志和智慧的考验。在谈判期间，潍柴人私下请主谈对手德比利喝酒、吃饭，再带个小纪念品，谈谈个人交情。可后来发现，这些土办法用在他身上根本没用。前一天晚上还搂着肩膀，碰着酒杯，聊得兴高采烈，第二天回到谈判桌，对方仍旧言辞激烈，寸土不让。

有些国内企业家在海外并购时，往往只派出分管副总和中介机构，自己躲在幕后遥控指挥。潍柴不同，负责人总是直接出马，亲自操刀。有人问其理由，他们说："只有这样才能直接站在一线，用最短的时间决策、调度人员、配置资源，把握稍纵即逝的战机。"

是的，经过一系列海内外并购，他们的谈判经验和技艺得到了历练，把握分寸，掌控节奏，几乎做到了炉火纯青的地步。

就在那个火热的 8 月，尽管是坐在装有空调的会议室里，由于双方拉锯战已持续了十多天，此时又到了这天下午 4 点多，阳光从落地窗斜射进来，谈判人员大都无精打采，甚至有些焦躁不安了。当听完潍柴代表一段争辩后，高盛欧洲区主谈代表竟极不耐烦了，有失风度地冲着对面吼了一句："胡说！"

翻译听后面有难色，一时语塞。潍柴带队人从对方表情中感到不是什么好话，压抑住情绪说："说什么？直接翻！"年轻的翻译只得把那句话如实转告了。

"啪"的一声，只见他拍案而起，将手里的一摞文件砸向桌面，连同前面的水杯蹦起来，里边的热水溅了一地。现场昏昏欲睡的人员被吓了一跳，一个个不知所措。

"不谈了！"说罢，他愤怒地推开椅子转身就走。

一向优越感十足的高盛代表们顿时目瞪口呆，眼看着潍柴团队一个个离席而去。谈判中止，那位口不择言导致这种局面的人慌了神，赶紧追上去道歉："Sorry, sorry……"

可是潍柴人余怒未消，拂袖而去。

直到对方低下"高贵"的头颅，表现出希望及早达成协议的诚意，潍柴团队才又回到谈判桌上来。原来，高盛、KKR 此次出售股权是因为一场近乎失败的投资——

2006 年，两大投行并购了德国林德集团剥离的液压、叉车业务，又将其他叉车厂整合进来，组建了欧洲第一、全球第二的凯傲集团。财务型投资者的惯用套路是投资整合、包装上市，再高价变现退出。可 2008 年经济危机突如其来，凯傲 2011 年度净资产为负 4.87 亿欧元，还曝出了 9292 万欧元的亏损。根据德国资本市场的标准，凯傲要想上市只有降低负债率——要么再行注资，要么卖出部分资产。可高盛与 KKR 已被套牢，无意追加投资，只能出售企业。而潍柴是实心实意的大买家，他们拿腔拿调，只不过想卖个好价钱。

潍柴团队对此心知肚明，适时出击，争取达到最佳目的。

可是，究竟如何在短时间内走出两大资本巨头设下的迷魂阵呢？想了半天，他们觉得必须从内部寻求突破，于是私下约见了几个将要跟随资产剥离出来的德方高管，开门见山又关怀备至地说："重组之后，工厂还是聘请你们管理。从现在起，你们就是潍柴的人，我们要同心协力。从未来企业运营角度说，你们认为哪些资产是必不可少的，哪些方面是有瑕疵、有隐患的呢？"

听到未来的股东如此说法，几位高管立刻醒悟过来：是啊，虽说老板变了，但工作还要我们干，那就是一家人，企业发展好了，个人才能好。他们当即转变了立场，为潍柴并购出谋划策，一一列举出了必要的资产清单。

"资产中打包出售的办公楼价格很高，看似是资产，实则是负债。因为那是一个文物保护建筑，象征着德国的工业文明，有着诸多使用的限制和维护的要求。尽管有政府补贴，但企业每年都要投入大量资金维护修补。"一位财务负责人建议，"另外，我们一定要把现在的停车场收购过来，德国地皮很贵的，将来企业扩建，这块地就能用作新工厂的厂址了"。

"你说得对，我们就这么办！"

几年后的 2016 年 7 月 13 日，潍柴果真就将这块土地改造成了新工厂，省了一大笔重新购地款项。

当然，最能打动对方的还是整体并购方案。

"思忖了一夜，灵光一闪，我们琢磨出个方案：70%+25%+1。收购林德液压 70% 的股权，再买下凯傲集团 25% 的股权，加 1 则是凯傲在亚太的业务，潍柴具有主导权。"后来，潍柴人如此回忆，并坚信这个方案，高盛等投资行很难拒绝。

因为，这一方案不仅能帮助股东把林德液压的资产变现，还能以现金形式向凯傲集团注资，使后者重获上市的可能。在为 KKR 和高盛全身而退打开方便之门的同时，也为潍柴动力进一步增持留出了空间。

果不其然，潍柴动力凭借这一方案，最终在十多家竞购者中脱颖而出，以 7.38 亿欧元收购了德国凯傲集团 25% 的股份和旗下林德液压公司 70% 的股份，战略重组了这家欧洲排名第一、全球第二大工业叉车制造商，成就了这场当时中德企业最大一起并购案。

林德液压拥有垄断技术，并购就必须将涉及的技术专利一并拿下。可是，此前林德液压只内供凯傲叉车，二者彼此不分。如今硬要将液压单独出售，首先就要分清 400 多个专利哪些是液压的，哪些是叉车的。私下里，潍柴团队达成一致，没有专利，林德液压就是一个空壳，收购下来也毫无意义。他们定下了一个目标，要把这 400 多项专利中 80% 握在手中。

基于对专利的重视，双方再次坐在了谈判桌的两侧，将 400 多项专利投射在一个大屏幕上，由林德液压研究院院长一项一项讲解和分析。双方定下了一项分割原则，谁的专利归谁所有。

可是，双方对第一个专利就争执了一个多小时，仍然未有定论。原来，液压与叉车本是一个有机整体，专利也从未分开研发，许多处于很难辨识的灰色地带。为了保证进度，双方每次遇到分歧较大的专利就暂时搁置，继续往下进行。

时间很快到了中午，潍柴人发现，前 10 个专利只有 4 个明确归属了潍柴，3 个归属了凯傲，其余 3 个尚待讨论。这么下去根本无法达到获得 80% 专利的目标。同时，他们也发现，这个做讲解和分析的研究院院长非常关键，只要他的嘴"歪一歪"，关键的专利就可能轻松得到。

于是，他们按照先前的路数如法炮制，趁谈判间歇找到了这位研究院院长，推心置腹地说："您是林德液压公认的技术专家，很受大家的尊重。未来林德液压的发展关键靠技术，作为股东也最为看重这一方面。技术专利对于一个企业来说就是生命，就是工人吃饭的饭碗。希望您能在专利分割讨论时，考虑未来所有工人的利益与企业的生存。"

还未把话完全说透，这位院长就分清了相关得失和利弊，瞪大眼睛连连说道："我明白了，请放心，接下来我知道该怎么做了。"

至此，潍柴动力继KKR和高盛之后成为凯傲新的主要投资者。同时，潍柴持有林德液压公司70%的多数股权，新公司主要是由林德物料搬运有限公司剥离出来的液压业务构成。其余30%的股份继续由林德物料搬运有限公司持有。在现有买入期权规定下，潍柴动力有权在凯傲首次公开发行股票（IPO）前，增持凯傲股份至摊薄后全部股份的30%。

除此之外，双方还达成共识，潍柴将有权在2013年6月30日之前或IPO完成后三个月内，向凯傲现有股东购买股票，进一步增持凯傲3.3%的股份。如果潍柴拥有33.3%的凯傲股份，各方将合作确保潍柴拥有任命监事会主席的权利。

在潍柴重组的众多国外企业中，文化差异最大的就要数德国的子公司。德国人有着世界上最严谨的作风，喜欢制订详细的计划和规则，严格恪守规章制度，按部就班执行。中国人却一向倡导灵活多变，鼓励创新，突破现有规则。中德企业文化几乎处于两个极端。

2015年11月的一天，潍柴中方一位高管收到了一封来自子公司德国凯傲的电邮："这是2015年11月至2016年10月的会议安排情况，请你确认。如无意见，按此执行。"

咦？竟然预先安排一年的会议，万一市场变化需要讨论怎么办呢？中方人员感觉不可思议。德国企业却习以为常，往往一次性制定出各阶段会议日程，什么时候研究什么问题，大同小异。有些重要会议即使中方董事、高管临时有事缺席，也按计划进行。

而德方 CEO 兼管的中国公司，时常接到中方这样的通知："今天下午 3 点我们有一个会议，请您来参加。"瞧，矛盾不可避免地产生了，这就需要适应磨合、融会贯通。

每年 10 月份，德国凯傲主机厂就把第二年订单全部下到了林德液压，他们生产排期一向有条不紊，极少打乱生产计划；而重组之后，中国市场大多按月下单，订单常常来得突然、要得紧急，德国方面既不肯加班也不肯改变生产计划，只好看着到手的订单流失。

两种企业文化各有所长，可巨大的文化差异，使得彼此之间存在着戒备之心。按照潍柴人的设想，重组后将林德液压的技术引入中国，建设中国生产基地。可是，德方一开始却视潍柴是为"盗取"高端液压技术而来，特意规定——不许在中国建厂。

直到后来，潍柴为林德公司制定出"打造为全系列全领域、位列全球前两名"的战略愿景，又投资 8000 万欧元，帮助林德扩大生产规模——由原来的 15 万台产能提升至 25 万台，才将凯傲高管的误解渐渐消除。他们认识到：潍柴并非只是想拿走技术与利润，而是一个实实在在的产业投资者。

人的融合、文化的融合最终促成了潍柴母公司与林德液压产业的协同。随着双方信任度的提升，加之又受到中国市场的诱惑，2014 年，德方人员主动向董事会提出申请：在中国潍坊合资建厂！

一通百通，随着中国工厂的开工、产业协同的加深，又倒逼着一向按部就班的德国工人变得灵活起来，提出了"为成功而改变"的新理念，主动适应中国市场，有些德方高管还主动学起了中文。

一晃十年过去了，在潍柴动力的强力支持下，凯傲集团迅速走出经营困境，并于 2013 年成功在法兰克福证券交易所上市。2016 年，潍柴助力凯傲并购全球领先的自动化仓储物流商美国德马泰克全部股份，品牌愈加响亮，业务遍布全球 100 多个国家和地区。

依托强大的潍柴动力，德国凯傲水涨船高，10 年间营收从 2012 年的 46 亿欧元，翻番增长至 2021 年的 103 亿欧元，创下历史最好成绩。而潍柴动力入主德国凯傲，构建了全球领先的智能物流黄金产业链，也成为新的战略增长极。双方的整合发展，堪称中德两国企业合作共赢的成功范例。

2022 年 10 月 12 日晚上，位于山东省会济南莱芜区凯傲叉车基地，张灯结彩，灯火辉煌，中国潍柴–德国凯傲携手十周年暨凯傲"中国第二故乡"济南总部点亮景观塔活动，正在这里盛大举行。济南市委副书记、市长，潍柴集团负责人，德国凯傲集团 CEO 等出席活动并致辞、共同点亮凯傲中国景观塔。

潍柴控股集团、德国凯傲集团管理团队代表，通过"中国济南主会场 + 德国凯傲总部"视频连线的方式，共同见证了潍柴与凯傲十年结硕果、再启新征程的历史性时刻。

如今，这座高 24 米、共 6 层的景观塔牢牢矗立在泰山脚下、黄河岸边，见证着中国潍柴牵手德国凯傲，擘画出更加灿烂辉煌的愿景。随着出席活动仪式的各位代表一齐推动操作杆，景观塔瞬间通体闪亮，晖映天地，八个银光闪闪的大字闪耀在夜空里：同心聚力，璀璨前行！

雄狮立山巅

"我们在海外并购过程中走了三步，第一步通过并购先取得这些企业的控股权；第二步就是合资建厂，建研发中心；第三步利用潍柴的优势，加上他们的优势创新提升，实现双方共赢发展。我们走的这三步很清晰。"

"讲得太好了！我想，这正是潍柴人国际化成功的奥秘，可以说旭日之光耀海外！"

"好啊，旭日之光，你这个比喻很好……"

正在我们谈得兴致勃勃之时，这位潍柴企业文化负责人手机响了：一个预先约好的会议正在等待着他去参加，只好与我们握手告别。最后他说："博杜安已在中国建厂了，就在潍柴工业园里。"这引起了我浓厚的兴趣，立即表示要去参观一下。

于是，在潍柴企业文化工作人员的带领下，我们走出洒满阳光的办公大楼，向不远处的博杜安发动机制造厂走去。虽说天气正在变冷，可是经过刚才的时光隧道，穿越海外、前往欧洲，沿着潍柴并购之路"海阔天高"地走了一圈，兴奋喜悦之情一直温暖着我们的心怀。

走进"中国博杜安"车间大门，使我惊叹不已：高大明亮的厂房内安装着一排排整齐的机床设备，只听阵阵机器声，却看不见几个人影，全是自动化生产线。地板上分别漆着红绿颜色，行走区、工作区、加工部件区泾渭分明，清洁得一尘不染，几乎像镜面一样可照见人影。

不由得，我想起自己早年的经历——20世纪70年代，我不到16岁就作为学徒工进入一家机械厂工作，车间地上满是黑乎乎、黏糊糊一片。别说工作了，只在那里走上一趟，鞋底上就沾满了油泥。时间不长，胶鞋就会被腐蚀了，像小船一样两头翘起来。如今，真是不可同日而语。

什么是现代化工厂，什么是国际化形象，在这里就可见一斑。里里外外参观了一遍，潍柴博杜安（潍坊）公司负责人接受了我们的采访。他年龄不大，却已入职潍柴十多年了，是第一批进驻法国博杜安的中方人员。其间，他曾到潍柴在印度的工厂工作，2019年回来参与筹建博杜安中国工厂。

"是的，我回来主要负责这件事，能够在本土落地，就说明我们收购是成功的，建分厂的决策也很关键、很英明。本来我们早在2012年

12 月就成立了博杜安潍坊公司，试生产的时候一个月造十几台。感觉还可以，不如干脆建个厂。刚开始的订单还不是很多，每月生产 200 多台至 300 台，但是幸亏建成了，我们现在一个月能造 800 多台。如果不建这个厂，是达不到这个产量的。"

"外国工厂本土化，学到了技术，扩大了产能，真是一举数得啊！"我不由地赞叹道，同时提出了自己的问题："咱们的产品，博杜安本部认可吗？"

"问得好！我们是 2020 年 4 月份投产的，正赶上病毒感染防控，中法国际来往不方便了，就每半个月和法国博杜安进行一个电话会议，交流生产和质量方面的信息，还拍视频给他们看。法国人对他们自己的品牌很有感情，对我们存着疑问，'你们能不能干好，别给我降低质量'。今年防控结束，法国博杜安的管理人员可以来潍柴了，看到先进整洁的自动化生产线，和与他们完全一样水平的产品，就彻底放心了！

"我就说一件事：这次法国人集中过来，当着我们的面夸奖工厂办得好，可能有说客气话的成分。可他们回去后，对当地人也赞不绝口，感觉就不一般了！他们没想到我们管理得这么好，非常敬佩。你看，从那么一个不愿意被我们收购，甚至要把中国人赶出去的企业，到现在心服口服请我们办厂，甚至某些方面还有所超越，确实感到很震撼。"

是啊，这家潍柴动力率先收购、战略重组的法国博杜安公司，就是潍柴人成功地走向海外、称雄世界同行的典型案例。它标志着经过几十年的艰苦奋斗、开拓创新，中国制造业、华夏企业家已经屹立在世界之上、天地之间。

即将离开之时，我注意到厂房门前有一幅巨大的图片：蓝天白云背景下，赫然卧着一台大马力柴油发动机，如同一头雄狮一般整装待发，跃跃欲试。潍柴动力，俨然就是群山之巅威风凛凛的雄狮。

沧海桑田，风云变幻。经过一代代仁人志士的艰苦奋斗、流血牺牲，沉睡的东方雄狮早已苏醒，并且经过包括潍柴人在内的所有炎黄子孙的不懈努力，正在昂首挺胸崛起于世界民族之林。当然，我们追求的是和平崛起，是构建文明进步的人类命运共同体。

2014年3月27日，在巴黎举行中法建交50周年纪念大会上，国家主席习近平和法国总统奥朗德共同出席并发表重要讲话。习近平指出："当前，中国人民正在为实现中华民族伟大复兴的中国梦而奋斗……拿破仑说过，中国是一头沉睡的狮子，当这头睡狮醒来时，世界都会为之发抖。中国这头狮子已经醒了，但这是一只和平的、可亲的、文明的狮子。"

2023年9月—11月写于潍坊、青岛

许晨 鲁迅文学奖得主，中国报告文学学会理事，山东省作协原副主席、国家一级作家。出版《琴声如诉》《第四极：中国蛟龙号挑战深海》《耕海探洋》等报告文学和散文集，荣获冰心散文奖、泰山文学奖、省文艺精品等奖项。

张世勤

"青春号"动力组

拥有全球 10 万多名职工的潍柴集团，是我国工业装备制造业一面炫目的旗帜，它以出产优质动力系统产品而闻名，它也同时在每一个潍柴人心中，都安装上了一台大功率的发动机。且不说厂里的那些大国工匠，那些全国技术能手，那些科研院所，那些创新团队，只从几个年轻的潍柴人身上，他们闪耀着的青春光芒，照样映照出了中国力量和未来的希望。

用"核雕"雕刻自己躁动的青春之心

2006 年 6 月 19 日，六辆潍柴大客驶出潍柴技校，穿过老厂区到达新工业园。在 300 名奔赴潍柴一线的潍柴技校生中，高志强坐在第二辆车的靠窗位置。这一天，也是谭旭光董事长出任潍柴厂长 8 周年的日子。8 年前的潍柴，正是处于濒临破产的时候，欠债 3 亿多元，13600 多名职工已经 6 个月发不出工资。但 8 年之后的这一天，情况已今非昔比，从 2001 年到 2004 年，潍柴年销售额由 12.5 亿到 25 亿，再到 50 亿，再到 100 亿。高志强进厂的时候，公司已站在一个百亿起点上，正朝向一个以现代管理模式运行的新潍柴迈进。这一天，公司高管们有的正在去往公司新并购的新火炬集团，有的正忙于重组山东巨力股份有限公司，做着深交所上市的前期准备，有的正为公司成功研发出国内第一台具有完全自主知识产权的大功率欧Ⅲ发动机，策划相关宣传和推广工作。刚下车的高志强，看到整齐的建筑，洁净的地面，簇新的车辆，对新厂区的第一印象就是"高大上"，内心的激动之情无以言表。

高志强被分配到了一号工厂。

潍柴一号工厂成立于 2004 年 11 月 23 日，是潍柴高速大功率发动机的重要生产制造基地。此时的车间，虽然顶着"柴油机智能制造综合试点示范项目"的帽子，其实智能化水平相对还比较低。进入一号工厂后的高志强这时才更能深切地体会到，所有的"高大上"，背后都是用汗水浇灌起来的。钢铁生硬，金属无言，一个"对班"下来，人就像散了架，更重要的还在于盘踞于内心的那份孤独。如果自己连一天都坚持不下来，那些老师傅们是怎样几十年如一日躬耕不辍的呢？他先是找到曾到学校点兵把他点来的杨主任，杨主任说："从一个合格的学生到一个合格的工人，中间肯定有一个淬炼过程，这很正常，就看谁能顶得住。一时顶得住，就是合格员工。一直顶得住，就有成为工匠的希望。"杨主任的话，道理很简单，但却并不能一下解决问题。他于是回到母校进一步求教曾经的老师："我为什么就没有老师傅们脸上那份淡定和坚毅呢？"老师说："你需要先把你那份心安下来。"

高志强几次走到大街上，去排解心中的孤独。有次在街上突然遇到了一个微雕艺人，正用一枚核桃在那儿做核雕，这勾起了他的兴趣，方寸之间，大千世界，这得多么细致才行，这得多么有耐性才行！心稍有一点躁，是不可能雕出众多人物或精致场景的。从小喜欢绘画的高志强，想起自己高中时的美术老师跟潍坊核雕名家孙向阳是朋友，便央求老师带他拜师，他的诚心终于打动了孙向阳先生，答应收他为徒，传授技艺。

一堆刻烂的核桃，一只反复被刀片划伤的手，用心用时用力，却不产生什么效益，家人对此很不理解，不止一次地劝说他："你不专心致志上班，做这些东西有啥用？"高志强说："我就是为专心致志上好班才要学习核雕的。"别人不懂他，他自己懂自己，即使妻子以离婚相威胁，高志强也未改初衷。他从基础学起，技艺一天天飞速进步，先是一条龙，后是十八罗汉，再然后是金玉满堂，一直到八仙过海，他的作品栩栩如生，活龙活现。十几年下来，他成为潍坊市工艺美术员、工艺美术协会会员、核雕协会会员。在潍坊市核雕艺术节上，他获得了设计创新奖，在山东工艺美术节上，他获得了金奖，在山东省工艺美术行业职业技能大赛上，他获得了"技能兴鲁"铜奖，在中国非物质文化遗产博览会传统工艺比赛山东赛区，他获得了雕刻类一等奖，先后被潍坊市授予"潍坊市工艺美术名人""潍坊市工艺美术大师"等荣誉称号。

2018 年 6 月，为庆祝潍柴 72 周年华诞，高志强献上了一份特殊的礼物，这就是他的核雕作品《核舟记》。《核舟记》通过对 151 个桃核不同纹理的精雕细琢，费时两个月的时间完成，素材来自潍柴集团生产一线的最新产品，两条惟妙惟肖的腾飞巨龙，托举着潍柴高端 H1 发动机，寓意潍柴放飞梦想，腾飞发展。

2023 年，山东首档融媒体理论节目《理响中国》到潍柴录制节目，高志强以公司全球首款本体热效率 52.28% 柴油机、三高试验等素材为原型，精心制作出了木版画，成为节目的一大亮点。

高志强走出一号工厂调入产品试验测试中心，已经是他入厂 16 年之后的事了。在这 16 年的时间里，一号工厂捷报频传，10 升高速发动机，销量领跑全球，火遍大江南北的 WP9H/WP10H 在此诞生，H 平台欧 VI 动力总成进入香港，车间完成 130 余项智能改造项目。16 年就这么过去了，高志强说："是工厂的老师傅们给我做出了榜样，同时也是核雕磨炼了我的耐心和意志，培养了我的想象力和创造力。否则，让我重新走一遍，我都不敢保证自己能坚持下来。"

巧手剪出"潍柴动力"

2014 年 10 月 26 日，晚，潍柴餐饮中心二楼，一片欢声笑语的"潍柴全球 CEO 会议晚会"正在热热闹闹地进行中，表演剪纸节目环节时，江景伟仅用 3 分钟的时间，便现场剪制出了一幅 60×40CM 的大大的"福"字，具有浓郁民间传统艺术的中国红，一下刷亮了几个欧洲老外的眼睛。在热烈的气氛中，谭旭光董事长登上舞台，将这幅充满纪念意义的现场剪纸作品作为礼物，赠送给了外国嘉宾。

其实，在此前 2013 年潍柴道依茨公司举办的"同喜同贺中秋，同心同乐潍柴"晚会上，工友们就已见识过江景伟精湛过人的剪纸手艺了。

在我跟江景伟见面时，他也送了我一幅已经装裱好的"福"字。一看就精巧，喜庆。等我展开来仔细端详，才看出这"福"字可不是一般的"福"字，它上面的一横，用的是潍柴的 logo，下面的口子里，也不是规规矩矩的一个"十"字，而是一台复杂的发动机图案。用不着问型号，我猜想它一定是潍柴人引以为豪，同时也给潍柴集团带来巨大荣誉和效益的"蓝擎"。

我说："江景伟，你送我的这个'福'字，动力够足，气韵够浓，谢谢你！"同时，我对陪同见面的集团工会的同志说："他这个创意好，把集团的产品巧妙地融合进了传统的剪纸艺术之中。"工会的同志告诉我："在他手上，集团的产品已经完全可以搞一个剪纸版的展览了。现在，潍柴工会、品牌管理部、发动机研究院、潍柴进出口公司，还有一些分厂，都找他，请他设计制作剪纸、树叶剪纸、漫画作品以及手抄报等。"

我问江景伟："你怎么想起搞剪纸来的？"

1988 年生人，但至今还未正儿八经谈场恋爱的江景伟，脸上表露出女孩子一般的羞涩，这个被共青团山东省国资委认定为"最美青年"的年轻人，蹙着眉头，认真地说："一进厂我就发现，潍柴的老师傅们没有一个是简单的，他们个顶个都有一双巧手。我小时候是奶奶带着我，我一哭，奶奶就用剪纸哄我，我爱奶奶，也爱剪纸，我也爱机器，爱潍柴。我在潍坊职业学院学的是机电一体化专业，我要在机器上练手，我也想在剪纸上练手。"

2011 年春天，是江景伟进厂开始实习的日子。此时，615 厂的产品由最初的单一发动机品种，迅速发展到了 WD615、WP10、WD10 等多个系列近 2000 个品种。集团从 1998 年算起，在短短 12 年的时间里，经济规模已经增长了 100 倍，旗下三支股票的市值均已超过 1000 亿元。集团的高管们一部分正分赴欧洲、北美、东南亚分厂上任，一部分正前往上海、重庆、湖北、江苏等 8 个省市子公司检查工作。2000 人的研发队伍，正欢送新一批赴加拿大和日本的出国深造人员。集团正沉浸在刚刚获得的被誉为中国工业奥斯卡的"中国工业大奖"的巨大喜庆和鼓舞之中。实现年营业收入 911 亿元潍柴集团，正向着产品百万台、收入千亿级的中国绿色动力研发制造基地迈进。

这一天，不仅热爱剪纸还喜欢写诗的江景伟，在《我是一只雄鹰》中写下了这样的诗句：我是一只雄鹰 / 我要在万里长天上展翅 / 我是一只雄鹰 / 我要在浩瀚的苍穹中搏击 / 我是一只雄鹰 / 我要在沧海桑田间超越 / 我要用心灵去追逐梦想和光荣 / 我要用翅膀去拥抱大地和长空。

江景伟的第一个岗位，是原潍柴道依茨公司总装车间，从事一线发动机装配工作，先是装配气缸盖，后又做调气门间隙。结束实习期不久的他，就解开了一桩"气门间隙负数迷案"，得到了公司的褒奖。

一天，工作中的江景伟，手中的螺丝刀飞快地带动着调节螺钉旋转，转到适当位置，力矩扳手"咔吧"一声扭到了力矩，再顺手将塞尺拔出。

这样，一个气门间隙便调整完毕。这时，班长元兵兵喊他："小江，试车有一台机器气门间隙小了，你去看看，重调一下。" 不一会儿他气喘吁吁地跑回来："有一个气门没一点间隙，还压下去了一些，变成负数了。"原来是一台工程六缸机的第十个气门一点间隙都没有，并且活塞在上止点时摇臂把气门还压下去一部分，以前从没出现过这种情况，也不知道是什么原因造成的，这成了一个"迷案"。气门间隙是装配过程中的一个关键过程，是为了气门在工作状态下发热膨胀而特意在设计过程中留下的，它的取决点也特别多，有缸盖、气门、摇臂、推杆、凸轮轴，所以出现这种气门间隙为负数的问题，必须得从这些零部件中去一一查找。江景伟多次跑到预装去观察气缸盖气门凹槽，他一直感觉问题就出在这里，就把自己的想法给班长元兵兵说了，班长听后感觉有道理，随后就把这一想法提出给工艺人员。后来通过工艺室、制造室研究确定，问题真就出在气缸盖气门凹槽的斜面上，该斜面是与气门斜面相配合，在弹簧力的作用下对气缸进行密封，是一个精度要求特别高的加工面。由于在加工过程中，气缸盖气门凹槽的斜面角度有偏差，造成了气缸盖气门凹槽轴心与斜面轴心不同轴，使得加工出来的凹槽斜面有一点不平，装配上气门之后在弹簧力的作用下由原来的面接触变成了点接触，试车过程中在高速的磨合下又被磨平，将原来留有的气门间隙减为了零，后又由于发热膨胀使其变为了负数。还是学徒工身份的江景伟竟将这一"迷案"给成功破获了！

六年后，江景伟跟随道依茨公司合并进了潍柴三号工厂，继续在总装车间生产一线从事发动机装配工作，工匠技艺也一天天长进，先后被评为"潍柴中机公司装配能手""潍柴中机公司优秀员工"，获"潍柴中机公司优秀改善项目奖""潍柴企业文化理念创意设计大赛二等奖""潍坊高新区第三届道德模范""共青团山东省国资委最美优秀青年"等奖项和荣誉称号。

据去过他住处的工友介绍，他那儿就是一片艺术的天地，除了书，就是画，还有剪纸，他在繁重的工作之余创作出的那些与时俱进的作品，手法夸张，造型独特、质朴，栩栩如生。他曾跟他的剪纸师父王老师说："我觉得人来到这个世上，就应做一个有作为的人，我不仅想创造出自己的物质世界，也想通过绘画、剪纸、写诗，创造出一个精神世界。"

他在参加公司 WOS 精益集团演讲比赛做《激情燃烧》的演讲时，曾这样讲道："假如梦想没有激情，事业将一片荒芜；假如心灵没有激情，生活将平淡无奇；假如行动没有激情，人生将一无所成！工作不单是为了讨多少薪水，更是实现自身价值的平台和途径。我向大家推荐《你在为谁工作》这本书，它或许能帮助每一个人提升自己的认知。只尽本分机械地完成任务并不是责任感，一个对工作有强烈责任感的员工，不仅能高质量地完成自己分内的工作，还会视公司的利益为自己的利益，处处为公司着想，时刻关注公司发展，在公司不断发展壮大的过程中，享受升职加薪带来的成就感。"同时，他也在自己撰写的《感恩》一文中，提出了感恩父母、感恩老师、感恩朋友、感恩公司、感恩同事、感恩对手、感恩生活、感恩自然、感恩祖国九个感恩。

强身健魄争做"百度人"

2019 年 8 月 1 日，就读于潍柴职业大学 4 年的郑皓毕业了，被分配到潍柴重机工业园数字成型中心 3D 打印基地，协助工艺技术人员完成各种砂型的 3D 打印任务。他所在的单位不大，通俗地讲就是一个研发实验室，在工龄已长达 25 年、有着"一稳三练"说法的李春旭师傅带领下开展工作。此时，潍柴集团的年收入已经跨越 2000 亿元门槛，集团已经正式完成国际化布局；从固态氧化物燃料电池，到氢燃料电池，到 HPDI 天然气发动机，潍柴已经全面掌控未来新能源产业的三大核心技术，并拥有这三大核心技术在中国的技术买断权；集团正在推出更加宏伟、更加激动人心的"2020—2030战略"企划。

我跟郑皓有一见如故的感觉，因为我们有一个共同的话题：武术。1999年出生于平度的郑皓，中等个头，肤色黑红，面庞棱角分明，身手利落，今年24岁的他正是血气方刚的时候。我说起当年电影《少林寺》对我的影响，那时我正在读高中，《少林寺》一出，县城空巷，我也从此痴迷上了武术，虽然没有专门进武校，但高中和大学一直在武术组，出拳使棍不止。那个饰演反派王仁则，一把美胡须的于承惠，那个饰演昙宗师父，一副大块头，一看就是浑身都是功夫的于海……不等我往下讲，郑皓说："于海是我师爷辈的。我跟我的第二任师父邵坤所学的螳螂拳、通背拳，就是早年间师父从于海大师那儿学来的。"我马上站起来跟他握手，我说："于海是形意拳大师，螳螂拳、鹤拳、蛇拳、鹰拳，都是我所崇拜和痴迷的，它们动静之间，急缓相济，摹形状物，各具攻点，各有秘笈。"郑皓说："我得过市里的少林拳金奖。"

郑皓的第一任师父，是青岛李沧区的民间武术家林学智，林师父的师父，是中国武术九段周永福大师，郑皓五六岁便开始受启蒙。来到潍坊后的郑皓，又拜了潍坊武术名家邵坤为师，在潍柴职业大学的4年，郑皓学习用功，同时习武不止，武艺也大有长进。

郑皓说，他心里其实一直有一个军人梦，很想到部队这座大熔炉里去施展才华，但自己受潍柴培养，对潍柴这个企业、这个团队既有感情也很向往，当时来潍柴的唯一顾虑，是怕潍柴容不下自己的爱好。让他庆幸的是，来到潍柴后，他的爱好得到了领导的支持。

郑皓说，这些年他虽然没能成为军人，但却始终以军人的精神和气度严格要求自己，把自己的业余时间和精力全部用在了武术方面，白天工作，晚上一个人跑去公园，一练就是四五个小时，放弃了同龄人常有的社交，忍受着常人吃不了的苦和难言的孤独。直至说到为集团表演武术节目时，他的那份荣耀和自豪，才重新挂回到脸上。

在 2020 年 12 月 30 日的工艺工匠研究院年度总结会上，在 2022 年 1 月 1 日的工艺工匠研究院年度表彰大会上，在 2023 年 5 月 4 日潍柴集团"二十年后来相会"的年轻人大聚会上，郑皓的武术表演都是火爆节目，格外提气。我能想象得出，在配上《刀剑如梦》《笑傲江湖》《沧海一声笑》《万里长城永不倒》《精忠报国》等音乐之后，他的武术秀会是多么刚劲和洒脱，他的武林梦会是多么酣畅淋漓！

男儿当自强！郑皓说："我不在乎别人的看法，因为热爱所以坚持，我以为，武术和工作相济，利用武术精神来推动工作，拥有健康的体魄，工作才会干得更完美，拥有习武吃苦耐劳、不怕困难的精神，才能够将工作中遇到的难题顺利解决。习武之人，不仅身强体壮，内心强大，在工作上也一定会增强执行力。我也争取做个'百度人'。"

"百度人"这说法让我不解，在郑浩的解读下，我从高志强身上找到了出处。

在一号工厂一"站"就是 16 年的高志强，离开一号工厂后，来到了集团产品试验测试中心，成为潍柴三高试验队的一员。这个终于可以从闷筒子车间走出来透口气的小伙子，接下来的任务却更加艰巨。他们需要在高温、高寒、高原"三高"地区，试验潍柴的产品。潍柴的产品，即便是民用的，也不能马虎。如果是供给军用的，就更得一丝不苟。有时他们是在地表温度高达 80℃ 的吐鲁番，躺进车底拆卸整修，车辆表面被烫得根本无法用手触摸，被灼伤是常有的事。有时他们是在 −40℃ 的黑河、漠河，如果徒手摸上机器会被一下黏住，撕去一块皮。有时他们是在高海拔的青藏高原，上气不接下气。高度一上一下，就是几千米；温度一上一下，温差不止 100 度。这便是郑皓所说"百度人"的由来。

郑皓说："来到潍柴后，我发现要做好一个合格的潍柴员工，没有个好身体根本不行。工作老师傅们的腰没有一个是好的。"有一个好身体，才能顶得住高强度。这一点，郑皓自己深有体会。在病毒感染防控最严峻的那段时间，现场负责喷墨打印设备的操作人员，仅剩他一人没阳，一天下来，手机响个不停。他每天提前到岗，冲锋在一线，添加树脂与周化剂清理打印喷头，打印测试坎，清理铺砂器……他不厌其烦地汇总设备调试情况，将增材现场存在的实际困难及时向领导汇报，寻求支持，联系无法到岗的工艺人员远程解决问题，争分夺秒，保证已经搬运到增材创新中心的打印设备能够尽早启用。超负荷的工作，让他的脚肿到脱不下鞋来，但他仍然坚持着，在一线岗位解决各种突发情况。

郑皓说："我现在的一大心愿，就是带领大家一起强身健体，弘扬中华武术，传承正能量。当然，我也一直在通过个人的努力进行着学历提升，我还年轻，潍柴也许是我经历过的一个地方，但也许就是我一辈子立身的战场。潍柴成就了现在的我，我愿意勇敢地面对现实，珍惜眼前，干好当下。"

在潍柴总部，科技大楼、研发大楼和信息化大楼围起了一个同心圆广场，我和高志强、江景伟、郑皓三位年轻人，坐在科技大楼二楼的简易会议室里，一起谈起读书，谈起未来，谈起潍柴集团那些动人的故事和经营的传奇。他们三个人的身上，都有着我青春的影子。此时，午阳正好，不时可以看见潍柴的"工装蓝"迈着坚毅的步伐，从同心圆广场上走过。

张世勤 中国作家协会会员，山东省文学期刊社社长、《时代文学》主编、山东省报告文学学会常务副会长。著有《爱若微火》《牛背山情话》《剑胆勤心》《人体课》《古典的骨》等作品集多部。散文随笔在《人民日报》《光明日报》《文艺报》等近百家报刊发表。

谭　践

主角舞台在非洲

早就对潍柴有所了解。

二十多年前，省作协召开"青创会"，与我同居一室的文友来自潍坊柴油机厂，负责编辑《潍柴报》。三言两语，便知是能够聊得来的人。闲时，免不了相互问询和交流各自单位的情况。文友颇自豪，他所在的潍坊柴油机厂前些年濒临破产，却又一跃而成为当地利税大户，全在于换了一位能征善战的厂长。文友说，厂长和你同姓，名叫谭旭光。企业正酝酿在香港上市，潍柴前途不可限量。等找个机会，请你到潍柴来，体验一下我们国有大厂和基层工人的风采，写篇"大作"，在我们《潍柴报》隆重推出。我答应着，期待着……

会后，网上搜索潍柴，网页铺天盖地，产品、销售、管理等各类信息蜂拥而至，潍柴在我眼里渐趋丰满、高大起来。我心飞扬，已向潍柴。期待文友尽快兑现"承诺"，邀我潍柴一游。

正所谓"天有不测风云"，一日忽闻噩耗，文友在一场车祸中不幸去世。想起潍柴，便想起文友，悲从中来。自那，不敢轻易触碰"潍柴"二字。隔年余，报上得知潍柴H股在香港上市，文友当年期望，成为现实，友如地下有知，该会如何自豪?!

2023年底，山东省报告文学学会举办潍柴采风创作活动，我正忙于省作协在泰安举办的一个网络文学创作研讨班。接到通知，二十多年前文友的邀请浮现眼前，冥冥中似有奇妙感应。尽管会议尚未结束，我作为活动协助主力，确乎不应离开，还是硬着头皮，忑忑着跟领导请了假，购好了当天最后一列高铁票，想连夜奔赴潍坊。因去往高铁站途中堵车误点，未能赶上，只好换购了第二天早晨最早一列高铁，早早赶到车站，经过一个多小时高速运行，终于到达潍坊。穿越广阔的厂区，到达活动举办处。其时，采风活动正进行一个重要环节，作家和采访对象集体座谈，自我介绍完毕，各自由采访对象和所在部门领走，进行一对一访谈。分配给我的采访对象名叫王钢，厂里提前发来了介绍:

王钢，男，汉族，1986年9月出生，山东德州人，2009年毕业于聊城大学机械设计制造及自动化专业，2009年7月参加工作，2009年至今历任潍柴南非区服务经理、业务员、非洲大区业务副经理，常驻非洲超13年。

从照片上看，王钢血气方刚，朝气蓬勃。但遗憾的是，主角不在现场，在非洲。好在网络联通全球，我可以通过微信进行采访。

他在非洲大区，先在南非，现在尼日利亚。为采访顺利，我得先了解一下这两个地方。

约略知道南非的高犯罪率，特别是枪击案。就在王钢毕业进入潍柴之前的2008年6月，一对青岛籍夫妇在南非约翰内斯堡，遭两名黑人武装匪徒袭击，双双身亡。据悉，我国现有约50万人在非洲，仅南非一国就有30万人，大部分中国人在当地从事餐饮、建筑和商业等，当地治安状况非常糟糕，最近几年，每年都有两位数的同胞在南非遇害。2020年8月13日，知名侨领、时任南非齐鲁同乡总会会长仲志维夫妇在约翰内斯堡被歹徒残忍枪杀，他们的儿子则在20多年前被害，年仅

2岁。就在写作此文的 2023 年底，现任南非齐鲁同乡会会长范青也在南非被枪杀。尼日利亚，犯罪率不输南非，王钢调去的 2021 年，接连发生武装袭击事件，每次都造成 10 名以上的人员丧生。2022 年 1 月，武装分子袭击了尼日尔州的一个村庄，绑架了 3 名中国公民，两名当地工人在袭击中丧生。有武装分子拦截满载乘客的汽车，并对汽车发动袭击，造成 23 人死亡，武装集团分子还袭击了一所监狱，放跑了 252 名犯人。这群暴力武装分子，穿梭于丛林之间，绑架儿童和普通民众，勒索赎金，给民众带来极大恐慌。

一直生活在四海升平的中国，王钢如何选择了去往万里之遥的危险之地，如何在如此危险的环境中酿造出潍柴的奶与蜜？

北京与尼日利亚时差 7 个小时。下午 4 点，正是尼日利亚时间上午 9 点，在宾馆房间，我拨通了王钢的微信视频，他那边出奇的安静，他从容淡定的讲述，把我带到南非和尼日利亚艰苦而危险的环境中，一腔青春热血，皆为潍柴崛起而倾洒。

2009 年大学毕业，王钢面临人生除高考之外的又一大转折。热闹的校园招聘会，王钢根据所学机械制造专业，选择了三家单位：造拖拉机的德州机械厂，宁津县搞质检的一家事业单位，潍柴动力。三家单位各有"千秋"，前两家地处故乡，特别是宁津，离家近，工作安逸。而潍柴，名气最大，入职难度最高。教机械设计的老师在课堂上曾不止一次提到了潍柴，对潍柴的综合实力、薪资福利、发展前景等，赞赏有加。能够到潍柴工作，是他们一班人遥不可及的梦想。聊大是一所普通大学，而潍柴一般只招收 211 或者 985 院校毕业生。事实上，2009 年，潍柴并没有到聊大举行招聘会，王钢是从网上看到招聘启事的，接着就把精心编制的报名简历投到了潍柴邮箱，他报的是海外服务岗位。通过电话后，对方让等通知，他没抱太大希望。毕竟潍柴名头太大了，他只是位普通大学的大学生。老家宁津的工作同时运作着，去不了潍柴，他大概率就在家门口工作了。而这正是父母的愿望，离家近，工作稳定。但王钢不甘心，年轻人还是喜欢到大海里搏风击浪啊。大概等了一个多月，终于等来了潍柴的电话，通知他进行专业知识考试、英语考试及面试。经过一番严格的挑选，凭借扎实的专业知识和较好的英语水平，他被录取了。当年聊大，只有他一人如此幸运。

梦寐以求的愿望得以实现，王钢踏入了潍柴这个传说中的魅力之都。一心希望他留在故乡的父母，最终选择支持儿子。

2009 年，正是潍柴聚焦"国家战略、产业短板、技术前沿"时期，在经济危机的困难环境中，以 299 万欧元收购法国百年品牌博杜安，获得博杜安品牌和技术，弥补了潍柴 16L 以上高速发动机的空白。以博杜安发动机为敲门砖，潍柴开始招兵买马，布局海外市场，王钢这批大学毕业生，就是专为此目标而招。

来到潍柴，第一年是实习期，主要是在产品试验室，学习潍柴各类产品装配，在试验台上搞耐久性实验，为技术前沿提供后备支持。以扎实的专业知识为后盾，经过近一年的培训，王钢很快熟悉了各种专业技能和业务流程，具备了独当一面的工作能力。

那是个永远难忘的日子。2010 年 10 月 30 日，经过专业培训的王钢乘飞机抵达了南非首都约翰内斯堡，开始了长达十余年的非洲工作之旅。这是他平生第一次乘飞机，也是他第一次到国外工作。

他和另一位同伴的任务主要是建站设点，为装配潍柴发动机的汽车、发电机等设备提供售后服务，开拓非洲市场。

其时，潍柴发动机在海外数量不多，只在华人圈子里有些知名度。他们首先找当地有服务能力的公司（门店），特别是华人做老板的，了解、考察有无维修人员，特别是有无潍柴配件和发动机维修经验，规定每个潍柴服务站（点）必须有三万美金的潍柴配件。将这些公司的简介、服务能力等资料，打包递交总部，总部审核通过后，即成为潍柴服务站

（点），服务该站（点）所在区域装配的潍柴发动机，由服务站维修故障，费用由潍柴承担。

这些公司的老板虽是华人，员工却主要以当地人为主，南非讲英语，王钢的英语交流水平还不够高，跟他们的沟通不是很顺畅。初创时期，运行比较慢，效率不高；有些服务站实际上并没考察时声称的能力，有了问题，他们得亲自出马，帮他们解决。

当时最主要的任务是在生产线上。客户们进口的都是轮胎、发动机、驾驶室等整车散件。他们的主要工作是在组装环节，特别是发动机和整车的匹配，如果发动机启动不了，就得帮着排除故障，当然也为他们卖出去的产品做售后服务。

第一次出国，潍柴人感觉跟国内差异巨大。南非办事处包含周边国家业务。当时津巴布韦有座金矿，用了五六十台装配潍柴发动机的设备，他们必须赶到现场，进行服务和维修。金矿位于偏远山区，先从南非坐飞机到机场，再坐七八个小时汽车才能到达。那似乎是一个独立王国，进出最近的镇子也很远。他们住的全是铁皮房，天气酷热，没有空调，屋里更热，蚊虫乱飞。第一天晚上，没挂蚊帐，身上全是蚊子咬的包，第二三天感到全身不舒服，吃了点药，没确认是否得了疟疾，也不知是否发烧，只能硬挺过来。金矿上全是当地人，每天跟工大半天，一直跟了三四个月，和工人一起上下班，生活习惯变得跟当地人一样，整个人融入当地生活。自己做饭，一开始特别不习惯，当地的大米类似于糙米，口感差，没有香味，他们不习惯。几位中国人合伙做中餐，买菜要走出去挺远，出去一次采购一周的用量，可选的菜种类稀少，翻来覆去就那几样，习惯了国内饮食的他们，吃得一脸菜色。

饮食怎么都能凑合，让人不安和恐惧的是当地的治安环境。去南非之前，负责培训的老师大都去过世界多个国家，告之他们要去的约翰内斯堡抢劫盛行，仅次于墨西哥，是名副其实的"犯罪之都"。到达南非后，以前在那儿的前辈们，把防抢、防盗办法教给他。如需出门必须开车，不能打开窗子，等红绿灯时注意观察，如果有人靠近你的车，就赶紧跑。尽管他们处事小心，同事还是遇到了危险。有一天他们开车去另外一个城市出差，正在高速路上行驶，被一辆车从斜后方截停，他们拿着枪顶着同事，逼他把身上的东西都交出来。其时，他已在南非待了七八年，算是已经习惯了。刚开始，他曾打过退堂鼓，想跟公司申请换一个地方，但最后还是留了下来。如此危险的环境，他不来，别人也要来，不如自己默默承担吧，为了公司，为了中国，也为了自己青春无悔。

对于父母和妻儿，他是典型的"报喜不报忧"，种种危险，一般不跟家里提。他当然也知道，从他到达南非起，南非已成为父母妻儿除中国以外最为关注的地方。但很多细节他们是从电视上看不到的，除非发生政变，多人被抢劫、杀害，引发国际社会关注，否则他们对南非的安全形势不会有直观的了解。刚毕业，一去就是大半年，父母特别不舍，基本上每次出国，母亲都会到机场送别。大学谈的女朋友，也是如此，每次分别都特别留恋和伤心。

2013年王钢结婚，对象也在潍坊。2015年男孩出生，现已八岁，上小学，王钢的父母、妻子、岳父母，轮换着带孩子。他每次从国外归来，都得和孩子相处一段时间后才能熟悉起来，但还没等完全恢复亲密的父子之情，他又踏上了去往国外的"征程"。

他欠孩子的，也欠父母的。2019年，他的父母在潍坊看孩子，晚上休息不好，引发了偏头疼。有一天晚上，妈妈突然头痛得厉害，几乎晕过去。妻子赶紧叫了救护车，赶往医院。他想飞回国内，守在母亲病床前，可哪里有合适的机票，只能干着急，他默默祈祷母亲平安无事。当晚的脑CT没出结果，他一晚上没睡觉，想了无数结果，好的与不好的，都想到了。好在第二天凌晨结果出来了，没发现比较严重的问题，他才放下心来。

艰辛的付出换来了丰厚的回报。

到 2013 年底，他们用五年多的时间，以南非为中心，在非洲建立了潍柴第一批有售后服务能力的服务站，辐射周边莫桑比克、津巴布韦、赞比亚、博茨瓦那等国，装配潍柴发动机的汽车出现故障，能就近找到潍柴服务站。同时，王钢长期住在厂里，跟工人们有良好的交流，和所有合作伙伴都非常熟悉，关系处得非常融洽，还经常把他们带到国内公司参观。客户们享受着周到贴心的高水平服务，对潍柴品牌认可度大幅提高。

2014 年前，经过王钢努力争取，一家合作伙伴在南非的工厂从潍柴采购大量配件，发动机单独从潍柴采购，每年用量在 70 万 ~100 万美元之间，成为非洲发动机市场一个成功的案例。

从 2014 年开始，王钢由主抓售后服务改为销售。这项业务跟售后服务相关，却有明显不同。先得找销售渠道，卖潍柴产品，包括发动机、发电机组、配件、矿卡、雷沃，针对南部非洲市场，推广潍柴品牌；同时跟售后服务紧密配合，提供优质服务，赢得客户认可。

现在，王钢把自己在非洲的工作分为三个阶段，此前工作是第一阶段，从 2014 年，进入第二阶段。这个阶段，他们主推潍柴发电机组。

彼时，他们四处走访，广做市场调查。南非乃至整个非洲，对中国品牌认可度不高。潍柴发电机刚刚起步，只有 1~2 家公司在销售，销量很低。这源于当时潍柴产品系列不足，没有优势产品，但在兼并知名发动机制造商博杜安后，产品线扩大，便有了足够好的产品。在南非推广时，他以博杜安品牌方的名义，把南非几个主要客户邀请到迪拜展会上，让他们了解产品，扩大品牌知名度；同时建立售后服务网络，到 2020 年，南非销售商扩展为 3~4 家，周边主要国家也都有了潍柴的销售和服务渠道，解除了客户的后顾之忧。

潍柴过硬的质量，无疑是王钢坚强的后盾。能够提供 15-3600 千瓦系列发动机的厂家，全球只有两家公司，但另一家的产品种类不如潍柴全。如果客户有需要，潍柴都能满足。潍柴产品改进的速度非常快，客户的需求，潍柴能在一二周之内完成，不好的地方，他们立马就改。靠着特别的灵活性和高质量的售后服务，他们赢得了越来越多的客户。

从2017年起，王钢开始对客户进行拜访。他曾对一家优质客户，从技术员到总经理，拜访不下十次。2018年该客户终于被打动，放弃国外知名品牌，开始从潍柴采购，从每年采购几十台，稳步发展到采购1000台以上，2023年已突破1500台。

经过十多年的历练，王钢日渐成熟。2021年，公司决策层及时把他从南非调到尼日利亚，拓展销售业务。那是一个更为艰险的地方。当地大部分居民食不果腹，疟疾、霍乱、登革热就像国内感冒发烧一样频繁。初入尼日利亚，断水断电如同家常便饭。更为困难的是，前首都拉各斯相对安全，去其他地区跑客户却非常危险。有些尼日利亚人专找中国人，以各种理由索钱索物。北部则有恐怖分子，经常出来抢劫、绑架。为保安全，他们不得不雇了一名当地警察跟着，从拉各斯到外地，必须用安保车，有警察扛枪保护，实在不行就坐飞机。

在如此艰险的环境中，王钢和同事们仍保持旺盛的开拓精神，不达目的誓不罢休。

尼日利亚Mikano公司是当地排名第一的发电机组OEM，2022年之前合作伙伴为Perkins、MTU和玉柴，潍柴要在尼日利亚做出成绩，必须要攻下这个客户。

2020—2021年，王钢多次拜访Mikano的总经理及采购、技术、工厂负责人等，试图说服对方采购潍柴产品，最终都得到了否定的答复，但是王钢和同事们没有放弃，根据之前的拜访情况适当调整了主攻方向，一定要拜访到Mikano老板，因为尼日利亚公司的战略调整一般只有老板才能决定。经过各方努力，王钢终于在2021年12月见到了Mikano老板Mofid先生，经过前期与Mikano中高层的接触，Mofid先生对潍柴品牌表现出了兴趣，2022年1月在与Mofid先生的三次会谈中，王钢详细介绍了潍柴及博杜安品牌在发电领域的优势及在售后服务、配件支持、商务政策等多方面的支持政策，终于打动了 Mofid 先生，最终决定与潍柴开启全面合作，潍柴正式进入尼日利亚发电行业。

2022 年，Mikano 公司总计采购 1011 台、价值 690 万美元的发电机，实现了发电行业质的突破。常驻尼日利亚三年来，王钢和同伴们实现了在尼日利亚发电市场从年销不足 50 台发展 1600 余台的巨大跨越。2024 年，他们计划将潍柴品牌在尼日利亚发电市场的占有率提升至 30%，使潍柴成为尼日利亚第一大发电品牌。

在尼日利亚的这段峥嵘岁月，被王钢命名为他在国外工作的第三阶段。

2010 年 10 月 30 日，24 岁的王钢孤身一人初入南非，2021 年 2 月调到尼日利亚，在恶劣的环境下，王钢在此坚守了 13 年，平均每年驻外时间超过 200 天，走遍了尼日利亚、尼日尔、多哥、南非、莫桑比克、津巴布韦、赞比亚、马达加斯加、纳米比亚、博茨瓦纳共 10 个国家，将潍柴品牌推广到了遥远的非洲大地。

2023 年，潍柴动力年度营收 2139 亿元，这里边有王钢多少心血和汗水！如今，潍柴已制订“对标世界一流，跨越千亿美元”的战略目标。王钢肯定会和像他一样朝气蓬勃地的同伴们，继续为潍柴增添动力，潍柴也将陪伴他们成长，在壮大企业的光辉历程中，实现自己的人生价值和人生理想。

谭践 生于 1965 年，中国作家协会会员，泰安市作家协会主席，山东省报告文学学会副会长。出版诗集、长篇报告文学、散文随笔集七部三百余万字。有作品被《小说选刊》《散文选刊》《小小说选刊》《海外文摘选》等选载，《天地之间》获山东省第三届泰山文艺奖（文学创作奖）。

张 柯

为了母亲的微笑
——高级技师李晖人生写真

"哪个部分的？"

"报告长官，我们是八十八师工兵营的，奉命令来砍树，江边修工事急等着用木料。"

"江边那么多民房不能拆吗？干吗上这里来砍树？"

"报告长官，江边的民房都已经拆光了。"

"你们师长姓什么叫什么？"

"李国栋。"

"参谋长呢？"

"何继才！"

"工兵营长？"

"梁朋飞！"

"你呢？"

"第二连连副江标！"

以上是电影《渡江侦察记》里的一段经典对白，问话者是陈述饰演的国民党军情报处长，答话者是孙道临饰演的解放军李连长。情报处长歪着头，愈问愈促，一个狡猾、自傲的情报处长活现在银幕上。1974年上影厂重拍《渡江侦察记》，其他演员都换了，唯独陈述没法子换，换了，片子就没法看了。从艺术质量上看，两个片子新不如旧，彩不如黑，老片新拍，纯属花钱买罪受，吃力不讨好不说，还出现了大穿帮，在1974版的《渡江侦察记》里，20世纪40年代的我军提前一二十年穿上了65式军装。这一版《渡江侦察记》还能看得下去，多亏有陈述的二度加持。

与李晖一照面，就发现他长得像陈述，二人脸盘接近，都戴眼镜；陈述个矮，是爷爷辈；李晖个高，是孙子辈。从网上搜出陈述年轻时的照片，第一印象果然靠得住。几经采访，发现他们相同之处更多了，前者是一位德艺双馨的老一辈艺术家，后者是一名崭露头角的发动机全能型技师，人称"六边形战士"。

在中国影史上"五大坏蛋（陈强、陈述、方化、葛存壮、刘江）"中，被称为"万能博士"的陈述演技最全面，他坏蛋演得绝，好人演得真；陈述学过西画，书法功底深，艺术修养全面；说相声也是他的绝活。有一年，在山东省体育馆，笔者看过他与叶惠贤表演的相声。相声演员说学逗唱不新鲜，新鲜的是，相声里出现了舞蹈。弦歌起处，二人手舞足蹈，把演出现场呼扇得山呼海啸。

再来看李晖。

潍柴集团有一支过硬的技师队伍，里面有大国工匠、一年夺得三项国家级荣誉的王树军，有"大国工匠"候选人、技师标杆人物汤海威，也有像高级技师李晖这样的后起之秀。在人才如云的潍柴技师群里，李晖能够脱颖而出，在省市技术比武大赛中屡屡夺冠，在庆祝中国人民解放军建军90周年阅兵和庆祝中国成立70周年阅兵中担负保障任务，说明小字辈已挑起大梁。

1984 年出生的李晖是如何成才的，我试图找到打开这把锁的钥匙。

几经采访，钥匙找到了。

马蹄表装不回去了

李晖对机械的兴趣始于儿时。有一天，舅舅给外甥买了一个玩具小汽车，这是小李晖第一次接触"汽车"，他不满足于一个壳、四个轮的外形，他想看看壳子里面装的什么。哎，小孩子真把玩具车拆开了。壳子是空的，玩具车不会有发动机，即使有，他也不懂，拆开小汽车，只是出于好奇。

有了第一次，就有第二次。第二次他拆卸的是家里的马蹄表。小李晖感觉马蹄表神秘得很，绞紧了发条，大针小针走起来，给它定上时间，到点就打铃，这比玩具车有意思多了。好奇心可以鼓舞孩子的胆气，一天，趁大人不在身边，他一不做二不休，将马蹄表"大卸八块"。拆开的钟表，再也装不回去了，这下麻烦了。

都知道小孩子作，作得这么不轻快，气坏了父亲李新，他是一名小学教师。

"前两天，爸爸还笑着数落我：从小你就敢拆我的马蹄表，这辈子你就是干发动机的料。"李晖对我说。

早知道儿子将来作能作出个名堂来，即使给他再买两只马蹄表，让他拆着玩，玩着练，只要长本事，尽着他作，作为父亲，李新有什么舍不得的。

李晖出生在淄博市张店区，李新对儿子的期望并不高，只要他能与自己一样，长大当个教师就好。高中毕业，李晖报考了山东理工大学机械专业，结果两分之差落了榜，他填报的第二志愿，驻地在潍坊的山东交通职业技术学院录取了他，专业是汽车运用技术。这所高职院校直属山东省交通厅，汽车专业是学院的王牌专业。学院里他最愿意上手的机器，正是玩具车没有的玩意儿——汽车发动机。

三年很快过去，毕业时赶上潍柴招工，李晖前去应聘，结果一考就中。回忆起应聘的经历，李晖说："应聘考试的时候，我感觉脑子里像有个发动机似的，题答得特别顺。"

能不顺吗？

小时候敢拆钟表的家伙，大学里喜欢摆弄发动机的学生。

有些说烂了的话，迟迟退不出历史舞台，就是因为这些话说得在理，比如"机会总是留给有准备的人"。2005年进入生产发动机的潍柴集团后，李晖先干了一段发动机装配工，别看工作乏味的，这为他日后进入产品测试试验中心（当时叫产品试验室）工作，打下一个底子。

在装配车间干了七八个月，潍柴准备研制国Ⅲ排放标准的"蓝擎"柴油发动机，需要从一线抽人去产品测试试验中心工作，李晖在分厂技术比武中拿过第一名，属于他的机会来了，经过一段培训，他调入产品测试试验中心。

两分之差，李晖没能进入第一志愿；两分之差，得到进入潍柴的机会；还是两分之差，上帝的手指拨动了缘分的弦，大学时遇到了后来成为他妻子的好同学。她叫陈冲，跟一位女演员一字不差。毕业的时候，李晖获评"山东省优秀毕业生"，陈冲获评"潍坊市优秀毕业生"。

人这一生，不知要遭逢多少偶然，人生因偶然而改变，有时就是一两分的事儿。李晖从拆卸玩具车、马蹄表，到装配、拆卸、测试一代代新型发动机，命运安排他要同发动机打一辈子交道，他与发动机就像发动机缸盖与缸盖上面的气门室罩一样，已经用螺栓死死地紧固在一起，再也分不开。

"一切都是最好的安排。"

说这话时，李晖笑得像春天，他原本是个爱笑的人。

"那只马蹄表还有吗？"我问。

"早没有啦。"他说。

开发一种新型发动机，从试生产到批量生产，中间必不可少的环节，是将发动机固定在台架上，接电，加油，注水，由工程师与技师联手，进行一遍遍的测试，看它的性能是否达到设计要求，排放标准是否达标，优化出一个完美的配置之后，再将发动机安装在汽车上，进行各项可靠性和耐久性试验。

大型发动机好比脾气大，力量也大的烈马，需要高明的骑手驾驭和降服。李晖很快成为这样的高手，进厂五六年开始带徒弟，如今他带出来的徒弟已有十几位，他们早已独当一面，只有遇到技术难题的时候，他们才会搬师傅。

李晖说，发动机装配起来之前，是一块大铁疙瘩，一旦装配起来，它就有了灵性，有了脾气。他认为试验、测试发动机的过程，是摸透发动机脾气和优化发动机功能的过程。

如果说发动机是一头好耍性子的烈马，那么高级技师就是高明的骑手。耍脾气、尥蹶子的烈马，一经骑手驯化，便改掉了坏脾气，还留住了烈性子。假如烈马驯化得跟绵羊一样温顺，那可就坏了。性能优良的发动机，比烈马更烈，比雄狮更猛，它们是为汽车、轮船提供动力的钢铁家伙，吃的是柴油，提供的是澎湃动力，跟吃草的绵羊不是一个概念。

在徒弟眼中，师傅诊断发动机的"病症"，犹如一位高明的中医看病，望闻问切，四诊八纲，对"病人"的阴阳表里、虚实寒热了然于胸，开出的方子没有不对症的。测试试验发动机的技师，除了眼明耳聪鼻子灵，手感也得好，就像球类运动员，球感必须好一样。经过十八年摸爬滚打，李晖十八般武艺练得精熟。

2014年入职的李杰记得，有一年他跟随师傅出差，到海拔2800米的青海格尔木测试发动机，他们俩坐在驾驶室里，驾驶员开的是北方奔驰重卡。在高原下坡的时候，驾驶员一时大意，没有控制好车速，汽车越跑越快，出现了超速行驶，突然一声异响，三人吓了一跳。

"我和驾驶员判断是爆胎了，师傅判断是捣缸了。"李杰说。

三人下车，拆开发动机机舱，果如李晖所料，异响来自发动机，原来，在汽车超速行驶中，驾驶员又出现了误操作——挂了低档。李杰解释说，正常情况下，发动机连杆在曲轴上，汽车超速造成发动机瞬间超速"飞车"，连杆断裂，捣破了气缸。好在故障发生在白天，要是发生在夜间，麻烦就大了。驾驶员小心翼翼地驾车回到驻地，师徒二人给卡车换上备用发动机。事过之后，他们拆检了发动机，发现断裂的连杆将气缸体捣出一个洞，检查结果再次证明了李晖的判断。

我请李晖通俗地讲讲其中的道理。

李晖说，汽车动力来自发动机，汽车超速行驶时误挂低挡，等于发动机原本推着汽车跑，现在变成带着巨大惯性的汽车拖着发动机跑，发动机挂在低挡位，生生被憋出了毛病。

潍柴这些年来一路斩关夺隘，跑赢众多竞争对手，创造了发动机总销量全球第一的传奇，成为柴油发动机世界产销巨头，一定有他的道理。从测试试验发动机的层面看，打破工程师与技师之间的壁垒，搭建一个让技师干工程师活的平台，是潍柴的一项创新。王树军、汤海威也好，李晖也好，他们的成才之路都得益于这项创新。用潍柴的说法，企业要培养自己的工程师，"自己的工程师"指的是从技师岗位上成长起来的工程师。他们是工人，是技师，也是工程师。潍柴特别重视培养工匠队伍，每年春节过后，企业首场会议是全厂工匠会。汤海威认为：工程师与技师的关系，有点像医生与护士的关系，但这样说也不全面，应该是唇齿相依的关系。他说："我们干的许多活都超出了技师的职责范围。"汤海威对采访者说："整天与最牛的工程师在一起，我们就不能学点什么吗？"

话说得云淡风轻，背后是潍柴的制度。

在潍柴产品测试试验中心，只要你肯钻，世界上最先进的发动机测试平台在这里，换句话说，大江大海在这里，就看你有没有想当一条龙的梦想了。王树军、汤海威和李晖他们，无不是怀有梦想的人。

梦想一旦插上翅膀，飞不高都难。

脑袋里装着个发动机

还得回到陈述的话头上来，同行们都知道，陈述演嘛是嘛，一人千面。但很少有人知道，陈述的外语也溜得很，有一回，某一部电影准备开拍，亟须一位能讲英语的演员，最终角色让陈述轻松拿下。还有，陈述的体育素质也令人刮目，他的泳技不错，七十多岁时还能玩倒立。再往前说，陈述是中国第一个体育解说员，曾在 1948 年担任运动会现场解说员。1951 年，中国和苏联老大哥在上海举行篮球赛，担任现场解说的是陈述和张之，后者是央视名嘴宋世雄的老师。20 世纪末，在首届体育播音员、主持人研讨会上，陈述获得体育播音特殊贡献奖。

爱好变成职业，知音恋成爱人，是世界上最幸福的人生。

李晖要求自己，拿起电脑能调数据，戴上手套能动扳手，站上讲台能授课。他的梦想是成为发动机技师里的"万能工作者"。

大演员陈述的绰号不正是"万能博士"吗？

与陈述一样，李晖同样喜欢体育，闲暇时爱踢足球，他的球友于超为了试验发动机，和另两位工程师一起，将美丽的生命永远留在了世界屋脊，这件事成为潍柴人心中永远的痛。

这一天，李晖正在观看央视体育节目，节目里介绍男子乒乓球世界冠军马龙，一个新概念从电视里蹦出来："六边形战士。"

何谓"六边形战士"？

"六边形战士"就是全能战士，这是一个源自乒乓球运动的网络流行语，享有这个荣誉称号的是中国乒乓球巨星马龙。马龙人称"多金王"，夺得过 27 个世界冠军，其中包括奥运会五冠、世界杯九冠和世乒赛十三冠。2016 年，在世乒赛团体决赛中，中国队对阵日本队。

开赛前，日本一家电视台用六边形战力图，分析日本"魔球少年"吉村真晴和中国选手马龙的球技。主持人认为，吉村真晴的优势是力量，发球技术达到世界顶级水平，弱点是比赛经验少，防守素质弱。接着，电视上打出马龙的六边形战力图，主持人评论说："马龙是正六边形，没有任何弱点。"他在技术、经验、速度、力量、防守、发球六个方面全部碾压对手。比赛结果与媒体预判的一致，马龙再次创造出"六边形战士"的传奇。

从这天开始，向马龙学习，做一名"六边形战士"，成为李晖的奋斗目标。进厂十八年，钻研了十八年，他脑袋里的发动机就是这样一步步安装进去的。李晖先后参与潍柴全系列产品的开发。笔者注意到，在潍柴提供的事迹材料中，他有"两个熟练"，一是他熟练掌握发动机产品开发相关技能，是全能型技能人才；二是他熟练掌握发动机国家排放标准和法规要求，具备柴油机电控标定能力，能独立完成 INCA 标定软件和 ETAS 硬件的操作，并进行生产一致性抽检等六大类验证试验及机械泵的开发试验，编制发动机试验大纲及试验报告 400 余份。

除此之外，李晖还练就了"排放试验准确性精确提升"的绝技，将试验过程中的边界条件及 ECU 数据中的控制逻辑相结合，总结提炼出一套完善的试验控制体系，使试验数据的一致性、准确性和试验有效率大幅提升。作为 CNAS 体系内审员，李晖按照 ISO/IEC 17025 体系的要求，完善了产品试验测试中心各类的体系文件、质量手册等，保障整个试验测试中心按照 CNAS 要求正常运行。配合 CANS 体系外审、外审不符合项整改，他圆满完成试验中心 CNAS 体系换证和体系外审工作。

在柴油机研发试验和效率提升方面，李晖更是拿出了多项创新成果。他的"缩短发动机快装台架安装时间"和"缩短试验台架发动机改装时间"两个 QC 项目，分获全国机械工业优秀质量管理小组一等奖。

数据是枯燥的，操作是单调的，单调的动作无数次重复，登山者最终看到了日出。五彩斑斓的日出，对这群脑子里装着发动机的人来说，那是他们最快活的时刻。

李晖在业界建立起口碑，如同大医生诊室门口总是挤满了病号一样，找他"看病"的人越来越多，无论是地方客户还是部队用户，一有发动机保障需求，对方常常点名要李晖过去"诊病"。一来李晖技术全能，无论发动机电控系统，还是发动机机械系统，各种数据他都烂熟于心，什么"病"都能治，是个妥妥的发动机"全科大夫"；二来他待人真诚，沟通能力强。在工厂待过的人会发现，本事大的师傅，脾气往往偏一些，脾气好的师傅，能力可能差一点。李晖是个全能型技师，脸上还常挂着个想给别人做点什么的笑模样。巴掌不打笑脸人，有本事又好商量事的人，谁不喜欢？

比如说吧，李晖出任务的时候，人家原本是请他去解决甲问题的，他往往把乙问题捎带着解决了。军车发动机保障，是李晖出任务时的重中之重，在做好保障的同时，他常给部队技师讲课，将多年积累的经验倾囊相授，他圈的粉越来越多。

徒弟们也都是李晖的粉丝。李杰的终身大事是导师牵线搭桥帮忙完成的。说起导师，李杰说："我觉得他待人和蔼，不知道用这个词对不对。"李晖还年轻，用"和蔼"形容他，过早了些。不过，李杰的感觉是对的，李晖是个机敏而又善良的人。

徒弟付光辉，老家也在淄博，大学毕业来到潍柴。不承想，刚来潍柴父亲就患了重病。李晖将情况汇报给工会和部门，单位迅速组织了捐款，帮他解决了燃眉之急。

接受电话采访的时候，付光辉一直在笑："导师魅力很强大，待人很人性化，嘿嘿，没有他的帮助，我肯定回淄博啦，嘿嘿，我现在定居潍坊了，对象是小学老师。在一同来的人当中，我第一个评上了高级技师，嘿嘿，现在过得很幸福！"

在产品测试试验中心采访李晖，汤海威也在一旁。李晖入职的时候，汤海威是班组副组长，是李晖的导师辈。汤海威说："李晖身份还是原来的工人身份，干的是工程师的活，他经手过的机型不是一个两个，而是所有机型，不论是车机保障，还是船机保障，他全能胜任。2017年庆祝中国人民解放军建军90周年阅兵保障、2019年庆祝中国成立70周年阅兵保障，潍柴这么大的企业，放心派他去担负如此重任，本身就说明了李晖的素质全面。"

我问李晖："你现在是大家眼中的'六边形战士'，比照六个维度，你还有哪些地方需要努力？"

李晖不假思索地说："现在产品越来越多，产品涉及的领域越来越广，比如汽车的动力由原来的发动机扩展到新能源，潍柴过去只生产两款斯太尔发动机，现在可以生产从几十千瓦到上万马力以上的发动机，发动机机型、类型越来越多，一句话，产品种类多，技术迭代快，我要不断学习提升，才能适应时代新挑战。"

2017年庆祝中国人民解放军建军90周年阅兵，李晖和老师傅张波两人一起担负保障任务。2019年庆祝中国成立70周年阅兵，潍柴派出五人小组担负保障任务，张波是组长，李晖是副组长。更多的时候，他是一个人出发担负保障任务。汤海威说："他一年在家没有多少天。"

"一年365天，我在家不过一百天。"李晖接过话头，"我的电脑和工具都在家里放着，随时准备出发，白天接到电话白天走，半夜接到电话半夜走。"

说走就走，是个本事；说走就走，是企业与客户的双重信赖。有时深夜出急任务，天上明明挂着满天星斗，他也感觉路上洒满阳光似的，乐呵呵地背起包来走人。

家是最小国

老话说，天有不测风云。

2017年底，李晖家摊上大事，母亲赵修英查出了癌症。

关键问题是，母亲的病来得急，来得重，来得不是时候。话说回来，人得大病，终归是悲剧，只要是病，什么时候来，才算来得是个时候？此刻的李晖不会知道第二年要接大任务，更不知道第三年，一项更重大的任务在等着他。

为了给母亲治病，李晖陪着母亲到处求医问药，看遍了当地和省城大医院。2018年初，赵修英做了手术。主刀医生说，手术很成功，要不是发现脉管里有癌栓，化疗都不用做。一家人听罢，个个稳住了心神。

没想到的是，赵修英身体太过虚弱，第一次化疗刚结束，又染上肺炎，肺炎刚刚好转，第二次化疗又开始了。化疗每次间隔21天，四次化疗中间，隔着一次放疗，赵修英遭了大罪。母亲治疗期间，李晖陪伴在侧，日夜服侍。好在赵修英的癌症处于中期，治疗得规范，全家人感觉有盼头了。

2018年6月份，李晖接到重大任务，辗转内蒙古包头和青海格尔木等地。单位知道李晖的情况后，让他在出发的间隙多回家看看。这项重大任务结束，已经是第二年年初了。

2019年复查时发现，赵修英肺上长东西，是结节还是癌转移，当地医院难以诊断，一家人来到北京301医院检查。原来，万恶的病魔再次露出了獠牙，病理检查发现，赵修英的癌细胞转移到肺上，需要进行射频消融手术。301当时没有床位，他们只好返回淄博等通知。

还好，一周过去，301来电，床位有了，问病人能不能于当天晚上8点前赶到医院，办理住院手续。这时已经4点10分了，李晖哪肯错过时机，立马回答能赶到。这时他正在单位上班，请好了假，从网上买好三张高铁票，从厂里打车直奔火车站。行前他跟父母约定好，自己从潍坊上车，他们从淄博张店上车。车到张店站，李晖将父母迎进了车厢。

感谢伟大的信息化时代，三人在一趟高铁上会合了，高铁载着一家人的希望向北京疾驰。

在301医院，赵修英经过两次射频消融手术后，带着301医院给的化疗处方，回到淄博做化疗。2019年10月，共和国成立七十周年大庆，天安门广场将要举行盛大阅兵。阅兵使用的战车中，有一百多辆装备着潍柴发动机。李晖被选中，进入潍柴五人保障小组，担任国庆阅兵军车保障任务。任务分为两个阶段，第一阶段跟随受阅部队，部队到哪里，他们保障到哪里。第二阶段住进北京阅兵村，进行封闭式保障，直到阅兵结束。

语言大师李羡林说过：他一生有两位母亲，一位是生他的亲生母亲，一位是他的祖国母亲。李晖也拥有两位母亲，面对两位母亲，他的内心充满了煎熬。去北京参加国庆阅兵保障，是多么难得而光荣的任务！可是如果参加阅兵，封闭在阅兵村里，妻子带着女儿在潍坊，退休的父亲在淄博照料母亲，五口人分住三地，一旦有事彼此难以照应，要是父亲再累倒了怎么办？

高光时刻和至暗时刻，几乎同时降临，李晖六神无主，一时没了主意。

"要不给单位请个假，北京不去了？"他把想法说给父亲。知子莫如父。儿子一片孝心，父亲看得分明，儿子心中的纠结，父亲看得清楚。

非常时期，特殊时刻，中国最普通又最不普通的一个家庭会议，在鲁中大地一个叫作金乔小区的民宅里召开了。全家三代五口人全部参会，年龄最大的是 62 岁的李新，年龄最小的是李晖 9 岁的女儿李梓辰。会议分析国家形势和家庭形势，每人都做了发言，大家意见完全一致。李新在会议总结中对儿子说："你就放心大胆地去北京，你的任务就是完成阅兵保障任务，我的任务就是陪着你妈，该做化疗做化疗，该做其他治疗做其他治疗。"

会议最后，李新用一句调侃话作为闭幕词："国庆阅兵结束后，再开个家庭会，该表扬的表扬，该问责的问责。"

一家人抱成团，才像一家人。

有首歌的歌词写得真好："都说国很大，其实一个家；一心装满国，一手撑起家；家是最小国，国是千万家……"

为了母亲的微笑

"我去北京的时候，母亲已经挂上引流袋了，她每次化疗，都是父亲骑着电瓶车带着她去医院。"李晖说，"令人痛惜的是，化疗没有抑制住母亲癌症的发展。"

李晖住进阅兵村后，潍柴集团工会和产品测试试验中心的领导赶到淄博看望了赵修英，这对李晖一家来说，犹如冬天吹来一股暖流，一家人心里热乎乎的。

在阅兵村里，为了保密，手机常要集中保管，所以李晖与母亲通话常在夜间进行。每次接到儿子电话，赵修英总是说一切都好，身体恢复得不错。

李晖明白，母亲是让他养兵千日，用兵一时，关键时刻不掉链子。

事实再次证明，部队选对了人，潍柴选对了人。

一天，有辆战车出现了不规则的"哒哒"声，部队维修员判断是发动机增压器出了问题，他们给李晖打电话，准备拆检发动机。从电话反映的情况看，李晖判断问题不在发动机。他建议先不要拆检发动机，他马上赶过去排险。

来到出问题的战车旁，李晖先施展出"听"功，感觉"哒哒"声是铁碰铁的响声，它不是来自发动机后端，而是来自发动机前端或侧面，而增压器是安装在发动机后端的，由此他更加确信自己的判断。重新启动发动机，李晖边听边摸发动机外面的管路，问题很快找到。原来，汽车厂家在连接空压机出气管时，为了减震，将出气管盘绕了一圈，由于管壁之间靠得过近，引起了共振。李晖用螺丝刀轻轻拨动空压机出气管，使之分开一定距离，异响当即消除，从判断故障到排除故障，全程不到五分钟。

手到病除，简直绝了！

期待的时刻终于来临。

2019 年 9 月 30 日夜，五人小组乘坐阅兵保障车，从阅兵村来到南池子，从南池子步行到东单。这里距离天安门只有一步之遥，是他们随时为战车"抢险"的区域。当天晚上，五个人在东单马路上度过了一个不眠之夜。

北京这一夜，他们在兴奋、紧张和期待中度过。

同样兴奋而紧张的，还有远在淄博的李新、赵修英夫妇，远在潍坊的陈冲、李梓辰母子。

为了收看国庆阅兵，李新、赵修英夫妇提前向医院请了假，早早打开电视机，等待阅兵时刻到来，他们知道，在那铁流滚滚的背后，他们家那个不穿军装的小兵，正在看不见的战线上时刻准备着。

同样兴奋而紧张的，还有潍柴集团的员工们。

潍柴集团决定，国庆当日，在潍柴科技大楼广场，举行《壮丽七十年 奋斗新时代》万人收看国庆阅兵暨潍柴新 logo 发布活动。

10 月 1 日上午，十里长街，铁流滚滚，军威雄壮，国庆阅兵隆重举行。

在离阅兵近在咫尺的地方，不知有多少人像李晖他们一样，但闻铁骑声，不见战车影，这是一群阅兵背后的无名英雄。

李晖记得，10月1日回到阅兵村的时候，已经是下午一点多钟了。大家脸上挂在笑容，依旧沉浸在兴奋中，一夜无眠，每个人没有一丝困意。有的打开手机回看阅兵式，有的给家里打电话。

李晖第一时间给母亲打去电话，向她报告胜利完成任务的喜讯。

赵修英第一句话就是："我的儿子真棒！"

赵修英放下儿子电话，当即向微信亲友群"赵氏家族"报喜，这时保密期已过，她可以向亲友们通报儿子消息了。得知李晖担负阅兵保障任务，亲友们又惊又喜，纷纷向赵修英发来祝贺，夸她养育了一个好儿子。

这一刻，赵修英笑了。

天下的母亲，还有什么事能比儿子争气，更让她们自豪的！

不知赵修英此时知不知道，她的生命已经进入倒计时。

住进阅兵村这几个月，李晖最怕夜里接到家里的电话。

国庆过后一周，做完了所有善后工作，李晖风急火燎地赶回淄博。他向母亲捧回了四本证书，有国庆阅兵联指颁发的"光荣参加中华人民共和国成立70周年阅兵任务"荣誉证书，有庆祝中华人民共和国成立70周年阅兵抢修抢救方队颁发的"先进个人"证书，有解放军某部颁发的"做出突出贡献"证书，有联勤保障方队补给供应方队颁发的"技术精湛，值得信赖"证书。

"我的儿子真棒！"

母亲摩挲着证书，一遍遍地重复着对儿子的夸赞。

看着母亲的笑容，李晖满眼泪花。

证书是纸做的，人心是肉长的。

行笔至此，笔者泪目。

见到母亲，李晖才知道，几月不见，母亲已经病重，近来她总是说腰痛，她哪里知道，这不是腰痛，是癌细胞扩散到盆腔的信号。

这一天中午，赵修英扎上护腰亲自下厨，给儿子做了一盘他最喜欢吃的葱爆肉。母亲与世长辞以后，李晖再也不沾葱爆肉了。

潍柴工会工作人员对笔者说："这个人是我发现的，大家聊天，说起李晖参加阅兵保障的背景，我听了非常感动。李晖平素非常低调，即使在潍柴内部，了解他的人并不多。"

"原来是这样。"

"为了上报潍坊市道德模范材料，我采访他多次，这才了解到他更多的情况，李晖是有故事的。"

话头回到当年 10 月底。赵修英再次住院，这时她的癌痛已经十分剧烈，医生给她用上吗啡，再后来给她用上了镇痛泵。

镇痛泵导致病人便秘，大便下不来的时候，李晖就戴上手套为她抠下来。眼见这一幕，同病房的病人说，这孩子比个姑娘都仔细。再后来，赵修英便秘与腹泻交替出现，李晖有时一晚上要给母亲清洗三条秋裤。2020 年的春节，一家人在医院过了最后一个春节。

与此同时，全家"财政"出现危机。赵修英参加的是城镇居民医保，医疗费报销比例低，除去医保报销的费用之外，全家人连拼带凑，支付各种医疗费 35 万多元。最困难的时候，一家两代人工资卡里的钱，加起来已不足一千元，李晖做好了卖房子、卖车的打算。

困难时刻，优良家风爆发出力量。

多少回了，李晖削好苹果，苹果肉给了母亲，剩下的苹果核，父子两人你推我让多次，最后让给了他们各自认为更需要的那个人。李晖最后一次陪母亲去 301 的时候，他把女儿李梓辰攒的五千多元的压岁钱全部带上了。

李新问孙女："拿走你的压岁钱给奶奶治病，你能同意吗？"

孙女回答说："钱没了，可以再挣，奶奶只有一个。"

此话从小孩子口中说出，早熟得让人心疼，还是那句话，磨难是孩子成长的教科书。

为了能让父亲休息，除了晚上在病房值夜外，李晖白天也在医院。他回忆说，在母亲最后 38 个日日夜夜里，除了回父母家洗了一次澡，自己一步也没有离开病房。

一个难忘的中午。

李新带着午饭推开病房门，只见儿子靠墙坐在小马扎上，头一仰一俯，像个磕头虫似的，又是一夜熬过，儿子困倦到了极点。

李新不见则罢，一见痛哭失声。

哭声惊醒了李晖，他睁开倦眼，看到倚在门上哭泣的父亲……

尾声

1776 年，英国发明家詹姆斯·瓦特发明了具有实用价值的蒸汽机。在此之前，蒸汽机已经发明。蒸汽机具有了实用价值，人类第一次工业革命到来了。为了纪念这位蒸汽机之父，人们将瓦特的名字作为了功率单位。116 年之后，德国发明家鲁道夫·迪赛尔发明了柴油机。为了纪念迪赛尔，后人将柴油用他的姓 Diesel 来表示，柴油机又被称为迪赛尔发动机。

为什么有的国家穷，有的国家富？有人认为：原因是后者发明了一种叫作"发明"的机制。开发生产发动机，必须有一个叫作"测试"和"试验"的机制，如同研制新型战机，需要试飞员反复试飞才能定型一样。潍柴强大的技师队伍，堪称发动机的"试飞员"队伍。

我们少年时代，文化生活算不上丰富，几个老片子翻来覆去倒着放，早就看熟烫了。大家在一起相处，嘴里电影台词乱飞，是我们那时候时髦而又有趣的往事。

现在想借用一段电影台词给本文煞个尾，看看好使不。

电影《南征北战》里，解放军师长和政委来到摩天岭战场前沿，师长与高营长的一段对话，成为我们经常模仿的段子之一：

师长：你们营现在还有多少兵力？

高营长：我们还是四个连的建制，现在还有一个半连没用着。

师长：为什么？

高营长：在敌人炮火最猛烈的时候，我有一个想法，我们要保持一定的兵力，在出击进攻的时候用上。

师长：好，有远见，仗给你越打越精了。

有人说，一部中国汽车史，就是外国人用发动机给中国人上课的历史。研制开发世界上最先进的柴油发动机，从跟跑、并跑到领跑，中国人终于到了改变历史的这一天。

培养锻造大国工匠队伍，是潍柴集团一项重要远见。

几十年磨砺，几十年淬炼。测试试验新型柴油机这个仗，给他们越打越精了。

张柯 中国作协会员、中国音乐文学学会理事、山东省作协报告文学委员会副主任。曾任济南市文联主席兼作协主席及多所大学兼职教授。发表杂文数百篇。出版长篇报告文学《济南走出个季羡林》《借来挂流三百丈》等。

李　明　口述
张中海、黄旭升　整理

"如切如磋，如琢如磨"

——一个产业工人的成长自述

2019 年"第三届全国智能制造应用技术技能大赛"一等奖

2019 年山东省"山东省技能兴鲁职业技能大赛"一等奖

2023 年山东省人社厅和组织部"齐鲁首席技师"

2023 年山东省国防机械电子工会委员会"齐鲁行业工匠"

2023 年中国铸造协会授予"中国铸造大工匠提名奖"

2022 年潍坊市总工会"潍坊市五一劳动奖章

2020 年"潍柴集团自动化改造优秀青年工匠

回顾自己在潍柴 20 年的工作经历，见证了潍柴高速增长的发展，时至今日这个神话依然在延续。现在我以一个基层工人成长过程为切入口作以回顾。

小时爱拆卸电子机械玩意的我有幸加入潍柴团队

我成长在潍坊郊区的农村，直到现在依然怀念儿时与母亲一起在田里耕作时的场景。跟着母亲在玉米地里锄草，自己干的永远没有母亲快，总是想赶超过去，往往这时候玉米苗就遭殃了，一锄头下去玉米苗就会断成两截，母亲总会回过头来埋怨道"慢点慢点"。为了多收一个玉米，母亲仔细为每一颗玉米苗浇水、施肥、除草。我们家的玉米地总会是杂草最少的、产量最多的。母亲的勤劳和认真让同村叔叔婶婶纷纷竖起了大拇指，也一直激励着我。

回想儿时最大的乐趣，就是对家里杂七杂八的东西进行拆装，大多时候拆开后是装不起来的，有可能会面临着父亲的责怪。但天性使然，我总是对家里的收音机、钟表之类的小电器伸出魔爪，父亲也成为邻村"瘸子"电气修理部常客。记得在 1997 年左右，家里买了一辆二手巨力牌农用三轮车，用于农时运输物资。这辆车是别人淘汰下来的，经常出现机械问题。在父亲的引领下，我成为他的小助手，帮着递扳手、找螺丝刀、检查故障原因。那时候，我对机械结构产生了浓厚的兴趣，可惜这份好奇心没有用在学习上，我的各科成绩都平平。

初中毕业时，表哥跟我提到了潍坊柴油机厂这个企业，给我、也给渴望为我找到出路的父亲打开了一扇门。回想起来，正是这次机会确定了我今后的道路。我报名了潍柴技校，然而，想进入学校并不容易，我的理论成绩和面试成绩还不错，却没有被录取。得知这个消息，我特别失落，在小屋里躲起来，不愿见人。就这样过去了 5 天，得到扩招的通知，我感到非常兴奋。后来才知道，当时我们那批招生有年龄限制，正巧他们没有招满人数，所以给了我一次机会，让我有幸尽早进入了潍柴技校这个大国工匠的摇篮。

从倒数第三到正数第二，我的目标是第一

当时，潍柴技校是潍柴的附属中职院校，师资力量来源于潍柴优秀

的工程师和一线工匠。学校在发动机、机床、铸造等学科领域具备极强的理论储备和实践教学能力。我的专业是热加工专业，记得有一节钳工实践课上，给我授课的是厂里转过来的老工程师。这位老师特别喜欢组织比赛，有一次他组织了一场手工制作小汽车比赛，比赛时间大约是 3 个小时。当时，我还不满 16 岁，身高不到 1.6 米，瘦瘦的。老师一声令下，我用尽全力，在铁块上用锉刀和锯子进行加工。我觉得胜券在握，想不到中途锯子被卡住了，最终只取得倒数第三的成绩。站在讲台上领奖，我领的是一周实训室卫生奖励。打扫卫生的时候，我就下定决心下次要站在讲台上，拿到技术第一或前三的奖状。接下来的时间，我利用任何可以利用的时间，不断练习锯割和锉刀的技巧，熟练掌握识图和绘图技巧。功夫不负有心人，我在半年后的钳工年级比赛中获得第二名。当我站在操场的旗杆下接受奖励时，特别兴奋，终于实现了自己之前立下的誓言。也许就是在这个时候，我坚定了永争第一的信心和决心。

记得在 2004 年 9 月份的一节制图课上，几位潍柴的师傅在课堂上旁听，当时全班的同学都非常好奇，那节课我们班的纪律维持得特别好。第二天我们班便接到了下厂分配的通知，那时候我们心中除了兴奋还有对未知环境的彷徨，后来才知道我们年级 4 个班中，因为纪律原因，我们班是第一个被分配的班，这也是以后和老同学谈论的热门话题。

记得那天天气非常晴朗，在班主任的带领下我们班 46 个同学来到了潍柴老厂区，在铸造厂四楼的一间非常大的会议室，开始了我人生中第一场新员工入职培训：员工准则、企业文化、产品工艺路线、生产装备等，对我们的知识和行为进行了塑造，让我们适应了从学生到产业工人的转变。

一周的培训后，我们参观了当时的亚洲第一高炉。见到高炉工作的瞬间，心灵受到了极大地震撼，铁水出火时飞溅的火花是那么耀眼，走在边上心里还是挺害怕的。随后参观了全自动化控制铸造产线，为潍柴的自动化程度所深深吸引。记得生产线前有一个仪容镜，每一个进入车间的师傅都会在镜子前检查自己的劳保护品，确保劳保护品穿戴整齐方可进入工作场所工作，我想这是对安全生产刻入骨子里的良好习惯。

我分配到班组的第一份工作是帮师傅们"打下手"，去打扫现场卫生、整理现场。接触的每一位师傅都在反复叮嘱注意安全，这给不满 18 岁的我在心中深深埋下了安全的种子，对我以后安全观念的养成造成了深远的影响。时值 2004 年市场对柴油机需求量大涨，潍柴当年效益也随之大幅上涨，我也享受到了公司效益上涨带来的福利。入厂第 3 天，我便领到人生中第一份薪水，奖金 800 元，第五天又发了一箱啤酒、一箱可乐，第十天又发了第二次奖金。下班后回到家，我将人生中的第一份薪水交给了母亲，那时的心情是豪情万丈的，这也是自己长大成人的转折点。一个从农村出来的孩子在企业感受到收获的喜悦。

我进入企业后的第一个岗位是热芯制芯岗。当时跟师傅学习操作的第一台设备，是企业引进斯太尔项目从国外拆回来的旧设备。它采用的是全继电器控制电路，两个电柜应该有 5 平方米大，里面有满满的电气元件，线缆像头发一样，我想有密集恐惧症的应该不敢打扑。每当设备出现电气故障，首先，来到现场的是年轻的维修师傅，但是故障点就像躲猫猫一样不那么听话，只能请经验丰富的老师傅出马。他是一位 50 多岁、个子不高、非常纯朴的老师傅，话音是标准的潍县口音，总是携带一块电工万用表，他总能在眼花缭乱的电器柜内准确地找到电气故障点。这就是我的偶像，这位偶像也让我对电气控制和机械产生了浓厚的兴趣。也许在这个时候让我意识到，知识和经验是会带来别人的尊重的。现在来看，在职场上衡量成功的标准不一定是做多大的官，也不一定是赚多少钱，掌握一定技能后得到别人的尊重也是一种成功，能力和收获往往是成正比的。

因为工作安排，2005 年的 3 月份，我被调到了原铸锻公司材料成型中心大件四车间工作。因为新建车间维修人员出现缺口，我被调整到这里从事维修钳工岗，开始了我喜欢的设备维修工作。

怎样能做到最好？简单的东西追求完美就是一种艺术

在潍柴有导师带徒的传统，我的导师是一位非常和蔼的老师傅，从事维修钳工工作，年过五十头发已经有些许花白，高高的个子显得他很精神，工作时雷厉风行，2020 年光荣退休。我的导师对铸造热芯盒模具有深入的研究，在退休前实现了大型模具电加热的应用。

记得刚做学徒那会，我和我的小师哥跟着导师学习模具维修，一开始导师是不敢让我们两个在模具上动手的，找两块铁板在上面反复让我们练习电气焊焊接技巧。我想那时候自己就像一块海绵吸收导师传授的经验。经过几个月的反复练习，我终于得到了在模具上焊接的机会。一开始我的手是抖的，导师看到了，过来拍了拍我的肩膀说："抖什么！"这一拍让我的心态平和了好多，虽然仍然焊接得不是很理想，但导师的笑容是肯定的。他说："不抖了就是进步，下次就好了。"我发狠下次一定做好，果然，我的水平不断提高。

随着技能的逐渐提升，我也能独当一面了，当时我的技能水平不算高但是很勤快，所以人送外号"小李快来"。有付出就会有收获，在 2005 年年底的考评中，我取得全部优秀的评价。

2007 年，厂里换了新领导，是一个个子不高，眼神里充满智慧的中年人，我们现在依然是非常好的朋友和同事。在交流的时候，他总是有意无意地培养我们的创新意识，让我们先从简单的小工具、现场的小改善做起，到后来的装备创新和工艺创新，慢慢在工作中培养我们的创新思维。

他给我们安排的第一个课题，是给修芯的桌子制作挡料板，就是在一个面积只有 5 平方米、1 米多高的桌子上面，加上块 1 平方米的护板，铁板角要圆，防止碰伤人，安装好后在上面刷上白色的油漆，然后在上面喷上红色的字，文字可以是质量标语也可以是安全标语，即实用又非常的美观。再比如休息间的水杯架，刚开始绘制图纸的时候还是费了好大的工夫，既要美观大方又要实用，可以同时放置水杯和工作时的手套，每人一个小格子，下方标注人名，最上面放置水杯，表面铺上耐油的胶皮，然后画上定制线，显得既美观又大方。架子整体用 2 毫米的铁板焊接成，由于金属焊接过程中容易变形，最外面的焊缝总是对不齐，本着力求完美的态度，我对其返工了 6 遍，当时我们确实是把它当艺术品在做，倾注了我们的精力和感情。还有类似的好多小项目，比如现场的工艺文件存放盒，工装存放架等，我认为简单的东西追求完美就是一种艺术。

上下水夹层砂芯，是用于在铸造过程中形成发动机缸盖水道内腔，传统的生产工艺是采用天然气加热模具进行制芯，缺点在于模具受热不均匀金属局部变形量不一致，造成合模出现缝隙，属于行业内的难题。当时领导抛出解决热芯制芯缺点课题的时候，我们团队是没有头绪的，在几个月后的一天，我的导师提出了一个设想，用电加热代替大然气加热，只要电热棒分布得足够均匀，模具的升温一定是比较均匀的。有时候技术就是一层窗户纸，从很小的一个点就能找到突破口，在后续的实验中也证实了这个设想，最后被应用到我们的产品上。正是这段经历让我有了创新的意识，对所有的事都充满好奇心，都会去考虑有没有改善创新的空间，怎样能做到最好。

从铸件工到机器人管理的转变

2011 年，我已经是维修班班长，钳工高级技师，随着企业的高速发展，我们铸造业务整体迁移至郊区的新厂区，老厂区逐渐被关停。

7月下旬的一个早上，我们200多人怀着未知的兴奋，乘坐厂内的大巴进入新厂区和全新的生产车间。与原有的生产模式和生产工艺相比，完全是颠覆性的。随着专机和工业机器人的应用，原来500多人的缸体生产线，在新的厂区只需要80多人，但是产能提升40%以上。当然，这也让我产生了很强的好奇心，分配工作的时候，我找到我的直属领导，希望能从维修钳工转为维修电工工作。当时领导同意了我的申请，但告诉我："我们是一个新台子，现在也没有老人能带你，半年后你要独当一面形成战斗力。"我一口就应了下来。当时工作的推进是挺难的，没有学习资源，面对一个全新领域总是找不到学习方法，感觉就是进不了这个门槛。

当时有几个学习的点，首先是电气的基础理论知识，再就是识图和绘图，了解各个电气元件在图纸上的代号，只有看懂了图纸才能维修设备。同时还要掌握电控知识以及工业机器人编程应用知识。

PLC是数字化控制的主要组成部分，作为一个"小白"，难度可想而知。刚开始从网上找各种学习资料，反复去看，那时候很多东西是理解不了的，也没好的办法。第一次用电脑连接现场设备的PLC，心里那个紧张啊，生怕把现场的设备鼓捣坏了影响生产，又按捺不住想试试，当时的PLC有两个接口，一个是MPI，一个是DP，两个接口通过数据线连接设置是不一样的，可谓是傻傻分不清，在现场鼓捣半天也没连上，回去接着查资料，随着一次次尝试，慢慢也就搞懂了。

2011年，工业机器人作为新兴事物出现，资料远没有现在这么详细，我本身缺少大学的学习经历，使得编程学习的过程十分艰难。最早接触的是由意大利人写的程序，程序逻辑结构相对复杂严谨，可对当时的我来说可读性非常的差。我想兴趣是人最大的动力，随着学习的不断深入，在工业机器人这块也有了一些自己的心得。

随着时间的推移，对未知知识的渴望，养成了我长期学习的习惯，经过一年多的学习推敲，我也可以在机器人这里独当一面了。

"不争第一就是在混"

2019年7月份，接到企业内部一个通知，组织参与由人社部主办的智能制造选拔赛。当时就想试试，我就报名参加了潍柴集团内部的选拔赛，比赛包括内容挺难的机床、工业机器人、电控、机械图纸等方面的知识，由于前期工作中刚学习了这款机器人的应用，所以，我以机器人组第一的成绩出线，顺利进入了省选拔赛。

企业给我们寻找资源做定向的训练，省赛的理论题库有2万多道，有很多知识面没接触过，也就理解不了，我和我的队友们一起不断地钻研探讨，利用一切能用的时间学习理论知识。实操考试方面，企业给了一周的集中培训，其间每天和队友们一起训练到凌晨，就这样，在半个月后的省赛中开始了角逐。第一次站上大型赛道心里是紧张的，也是镇定的，因为我有一起竞赛的同伴们，3个小时的竞赛眨眼即过，最后我们以理论考试99.5分，实操考试80.5的成绩取得第　名，顺利晋级到国赛。

省赛和国赛间隔了一个月的时间，企业工会协调各方面资源，对我们进行了为期20天的封闭式训练，每天都训练到凌晨，为了练习编程速度，经过几千次的练习，形成肌肉记忆。吃饭的时候我们也抱着手机看理论知识，一名队友还将知识点整理成电子题库，在上面反复练习，那段时间真的值得回忆，最珍贵的是过程。

国赛在河南郑州举行，省人社厅和企业派出专人带队。站到赛场的那一刻，我们协同合作，配合是那么的完美，每完成一部分马上配合让评委查看，就这样，3小时的时间转瞬即逝，我们也完成了竞赛内容。等待出成绩的时间是煎熬的，最终我们取得国赛一等奖的成绩，但遗憾的是没有拿到"全国技术能手"称号。

2020年年初，企业高产如火如荼，但是，突如其来的新冠病毒感染防控却打破了庚子年新春的喜悦。病毒肆虐让武汉封城，全国各地陆续出现新冠病例，几乎所有的城市都在同一时刻停下脚步。恰恰在此时，H平台产品产量急速增加，迫切需要打通工艺流程，但模具、设备专业厂技术人员无法及时前来调试设备。

高产的号角已经吹响，时间耽误不得，"李明，这次任务就交给你们了，不管有什么困难，都要完成！"听到这样的安排，我心里一震，既兴奋又忐忑。兴奋的是领导对自己的信任，忐忑的是，第一次接触该类型的设备，前方未知的困难让人胆怯。

"设备都是行业领先的，很多技术是第一次涉及，对于我们是一个很大的考验，这样一个艰巨的任务，只有交给李明，我才放心。"大件四车间副主任表示。

夹具库布局空间是否允许、新取芯夹具与机器人是否适配、浸涂池吊装等一系列难题摆在面前。回到班组召集团队成员开会讨论，团队里出现了分歧，"这个项目不是大家本职工作，干不好耽误生产，还会落得埋怨"。

可是，这是多么难得的一次成长机会，我不想放弃，我说："出了问题我来承担。"看到我这个态度，团队成员慢慢消除了消极的想法。

按照车间制订的生产计划，H1缸体工艺路线转型改造只有7天的时间。在这7天当中，要完成4台机器人的夹具适配、涂料池更换、组芯胎具适配等一系列工作。

机器人工装器具快换支架需要重新布局，然而两套工装器具之间存在干涉。我和伙伴坐在辊道边上的平台上，抬头看着柱子，恨不得把机器人抬高100毫米。就在束手无策的时候，我想：我们可不可以将工装器具斜着放进去，然后再立起来放置？"是呀！斜着放进去。"一瞬间，大家的思路豁然开朗。就这样，我们团队利用 4 个小时的时间完成了工装器具存放架的焊接安装，并顺利编写机器人轨迹编程，完成了工装器具存放架的安装与调试。

最大的问题迎刃而解，在接下来的改造、调试过程中，我们有了啃下"硬骨头"的勇气。只用了不到 6 天的时间就完成了 H 平台缸体关键工艺路线改造。

28 岁的一群青年能担当什么

以我名字命名的"李明创新工作室"成立于 2019 年 10 月，被潍坊市总工会授予"劳模（工匠）创新工作室"称号。工作室现有成员 7 人，平均年龄 28 岁，是以教学研为一体创新型工作室，具有完整热加工装备自动化教学系统。包含西门子 PLC、HMI、分布 IO 实训台 3 套，西门子 S120 私服系统实训台 2 套、SMC 启动系统实训台 1 套、SMC 私服系统实训台 1 套，ABB 工业机器人 1 套以及多台教学用设施等。2022年，工作室完成潍柴大学专项培训 9 场 130 人次，工作室专项培训 12 场 110 人次。

2022 年，工作室完成铸造工艺创新 2 项："上夹层砂芯排气孔成型工艺路线改造"降低了热芯盒砂芯废品率 0.1%，消除泡沫球生产材料的使用，年节约成本 46 万元；"防脉纹剂在冷芯盒砂芯工艺的应用"消除冷芯盒砂芯在浇铸过程中产生脉纹的质量缺陷，减少质量损失 53万元；参与改造、改善项目约 120 余项。

2022 年，工作室完成重大革新项目 1 项，项目实现年产 15 万台 H平台连体缸盖，总投资 4800 万元，是一条国内一流全自动化砂芯生产线。实现砂芯 90% 冷芯生产工艺，降低砂芯生产成本 7%，提高产线效率 10%，实现局部自动化生产。

为不断提高团队创新能力，我们计划 2023 年完成攻关项目："H
平台优化缸盖铸件内腔局部薄弱部位生产工艺提高" 将 H 平台缸盖铸
件缩孔缺陷，预计产品不良率从 5% 降至 0；"H 平台优化缸盖铸件内
腔局部薄弱部位生产工艺提高" 改造完成后，预计一次浸涂耐高温涂
料出窑工序单颗生产节拍从 240 秒降至 180 秒，效率提升 25%。

青年强则中国强。28 岁，在战争年代，我们一些前辈有的已经带
兵打仗，军衔至师长、旅长，当代社会则有一批还在人生社会的进口徘
徊犹豫。是潍柴动力给了我们平台让我们一展身手，担当起企业崛起、
民族振兴的责任。

工匠的核心理念还当是传承

一个好汉三个帮。在不断的实践中我还体会到，一个人即便浑身是
铁，也捻不了几颗钉，所以，我在不断锤炼自身技能的同时，也重视技
能传承，先后带徒 8 人，通过言传身教，带动公司维修队伍的业务能力
提升。2019 年我被聘任为潍柴集团装备（设备）模块三星内训师，参
与潍柴集团工匠（首席技师）大讲堂授课，年度累计完成培训 52 课时、
152 多人次，高质量地完成各项培训任务，受到广大学员的好评，以实
际行动带出了一支高素质的维修团队。

同时，我也非常注重在日常工作中不断萃取总结经验，先后主持编
辑各类标准文件 20 项，其中有《FANUC 工业机器人操作作业指导书》
《FANUC 工业机器人润滑作业指导书》《FANUC 工业机器人保养作业
指导书》《ABB 工业机器人操作作业指导书》《ABB 工业机器人润滑
作业指导书》《ABB 工业机器人保养作业指导书》。当然，这些成果不
是我一人完成的，凝聚了我们团队诸多工友的心血和精力，但也正可以
证明，我们不是一个人而是一支队伍。

工匠精神，说起来只是短短的四个字，却时时刻刻贯彻在我 17 年技术工作的方方面面，在职业技能方面，我必须不断探索技术、打磨本领，让自己成为公司知名的"业内专家"；在创新工作方面，还要打破桎梏，乐于接受挑战，充分发挥团队合作力量，这样才能完成各大项目，为公司发展培养优秀人才，让人人都成为一名乐于奉献、勤于创新、勇攀高峰的技术工匠。

《诗经》中有一句诗"如切如磋，如琢如磨"，是说古代工匠在切割、打磨、雕刻玉器等时精益求精、反复琢磨。这种严谨认真、精益求精、追求完美的精神用在工匠身上可谓再贴切不过了。作为一名普通的产业工人，如果每个人都匠心独运，不惧枯燥，不辞辛劳，就能在企业不断改造升级中，给客户交付一款又一款品质过硬的产品，也让自己的人生得以不断塑造和提升。

张中海　文学创作一级。《泥土的诗》获 1983 年度《萌芽》创作奖；《现代田园诗》获 1989 年省泰山文艺奖；《田园的忧郁》获四川文艺出版社全国处女诗集出版奖；《混迹与自白》获 2016 年华东六省一市优秀出版物奖。《强龙之舞》获 1988 年《光明日报》报告文学奖，《一位抗战老兵的非凡人生》获 2008 届泰山文艺奖，《黄河传》获 2023 届山东图书馆奎虚奖、徐迟奖、泰山奖。

刘　君

给柴油机装上"大脑"的"电控疯子"

——记潍柴国六电控开发团队

在潍柴集团一号工厂，从展出的一台台发动机前走过，仔细瞧去，每一个发动机身上的标签显示了不同年代、不同型号，从最早的机械泵式到现在的高压共轨电控式，仿佛带我们穿越了一段时光隧道，伴着周围的机械声，更像是听见了时间飞逝的呼啸。

在"隧道"的尽头，电控研究院工作人员指着一台发动机中间一个很不起眼的、比巴掌大不了多少的小盒子说："看见这个小东西了吗？这是 ECU，相当于发动机的大脑。"

原来这就是传说中的 ECU，Electronic Control Unit 的缩写，即电子控制单元。以前偶尔听到"刷电脑"这样的行话，不明所以。原来汽车运行时的各种状态，比如加速、打滑、油耗等，还有我们开车时的动作比如刹车、换挡等，都是由这个小盒子按照预先设计好的程序计算各种传感器送来的信息，经过处理以后，把各个参数发送给各相关的执行机构，执行各种预定的控制功能。

"教机器学习！"想到正在读研究生的儿子跟我提到他的研究生项

目——稀疏型白盒非监督学习，本来觉得隔行如隔山，但当我看到这个小盒子，灵光一现，好像突然明白了一些什么。

"我们这里和 ECU 打交道的也是一群年轻人，平均年龄只有 28 岁，他们被行业内戏称为'电控疯子'，因为他们的口号是'把自己逼疯、把对手逼死、让客户爽'，在商用车领域，无人不知，但就是这样一群'疯子'，实现了国内柴油机电控领域的 NO.1，坚守 14 年自主电控系统研发之路，只为给中国动力装上'中国芯'。"

"第一控"

来接我的小张，瘦高个，戴眼镜，是个文质彬彬的小伙子。他是河北人，2013 年入职潍柴，已和潍坊本地的姑娘结婚生子，现在口音都带着点儿山东味儿了。

午后的阳光下，他带我穿过厂区，路过一些剪得横平竖直的冬青绿化带，莫名透出一丝丝可爱，难道修剪花草树木的也是理工科的？如此一丝不苟。

跨过连接两边园区的天桥，车辆在桥下的永春路上来回穿梭，笃定地驶向各自的目的地。站在桥中间，远远望去，晴天疏云下，建筑物隐隐地露出一角，如风景油画一般。

一路门禁，不知过了几道关，在清一色的蓝色工装里，显而易见我是个外人。上三楼，国六电控开发团队所在的大开间豁然眼前，墙上几排大字非常醒目，"把自己逼疯、把对手逼死、让客户爽"，一股剑拔弩张的气势扑面而来，和四周电脑前静静忙碌的身影形成对比，空间弥漫着一种蓄势待发的气息，仿佛都在不动声色地暗暗较劲。

我第一个要采访的对象是小朋，他是潍柴电控技术的专家，也是集团劳动模范，从事电控工作已经 11 年了，但因为出差国外，我并没有见到他本人，但关于他的故事却听到了不少。故事中，他可真是个妥妥的"第一控"。

2015年，小朋第一次担纲重要研发项目，成为潍柴国六轻型自主ECU开发项目的负责人。当时，他入职只有3年，对于要承担如此重任，心里感到非常惶恐。反复地问自己：以我的资历，我能带领团队完成任务吗？以我的能力，我能带领团队和国际巨头PK吗？无数的问号在他的脑中闪烁。

他想起7年前潍柴自主电控研发团队成立之初，要在行业内率先启动自主ECU研发。因为没有任何的经验，听说此事的国外同行不仅不帮忙，还冷嘲热讽："你们想自己开发全新的电控系统，是不可能成功的，想都别想！"

因为那时的ECU技术长期被国外技术巨头垄断，全国的电控系统基本全由国外供应商垄断，他们不仅在我国攫取着高额的利润，而且还严重限制了中国企业的产品开发，是国家亟须突破的一大难题。

承担了任务的小朋在迷茫中，想起了导师勉励他的话："不要怕，你就往前冲就行，出了问题有师父和领导们顶着。"

就这样，在没有任何基础和外部支持的情况下，他和团队凭着一股不服输的信念，从零开始了潍柴自主电控系统开发之路。

在接下来的数百个日夜中，小朋带领着团队成员艰苦前行。面对严格的法规要求，数以千计的难题，他们无数次失败、困惑，但是从来都没有选择放弃。

在整个开发过程中，团队成员经常性节假日不休息，两班倒，工作到凌晨2点也是常有的事，实验室的灯经常是彻夜长明。就是在这样的工作氛围下，他们用了短短4年时间就完成了国六自主电控产品开发，该产品掌握了全生命周期排放一致性控制等关键技术，解决了SCR转化效率低等行业难题，被业内誉为"当之无愧的第一"。

这个第一，让小朋认识到在潍柴只要付出，就有成就梦想的舞台。

2018年10月9日，这是一个值得纪念的日子，配套自主国六电控系统的潍柴WP4.6N高压共轨柴油机以000001编号获得国家生态环境部的重型柴油机官方认证，在与康明斯、博世、德尔福等国际巨头的竞争中，潍柴电控团队取得了完胜。

随后，又迎来了非道路四阶段官方认证000001编号的争夺，这一次他们志在必得，但过程并不轻松。为了让产品更好地配套神华矿卡，小朋和团队成员在矿区坚守40多天，吃住都在矿上，顶着40℃的高温，每天坚持工作12小时以上，24小时轮班解决问题，在他们的不懈努力下，最终顺利实现中国电控大缸径发动机在矿卡的首次匹配应用，再一次打破国外企业在该领域的垄断地位，不得不主动降价一半以上来应对潍柴的挑战。

"这个000001号潍柴也当之无愧地拿到了，在与国际电控巨头的PK中我们再一次完胜。"

说起这件事，小张至今依然激动不已，但我心里默默算了一下，问道，这不是三个第一吗？你说的第四个在哪里？

"第四个就是'不争第一就是在混'的精神，干事就干到最好，科研就瞄准第一。"

2021年年初，病毒感染防控带来了全球的芯片危机，作为ECU全球头部供应商的博世也未能幸免于难。2021年3月10日，博世紧急通知潍柴，国六ECU硬件因为芯片短缺随时可能断供，对于潍柴来说，这无异于一个晴天霹雳，这则通知的背后意味着因无ECU可用，潍柴全系国六发动机面临下线，蕴含着客户订单无法按期交付的巨大危机。千钧一发之际，电控团队临危受命，成立"国六替代ECU"攻关项目组，带领团队成员争分夺秒，连续奋战。

开发时间不足怎么办？全小组成员倒排时间节点，以各子系统为单位，依据各子系统开发的特点，集中对功能进行详细梳理划分，分模块梳理对标，既保证功能实现的完整性，又保证软件的可靠性；在软件开发时采用多版本并行迭代更新的开发方式，多管齐下提高开发效率及进度，大大缩短了开发周期。

测试期间，大家排一、二、三班，实现了测试资源的最大利用。翔实地反馈功能实现情况，杜绝开发缺陷流入客户手中，做好守门人，把好质量关。软件开发过程难免会遇到缺陷，对于缺陷的分析解决，攻关团队采取临时横向的措施，各方向负责人参与，对每一个缺陷、异常状况进行讨论，判断问题出现的原因并制定改进措施，以最快的速度解决问题。

在行动中调整，在行动中完善，大目标一下子完成不了，就分解成几个小目标，然后分头去攻克，不知不觉就把本来觉得很遥远的目标拿下了。大家上下一心，研发的 WISE10B、WISE13E、WISE13G、WISE13J 等控制器成功提前完成开发及测试验证，按期交付生产，应对了因博世供货不足导致的发动机停产停线危机，一夜之间实现"备胎转正"。同时针对短时间完成交付可能带来的产品风险，项目团队做好了应急预案，全天 24 小时待命。2021 年，"国六替代 ECU"批量下线超 6 万台，市场运行一切正常，有效缓解了潍柴国六发动机供货危机。

"不争第一就是在混"，这句话已融入团队所有成员的血液中。一个"争"字，代表的是进取、拼搏和奋斗。越是逆境，越要争，越要抢，越要拼。这些把自己卷到极致的"电控疯子"，从最初的 10 多人，发展为现在的 600 多人，无论人数还是整体团队实力，潍柴电控开发团队在国内目前都是首屈一指。在行业中，他们从最初的跟跑到并跑，再到现在局部领跑，产品实现了全系列全领域的覆盖。从一开始只做柴油机，后来做气体机、液压、新能源、整车整机，业务越做越多。

疯子＋大神不冲突

会议室里，我见到了团队的几位年轻的技术经理，平均年龄 35 岁，这一圈儿理科生围着我一个文科生，耐心地做各种科普。ECU 工作原理是什么？什么是国六，它和国五有什么区别？ ECU 产品从研发到上市要经过哪几个阶段？

其中，ECU 的研发与测试是紧密相连，相互支撑的两个关键阶段。他们在整个汽车控制系统的设计和验证过程中扮演着核心角色。

这就好比，有了大脑，但这个大脑是否灵光还要经过各种测试和检验升级。测试作为软件释放前的一道验证屏障，责任和使命重大，如何在保证软件快速验证测试的基础上，又保证软件测试的全面覆盖，保证测试质量，是对软件测试人员的巨大挑战。

底层软件开发技术经理小陈拿起桌上的一个 ECU 对我说：

"你看，光这两个软板之间的连接，我们就做了一个又一个方案，既要能把它们放在一起，还要能抗震，保证信号的完整性，不受别的干扰。"

"我们就不断地试，不断地试，最后才换成了你现在看到的这个方案，既不会折叠它，因为它一旦被折起来，信号可能就会断了，还要保证它的抗震性能。"

我盯着那个"小连接"问："这可以拍照吗？"

"不可以。"

就是这个不起眼的"小连接"却是整个业内由他们第一个做出来的，做出来之后听说有很多其他公司去市场上、去服务站买他们的控制器，拆解开来研究他们是怎么弄的。

又是一个第一，我心想。

看我还是一副不明所以的样子，她开始比画着给我做各种比喻：

"咱们的手机死机时重新再开启就行，但是对我们控制器来说是不允许的，尤其是这种面向生产资料的控制单元，要求的是百万公里无大修，对应控制器限制会更高，现在控制器的寿命可以达到 2 万小时，折算到车的使用里程的话，已超过百万公里。

她指着一条 ECU 上细线给我看，"每一条线的宽度都是我们经过多次验证之后定下来的，你现在看到的这个样件叫 c 样件，我们还有 a 样件、b 样件，都是经过各种实验，才一步步升级到现在 c 样件这样的成熟度。

"比如做 a 样件的时候，我们遇到问题，这个线一碰上铁或者碰上 24 伏电源就短路了。大家去查原因，明明从理论上分析，它俩之间没有任何关系的，没有任何干扰的，查来查去，最后发现是因为中间那个线细了那么一点点，它的承受力不够，然后把整个的电瓶抬上去了。"

原来，每一个小细节是他们经过了无数次的测试总结出来的。看着我钦佩的眼神，她不好意思了，"我这根本不算什么，我们这儿好多个'大神'"。

"大神"一："老中医"

"老中医"是通讯方面的测试专家，他是 2013 年入职的研究生，开始不是做这个方向的，后来新能源转向后，一直在这个方向深耕。控制器之间有两根线，完成交互信息，但它容易受干扰，导致通讯不畅，而且比较难以排查。他的神奇之处在于，每年发现的 bug 数目，在整个测试部门首屈一指。

大家之所以戏称他为"老中医"，是指他测试时，一捏线就知道有没有 bug，就跟号脉一样，根本就不需要看，只将三根手指放在手腕部的寸口，通过脉象就可以了解疾病的病因、病位、病情轻重以及预后。

柴油机策略开发技术经理小闫说，他这可不是一日之功。他非常善于总结，大脑里积累了很多"病例"，就像一个移动智库。见的"病例"

多了，自然一眼就能判断出来问题在哪里。而且他很善于思考。通讯方面的问题总是千奇百怪，变种层出不穷，就算你知道"一二三"问题的解决方案，未必就知道"四"的问题如何解决？不能有一对一的解决方案时，作为经验丰富的"老中医"，他会综合"一二三病例"的解决方案，形成"四"的解决方案。

"大神"二："活字典"

"活字典"，是电控与软件研究院大缸径及气体机电控平台技术副经理，自 2012 年加入潍柴以来，他一直从事气体机电控工作。

说他是疯子，一点不夸张。他的工作没有上下班区分，好像永远那么忙碌，永远不知疲倦，哪怕是上下班路上，他都在梳理总结当天的工作。

说他是"大神"，也一点不违和。十年耕耘一个方向，知识储备尤为丰富。他脑袋瓜灵活，记性也好，像一本活字典，遇到问题时，他能第一时间发现问题根源，帮项目组节省了很多时间，少走了很多弯路，身边的同事都亲切地称呼他为"曹大神"。

说起他与电控的结缘，还要回到十年前。

2012 年，作为山东大学机械专业的应届研究生，"活字典"加入电控技术室（电控与软件研究院的前身）。毕业生加入潍柴后，都要到一线见习，他也不例外。可例外的是，每天见习结束后，他都会回到自己的科室，相位、同步、PID，转速闭环、功率闭环，位置闭环，HIL测试，一切都是那么的陌生、新鲜，这激发了他求知的渴望。他勤学好问，一点点研读博世文档，历时一年，终于啃完。为了一个问题，能把电控的前辈们问个遍，直至把问题彻底搞懂。凭着这股韧劲，当大家结束实习，回到岗位学习的时候，他已然是一名合格的测试工程师了。作为测试工程师的那几年，他的 bug 检出率全年保持部门第一，出差解决问题更是不在话下……

如今，他已经是一个科室负责人。他雷厉风行，自成一体的管理风

格，也将科室工作管理得井井有条。

"大神"三："钢铁侠"

"把自己关在小屋里，然后几天之后冒出来，一看，做出一个 HIL （Hardware in the Loop，硬件在环）来，基本上就这种状态。"

胡子也不刮，衣服也不换，活儿却干得很漂亮。目前这些 HIL 工程师基本上都是他带出来的，大家叫他"铁人"，"铁人"今年 36 岁，软件测试技术经理小王说："其实在我们眼里，他就是一个喜怒不形于色的人，是不苟言笑的大哥，作为一个老员工，我们能从他身上看到了电控的精神。"

"有谁干不了的，不愿意干的，他就会说，'那我来吧'。

"这个问题很难解决，他就会说，'我来'；如果说报告很难出，他就会说，'行，给我吧'，然后他会去想办法，去克服那种困难。"

他就是一个责任感非常强，非常"能打"的人。

有一段时间，细心的小王发现，他走路走得很慢，"我一个女生，有一次我说'你等等我'，他说'不用等，我肯定走得比你慢'。"

去年五四前夕一个清晨，醒来后他发现自己浑身不能动，去医院检查才知道，因长期伏案，脊柱变形，压迫了运动神经，一侧的胳膊和腿完全失去知觉。

做手术的时候，作为科室负责人，小王还去陪着他，在外面等了 4 个小时，医生给截去了一截颈椎，换成了钢的。同事打趣说："以前叫你'铁人'，你现在可是名副其实的'钢铁侠'了。"

"钢铁侠"现在走路的样子有些"怪"，第一次见的人可能会觉得他有点傲气，整个人站得笔直，脖子不能打弯，目不斜视。就连拿手机也是这样的，两手举起平视，也不能低头吃饭，目前他还在术后的恢复过程中，可能要一两年才能长好。

"但他从不抱怨，回来上班后，上级问他需要什么特殊照顾，他说，既然来上班了，就不要啥照顾。不管什么时候，他总说没有问题，他的状态一直都是正常的工作状态，心理上、身体上都是。他确实感染着我们团队的每一个人。"

靠实力说话！大家心里都清楚，在潍柴，"干好了谁说你不好也没用，干不好谁说你好也没用"。你所有的付出和成绩大家都看得到，公司自然也不会亏待你。

我离开办公区域的时候，恰巧碰到了"钢铁侠"。他同样穿着蓝色工装，不同的是脖子上戴着白色颈托，整个人站得笔直，无法点头，所以微抬下巴的他看起来有些"高傲"。他和我想象的"大神"并不一样。眼神特别温和，只是身子显得有些单弱。面对旁边人的夸奖或者介绍，他只一味听着，不插一句话。

小王邀请我看看他们工作的地方。高大厚重的拉门，需要两个人解锁才能打开，不知道里面隐藏了怎样一个神秘的世界。门只拉开了一道缝，我只能站在门外瞧上一瞧。小王说，我们老总带客人来了，也只能这样看上一看。

厚重的门里，是一个宽敞明亮的像车间一样的工作间。负责模拟测试的技术人员在静静地忙碌，无暇他顾。他们每个人眼前都有四五台电脑，电脑后面，卫兵一样站立着一些高大的"铁箱子"。我仿佛瞬间走进了科幻电影的场景。

阳光透过宽大的玻璃窗照到他们的身上，电脑上，设备上，像镀了一层淡淡的光。

在我眼里，他们就是会发光的人。那是科技之光，是贯穿历史长河的光，由星星点点组成，却以其独特且深远的魅力，照亮了人类社会的发展道路。它冲破蒙昧，引领我们走出认知的黑暗。

"疯子"的脚步不会停歇，大神的传奇还在续写。

以吨为单位的男人

中午我和小张在潍柴食堂吃饭。宽敞明亮的食堂提供的菜肴种类繁多，汇聚了各地的美食特色。我点了一个酸辣味的米线，我们一边吃一边聊天，周围依然是清一色的蓝色工装。

看着舒适整洁、设计又很人性化的餐厅，我不由感慨，作为打工人，这是很能提升幸福感的。

小张说，毕业之后放弃了在家门口工作的机会来到潍柴，十年来，从没有后悔过自己的选择。因为潍柴集团对研发人员非常重视，在去年的科技奖励大会上，潍柴拿出1亿元重奖科技功臣，其中个人单项奖励最高1000万元，一时轰动全行业。

"买设备不如买技术，买技术不如买人才。"这句话，潍柴董事长谭旭光经常挂在嘴边。

而对于如何才能用好人才，让人才发挥出最大的作用，谭旭光说："我们不要给青年科技工作者设'鸟笼子'，要学会'放鸽子'，否则我们的创新传承就是一句空话！"

大多数企业是习惯于给人才设"鸟笼子"的，比如会设管理的笼子、考核的笼子，甚至思想的笼子，我让你干什么你才能干什么。结果，人才不能全身心地投入企业的改革与生产经营当中去，与企业离心离德，甚至做有损害企业利益的行为。

"放鸽子"还意味着为科技松绑，赋予创新团队和领军人才更大的人财物支配权、技术路线决策权。

比如设立技术经理，是给研发人员的特别福利，就是希望研发人员能沉下心来去做技术层面的东西，不被一些事务性东西所影响。技术经理，不但享受同样的干部级别，还有额外的薪资补贴。小张自豪地说："他们属于高价值岗位。"

谭旭光认为：人才的核心之核心是生态。激励的核心之核心是公平。要在所有的科研系统建立硅谷生态、特区生态，要让科技人员明白、算清他的科研成果值多少钱，实现成果与回报的对等。坚决推动精神激励与物质激励相结合的价值统一，破除研发系统"哄着干""逼着干""混着干"的陋习，营造"比着干""抢着干""拼命干"的新生态。

我们吃饭的时候遇到了熟人，山东省报告文学学会副秘书长吴文峰，他总是随身带着一个收集"缘分"的本子，里面有各行各业的"有缘人"给他留下的语录。他说在潍柴认识了一位外籍专家欧佩迪，来自意大利，在潍柴工作 17 年了，喜欢这里的环境，喜欢这里的人，更喜欢这里的美食，我们看了他们的合影，同样是一身蓝色工装，还有本子上的留言：

"I am very happy to live in China,in Weifang and work for Weichai a great company. And I have many friends in China."

小张说："每次出差在外时间长了，真的会想念食堂的饭。"

我问："所以技术人员也不是光待在电脑前，也要经常出差，是不是？"

他说："对呀，ECU 产品经过研发和测试，进入市场之后，很多时候我们要到市场上去解决问题。客户满意是我们的宗旨，只要客户提出来的，让什么时候去我们就什么时候去。不断验证和完善 ECU 的各项功能，直至满足所有法规要求和整车厂标准及用户期望。不光是外部客户，内部客户也一样，包括运营中心如果有问题需要电控支持，我们马上就派人，电工当天就背着包去了。"

说起出差，法规测试技术经理小硕至今难忘在广东清远的那次经历。

有一个拉废钢材的车队，车队老板可能比较蛮横，反正看上去是那么回事，因为他们的产品出了一些问题，态度很不好。小硕和一位同事大概是下午三四点钟到了现场，车队老板一看，就说："你们既然来了，弄不好就别出去了。"当时他们身处一个乡镇上的院子，车队有 20 多辆车，要逐台车做检测。

他们出差都背着一个大包，里边什么工具都有，包括检测设备，工具线，一些备用的EPO，得有三四十斤。因为车辆不是集中在一个地方，场地非常大，得挨着去找，一辆一辆检测。控制器大都装在车下面，他们要爬到车底下去，躺在地上作业。

整个一晚上下来，浑身是土，满脸都是污渍，广东又特别热，感觉整个人都要虚脱了。

"因为对方不会管你饭，你就得自己带点吃的，面包、火腿肠什么的，因为长期跟车检查问题，一日三餐都不定时，而且为了方便老是带一些速食食品，好几个同事，像前面说的'活字典'，刚入职时还是个瘦子，短时间内就'吹'起来了。200斤，那是一种很不健康的状态。"

当时就有一种调侃，电控研究院都是些以吨为单位的男人。

"每次出差都不定时，市场有需要就去。原则是问题不能等到第二天，当天只要能走你就必须得去。"

这些以吨为单位的男人，除了面临生活节奏被打乱的考验，还要经受一些恶劣自然条件的考验。

坚持在冰天雪地中开展各类发动机性能测试，是潍柴追求卓越品质和严苛性能验证的重要一环。

小硕说，在东北黑河那边有一个试验场，每到冬季最冷的时候，不管是商用车还是卡车都会去那里做实验。

-40℃，"冷"并非仅仅是字面意义上的低温，也是对他们意志和技术的一次严峻考验。做测试实验的时候，有些车就停在冰面上。他们一般5点多得起床去试验场，常常到了现场之后天还不亮，他们开着车去，车灯照在做实验的车身上，因为在冰上冻了一晚上，那车身上就"不灵不灵"的，因为上面都结了一层霜，闪闪发光。

做实验的时候，一般10分钟不到，手脚就完全麻木了。这还是在车上，平时如果是车外的话，五六分钟就冻透了，但是为了测试发动机控制器的一些硬件信号，必须得去车外收集一些数据，这个过程比较痛苦，但确实挺难忘的。当看到车原来只能带速慢慢跑，数据调整后，可以真正地跑起来，这个过程还是很有成就感的。

潍柴在 2021 年开启了氢燃料电池汽车在国内首次寒区试验，这也是对最新绿色能源技术在极端气候条件下的应用探索和实践验证。

小硕说，有的热区实验还可以在高温舱做，但高原实验必须去外面做。在中国辽阔而多样的地理环境中。青藏高原以及高海拔低氧气候恶劣等特点，成为校验内燃机性能的理想实验室。

潍柴的 wp3、wp13ng 等系列发动机，都曾经在平均海拔 4 千米以上的川藏线、青海等地进行实地测试。

在这样的环境下，发动机不仅要面对空气稀薄导致的动力衰减问题。还需要确保在低温复杂的路况下，仍能保持稳定可靠的工作状态。

有一次去格尔木，实验室在昆仑山上，海拔 4700 米，每次出任务他们都被要求在天黑之前必须回去，因为青藏公路是双向单车道，一个方向只有一个车道，事故非常多，经常会看到路边有一些报废的车，都是因为在路上出了事故之后，拉都拉不回去就只能扔在那儿。

有一天，在 3000 多米的海拔处车坏了，眼看着天就快黑了，大家开始着急，并且纠结是让"家里边"开车上来送充电设备和配件还是另想办法。

送的话，从他们的驻地格尔木市到昆仑山，起码得两个小时，路程还是很远的，但当时他们的车就是启动不了，一启动全车的灯啊，仪表盘啊就开始忽闪，一个劲儿忽闪可就是打不着火。

做这种高原实验，一般都是一个工程师配两个技师，然后再加一个司机，一开始大家找不到问题在哪里，都感觉心里发毛，而且天快黑了，因为那是在野外，也不知道是狼还是藏獒，反正远远地就能看到一些小动物。

大家嘴上不说，其实心里特别着急。一方面让"家里"开始准备带着东西往这走，他们也争分夺秒地在排查到底是哪里出了问题。一点一点地测试，终于发现是电瓶坏了。车里的电器也好，包括ETC也好，都是需要通过电瓶供电的，有一个蓄电池是铅蓄电池，它的接头跟整车的线束接触不良，会出现一些续接，就导致车的仪表盘一再忽闪，他们临时想了个办法，找了一些铁丝塞进电池和线束之间的缝，车终于能启动了，一块石头落地，大伙心里松快了不少，庆幸没有被困在山上。

听着他们云淡风轻地讲述，我却仿佛亲历了那一个个惊心动魄的难忘瞬间。

在一次次实地测试中，他们采集了大量数据，建立了独有的发动机数据库，为后续产品研发和技术升级提供了坚实的基础。

研发，测试，维修，试验，潍柴国六电控开发团队仿佛在跑一场接力赛，每一棒的人都集中精力，全力以赴。就这样，一代一代，老带新，师带徒，不怕苦，不畏难。

他们的故事很平凡，始于清晨的第一缕阳光，终于深夜的最后一盏灯。日常是以图纸、机床、试验台为伴，他们的战场在精密复杂的机械世界里，也在冰雪高原的严酷环境中。枯燥的数据，烦琐的测试，他们的名字大都鲜为人知，但他们的贡献却深深烙印在每一个运转稳定的发动机上。

他们的故事又不平凡，他们始终坚守初心，以匠人的精神精细打磨每一分设计，精确校验每一项参数。他们的双手虽然满是油污，心中却充满了对技术的敬畏和追求，他们是企业创新发展的基石，也是中国制造不断攀登高峰的见证者。

他们的故事，是潍柴从一个地方小厂发展成为全球知名装备制造集团的重要篇章，是中国制造向中国创造转变的真实写照。

在一年五四青年节座谈会上，有科技人员问谭旭光："在董事长眼中，谁是最可爱的人？"他立即回答："那些像'疯子'一样去创新的人，是我们企业最可爱的人。"

就是这些最可爱的人，在潍柴国六电控系统开发团队成立10多年来，探索出具有潍柴特色的开发方法：软件开发模块化，开发过程中模块库复用率达到了77%，缩短了开发周期，提升了开发质量；软件开发自动化，开发自动化脚本200余个，提高软件开发效率超过30%；软件开发标准化，已完成74类软件缺陷自动查核，控制软件开发缺陷个数降低至0.31个/模型。相关经验推广到柴油、天然气、氢气、甲醇等国Ⅵ、非道路Ⅳ阶段的电控系统，并且延伸至整车、液压动力、变速箱、特殊领域、网关、燃料电池、动力电池、电机、智能驾驶控制器等33款控制器平台，各项技术行业领先。

而这一切，标志着中国商用车行业在自主创新、自主研发的道路上已经走到世界前列，迈入自主创新的"中国动力时代"。随着ECU技术的成熟，潍柴成功实现了在发动机电控技术领域的自主可控，大大增强了其在全球发动机产业链中的地位。

刘君　中国作协会员，《大众日报》丰收副刊主编，高级编辑，山东省报告文学学会秘书长、山东省报纸副刊工委会秘书长、山东女散文家沙龙主席。出版散文集《为文有时》。

杨润勤

潍柴"宝贝"

"宝贝"造"宝贝"。

潍柴成千盈百的"产品宝贝",出自这里众多的工艺、工匠"宝贝"之手。

仲秋时节,随山东省报告文学作家们走进潍柴,探寻这个中国装备制造基地的底气、力量和动力,与潍柴的"宝贝"们面对面——大国工匠王树军、全国技术能手管亮,还有丁连耀、董旭、李国朋、李晖等各种"绝活"让人叹服。

一位有"理工男"特质的人引起我的注意。近几年,他先后获得多项省部级科技奖励,目前,作为项目负责人承担着《基于液态结构的高性能蠕墨铸铁材料控性技术基础》山东省自然基金重大基础研究项目,并参与了多项国家重点课题项目的攻关工作。不久前,他又被山东省工程师协会授予"杰出工程师"称号。

他叫姜爱龙,是潍柴"宝贝群落"里一个摆弄蠕墨铸铁的"宝贝"。

结缘

姜爱龙身着蓝色工装，身体偏瘦，戴一副眼镜，有些腼腆，问一句答一句，没有延展。然而，当提及蠕墨铸铁，他眼镜后面不大的眼睛马上闪着光芒，话匣子也一下子打开了。

何为蠕墨铸铁？

蠕墨铸铁是具有片状和球状石墨之间的一种过渡形态的灰口铸铁，它是一种以力学性能和导热性能较好以及断面敏感性小为特征的新型工程结构材料。

"蠕墨"即蠕虫状石墨，液淬试验和扫描电镜观察证实了蠕虫状石墨是由凝固早期的石墨小球畸变而来的。蠕虫状石墨的形态结构是介于片状石墨形态与球状石墨形态之间状态类型的石墨，它有片状石墨在基体组织中的共晶团内部石墨相连的结构特点……

说者在有板有眼、动情地讲述，听者云里雾里，难以理解。他索性打了个比方，建筑工人用石灰膏抹墙皮，抹不好容易脱落、开裂，如果在石灰膏中加入麻、丝等纤维物质，抹出的墙皮更结实，不开裂，延长了使用寿命。蠕墨铸铁的石墨形态是蠕虫状和球状石墨共存的混合形态，就相当于铸铁中加入了这种像蠕虫一样的纤维物质。

这种"蠕虫"是铸铁的金虫、银虫、稀罕虫。加了"蠕虫"的蠕墨铸铁是公认的最有潜力的发动机机体缸盖材料，在导热性、减震性和热疲劳性能等方面，是集球铁、灰铁优势于一身的"铁中侠客"。

但是，多年来蠕墨铸铁技术一直被欧美国家垄断。

为打破技术壁垒，提高产品品质，2012年，潍柴成立了蠕墨铸铁自主技术研发团队，这个团队的核心成员就是当年只有30岁的姜爱龙。从此，他与蠕墨铸铁结缘，为了在铸铁里植入这种"蠕虫"，他和他的团队开始了长达10年之久的"植虫战"。

冥冥中的事物都有着一定的联系性，过去的一切都深深影响着现在。

姜爱龙与装备研究结缘，要追溯到 20 年前。他出生于兰陵县兴明乡金楼村，村里家家户户种菜。种菜需要更多的水灌溉，所以最累的活是从井里打水浇地。后来有的人家买了抽水机，这个"铁疙瘩"是潍坊柴油机厂（潍柴动力股份有限公司的前身）生产的，用摇把子摇动点火，在"咚咚咚"的声音里，"哗哗哗"的清水从井里抽上来，流到菜地里，省工省力省时，菜的品质好了，产量也更高了。

那时，他只有八九岁，觉得这个"铁龙王"十分神奇，在老人讲的故事里只有龙能吸水吐水，这个"铁龙王"是咋做到的？他常常围着抽水机边转边琢磨。后来，实在憋不住，去问老师。老师告诉他，抽水机的内部有转轴，转轴将动力传递给涡轮机，涡轮机的转轴会产生涡流，从而将水从低处抽到高处。尽管当时他听得懵懵懂懂，但对机械产生了浓厚兴趣。可以说，从小学到高中，都一直在不停地哑摸着"铁龙王"。直到他考入山东理工大学，这个"谜底"才被揭开。学习就是不断解开谜面，弄懂机械的"脉络"和"心脏"，随着一个个谜面的打开，他对装备研究上了瘾。所以，大学毕业后又考取了南京航空航天大学材料学专业的研究生，继续徜徉在谜一样的装备研究王国里。

读研期间，又一个广阔的学习空间在他的眼前打开，他像"铁龙王"吸水一样如饥似渴地学习，从材料研究方法、材料物理性能、材料热处理到材料制备和加工、材料分析方法、工程材料学；从材料力学性能到金属材料、无机非金属材料、高分子材料；还有复合材料以及各种先进材料的制备、性能分析与检测技能等。兴趣是最好的老师，兴趣与学业是两个相互促进的因素，兴趣可以激发学生对学业的热情和动力，而学业成就也可以增强学生对自己的信心和兴趣。他在知识的海洋游啊，游啊，不知疲倦，天天"累并快乐着"。

临近毕业，他渴望到一个继续研究装备制造的地方，"抱"一棵中国装备制造业的大树。

他选择了潍柴。因为这个企业有着起死回生的传奇经历，蕴涵的巨大潜力。

潍柴的前身是威海一家解放军修理枪械的军工厂，后迁至潍坊，1953年建立潍坊柴油机厂，是一个偏居一隅、不见经传的地方国企。1998年，在从计划经济向市场经济转轨中，潍柴因跟不上市场经济步伐陷入困境，濒临破产。新上任的掌门人谭旭光通过大刀阔斧的改革，建立起了现代企业制度，让潍柴迅速走出困境，死而复生，并在香港成功上市。

潍柴把工艺、工匠人才举过"头顶"，建立工艺、工匠人才培养机制，搭建劳模、技师创新工作室。为鼓励这些创新，用一线技术人员的名字来命名创新成果，身在一线的工艺、工匠们获得了一种成就感，又怎能不欣慰和感动呢？

他终于来到了潍柴这棵"树"下。从认识"铁龙王"到与装备研究结缘，从装备研究到与潍柴结缘，验证了"过去的一切都深深影响着现在"的箴言。

他报到后在厂区漫步，天蓝云白，夏风徐徐，长舒一口气，有一种如愿以偿的自豪感。这棵树有遮阳挡雨的树冠、粗壮挺拔的树干、深入地下的树根。其实，这棵树上的每一个细胞都在书写潍柴的历史，中国装备制造的历史，没有理由不撸起袖子大干一场。

过坎

"名师出高徒"，俗语不俗，古今概莫如此。

姜爱龙是刘庆义的徒弟、得力干将。导师刘庆义从事先进内燃机铸件的制造技术研究与应用开发、内燃机关键零部件材料开发、零部件可靠性考核，在新型高性能铸铁、蠕墨铸铁等研究方面累积了丰富经验。2012年4月，导师带徒弟参与蠕墨铸铁新材料的开发试验。

但是，"师傅领进门，修行在个人"，导师只是抛砖引玉，真正能学到多少东西，修行到何种程度，就看学生的领悟能力，以及努力的程度了。

姜爱龙在导师的引导下，一头扎进了蠕墨铸铁的神秘领域。

姜爱龙觉得，说蠕墨铸铁神秘是因为还没有琢磨摸透它，装备研究有时像驯马一样，摸清了它的脾气性格，就能跃上马背；又像烹饪，掌握了火候、油盐酱醋的配比，就能做出可口的佳肴。

他知道，1947年，英国人莫罗在研究用铈处理球墨铸铁的过程中，发现了蠕虫状石墨。由于莫罗后来的研究工作主要集中在怎样得到球状石墨及其性能上，而蠕虫状石墨则被认为是处理球铁失败的产物。1955年，美国人伊斯蒂斯和斯奇内登温德首次提出建议，采用蠕墨铸铁；1966年，又有斯切尔伦继续提出应用蠕铁。美国在1965年的一项专利中提到，通过加入一种合金使铁液含镁、钛、稀土金属，就能得到蠕虫状石墨组织。奥地利人研究了稀土对铁液的影响，从中得到了生产蠕铁的可靠方法，于1968年获得奥地利专利……但专利人家至今还"捂"在手里独享，生怕别人碰了这个"奶酪"。

他更知道，视创新为生命的潍柴，1998年开始改革突围，剥离辅业精干发动机，2004年于香港上市，引来资本活水全力搞研发。接着，自主研发的高速大功率蓝擎发动机量产，打造了具有国际竞争力的中国动力品牌。潍柴多么渴望快些揭开个蠕墨铸铁的神秘面纱，为中国的发动机再强筋壮骨，铸就国之重器。

然而，试验是艰难的，回忆起当时的试验场景，姜爱龙脸色变得凝重起来。

万事开头难，他开始一步步试图摸清蠕墨铸铁的"脾气"。

蠕铁的碳当量高，加稀土合金后又使铁水得到净化，因而使它具有较好的流动性。在碳当量相同的情况下，蠕铁和灰铸铁的流动性相似。

蠕铁的收缩也介于灰铸铁和球铁之间，浇注系统可按灰铸铁进行设计。但对致密性要求较高，壁厚相差较大的复杂铸件，要采用球铁的浇注和补缩系统。

蠕铁兼有灰铸铁和球铁的良好性能，抗拉强度和屈服强度高于灰铸铁，相当于铁素体球铁。导热性接近于灰铸铁，因而铸造工艺方便、简单、成品率高。

他们的试验是在冶炼炉旁进行的，炉内温度1400至1500度，辐射的高温让汗水一个劲地流淌，一天下来工装湿了干，干了湿。忙到关键时候，忘记了喝水，直到嘴上起了泡、嗓子嘶哑，才知道自己脱水了。

他几乎每天都会细致地观察炉内散发着独特光辉的铁水，这是金属的生命之源，它不仅是物质，更是能量，是生命和灵魂的象征。铸铁中植入蠕墨，也为铸铁赋予了新的生命，进一步，这个生命又给予发动机最大的能量，让它动力澎湃，延年益寿——这个新的生命在召唤他，他要快些走近它，他有些急不可耐了。所以，尽管每天"泡"在试验室里，总还是觉得时间飞快流逝——这想必就是进入了痴迷境界吧。

继而，他给蠕墨铸铁"把脉"。研发成功与否，起决定作用的是蠕墨铸铁蠕化率在80%~100%范围内的包芯线直径和包芯线中主要成分镁和稀土的占比。他觉得试验有时真像是中医配药，"黄芩配黄连，清热解毒功不甘；当归配白芍，补血养血效果好……"一味药、一克药弄错，就可能失败。

为了确定包芯线的最佳直径，他和队员房夺像"长"在了试验室里，从蠕铁喂线站所允许的最小直径9mm开始试验，一直试验到13mm，镁和稀土的最佳配比更是从5%开始，一直尝试到20%。每次试验后，等蠕铁铸件冷却后，要立马拿着铸件跑向质量部，对蠕墨试块进行蠕化率检测。

这次的试验是在夜里 10 点多进行的，可能是过于疲劳，也可能是一直考虑着镁和稀土的配比，他将 1400 度的铁水包挂到行车吊钩上时，竟然用手去推动吊钩，只听"吱啦"一声，冒出一股白烟，他的右手手掌粘在了铁水包上……不知为什么，他并没有觉得疼，在卫生室包扎后回家，第二天戴了只硕大的棉手套，照常来到了试验室。是的，人的精神力量、意志对整个机体能起到调节作用，能够帮助人们战胜疾病和残缺。他的精神力量来自他的试验，拼了命的试验。

可是，多少次，多少天，多少回，春夏秋冬，满怀希望等来的都是一瓢瓢"不合格"的冷水。这时，有人就劝他脑子要"活"一点，不能钻牛角尖，更不能死驴撞南墙。欧美是工业革命的"大腕儿"，人家花了那么多年才弄出蠕墨铸铁，咱的工业基础没人家好。你天天摆弄这玩意儿，最终弄不出来咋办？栽了跟头也就误了前程。

尽管他一笑了之，但心里还是隐隐作痛。

他想，自己的性格倔强，认准的路能一直走到黑。但转念再想，走到黑怕什么，总有天亮的时候。

"总有天亮的时候"，再调整比例，再试验，周而复始。他对苦啊累啊、冷嘲热讽没有一丁点的怵意，但对质量部那几台冰冷的检测设备却望而生畏，因为试验失败的"死刑"都是它们"宣判"的。

一年多的时间里，他们进行了 149 次试验，也被"宣判"了 149 次"死刑"。

终于，在第 150 次的时候，得到的"宣判"是"成功"——包芯线的最佳直径和包芯线中镁和稀土的最佳配被"磨"了出来。

当读到质量部的合格报告时，他的眼泪一下子涌了出来。团队成员欢呼雀跃，回头看他时，他已在试验里的工作台上，查阅比对 150 次的试验数据了。因为他知道，他们仅仅是走过了研发蠕墨铸铁的第一关，过了第一道坎，接下来的路还很难很远。

峰巅

随着时间的推移，蠕墨铸铁研究走进了深水区。

开发蠕墨铸铁难，难上加难的是如何实现蠕墨铸铁在多种型号铸件上的批量应用。

难到什么程度？姜爱龙打了个比方说："蠕墨铸铁工艺就像是抛硬币，正面是灰铁，反面是球铁，立起来就是蠕墨铸铁，而工业生产要求每次抛的硬币必须立起来的。也就是说，其配比度要精准到丝毫不差。"

"立"起来已经很难，而且还有一些莫名其妙的"拦路虎"。

就在大家黑白连轴转，进行蠕墨铸铁批量生产验证的时候，半路又杀出了个"程咬金"。当铁水浇注完第一箱铸件和最后一箱铸件时，成员发现两箱铸件的蠕化率竟存在明显的差异。

"这是怎么回事？真是活见鬼了！明明一样的配方，蠕化率为什么会出现差异呢？"一时间所有团队成员如丈二和尚摸不着头脑。

最心焦的当然还是时任团队负责人的姜爱龙。他比对数据，查材料配比，没任何发现。他连续几个晚上在实验室里苦思冥想，还是无果。

没有借鉴，只能自己用头"拱"。

三个皮匠赛诸葛，他组织团队成员展开"头脑风暴"，一轮一轮地讨论分析，"病根"找到了：影响蠕化率的根本原因是浇注时间不同，时间越长，蠕化率就会越高。在实验室只浇注一件试块，不存在时间差因素，而进行批量生产验证时由于最后一箱铁水浇注距离第一箱铁水浇注存在时间差，这才导致蠕化率出现差异。

这层"窗户纸"捅开了，接着"对症下药"。他们又扎进实验室里，将批量生产中的情景在实验室还原，寻找最佳浇铸时间。此刻，他们每个人都体味到"成败在一念之差"的道理，为了一分钟、一秒钟、一毫秒，他们往往要连续进行几次试验。这个浇铸时间真比金子还贵。

谁能想到，在潍柴的试验里，一群人为了一个铁水浇注时间，竟然进行了长达了一年测试。当然，最终，一箱铁水的浇注时间范围在他们的"软磨硬泡"下败下阵来，揭开了它的神秘面纱。

是的，科学是老老实实的学问，来不得半点虚假，需要付出艰巨的劳动，没有例外。

蠕墨铸铁的开发还在继续，如何保障蠕墨铸铁铸件的可靠性？蠕化不合格的铸件流入市场怎么办？仍然还要刮"头脑风暴"。

房夺提出了蠕化率超声无损检测技术，姜爱龙与团队成员论证后觉得可行。该技术通过深入剖析蠕墨铸铁表面形态、微观组织、探头耦合状态等超声声速的影响，创建了多因素条件下基于声速的蠕化率评价模型。最后，评价准确率高达100%，彻底解决了传统破坏性检测的弊端，且单件检测周期小于60s，实现了蠕墨铸铁检测的高效率和低成本。

问题又来了。铸件在气密工序检验时被发现铸件渗漏，因而直接报废。这又该怎么办？

团队成员们从引进的浸渗设备上找"灵感"，并对铸件渗漏量从200ml、200~500ml、500ml以上分三类进行研究，最终确定浸渗设备可修复的渗漏量。即渗漏量在200ml以下的铸件，通过浸渗设备可以实现缺陷的补偿，浸渗修复合格率可达90%以上。不要小觑这一技术应用，一年时间能挽救铸件1000多吨，节约电能60余万度，挽回经济损失上千万元。

成功就在眼前，但还是"蹦"出"想不到"。在对WP12游艇机缸盖材料工艺试验中，废钢成分超标，导致铁水成分不合格。姜爱龙马上到灰尘满布的炉料库取样化验，获得第一手资料，重新计算炉料配比。

还有"没想到"。铁水化学成分刚刚调整好，喂线设备又无法正常工作，姜爱龙马上又和同事投入到设备检修中，从蠕化线、孕育线卡滞疑难问题分析，到现场人员操作规程排查，再到设备不正常喂线异常状态检测，经过反复推敲、验证，终将问题解决。

当他走出车间时，已是深夜。走在已没有行人的街上，他感到了清爽的海风吹来。是的，潍坊也有海，是北部50公里的渤海，这里连接着世界上的大洋大海。

此时，他想了很多。

谁都知道，人的体力、脑力的承受是有限的，要得到心力加持，才能生发更大能量。心力来自心中有一张理想的蓝图，如果经历了足够的磨难，蓝图没有消失，反而在一次次变得更加清晰，这就是强大的心力。

当然，人的体力、脑力不断运转也受外部环境的影响，比如前文提及的，潍柴渴望快些、再快些揭开蠕墨铸铁的神秘面纱，为中国的发动机再强筋壮骨。所以，潍柴有了"一天当两天半用"的文化理念。姜爱龙琢磨：我们所处的时代瞬息万变，新技术发展日新月异，新一轮工业革命的浪潮此起彼伏；今天还是先进的东西，也许明天就已经落后，大千世界的舞台上每天都在快进式地上演着一幕幕优胜劣汰的人间大戏；面对残酷竞争的丛林法则，生存下去的唯一出路就是让自己更加强大，从企业的角度讲，就是要有自己的核心竞争优势，做到人无我有，人有我优。"一天当两天半用"意味着更努力、更拼搏、更领先！

10年间，3650个日日夜夜，姜爱龙和他的团队时刻处于战斗的状态。

10年间，3650个日日夜夜，终于，蠕墨铸铁的全部试验宣告圆满成功，渤海之滨的潍柴发动机漂洋过海，戴上了"世界第一"的桂冠。

回望世界内燃机工业史上，中国无疑是一名"后来者"。当1897年德国工程师鲁道夫·狄赛尔首创压缩点火式内燃机，世界上第一台柴油机成功面世时，中国尚处于晚清的衰落期，民族工业在洋务运动的"催生"下艰难萌芽。一百多年后，潍柴改写了历史格局，开启了中国人领跑的新篇章。

再看柴油机问世125年来的历程，全球行业科技工作者始终把热效率的提升作为毕生追求的梦想，它也是衡量一个国家内燃机综合实力的标志。2020年9月，潍柴发布全球首款本体热效率50.23%的柴油机；2022年1月，潍柴再次将柴油机本体热效率提升到51.09%，持续引领全球内燃机行业。10个月后，潍柴再"摸高"，2022年11月20日下午，潍柴发布全球首款本体热效率52.28%商业化柴油机和全球首款本体热效率54.16%商业化天然气发动机。国际权威检测机构德国TV南德意志集团分别为潍柴高热效率发动机开发团队代表颁发认证证书。经美国西南研究院查新检索证明，潍柴柴油机与天然气发动机本体热效率均为全球首次超过52%和54%。

蠕墨铸铁强壮了潍柴发动机的筋骨，功不可没。

何止是潍柴的筋骨，也是中国的脊梁——我们的发动机已登上了这一科技领域的珠穆朗玛，站在了世界的峰巅上。

引擎

姜爱龙是潍柴工艺工匠研究院材料研究所的所长、高级工程师，他们所是一个人才济济的地方，他所在的研究院更是一个庞大的技术精英群落。采访中，提到姜爱龙，他的同事们总是说："姜所长的性格是闷声干大事，10年的蠕墨铸铁研发足以证明，但这个'闷声'有时也让人受不了。"

潍柴工艺工匠研究院院长诠释这种"闷声"：姜爱龙是一个低调内敛、默默努力、不炫耀的人，专注于自己的目标，做自己该做的事情，坚定自己选择的路。"受不了"是说他从来不提个人要求，有苦往肚子里咽，比如，他从来不休节假日，一年到头早上 7 点半来厂，晚上 9 点回家，有时还通宵加班，别人以为他家里没事情，后来才知道，他的孩子是 70 多岁的母亲在帮忙照料着。再比如，他来潍柴 14 年从来没用过探亲假，别人以为他家在本市，其实，他家在 300 公里之外的兰陵农村，年迈的父亲身体多病，前一个时期又查出癌症……同事们知道后，心里真有些受不了。

引擎是汽车的动力源泉，也是力量的象征，姜爱龙像一架不喧嚣的"引擎"，把动力传导给了他的同事们，"闷声干事"成了他做研究的代表符号。

"闷声干事"故事之一：挑战的快乐

2022 年 9 月，工艺工匠研究院接到一项特殊的任务——调试加工首款具有完全自主知识产权的大马力拖拉机 CVT 动力总成产品。这是潍柴抢占市场的战略性产品，但大家从没有接触过的产品。怎么办？院里决定组成工匠团队，挑战。

队长彭乐云指挥团队一边分解工艺，一边编写程序。毛坯还未到达现场，加工程序就已经编写完，一切看似进行得非常顺利。然而，在首件总成部件试切检查报告出来后，大家傻眼了：零部件的平面度和位置度均出现了超差现象。

大家现场分析后认为，由于大马力拖拉机 CVT 动力总成产品壳体壁薄，加工过程中极易发生夹紧变形现象，导致零部件平面度和位置度超差问题的出现。接着，团队对夹具进行仿真分析，并针对发现的问题制定了一系列整改措施：不断调整工件支撑点，优化夹具夹紧力，寻找最佳的夹紧强度；增加支撑点和工艺支撑，减少夹紧变形……检验结果合格了，大家悬着的心落地了，挑战的快乐油然而生。

"闷声干事"故事之二：独具一格的"房"

2022年8月的一天，首件曲面加工成品——穹顶缸盖落在了工匠团队的刘贵超身上。

穹顶缸盖与普通缸盖的区别在于普通缸盖的燃烧室为平顶，穹顶缸盖的燃烧室为不规则的半球，如同蔬菜大棚的顶部。由于穹顶缸盖主要为曲面加工，无法获取准确的加工尺寸，工艺人员只能提供三维模型。传统的加工编程工艺只能实现直面和斜面的加工，无法实现曲面加工。

只有打破思维的"墙"，才会有独具一格的"房"，刘贵超尝试使用新的编程软件。在程序验证阶段，对穹顶缸盖进行首刀切削时，一个意想不到的问题发生了，燃烧室与缸盖其他位置发生过切问题，直接影响产品性能和美观。通过对三维模型工艺重新分解，刘贵超发现由于穹顶缸盖上的导管阀座底孔和喉孔都是在加工完燃烧室后才进行加工，致使刀具在加工该区域时出现了过切现象。他立即对模型重新修补，将加工工艺倒推，开展二次调试加工。终于，他得到了独具一格的"房"，穹顶缸盖完成交付。

"闷声干事"故事之三：机器人的"眼睛"

一台发动机由上千个零部件组装而成，其装配过程中大约需要使用300~500个螺栓（钉）。螺栓本身所具有的价值并不大，但其所连接的产品却是十分关键。其中30%的螺栓处于最重要地位，其可靠连接直接决定着发动机的性能稳定性。

随着潍柴智能制造水平的不断提升，对螺栓自动拧紧工艺的要求越来越高、越来越精。2021年10月，工艺工匠研究院工程师王润珂接到了让机器人对螺栓自动上料及拧紧的任务，而且还要让机器人对多种规格的螺栓进行无序抓取。

他找到问题的症结：生产线上大部分机器人只能按照程序设定的位置进行物料抓取，无法根据螺栓的实际位置随意调整抓取点位。摆在他面前的难题是：螺栓型号众多，且摆放无序，机器人如何精准识别型号，准确找到每个零件位置并迅速抓取。

艺高人胆大，王润珂对 3D 空间标定方法建模原理、光线强度、拍照物角度等进行自主设计，使得视觉引导相机通过图像捕捉处理，与模板匹配比对，实现精准无序抓取零件，这一过程仅需十几毫秒。

给机器人加装一双"眼睛"后，机器人看似"张牙舞爪"，待相机"咔嚓"声响，机械臂会乖乖地按照指令轻柔快速地从料箱里抓取它"中意"的螺栓。这台机器人可以实现 8 种型号的螺栓无序抓取及预拧紧。这一下，提高了螺栓装配效率和自动化设备的性化率。

接着，工艺工匠研究院又联合各专业厂开展专项攻关，为发动机铸造、加工装配等环节，近百个工序、部位的设备装上了"眼睛"。潍柴众多的机器人有了"眼睛"，干起活来既快又准。

"闷声干事"故事之四：机器人竟能"动脑分析"

在潍柴一号工厂的碗形塞自动涂胶与压装工序，机器人能竟然能"动脑分析"。

看，安装了相机的机器人通过 OCR 图像识别技术，智能读取到在发动机气虹盖上的编号，经过图像预处理、文本行提取和文本行识别，提取零部件上的信息并与 MES 系统实现信息对接。机械臂读取到 BOM 系统的装配信息，抓取相对应的主轴承盖与发动机机体对应安装。

是工艺工匠研究院工程师们"教"会了机器人思考。这个过程经历了一个技术升级的漫长过程。首先要降低 OCR 的误判率，发动机零部件的产品编号、型号由数字和字母组成，一旦读取失误，轻则抓取错误，零部件导致设备出现报警，重则导致产线停摆。工程师们结合产线运行模式、零部件代码特征，制订适合潍柴大批量生产应用的方案，编写机器人识别操作代码，把误判率降低至 1%。

工程师庄顺胥说，熟能生巧，对机器人同样适用。利用深度学习技术，使其变得更加"聪明"。工程师们经常拍摄上千张图片，对机器人进行训练，使其形成"肌肉记忆"。如此一来，各式各样的发动机订单来了，机器就像人"动脑分析"，清楚哪种型号的发动机，需要匹配什么样的零部件，十分神奇。

眼下，潍柴的材料成型中心、产品试验测试中心等单位的多个工序已成功应用了这项技术。随着机器视觉技术对信息摄取的大爆发，设备具备了复杂信息自我处理的可行性，能够成为处理复杂信息的管理者，这会使未来的机械设备更加智能，也为工程师提供了更大的开发及想象空间。

"闷声干事"故事之五：年轻的"摆渡人"

自 2021 年，工艺工匠研究院组成了十余人的机器视觉技术推广应用团队。这是一支平均年龄 33 岁的年轻队伍，他们对前沿技术潜心研究，是工艺技术应用的"摆渡人"，攻克了多项重大技术难关，让产线更智能更柔性，产品更高端。

看他们的"作品"：机器在 0.5 秒内就能判断出零件是否有缺陷、有无错漏装，也能从视觉检测系统提取到产品尺寸，自动判断零件是否安装到位等。

潍柴的机器视觉技术已经应用到了产线上的尺寸检测和质量检测。

油封可以保持发动机各组件在润滑油环境中运作，防止润滑油泄漏或渗漏，也可以防止灰尘。油封装配的精密程度是发动机可靠性的重要保障，通过视觉检测运用，保证了油封的内圈和外圈高度差在一定的公差内，极大地提高 H 系列、M 系列等高端产品的品质。

缸内异物与活塞方向的检测，是机器视觉技术用作质量检测的典型案例。视觉技术团队正在抓紧调试，这是一个充满挑战的过程，他们首次自主研究通过泊松混合的图像无缝合成技术，解决前期异常数据收集难、深度学习模型训练样本量大的难题。首次自主研究基于深度学习的显著性目标检测技术……未来，缸内异物的可检最小尺寸能达到中 1×2mm 甚至更小，完全满足高标准产品质量检测要求。

"闷声干事"故事之六：瞬间的"灵感"

负责 OP7000 机体入库检测工序的王建宁在与设备厂家进行机体入库验证时发现，机器人夹爪抓取机体时出现气缸壁划伤现象。

在设备制造上，划伤属于重大质量问题，绝对不能出现。王建宁与设备厂家蹲靠在现场展开了"车轮战"。再难的问题也禁不住"死磕"，经过研究他们发现，轨道定位锁与机体定位孔定位不精准，机体容易在轨道上倾斜，机器人在抓取的时候就会出现划伤。

怎么办？看到缸套主轴承盖上整齐划一的凹槽，王建宁瞬间来了"灵感"，可以在辊道上新增以主轴承瓦盖凹槽为定位点的导向条，以实现机体的精准定位。

方向对了，事半功倍。这一天，王建宁根据零部件图纸尺寸在现场操练起来。最后，验证改善效果，机体精准定位、抓取、拍摄一气呵成。皆大欢喜。

"闷声干事"故事之七：年轻的工艺"宝贝"

近期，潍柴工艺工匠研究院成立了一支液压工艺攻关青年突击队，10名队员，年龄都在35岁以下，这是个由博士、硕士研究生组成的队伍，承担着高端液压产品国产化开发攻关落地任务，攻关林德高端液压产品工艺技术。

其实，他们中大多数入职不久，经验少，为此队长李广田带队到林德液压传动研究院及生产一线学习液压产品知识，并在团队内分享学习资料，帮助团队成员深入了解产品结构及其工作原理。被称为团队"最强大脑"的博士蔡洪彬承担起了先进技术培训的责任，带领大家学习球面特征精密加工等技术。

边学边干。林德液压产品型号多，精度高，仅壳体、后盖就有60余种件号，不同件号的铸件毛坯、加工工艺也有着差异。队员们通过技术攻关，解决了铸件冒口难清理、加工工艺复杂等问题。

初战告捷，士气大振。接着，他们开始"破题"。

多路阀产品工艺开发过程中，阀体内腔结构复杂，对砂芯结构和铸造工艺要求极高；一根阀芯就涉及车削、磨削、渗碳淬火、校直、去毛刺等多种加工工艺；同时，阀芯与阀体配合间隙仅有0.002mm，需要根据阀芯孔直径对阀芯进行选配，对装配要求极高。经过团队成员无数个日日夜夜的辛勤努力，成功完成了壳体、后盖、控制块、阀块等液压件的国产化落地任务，阀芯已进入试生产阶段，缸体、驱动轴、斜盘等工件的筹备工作也在有条不紊地进行着。

旗开得胜，群情激昂。他们用青春的汗水和志气，浇灌出液压产品国产化之花。

……

潍柴众多的"宝贝"里，有"老中青"梯队，闷声干事的他们是一个个年轻的工艺"宝贝"。

其实,年轻的"宝贝"们,也是一个个活力四射的引擎——这正是潍柴可持续发展的真正动力所在。

杨润勤 山东宁阳人。笔名杨子。高级记者。毕业于山东大学中文系。曾任《作家报》记者部主任、社长助理,《半岛都市报》新闻部主任、编委、总编助理。多次获省内外文学奖和第十四届中国新闻奖报纸副刊作品奖、"五个一工程"奖、山东新闻奖、国家文物局文物保护新闻奖等。

吴文峰

"风是你的歌，云是你脚步"

——记潍柴大缸径研究院平台室主任王春英和她的同事们

———

一接到参加"走进潍柴动力，感受中国力量"采风创作活动的通知，二话没说，我忙拨通了大哥的电话："当年您开的那台拖拉机是潍坊产的吧？啥牌子？"

"是潍坊，泰山 -12 型！"

"确定吗？"

"确定！"

话音刚落，有机器轰鸣声由小到大从手机里传出。"先不和你说了，玉米收割机来了，给咱家收棒子呢……"

此时，癸卯年白露时节。年近古稀的大哥，正在故乡的田野里，收获一个金灿灿的秋天。此刻，离他开着生产队的拖拉机，在鲁北平原上辛勤耕耘，已过了整整 45 年。

一个半小时后，大哥打来电话，说三亩棒槌子收完了，花了 360 元。接着又补充道："这机器是潍柴出的，我打听了，名字好像叫雷沃谷神！"（潍柴不出拖拉机，但拖拉机的"心脏"柴油机是潍柴产的，好多人就

误以为潍柴生产拖拉机——笔者注）

三天后，我随团来到潍坊。走进潍柴集团，接受了采写大缸径发动机研究院 M1 平台室主任王春英的任务。

也就三四分钟，有一女士急匆匆进来。我忙迎上前，以为是采访对象到了，就说了声春英你好。她摆摆手，气喘吁吁地说："我是大缸径研究院综合室的，春英主任一早去培训员工了，中午还要回家给孩子喂奶。想请您先到大院里采访，我们院的副书记在外面等着呢……"

说走就走。提起背包，拿上相机，瞥了一眼墙上"一天当两天半用"的标语，快速下楼。坐上副书记私家车的那刻，我的采访开始了……

上篇：同事眼中的王春英

"王春英，女，汉族，中共党员，1987 年出生，山东省德州市夏津县人。第一学历本科，山东理工大学车辆工程专业毕业，2011 年 7 月毕业后进入潍柴工作，有 1 年一线工作经历，2012 年 8 月开始负责某产品工业动力研发工作，2021 年 11 月开始担任大缸径发动机研究院平台室主任。"

以上这段文字，存在副书记手机里。加了微信，她当场发来，看似波澜不惊。但听了她以下的话，我觉得我要采写的主人公骨骼强壮，棱角分明。

"春英是我们大缸径第一平台室主任。她刚生了二胎，还不到 8 个月。最让我感动的是，这两年，她一点都没耽误工作。她协调能力特别强，且有点男孩子性格，7 月份休完产假回来，天天晚上工作到八九十来点。下班后跑回去喂喂奶，再跑回来。身上这股子劲，很令人佩服。印象最深的一次，是在她休产假期间，项目上有一件事需要协调，实在没办法，我找到她。当时孩子也就三个来月。她二话没说，立马用电话、微信联系，一直到晚上 11 点半，大功告成。我说春英，你这还没开始上班就让你提前进入状态。她说没事，我们都是爱操心的命……"

大缸径研究院的副书记一边开车，一边评说。中途接了一个重要的电话，送我到潍柴动力科学技术研究总院楼下，就匆匆离开了。行前特别嘱咐其他工作人员，找一本大缸径三周年庆的纪念册看看，里面有全院 300 名职工的姓名照片，想采访谁就采谁。

从她不久发来的材料中，我看到了一个雷厉风行的王春英——

初入潍柴，像初入大学一样"恶补"

2011 年 7 月，王春英加入潍柴大家庭。

2012 年 8 月，王春英结束一年的见习，定岗到平台产品室整机设计岗。对应届生来说，这个岗位十分具有挑战性。王春英深知一名合格的产品经理，首先需要十分熟悉系列产品布局，才能用自己的专业知识使客户信服，按照时间节点推进项目。

于是，王春英开始"恶补"。白天，她跟着师傅去现场跟踪项目进展，根据任务要求准备汇报材料，还不时地跟试车师傅、装配师傅现场讨教；晚上，利用下班时间学习流程管理文件、故障诊断案例，跟在大学一样，直至保洁人员清场打扫卫生才回到宿舍。即便是回到宿舍，还会拉着同寝室的同事交流每天的工作心得，复盘工作内容。

尽量减少项目人员的顾虑，争取宽松的时间控制

2021 年 11 月份，应客户要求，预期到 2022 年 3 月份结项的项目，需要提前至 2022 年 1 月 1 日。此时，她刚刚担任大缸径研究院 M1 平台室的主任。

整个 11 月，王春英一直带领团队仔细梳理项目进展，分析结果。白天，她到试验现场去盯台架、分析故障问题，同时为试验中心人员加油鼓劲，力保各个资源单位全力配合；晚上，回到办公室后，再准备分析材料、评审材料到第二天凌晨。王春英带领团队争分夺秒，一边与外部职能部门协调项目节点时间，调整里程碑节点，尽量减少项目人员的顾虑，争取宽松的时间控制；一边推动评审进行，严格管控评审风险。譬如，水空中冷机器整修完成，但是存在台架弹连贯量大问题，严重影响开发进展，王春英立即联系试验室协调新的台架，及时解决台架不适应问题，为开发工作争取了时间。

在紧张的项目攻关中，王春英绞尽脑汁地想办法、压缩节点时间，创新地提出针对细分市场强化产品使用工况分析研究，识别项目运行过程中的潜在风险，大大减少了工作量，直接压缩了最终评审材料准备时间。2021 年 12 月 5 日，机器水空中冷开发仍有较大风险，王春英团队决定一边沿用原来的方案，一边等着供方零部件的放行。12 月 12 日，台架上水空中冷性能开发项目正在紧锣密鼓地进行，王春英加紧协调性能报告、功能试验报告、DVP 等发放、更新材料，邀请技术专家进行预审、查核。12 月 24 日，对机型常用功率提升及水空中冷开发 –B 样机开发评审，里程碑节点于 12 月 25 日申请提交，保证在 2022 年的元旦前完成产品交付。

担任科室主任之后，王春英更是丝毫不敢懈怠，让自己始终保持进步的状态，同时尽自己最大的能力为其他同事争取外部资源。同事负责的某推土机项目，在概念设计阶段因缺少样件问题遇到阻力。王春英听闻后，先是安抚同事情绪，后去加紧协调资源，联系生产单位、制造部门、采购部门和销售部门调度项目里程碑节点，坚持一日三调度，经过一周的时间，顺利解决问题。王春英一直在尽自己最大的能力，消除其他同事的无力感。"项目经理就是这样的一个角色，没有任何行政职务，却需要调动各方资源，推动项目进度。我必须做好后勤保障工作，跟外部门沟通，让这些系统滚动起来，让手底下的工程师安心负责好家里的事情。"王春英说。

有激情，遇到困难时才会迸发母性光辉

2018 年春天，某机型在泰国市场表现不佳，出现烧机油的情况，客户纷纷抱怨，同时，韩国客户的基础设施建设急需该机器配套，对方要求在第一轮耐久试验后立马放行。如果订单不能及时交付，会严重影响韩国客户的工程进度，更会损害潍柴的国际声誉。

王春英同步面对两大难题，一是解决行业内公认的、难度十分高的烧机油问题，二是订单交付及时率和客户满意度。

最后经过五轮耐久试验，通过累计约 1000 小时的性能试验及 2500 小时的可靠性试验验证，她成功解决了烧机油问题，抢时间完成了韩国订单，及时交付给客户，确保工期顺利进行，保住了潍柴产品的声誉。

该机型的系列开发项目荣获"潍柴集团科技创新一等奖"。项目总体技术水平居国际先进水平，项目获授权专利 30 项，其中发明专利 7 项，发表论文 2 篇，荣获 2019 年山东省机械工业科学技术奖一等奖、2020 年山东省科技进步奖二等奖，取得了美国 EPA2、印度 CPCB Ⅱ、中国非道路三阶段的排放认证证书。该项目挑战铝活塞极限，平均有效压力达到 30bar，升功率达到 38kW/L，超越康明斯等国际一流竞争对手。该技术柴油机在泰国电站已运行超 15000h，推测柴油机寿命超 32000 小时。

在潍柴召开的科技奖励表彰大会上，王春英登台发表获奖感言。她掏心窝子的话，和她的名字一样朴实无华。

她说："……潍柴给我们研发人员创造了充分展示自我的平台。平

台已搭好，演出效果各凭本事。只要你想干，愿意干，肯下功夫，肯比别人多努力一些，多付出一些，结果一定不会太差。第二，不要只看到获奖的这个结果很美好，其实整个项目推进过程中，项目团队也经历了很多艰难困苦，包括我自己，中间也有坚持不住、想要放弃的念头。每个人必须建立自己强大的信念支撑，迈过一个个坎，回过头来你一定会感谢当初自己的坚持。第三，把自己负责的产品当成自己的孩子一样用心呵护、用心培养、用心雕琢。要学会和我们的产品培养感情，这样干起工作来才会更有激情，遇到困难时才会迸发母性光辉。第四，不要害怕失败，潍柴对我们科技人员足够包容，切莫畏首畏尾。加油努力干，不敢说自己最优秀，但努力则不会落于人后。成绩只代表过去，往后的我需要更加努力，展望未来，我们还有很长的路要走，我将继续戒骄戒躁，不求做得最好，但求做得更好，最后我呼吁每位员工，踏踏实实，勤勤恳恳地干好本职工作。

身穿蓝色工装，扎着马尾辫子，昂首挺胸的王春英，话音一落，赢得了台上台下的阵阵掌声。

即使是冰坨，也能用热心融化它

王春英时常关注科室员工的思想动态和生活困难。她像大姐一样有耐心。

社会招聘来的一名新员工家住在70公里外的昌乐县，每天上下班，花在路上的时间将近仨小时，其身体精神上的疲累，工作上的干劲儿，王春英都看在了眼里。王春英多次跟新员工谈心，叮嘱其通勤时注意安全，了解其生活需求，为此还专门建立了安全到家打卡制度。可是，意外还是发生了。雨天路滑，新员工不熟悉园区路况，一个分神，驾驶车辆撞到了园区电线杆上，好在人员并无大碍。事故发生之后，王春英火速赶到现场，在查看新员工身体无碍后，立即联系园区保卫保障部门赔礼道歉，主动赔偿，随后又联系到单位考核科室说明情况。事件过后，王春英又积极联系公司工会，为新员工协调小孩转学事宜，帮助新员工完成租房安置，最终圆满解决员工的后顾之忧，也彻底消除了王春英的担忧。

对于兄弟单位的帮助，王春英做到了无私奉献。

2020年，某系列产品的制造单位博杜安（潍坊）动力有限公司拟将"某电控船用柴油机开发"项目申请潍坊市科技发展计划，申请成功可以填补博杜安在该项市级荣誉的空白，进一步增强公司影响力。

10月23日，博杜安公司收到报奖通知，根据报奖要求紧急提交材料。由于该公司主要负责产品生产，大部分的产品关键指标、第三方监测机构验证报告等保密等级较高的研发材料均留存在产品平台室。时间紧，稍有延误，就会失去这次难得的报奖机会。博杜安的同事第一时间找到王春英寻求帮助。王春英听闻此消息，立马组织科室成员和博杜安同事召开验证材料调度会，从产品概念设计阶段开始仔细梳理项目关键指标、验证报告等，牺牲周天休息的时间，根据以往的报奖经验，指导博杜安同事分析论证材料。2022年6月29日，博杜安同事接到材料验收单通知，王春英主任再次协助完成材料验收，帮助博杜安顺利拿下荣誉。

2020年上线的某矿挖机型，在试车阶段，由于工艺准备不足，缺少试车工装螺栓，向王春英寻求帮助。王春英二话不说，便动身去工艺部门和试验部门帮助兄弟单位协调。2022年9月底，兄弟单位接到任务，要求某挖机B样机在10天内紧急完成装配，此时试验台架的工作已全部排满，没有空闲台架使用，甚至没有腾出空来的装配师傅。就在兄弟单位焦头烂额的时候，王春英主动联系，协调一切可协调的资源，找工装、试验人员、装配人员。在十一假期开始之前，提前进驻装配现场，一天三调度，给试验人员加油打气，协助兄弟单位提前完工！

王春英是个热心肠，她有足够的耐心，放射着自己的热量。即使是冰坨，也能用热心融化它。

心细如发，解难题、破壁垒毫不含糊

在大缸径发动机研究院采访时，王春英的同事讲了这样一件事。就在本周二，王春英向上级汇报后，为平台室申请了一台铁风扇。谁知拿回来后一看，她发现那风扇只有轮毂是铁的，叶片是塑料的。她先和大家聚首商议，要求弄清楚铁风扇的真正含义，免得以后领导问："我明明批的是铁风扇，怎么最后成了塑料的了？"经过细心对比，她找到有关负责人据理力争，阐明名不副实的后患，最后问题得以圆满解决。

同事说，只有她这么细心，这么爱较真。工作上精益求精，从不会有差不多就行的说法。有些协调不下来的事情，或感到很为难的事，找其他领导，也许让你等等，或许让你回去这样试试，那样干干。但王春英从不给你支招，总是第一时间抓起电话，找到责任人，立即安排。我们平台室，每周都会开例会，对上周出现的错误，她会狠狠地拿出来批评，起到警示作用。为了工作不怕得罪人，对上级也是该争的争，该尊敬的尊敬。

在一次生产过程中，发生某矿卡齿轮噪声异响故障，通过 NVH 噪声分析，需整机拆检，测量后发现，相关齿轮定位尺寸都满足图纸要求，但尺侧间隙超差，该产品已批量生产，问题首次发生，故障点到底出在哪里，一时让大家摸不着头脑。王春英立即启动紧急分析小组，组织设计、仿真、开发从整机系统的尺寸链入手，加班加点进行仿真计算，对库存零部件逐一全尺寸测量，势必要把这个问题彻底解决。王春英带领分析团队，经过仿真、测量、统计分析，最终锁定问题源头为齿轮室定位销孔尺寸公差偏大。通过加工加严定位销，装机验证问题，异响消失了。王春英攻坚克难，加班加点的工作作风，再一次体现了潍柴精神。

有一天，一台试验机器突发故障，频报故障码，试验人员立即给王春英打电话寻求技术支持，王春英马上奔赴现场。根据多年的工作经验，她第一反应便是排查试车数据，最终得知是电控数据有问题，王春英随即组织试验人员讨论，当场给出解决方案，经过不断的调试、反复的修改，仅仅用了3小时，试车机器就再次点火，王春英用实力践行着"一天当两天半用"的效率文化。

大缸径发动机体系庞大，各个系统之间错综交叉，由于订单和排产的关系，一天之中，一条生产线上经常生产多个复杂机型，再加上装配现场物料庞杂，大到40公斤重的水泵，小到仅有2毫米厚的垫片……各种物料错落分布，很容易造成错漏松装，引起客户抱怨。譬如，m8*45规格的摇臂罩螺栓竟然出现了5个不同的件号，尽管装配人员十分谨慎细致，但仍然出现了件号混装的质量问题，该问题引起客户的严重不满。王春英主动请缨，调度该机型使用所有零件的结合组，根据结合组查出所有的订货号，责成结合组设计单位相关人员更改，将5个件号归拢为1个件号，消除了质量隐患。

大缸径院，一千零两个"英"

大缸径发动机研究院班子成员，高端产品项目攻坚克难团队队长张英，1977年出生在黑龙江省嫩江县白云乡清泉村，2002年7月，从佳木斯大学汽车与拖拉机专业毕业后，慕名来到潍柴。

说起初心，也是与潍坊产的拖拉机有关。她祖籍山东，祖辈因为生活困难"闯关东"，到那边开荒种地。听说刚去的时候，那里荒无人烟，人们用树枝和柴草搭建起窝棚安身，后来慢慢用泥土垒成房子。小时候，坐着父亲的马车去县城，200多里路，得走一天。路上，看到农场里的拖拉机心生羡慕。比马车快，拉东西还多，又不吃草。父亲告诉她，这个物件俗称"铁牛"，是老家山东制造的。等以后有了钱，咱也买一辆。山东哪里？父亲跳下车，把马拴到树上，跑到地里停着的一辆拖拉机旁，回来告诉她是潍坊。并随口嘟囔一句，买了不会开咋办？张英一听，忙接茬说，不会就学啊。

后来，家里果然买了一辆拖拉机，由哥哥开着，种玉米、种大豆。耳濡目染，很快张英也学会了驾驶。她至今记得自己第一次开着拖拉机在田地里耕耘的场景。庄稼收割后的土地，一片空旷。犁铧掀翻层层黑土，散发出特有的芬芳，闻着，闻着，眼睛竟有了湿润的感觉。再后来考大学，她毅然选择了汽车与拖拉机专业。全班40人，只有5名女生。

2002年，大学一毕业，张英就来到了潍柴，最初被分去帮着整理资料。报到那天，正赶上结算工资。离月底没几天，竟拿到了半个月的薪金，足有700多元，让她一下子有了家的感觉。后来，成家立业全在这里。无论是研发新产品，还是国外搞实验，累并快乐着。前几天，和刚上高中的儿子聊天，儿子问张英，自己以后大学毕业了，到潍柴工作行不行？张英说，我们单位比较累。儿子接着回答："哪个单位不累，你出去看看，哪里都累！"

"在我们潍柴，女同志都很能干。生了孩子，也是工作、喂奶两不误。在春英身上表现得更加突出。现在我手下有3个科室，就包括MI平台室，是专门研发大功率发动机的。作为一个部门负责人，她给我的印象是风风火火，声音洪亮。我比她大了整整十岁。从她身上，我似乎能看到过去自己的影子，也是我们潍柴女同胞的影子，那就是和男同事一样，天天想着争第一、出成绩！"

张英还说："在我们大缸径院，有三个人名字里有'英'字。有人开玩笑说，应该是一千零两个'英'。有点像小品《打工奇遇》里赵丽蓉老师说的群英荟萃，萝卜开会。因为除了我俩，WH2025平台室，还有一位同事叫陈千英。萝卜，在潍坊是特产。早就听说'烟台苹果莱阳梨，不如潍坊的萝卜皮'。来了以后才知道，原来是'扬州八怪'郑板桥在这里做县令时喊出来的，原话是'东北人参凤阳梨，难及潍县萝卜皮'。他的诗《竹石》'咬住青山不放松，立根原在破岩中。千磨万击还坚劲，任尔东西南北风'我也很喜欢。我们大缸径研究院的院训就是'勠力同心，和衷共济。云程发轫，万里可期！'"

说完她起身到旁边的架子上，取来一本红色封面的书籍递给我，封面上有金色的大字，写着"三载华章，大不一 young"。封底就是十六字院训。原来，这就是副书记提到的那本院庆纪念册。

随手打开纪念册，里面全是彩色照片。一张张青春的面庞呈现眼前，有工作照，有生活照，几乎每个科室都有一张大合影，背景墙上红字写着"不争第一就是在混"。

走廊里，一面摆成心字形的照片墙上，右边写着"保持热爱奔向山海"，左边写着"努力成为很哇噻的人"，上面写着"大有可为"，中间还有一位"外国老头"科拉迪奥·欧佩迪在展示自己的中国名，我的脑海里立即闪现出两句古语"济济群英，鸾翔凤集"。继而想到两句古诗"昔居王道泰，济济富群英"。

撇开首句不论。这里，人才济济；这里，群英荟萃；这里真的"大不一 young"，不一样的激情四射，不一样的青春荡漾。

下篇：听王春英说过往

采访一个人，有多种方式。没想到，采访王春英，是在一辆疾驰的汽车里。司机是她 M1 平台室的同事李文涛，陪同者汪淼。方向是摩天轮"渤海之眼"，目的地是潍坊经济技术开发区崔家央子附近，单程大约 40 分钟。

那天下午 2 时许，我如约走进王春英的办公室。

午餐，我在食堂的小尹面馆，吃了一大碗鸡丁春面。其实馆里还有肉丸子面、大虾面、炸酱面，我总觉得鸡丁春面最有诗意，核心就在有"春"字。汪淼说，我们的食堂很丰富，麻辣酸甜咸，什么口味都有，米饭面条大包子，想吃啥有啥，为的是满足广大职工的饮食习惯。因为大家来自全国各地。在这里吃上一个月，不带重样的，且干净卫生又不贵，每天吃饭还有补助。我问她的老家在哪，为什么名字里有这么多水？她说家在浙江，母亲姓于，老爸取谐音，鱼儿离不开水。可是，工作一忙起来，很少回家照看他们……

在王春英到来之前，我在她办公桌上的文件收纳盒里，发现了一摞证书。有 2019 年 10 月获得的山东省机械工业科学技术奖一等奖证书，获奖项目为 M26/33 低排放低噪声柴油机关键技术创新；有 2019 年 8 月潍柴集团颁发的潍柴创新优秀奖证书，有 2019 年 3 月潍柴发动机研究院工会颁发的 2018 年度女职工建功立业先进个人证书；有 2018 年度优秀党员证书，还有项目管理模块实习级内部培训师聘书、发动机类金牌面试官聘书等。桌面上还摆着几本书籍，有《汽车专业英语读译教程》，有白岩松著的《幸福了吗？》、稻田和夫著的《干法》等，带有明显的长期阅读痕迹。其中《干法》一书做了标记的一页，中间有小题目为《努力工作的彼岸是美好人生》，上面两行写的是："在努力工作的过程中，你脆弱的心灵就会得到锻炼，你的人格就能得到升华，你就能抓住幸福人生的契机。"

坐下刚想认真阅读，有个高大的身影疾步向这边走来。我忙起身，看到胸牌上的"王春英"三字，没等汪淼跟上来介绍，我主动伸出了右手。与大缸径院三周年庆纪念册上的照片略有区别，眼前站定的王春英似曾相识，特别是脸型和眼睛。思绪在脑海里快速检索，竟然和一个歌手的形象相吻合。那人叫田震，演唱过《信天游》《黄土高坡》《好大一棵树》《铿锵玫瑰》等流行歌曲，给我留下难忘的印象。"好大一棵树，任你狂风呼，绿叶中留下多少故事，有乐也有苦，欢乐你不笑，痛苦你不哭，撒给大地多少绿荫，那是爱的音符，风是你的歌，云是你脚步，无论白天和黑夜，都为人类造福……"一想起来，诗情和旋律就令人奋进。"风雨彩虹铿锵玫瑰，纵横四海笑傲天涯永不后退，思绪飘飞带着梦想去追，我行我素做人要敢作敢为，人生苦短哪能半途而废，不气不馁无惧无畏……风雨彩虹铿锵玫瑰，芳心似水激情如火梦想鼎沸，风雨彩虹铿锵玫瑰，纵横四海笑傲天涯风情壮美。"一唱起来，歌词和曲调就荡气回肠。

"不好意思。有个急事需要去滨海厂区处理一下，回来再聊好吗？"两手相握，我的思绪还没从田震的歌声里挣脱出来，王春英竟以抱歉开言。

"去哪？是滨海开发区那边吗？"得到肯定后，我说，"太好了，咱们边走边聊，咋样？"当时，我正想去那边看看。

"好的！"

在王春英拉开抽屉拿东西的工夫，我瞥见里面有一本《一句话动力》。请她拿出来一翻，全是潍柴老总的"名言金句"。

匆匆下楼，钻进汽车。三拐两拐，驶上北海路，一路向北，尽头即渤海湾。想起大缸径人"保持热爱奔向山海"的誓言，我的脑海里蹦出了五年前搜到的两句古诗"春山临渤海，征旅辍晨装"。

2018 年秋，山东省报纸副刊工委会组织作家到潍坊滨海采风，就住在滨海开发区的迪拜国际酒店。第二天中午，大家登上了高 145 米、刚刚被世界吉尼斯纪录认证的世界最高的无轴摩天轮"渤海之眼"，在高空缓缓俯瞰发生过仓颉造字（寿光）、嫦娥奔月（寒亭）、杨震却金（昌邑）的苍茫大地和蔚蓝的渤海，登高望远之感油然而生。当时我突然觉得，这"渤海之眼"简直就是一座高山，矗立在渤海岸边。有当地朋友指着南边一片在建的厂区告诉我们，那里是潍柴集团新的研发基地，建成后对产品打入国际市场意义非凡。

为什么拿迪拜说事？原来是那里仅仅用了50年时间，将一个只有沙漠的小渔村，发展成拥有众多高楼大厦、人造岛屿的大都市，让全世界为之惊艳。以宏伟规划论，未来这里完全可以建成一个大都市。

后来，我在网上看到这样一则消息：《在迪拜，潍柴博杜安发动力这样惊艳全球！》。报道中说，2022年3月，全球能源发电领域最具影响力的展会——MEE中东电力展在阿联酋迪拜盛大举办，潍柴旗下博杜安品牌集中展示了2.3L~88L发电动力，以先进的技术和高端的品质，受到全球客户的关注。消息图文并茂，还有视频，让4M06、6M21、8M21、20M33、12M55燃气发动机等博杜安全系列发电动力组团亮相展会。并特别指出，12M55燃气发动机及20M33柴油机作为博杜安品牌大缸径高端动力代表，成为当之无愧的"流量担当"。其中20M33柴油机气缸体网格化设计，强度高……是大功率高速电站、数据中心配套应用的可靠动力。

在"中国迪拜"生产的产品，到阿联酋迪拜展出，我一下就记住了。

借题发挥，我主动说明了上次住迪拜国际酒店的经历，以期引起共鸣，并提到读了高端大缸径动力机械产品在阿联酋迪拜参展新闻的激动。

"您知道吗？运到迪拜的那台20M33发电柴油机产品就是由我们平台室设计开发的，春英主任主持的！"李文涛突然插话。

"成绩都是我们平台室的同事们共同取得的，我只是牵头。"王春英一说话就透着谦虚。

"有具体统计吗？"我问。

"有一个简介，院里最近刚搞过。"王春英当场加微信并转发过来。全文如下：

《王春英工作业绩简介》

2011年入职，一直从事博杜安产品研发工作，陆续主持开发了6、12、16、20M33全系列发电柴.油机产品，补齐了大功率发电产品线，以高性价比优势抢占了国内外市场。主持开发的16M33大型矿卡用柴油机，海外已批量供货，经济性好，打破了竞品垄断，建立了大型矿卡柴油机正向开发能力。同时主持了4个公司级项目，带领项目组成员克服各种研发难题，完全依靠潍柴工程师自主探索开发，积累了高速大功率柴油机的设计经验。其中4个项目列举如下：

1. 主持公司级全新平台项目：16M33电控陆用发电柴油机开发。重要贡献：作为项目负责人带领项目组成员经过多轮研究优化改进验证，组织各方工程师，八方联动、紧密配合，历时两年时间，攻克M33柴油机漏气量大、烧机油问题，解决了市场出现的批量机油耗高、拉缸问题，目前经市场验证，反馈良好。

2. 主持公司级跨行业项目：16M33矿车柴油机开发。重要贡献：由潍柴自主开发设计的16M33矿用发动机，对整个项目团队来说面临着前所未有的挑战，由于没有相关研发经验可循，完全依靠潍柴工程师自主进行探索开发。在产品设计上，作为项目负责人带领工程师敢于打破传统设计思路，对产品结构进行了大胆优化。目前已批量供货，打破海外产品垄断。

3. 主持公司级排放升级项目：12M33电控陆用发电柴油机开发。重要贡献：全新设计开发控制系统及燃油喷射系统。同步开发验证自主ECU、主从ECU控制系统；匹配博世燃油喷射系统，优化设计活塞燃烧室，新匹配高效率、高增压比的增压器系统。

4. 主持公司级排放升级项目：北美6M33/12M33/16M33 EPA非道路二阶段应急发电柴油机开发。重要贡献：全力提速500kW以上发电单机和陆用发动机进入美国市场，突破多元市场。

与同事提供的工作简历有别，这份业绩简介实在是太专业了。专业名词、专业术语，看着王春英的背影，又让我想到了专业歌手田震。

"平时喜欢唱歌吗？"我问。

"我五音不全，不敢唱，光爱听。"王春英顿了顿嗓子，答道。

"最爱听啥样的歌？请举个例子。"我又问。

"喜欢听高亢的，最爱听《海阔天空》。"

"名字有点熟。咋唱来？"我真想听听她的歌声。

"网上有，黄家驹演唱的，粤语歌。"王春英轻描淡写地说。话音刚落，李文涛的手机里便飘出了熟悉的旋律：

"今天我，寒夜里看雪飘过。怀着冷却了的心窝漂远方，风雨里追赶，雾里分不清影踪，天空海阔你与我……"

说真的，这首歌我也听过多次，但从没有认真去查找歌词。"原谅我这一生不羁放纵爱自由，也会怕有一天会跌倒……"

汽车通过十字路口，歌声中，王春英敞开心扉。

假小子，选了车辆工程专业

1987 年 1 月 8 日王春英生于山东德州夏津县渡口驿乡王庄村。上有哥哥，下无弟妹。从小的玩伴大都是男孩子，因此也养成了她大大咧咧的性格，且很容易跟伙伴们打成一片。加上从小就比同龄人长得高大，无意中成了那一片的"孩子王""假小子"。看到小伙伴儿们之间起了矛盾，王春英总是第一时间冲上前去。

和张英一样，她的初心也与拖拉机有关。

初三那年，王春英第一次见到有收割机开进村外的麦田里。几个来回，就把大片的麦子收割完毕并脱粒干净，直接装进口袋拉走，省时省力，但不省钱。父母考虑到费用问题，不舍得雇用，宁愿自己用镰刀割，用碌碡压，继续沿用着千百年来老一辈人的做法。对此，王春英一边弯腰割麦，一边憧憬未来。"长大后一定要学会开拖拉机、开联合收割机。"高考报志愿，王春英毅然报考了山东理工大学。她早就听说，理工大的前身曾在德州办过学。学校里有农机专业，有车辆工程专业。

"当时，山东理工大有个特别做法，那就是等入学一年后，再根据成绩自选专业，名列前茅的首选。" 王春英选择了车辆工程专业。并由此养成了雷厉风行、不轻易屈服，执行力强、敢于挑战，勇于追梦的做事风格。她是学校篮球队的一员，经常在学习之余参加各种训练和比赛活动，身体也越来越强健。

半年产假，王春英至少建了二三十个群

2011 年夏天，王春英走出大学校门，从淄博来到潍坊，成了潍柴集团的员工。之所以选择潍柴，她的解释有二，一是山东女孩恋家，二是专业比较对口。"当时一共来了 4 位，现在就剩下我自己了！"

见习期间，她主动要求去新疆调研，去国外参与大型矿卡实验，一待就是半年。其间，他与一同入职、毕业于武汉理工大学的张鹏涛相识相恋。2014 年 1 月 8 日，他们携手走进了婚姻的殿堂。当年 12 月 24 日，儿子张洪铭诞生。"从那时起，婆婆从寿光来伺候月子，照顾孩子，就再也没有离开我们。"

"在我们潍柴，不分男女都想好好干。有时，女的比男的还能干。春英主任带领的团队就这样！"汪淼补充。

"但女的也有一些不得以。2022 年春天，我又怀孕了。作为一名科室负责人，压力山大。考虑到工作繁忙，考虑到年龄偏大，这个孩子都不太想要了。但家里老人都想留下，我穿上紧身的衣服，进出车间、办公室。直到怀孕五个多月，好多同事都还被蒙在鼓里。"2023 年 1

月 18 日，王春英的女儿张芷瑶出生，那天是腊月二十七，周三，她一直坚持到腊月二十六，才离开办公室。

休产假的王春英心系大缸径院，心系研发平台。经常在家里开线上会。主要职责一是负责对新产品开发，二是积极应对出现的各种问题。"印象最深的就是半夜里'拉群'讨论问题。我分管的这个矿卡，海外有工作人员。因为有时差关系，经常夜里被他们的电话所惊醒。柴油机出了故障，需要马上解决。我知道，他们是没了办法才来寻求帮助，因此再晚也得处理。最快捷的办法就是建群，故障解决群、技术讨论群、紧急调度群都建过。有时候正吃着饭呢，手机一响，来了信息，离开餐桌立马建群。有时候正给孩子喂着奶，来了信息，赶紧把孩子交给老人，立刻组织讨论……"在休产假的半年时间里，王春英说她至少建了二三十个群。

王春英的丈夫张鹏涛是发动机研究院燃油系统设计工程师，作为潍柴的双职工，他们有很多的共同语言，经常在家讨论技术问题，有时聊着聊着就争论起来，甚至争得面红耳赤。一个故障有时能争论好几天，直到一方把另一方说服，或者把故障解决了才罢休。一句话，他们把全部的心思都用在了研发工作上。

"孩子的爷爷奶奶特别好，家里的事从来不让我们分心，我和我对象全部心思都可以放到工作上！"王春英补充说。

天上不会掉馅饼，月亮也不会给你一块糖

汽车在白浪河畔疾驰。路旁不时有村镇、楼群闪过。

"浅草平沙秋气高，青光不动海光摇。忽腾一骑鸾铃响，绣箭前坡落皂雕。"这是郑板桥笔下的北海。他在潍坊做官 7 年，写了 40 首《潍县竹枝词》。那时候，"绕郭良田万顷赊，大都归并富豪家。可怜北海

穷荒地，半篓盐挑又被拿"。

如今的北海，成了创业者的热土。

王春英说，当年建厂时，这里一片荒芜。"一开始都在本部。因为要推进研发，加快进度，我们在这里待了一年多，后来建了总院，要求集中办公，2022年10月，我们又回去了。但大型发动机设备的实验都在这里，每周至少两次。"

说着说着，路边的楼上出现了熟悉的潍柴标识：WENCHAI。一看就知道，这是中文潍柴的汉语拼音。但仔细一看，又奥秘无穷。通过字体和颜色，匠心独运，表达出潍柴人的自信。字体巧妙地将潍柴的发展历程及未来展望的寓意都融合在品牌标识中，其核心精神在于驱动梦想。7个字母全是黑体字，但颜色分明。"E"字黑红相间，红在中间。"A"和"I"用红色标出，显然有"爱"字的意思，还有人工智能的意思。放下相机，下车往里走。经过严格安检，贴住手机摄像头。边走边听王春英解释"E"字的多重含义。"E是Engine，是发动机，代表绿色动力，潍柴这台国家工业的发动机，正以强大的动力阔步迈向国际市场；E是Expertise，是专业，代表专注用心，潍柴多年深耕于装备制造业，以专注的精神和专业精准的品质与实力，为国家、社会和大众创造了福祉；E是Energy，是活力，代表聚合能量，潍柴用源源不断的能量与活力，一定能锻造出时代的创新与辉煌；E是Excellence，是卓越，代表不断超越，勇于突破；E是Empowerment，是赋予能力，代表掌握全局，潍柴持续的发展和开创力，是驱动全球动力产业向前迈进的重要力量，助力完成人们美好的梦想。"

走进车间，王春英先去处理问题。我走过一台台不同型号的发动机，一个困扰半天的问题，让我不吐不快："为什么叫大缸径？直径的径，应该是个长度啊。在这里，主语应该是缸吧？严格地说，是不是应该叫大径缸？"

"您说的很对。在发动机上，活塞在气缸内做往复直线运动，其中气缸的直径简称缸径。对于直径150毫米以上的气缸，我们都称为大缸径，也许是翻译的缘故，外国人爱用倒装句，就像我们中国人姓在前名在后一样，王春英到了外国就成了春英·王……"现场有人这样解释。

"哈哈，英国女王伊丽莎白，全称为伊丽莎白·亚历山德拉·玛丽·温莎。人家姓温莎不姓王。"很快，王春英赶了上来。

"这事你也清楚？"我问道。

"这不是清楚不清楚的问题。前几天看新闻记住了，英国女王伊丽莎白二世逝世一周年纪念日到来之际，英国政府表示，将于2026年即英女王100周年诞辰时，为她打造一座永久纪念碑，以纪念她对英国的贡献。我们潍柴人遍布全世界，有些知识该了解还是得了解，有些外国语言该学还得学……"

"具体到你们平台室，怎么来设计制造大缸径发动机？"我问。

"我们集团有市场部，专门负责调研，他们把客户需求反馈到战略规划部。评估可行后，确定要做该产品，就给我们功率。有了功率以后，反推缸径大小、体积大小，我们再把它转化成各种零部件信息，包括强度、材料等，形成图纸给供应商，请他做出来，我们再组装起来，进行长时间、多层次的连续实验，最后提供出合格产品，销往世界各地……

"不光性能好，还要美观。公司引入工业设计理念，有十年了。这些发动机都是我们自己研发的，具有完全知识产权。发动机就像人的心脏。我们董事长说过，要让发动机长上腿、安上大脑、插上翅膀，只有动力'心'强大了，装备制造业才能实现腾飞。"

边走边聊，来到一台大型发动机前。"这台发动机，净重60吨，可以整体运走。2018年3月8日，我们谭总给习总书记汇报工作时，就拿的这个机器模型。当天，总书记参加十三届全国人大一次会议山东代表团审议，对我们潍柴高度肯定。原来，2008 年 5 月总书记就来视察过我们潍柴，说我们潍柴打造了民族品牌，为建设创新型国家做出了贡献。当时我正读大一。也是受此鼓舞我选了车辆工程专业，后来到了潍柴。不知不觉已经 12 年了……"

走进 7B 车间大门，过道的墙上写着"科学，准确，激情，实干，智慧，创新，高效，规范"16 个大字。看到"激情"二字，我问"情"从何来？王春英笑笑说："无非是热心、钟爱、深入、痴迷、激动等所派生的。我们潍柴的激情文化就是：不争第一就是在混。天上不会掉馅饼，月亮也不会给你一块糖，幸福要靠奋斗实现。这是我们谭总去年说的。他还说过，要打造'疯子式'的创新生态，世界上顶级科学家都是'疯子'，潍柴要有几百个技术'疯子'。我的平台有个小伙子，在这里做实验已经连续三天了，几乎没怎么休息。我说让他跟我们回去，他说再坚持到 6 点，下班后再走，看看，是不是干工作都干疯了？这就是我们的执行力文化，干就负责，做就到位……"

一个小时后打道回府。透过车窗回望，远方的摩天轮"渤海之眼"，在秋阳下闪着银光。有人说那是"龙脊"的形象。

打开《一句话动力》，发现王春英提到的一些话，书中都有。再打开大缸径院三周年庆纪念册，从 M1 平台室开始往下看，有 M2 平台室、气体机平台室、WH17 平台室、WH28/32 平台室、本体系统设计室、电器系统设计室、空气系统设计室、液力系统设计室、仿真研究室、机械开发室、性能开发室、综合技术室、应用开发室等，还有重庆业务板块，全院科室足有 20 个，300 人。有意思的是，从王海龙开始，孔龙、张俊龙、路海龙、金小龙、邱骁龙、董方龙、张德龙、龙烨丞等，共有 9 个人的名字里有"龙"字。从肖鹏飞数起，姜文飞、刘亚飞、单亚飞、郭雪飞、郭宇飞、刘飞等，共有 7 个"飞"。

尽管名字是一个符号，尽管这 16 个人我一个也没见着，但此时此刻尽收眼底，我觉得非常有意思。

合上纪念册，拿出采访本，请每人写一句话。这是我多年养成的习惯，为的是收藏"缘分"。上午，从意大利都灵理工学院毕业的专家欧佩迪，已为我用英文写下。他今年 69 岁，已经在潍柴工作了 17 年。翻出来请王春英翻译一下，她看了一眼，当场念道："我非常开心能生活在中国，在潍坊和在潍柴这样一个很好的公司工作，而且我在中国还有很多好朋友！"

很快，陪同采访的同事写道："工作在潍柴，幸福在潍柴。"王春英写道："勇攀高峰。"之前，张英写过："干就负责，做就到位，大缸径大有可为！"孔祥花写道："大有可为。"

王春英，名字里有个"春"字，"春"的英文是 Spring。同时可以翻译为弹簧、泉水、活力、跳跃等。我觉得王春英就像趵突腾空的泉水，像弹簧，活力四射。王春英和她的团队，都有 Spring 的气息！

采访结束，与王春英告别。盯着她远去的背影，我的脑海里又浮现出田震和她的歌。"好大一棵树……风是你的歌，云是你脚步，无论白天和黑夜，都为人类造福……""风雨彩虹，铿锵玫瑰，纵横四海笑傲天涯永不后退……芳心似水激情如火梦想鼎沸……纵横四海笑傲天涯风情壮美。"

万千潍柴人，是叶茂根深的大树，是郁郁葱葱的绿叶，是灿烂夺目的花朵，不惧风雨，傲然屹立，是站在中国大地上的别样的风景。我想。

吴文峰 山东沾化人。中国作协、山东作协会员，中国报告文学学会会员。现任山东自然资源作协秘书长。出版有长篇报告文学《乡村的表情》《"小巷总理"陈叶翠》等。曾获中华宝石文学奖、泉城文艺奖、吴伯萧散文奖等。

王田田

一条道走到亮

—

题记

别人都说，不能一条道走到黑呀！

管亮笑了：我一定会一条道走到亮！

"黎明前的夜很黑，有人走着走着就散了，有人却高举着火把走在最前面，跟着走就对了，追光而行，就会越走越亮堂。"

"总不能一条道走到黑吧！"

1996年秋天的一个黄昏，管亮的师傅，带着对潍柴的最后一丝眷恋，轻拍着徒弟的肩膀，叹着气走出工厂的大门。

管亮眼睁睁看着师傅迈着沉重到生硬般的步履，慢慢消失在满地无人打扫的落叶中。

是啊，当时的潍柴，就像这条道路一样，零乱，萧瑟，落寞。

效益下滑，人浮于事，一拨一拨的人迫于生计，另谋出路。管亮的师傅，当时是潍柴斯太尔发动机厂 615 厂的电工技师，与妻子同是潍柴职工，养家的沉重负担，让他不得已做出离厂的选择。他望向厂房的眼神里，分明写着无奈与不甘。"还是年轻好啊，一人吃饱全家不饿。我得走了，再不走，一家人要喝西北风了。总不能一条道走到黑啊！"

师傅说的最后一句话，像钉子一样钉在了管亮心里。刚刚从潍坊市劳动局第二技校毕业，来到 615 厂当电工不过 3 个月的他，对周遭的变故还懵懵懂懂。18 岁未经世事的他自然不知道，自己即将走进潍柴最黯淡、最艰难的一段时光。

其时，这个 1946 年在战火硝烟中诞生、已走过半个世纪风雨的潍柴，早已不复当年的辉煌。对于潍柴的变化，潍柴人爱用这样一个故事来描述：1996 年以前，当潍柴的新产品供不应求，潍柴红红火火的时候，潍柴的职工不愿穿工作服出门，因为连潍柴宿舍附近卖菜的小贩都爱"欺负"潍柴的职工——买菜时别说讲价，小贩连零钱都不找，还蛮有理由，"潍柴的工资那么高，一毛两毛的就算了"；1996 至 1998 年，当潍柴的效益一路下滑，甚至到发工资都困难的时候，职工仍然不愿穿工作服出门，因为连卖菜的小贩都可怜你——"潍柴发不出工资来，一毛两毛的就不要了"。

到了 1998 年，潍柴的生产经营已陷入极度困难的境地，欠息、欠税、欠费达 3 亿多元，13600 多名职工，6 个月发不出工资，到了濒临破产的边缘。此时，就连对柴米油盐并无概念的管亮，都觉得日子捉襟见肘了。父母一边往他手里塞钱，一边劝他，不行就回家吧。

管亮的回答倒很干脆，熬熬就过去了，日子不能总这样吧。

熬不住的陆陆续续走了，管亮依旧拎着他的"三件套"——一把尖嘴钳、两把螺丝刀、一个万用表，屁颠屁颠跟在老师傅后面，这摸摸，那瞧瞧，日子就像电影院里的老胶片，即使猜得到电影的结尾，却永远无法左右接下来要发生的事情——断电了，接通了，周而复始。

接下来的剧情让管亮猜对了，黑暗的尽头，果然就有了光。

1998年6月19日，年仅37岁的谭旭光临危受命出任潍柴厂长，勇敢擎起改革的大旗。

就职演说时，谭旭光做出郑重承诺："坚持原则，敢抓敢管，不做老好人，不当太平官；扑下身子真抓实干，为企业干实事，为职工办好事；以身作则，清正廉洁，要求职工做到的，我首先做到，不允许职工做的，我坚决不做。"这日后成为潍柴"立企之本"的《约法三章》，在那个夏天，似一团火焰，一记惊雷，鼓荡起每一个不甘被时代抛却的潍柴人蛰伏已久的奋斗梦想。

管亮当时就在心里惊呼：谭旭光，这名字响亮，旭光，旭光，黎明的黑暗过后，不就是旭日阳光嘛！

谭旭光扑下身子为员工做的第一件实事，就是偿还了拖欠员工6个月的工资。员工们吃下这颗"定心丸"之后，眼看着潍柴新掌舵人真抓实干的姿态与坚实笃定的改革之策从口头承诺结结实实落了地。

"跟着走就对了，追光而行，就会越走越亮堂！"面对父母的问询，管亮的腰杆挺得倍儿直。

就在潍柴新掌舵人大刀阔斧施行一系列改革大政之时，管亮这个不起眼的中级电工倒像是一个置身事外的"闲人"，在自己痴迷的领域，心无旁骛地汲取一个不断向好的潍柴给予年轻人的超强能量与丰厚滋养。这其中，既有物质层面的保障与回馈，但更多的是精神与气质的浸润与滋养。

管亮无疑是幸运的，在最黑暗的黎明时分，他幸运地跟着一个暗夜里高举火把的人，开启了自己职业生涯的奋斗之路、光明之旅。接下来，就像看连续剧一样过瘾，经历了企业最艰难最拮据一段岁月的管亮，也见证了一个突出重围、涅槃重生的新潍柴每一个闪闪发光的时刻。

"兴趣是最好的老师，热爱是最大的动力。依照兴趣选择所要走的路径，更容易看到黎明的曙光。"

清华大学政治学副教授刘瑜在《不确定的时代，教育的价值》演讲中提道："人生的目的并不是越高、越快、越多，而是找到适合自己的位置。"最能创造价值的工作，往往始于兴趣、终于坚持、成于热爱。

这些道理，初入职场的管亮未必懂得。但对于自己的选择，即便是职业之路最黯淡的时刻，管亮也从来不曾怀疑过。说不出太多的道理，就是一种源自内心的朴素情感——"做自己喜欢且擅长的事情，结果总不会太差"。

这一点，管亮的父母最清楚不过了。管亮的父母，像全天下的父母一样，希望自己那宝贝独生子，将来有出息，找份体面的工作，最好能像他们一样，在体制内工作。

但有什么办法呢？初中毕业那会儿，原本想让儿子上高中、考大学，将来像他们一样的父母也只得放弃自己的主张——"由他去吧，考技校就考技校，谁叫他从小那么喜欢鼓捣机器呢。自己的路自己选，将来才不后悔"。

管亮小时候，脑瓜灵，手也巧。他喜欢鼓捣东西，有啥想法，坐在那儿鼓捣鼓捣就成了，甚至还有那么一点无师自通的天分。

10岁那年，父母工作忙，没时间管他，特别是一放假，怕他出去疯玩，就把他反锁在家里。小管亮玩心重，在家哪能坐得住？在屋里寻过来，看过去，便决定在这个锁头上做文章。他用锯齿和锉刀在锁上开了个小口，把铁丝伸进去挂在锁舌上，相当于自制了一把开锁的钥匙，通过推拉控制锁的开关。很长一段时间，父母都不知道自己那宝贝儿子已经成功地在他们眼皮底下瞒天过海了。

20世纪七八十年代出生的孩子，大都有过自制玩具的经历。那时候谁用自制的火柴枪打鸟，就像现在谁家孩子能把《王者荣耀》打到"最强王者"的段位一样荣耀。

火柴枪的制作过程还是有一点复杂的。主要材料有铁丝、橡皮筋、自行车的链条。不过，也有一些像管亮一样追求完美的人会做木握，还在扳机位置设计一个护圈，不仅看起来更美观，拿在手中也很舒适。火柴枪是利用火柴头上的那一点氯酸钾被外力撞击产生爆炸的原理制作而成，虽有爆炸效果，但只放一两根火柴棍，其发出的响声就像小号鞭炮一样，威力并不大。但用火柴枪打鸟，这点威力还是够用的，和弹弓打鸟一族站在一起，管亮很容易生出那么一种自豪感的。

谈起自己当年自制的玩具，已过不惑之年的管亮，神情中有一种活泼的少年气。当他聊到初中阶段，自己只需考前用几天功，数学、物理就能稳拿班级第一，那份掩饰不住的小得意，便在不言中了。

初中毕业，管亮考入潍坊市劳动局第二技校，学的是电气专业。自小在心中种下的火苗，一旦遇到合适的燃点，便会擦出不一样的火花。3年后，当管亮志得意满走出校门，来到名头很大的潍柴当一名维修电工，便有种莫名的亲切与自在。能天天跟机器打交道，什么苦啊累的，根本就不算啥了。

干电气维修这活儿，钻机器是家常便饭。钻进主轴狭窄逼仄的空间里，腰伸不直，腿抻不开，叮叮当当一通忙活，最后从里面爬出来时，连头发丝都往下淌油。那时还不兴戴安全帽，穿防砸鞋，一年到头披一件油渍麻花的工作服，一脱下来，能整个立在那儿，灯光不好或头昏脑涨时，还以为是个人坐在那儿呢。

厂房里的油污重到什么程度？脚下的皮鞋，不用擦油都锃亮，油泥浸得鞋底往上翻，像条船似的，一年至少让油泥整坏两双皮鞋。

厂房噪音大，说话基本靠喊，很快人人就练成了大嗓门。冬天冷点倒不怕，年轻人火力壮。夏天最难挨。虽说不能跟炼钢车间比，但作为维修电工的管亮感受也很强烈，因为电扇都装在工位附近，那些机器坏了临时过来维修的人员，自然站在电扇吹不着的地方。

多年之后，再谈起当年的工作环境，管亮那颇有画面感的描述中，流露出那么一点淡淡的诗意。那是一种与过去相濡以沫的情感，留在一个产业工人心底挥之不去的自豪。

杨振宁在一次"科学探索奖"的颁奖典礼上寄语青年："如果你掌握了自己的能力和兴趣，再根据这个去选择所要走的路径，我想是最容易成功的。"

如今，已从一个中级电工干到首席技师的管亮，庆幸当年听从自己的内心，选择了一条自己喜欢的路。事实证明，依照兴趣选择的路，更容易坚持，也更容易看到黎明的曙光。

"潍柴的每一次技术发展，每一次成功布局，给了他站在巨人肩头看风向的眼界，也让他明白了一个颠扑不破的真理——学习是进阶最快的路。"

"有些人天生是吃维修这碗饭的，三下五除二就捣明白了，有些人围着机器转三天也白搭。"

管亮不记得是哪位师傅说过这话了，因为入厂3个月就没有师傅带的管亮，请教过很多位师傅。说这话的师傅当然是在夸他。

管亮的确是老师傅们都喜欢带的徒弟。因为他脑瓜灵，手巧，人勤利，还一点就通。

人勤地不懒，秋后粮满仓。入厂不到半年，管亮就把摇臂钻和万能铣床的电路图纸"焊"在脑子里了。再修机器，不用看图纸，别人说啥位置，他一摸一个准儿。你说哪个老师傅能不喜欢他？和他同期进厂的一些年轻人，图纸上总共有多少条电路还没扒明白呢。

从小就爱鼓捣机械的管亮，对机器设备有一种莫名的亲近感。每逢设备大修，他就特别兴奋，跟在老师傅后面，从给师傅们搭把手、递个螺丝刀，到自己下手摸设备，他一步一个脚印，走得很扎实。

刚入厂那会儿，人们都说："紧车工，慢钳工，吊儿郎当是电工。"说的是电工活儿少，操作简单，"不就是三根线嘛"。虽然电工的工资拿得比车工、钳工少，一个月才276元，但空闲时间多，这是让管亮最开心的事。

空闲时间干啥？唠嗑，吹牛，还是穷摆活？当然不是。管亮心里清楚，光凭脑瓜灵光，干不成事。要想干点事，脚下道路千万条，只有学习最可靠。

管亮爱学习，在615厂是出了名的。星期天，几个打台球的工友在厂里找不到管亮，就知道他一准儿到东风桥新华书店"蹭"书看去了。那时电气类的专业书，只有这家潍坊市最大的书店有，一本价格通常要30多元，对于工资刚刚能填饱肚子的管亮，无疑是天价。专业书都是厚厚一大本，来一次不容易，一次要看三四个钟头，因为不买，也不好意思明目张胆地看，怕售货员不高兴。管亮就看一会儿，挪个地儿，转几圈，再回来看。就这样，管亮的电气理论基础，砸得很实，扎得很牢。

管亮很快成为同期来厂的工友中的佼佼者。有个工友有次跟他开玩笑："人家管亮不一样啊，名字中就暗合了冥冥之中的天意，碰到电路黑灯咱不怕呀，管亮！"

进入新世纪，随着中国经济的高速增长，重卡和工程机械市场迎来井喷，潍柴斯太尔发动机市场火爆，供不应求。为了提升产能，公司不断对原生产线进行改造，并开始大批量引进数控机床。这对爱钻研的管亮来说，无疑是一片新大陆。新设备的故障诊断全部用电脑，对尚不知电脑为何物的管亮来说，无异于"老虎吃天——难下口"。

管亮敏锐地意识到，这个比人脑强大一千倍一万倍的小东西，必将改变潍柴的未来。透过它，管亮看到了新的光亮——自己所从事的电工专业，已然告别"三根线"的手动时代，走上电脑编程的半自动化、自动化时代了。

2002年11月，刚结婚没俩月，手头宽绰的管亮没跟妻子王辉商量，下了班就去三联家电，花了近6000元钱买了台TCL电脑，回来跟妻子讲这事时，妻子只当他是在开玩笑。等师傅送货上门，面对妻子的不满，管亮笑得有些尴尬，却也回答得理直气壮："不学电脑不行了，再不学，就真的要被时代淘汰了！"

其实，一向懂他的新婚妻子也并未真的跟他生气，"可毕竟是这么大的家庭开销，你得跟我提前商量一下啊"。接下来的剧情是，管亮好话说了一箩筐，之后便开开心心、无怨无悔吃了好几个月的馒头就咸菜。

就是这台当时花掉他半年工资的电脑，现在还存放在父母家的储藏室，几次清理旧物他都舍不得丢，"那是我的第一台电脑，用是用不到了，算是留个念想吧"。

买电脑仅仅是个开始。自此，管亮开始了埋头追赶前沿技术的漫漫长路。

为了迎接数控时代的到来，管亮抓住一切机会学学学——跟书本学、跟专家学、跟市场学，全力开拓视野，武装大脑。

投资是必不可少的——买U盘、移动硬盘等一切需要装备的配件，当然更重要的是装备头脑中无形的东西。

为了学习PLC编程控制，管亮自掏腰包，花200多元钱请来厂里调试机器的东风设备制造厂一个姓魏的技术员一家人吃饭，不久就如愿收到了魏技术员寄来的3张PLC编程控制光盘。

对那些有着清晰的奋斗目标，又肯付出艰辛努力的人，命运从来不会吝啬鲜花与掌声。对管亮来讲，学习路上最大的回馈是，潍柴的每一次技术发展与变革，让作为见证者、参与者与保障者的他一次次驶上通往成功的快车道。

越努力，越幸运。在615厂干了不过七八年，就从车间进了办公室，成为615厂电气负责人的管亮，已然具备了站在高处看风向的眼界与格局。

"无数次的岗位历练，无数次的牺牲奉献，潍柴的企业文化，已将'责任'二字深深烙印在他的血液里。"

管亮身上，有一种气定神闲的东西。凡是跟管亮打过交道的人，都有类似的感受。

也许是职业素养使然。毕竟，常年跟故障打交道的他，身上那股子不急不躁、从容淡定的劲儿，能让遇上故障心急火燎的人，心里有种说不出来的踏实。

也许是企业文化熏陶。"责任、沟通、包容"的企业融合文化，已如他血管里汩汩流淌的鲜血一样，支撑起他的精神寰宇，构筑起他的每一寸骨骼与肌肉。

不知从何时起，管亮已然成为维持正常生产秩序的"定海神针"——一遇到电气故障，厂里人都说，"找管亮去"。只要他在，大家就会从心底觉得踏实。

2002年，为了提高产能，厂里新建了一条生产线。那段时间，机器都是满负荷运转，工人实行"三班倒"。管亮记得，应该是三四月份的样子，上午10点多，一台DKM005精镗床出现电气故障，因为是关键的瓶颈工序，造成全生产线无法运行。时任潍柴集团总经理亲自到现场督战，管亮和维修班的工友们开始紧张的排障工作。当天晚上，修到下半夜时，又冷又乏，领导让人出去买来热乎乎的朝天锅犒劳大家，吃下去算是缓过来点劲儿。凌晨四五点钟时，管亮实在顶不住了，就到维修班保管室的长椅上眯了一个来小时，冻醒了，起来接着干。一直干到第二天下午4点，才把故障排除。

生产线恢复运行的那一刻，管亮才意识到自己已经连轴转地修了30个小时了。正准备往回走时，没想到，618车间一台丰田加工中心又出现电气故障。

没办法，接着干吧，管亮一直修到晚上8点，把故障排除。当管亮拖着疲惫不堪的步子，走出厂房准备回家时，才发现自己的摩托车不见了，想了半天才回过神来，车子一定是清早被维持秩序的警察拖走了。管亮到停车场找到自己的摩托车，骑回家，全身就像散了架似的。等妻子把热好的饭菜端上桌，人家已经在床上呼呼睡着了。

这样的事多了，妻子也早就习惯成自然了，当然少不了唠叨他几句。最忙的时候，管亮一晚上被厂里的电话喊过去3趟，夜里11点一趟，凌晨3点一趟，凌晨5点又是一趟，折腾得一家人睡不安生，最后他直接被媳妇撵到沙发上睡去了。

维修人员的工作时间，注定和别人不一样：别人上班，他们也上班；别人下班，他们可能还在上班；好容易等来节假日，别人休息，他们可能还要大修——怕影响工时，维修当然要等停工再干。当然厂里会安排补休，但等你回到家，老婆孩子也上班的上班、上学的上学了，休息归休息，却和家人扯不上多少联系。潍柴人所在的每一个小家庭，放在外面都是别人学不来的楷模，为了潍柴的未来，潍柴人付出了很多，潍柴人的家人只能付出更多。

2004年，已是615厂电气维修负责人的管亮工作更忙了。正是拉产能、连轴干的那个时段，儿子刚出生不久，管亮基本不着家。儿子刚满周岁，妻子也要上班，他只得把儿子送到25公里外的岳父母家。

那是2005年10月的一天，管亮下班回到家，就骑着摩托车带着妻子去岳父母家看望儿子。可管亮前脚刚走，厂里的设备就出了电气故障，没人修得了，但产线不等人啊，主管设备和生产的时任副厂长就一句话："找管亮去！"

一个电话打过去，管亮的电话竟然关了机，副厂长急得团团转，问了一大圈，工友吴大鹏小心翼翼地回答："应该是去他岳父母家看儿子了。"

副厂长当即要求："吴大鹏，你不是管亮的伴郎吗，赶紧打车去他岳父母家，把管亮给我找回来！"

吴大鹏只得硬着头皮去了一趟，可等他打车到了那儿，黑灯瞎火的，上哪儿找去啊，转了一个来小时，人没找回来，还挨了顿批，吴大鹏那个冤啊——当伴郎接新娘时就去过一回，哪里记得住啊。

管亮为啥关了机？不是他故意关，实在是那时候手机电池质量差，撑不了多久就没电了。一回家就忙活儿子的管亮，也忘了给手机充电。等第二天一早上班，管亮才知道昨晚厂里因为电气故障停了产，领导发了好大一通火，气得说要罚管亮100元钱。当然，这只是气话，但自此，便有了一个不成文的规定：管亮必须24小时开机。

不知从何起，管亮就成了厂里"离不开"的人。那时候，只要电气出故障，大家会不约而同地说："找管亮去。"

时时"被需要"，总是"被召唤"，连同他无法左右的工作时间一道，渐渐就化作了一种刻在他骨子里的"责任"。如此，管亮便和他离不开的岗位，深度捆绑在了一起，时刻做好随叫随到、随时待命的准备。

"事业有波峰，就会有波谷。当技术发展的浪头将他迎面打翻，他很快意识到，从哪里跌倒，就要从哪里重新站起来。"

"冬天来了，春天还会远吗？"

管亮不记得是哪位诗人的诗句了，当这句诗倏地跳到他脑海中时，他兀自笑了，笑得有些牵强，有些无奈。

彼时，他一个人，坐在厂房一隅，看着午后的阳光慢慢地爬上高高的玻璃窗，用尽气力透射进来，整个厂房氤氲在一片朦胧的金色薄雾中，梦幻得如时空交错。

那是 2013 年年初，元旦刚过去没几天，还是寒冬腊月、朔风凛冽的时节。临近黄昏，管亮等最后一个工友离开厂房，才关闭所有的电源开关，锁上大门，最后一个离开 615 厂。门"咣当"关上的那一刻，管亮的心猛地震动一下，随即意识到：从明天起，615 厂将被永远封存，成为一代潍柴人的记忆。

从 18 岁进厂，到 35 岁离开，管亮在 615 厂待了整整 17 个年头。17 年啊，那是人一生中最美好的青春年华。那是奋斗的 17 年，是奉献的 17 年，更是他一步一步成长进阶的 17 年。17 年的苦乐酸甜，此刻像关不住闸门的水，在心中奔涌、翻腾。

这 17 年间，该得到的他都得到了，从上到下的认可、褒奖，还有数不清的荣誉；该付出的他没有分毫保留，无论智慧，还是体力，在每一个需要他的时刻。想到这儿，感动、留恋、自豪……潮水般涌上心头。

相比之后依次兴建的一、二、三号工厂，615 厂无疑代表一种简单粗放的生产力，却也开足马力创造了足以让潍柴人骄傲的战斗力。用管亮的话讲，在一、二、三号工厂试运行的阶段，"潍柴的业绩是靠 615 厂苦苦支撑着呢"。然而，新与旧的更迭，对步入迅猛发展阶段的潍柴来说，那是必须经历且无法逾越的阶段。要想始终占据技术的高地，总有人要去外面开疆拓土，也总有人要选择留下来，坚守阵地。

管亮对 615 厂电气系统的熟稔是有不可替代性的，是他留守到最后的理由。

其间，新厂，新岗位，甚至是日后的领导岗位，不止一次向管亮伸出了橄榄枝。管亮动过心。毕竟，新设备、新技术，对于酷爱钻研问题、探索新知的管亮来讲，有着难能拒绝的吸引力。但来自新厂的每一次召唤，都被时任厂长以充分到不可辩驳的理由拒绝了——"谁走都行，管亮不能走，他走了，电气故障谁能负起责来？"

没有早一点接受新环境的洗礼，事后想来，管亮多少是有些遗憾的。但当时听厂长这话，这不是肯定胜似肯定的挽留，管亮心里还是很受用的。他已经早就习惯"被需要"了。

2004年，兴建一号工厂时，一批人走了；2008年，兴建二号工厂时，又有一批人走了；2010年，兴建三号工厂时，管亮依然没有走。他不无骄傲地说：我是坚守到最后一刻的人。

当"坚守"二字，从他嘴里蹦出来时，让人不由得心头一颤，那种透着责任与担当的自豪里，分明有一种悲壮。

管亮是怀着极为忐忑的心情，顶着"末代劳模"的光环，走进工业园生产中型动力的三号工厂的。

"末代劳模"，是同事们对管亮的戏称。潍柴集团每年"五一"国际劳动节都要评选劳动模范，含金量极高。2012年"五一"前夕，适逢潍柴掌门人谭旭光去北京参加活动，管亮作为新评选出来的劳模，有幸去首都北京参加潍柴集团"五一"表彰大会，还有幸参观游览了鸟巢、水立方、颐和园等风景胜地，这是何等荣耀的事！可转过年来，615厂就解散了。他可不就是615厂的"末代劳模"嘛。

2013年1月，心情颇为复杂的管亮，迈着故作轻松的步履，来到三号工厂报到。毫无悬念地，他一来到这里，就经历了从高峰跌入低谷的巨大落差。

曾经的徒弟岳光绪已经成了三号工厂的电气负责人，而管亮，因为不熟悉新设备，需要各种摸索与适应，这个2007年就已晋升为高级技师的老师傅、老劳模，一夜之间变回了新学徒。

最让管亮难以释怀的是，当年年底测评，他的履历里留下了一个"称职"的不完美记录。这是自厂里测评以来唯一不是"优秀"的一次。之后那两年，任何荣誉与他无缘。

最迷茫的时候，管亮来到老 615 厂紧闭的大门前，沿着门前那走了千百遍的林荫道，一个人走了很久，想了很多。

615 厂，单单论它曾经为潍柴所做的功绩与贡献，说三天也说不完。如今，新的生产线已经安全、平稳且高效地运转起来了，即将为潍柴创造更大的价值，提供源源不断的动力。615 厂已走完它的历史使命，被封存在一代潍柴人的青春记忆里，永远镌刻在潍柴的历史功劳簿上。

只有不断地更新换代，才能永葆生机与活力。一家企业如此，一个厂房如此，一个人何尝不是如此？

在三号工厂，设备升级数控机床采用西门子新一代 PLC 技术系统，数控机床自动化操作控制水平提升效果显著。从 20 世纪 80 年代的一把尖嘴钳、两把螺丝刀、一个万用表就能玩转"三根线"的手动时代，发展到现在的一台笔记本、一个测温枪、一个热成像仪现场操作数控系统的全自动时代，电气维修的复杂性早已不可同日而语了。

"一个人，有时需要放慢脚步，拿出时间来充电，才能跑得更快、更远。"当管亮放下思想包袱，重新反思过去的得失，心境一下子豁然开朗。瞄准新的发展方向，结合数控机床实际运用需求，管亮牵头提报了技术创新项目，并专门到北京西门子中心进行了为期 10 天的 PLC 编程运用系统学习。

"从哪里跌倒，就要从哪里重新站起来。"巨大的压力与短暂的迷茫之后，永不服输的管亮开始了新一轮的进阶之旅。

"排除故障需要思路和悟性，没有思路，乱闯乱撞，就会一条路走到黑。有的时候，它就是一层窗户纸的事。"

天，灰蒙蒙一片；地，一片混沌。而他，此刻正悬在半空中，准确地说，除了两只脚各踏在岩壁两块凹槽式的支点上，两只手各拉着一根悬垂的绳索，身体其他部位别无依托。

时间仿佛凝固了，周围死寂般静，偶有鸟飞过的声响，但他看不到，也不敢有丝毫分心。

他在寻找向上的支点。崖壁光滑、潮湿，偶有尖利的山石突起，却没有一处可以承托。他抬头，绝望地看着阴云密布的天。一滴水落在他的脸颊，冰冷透骨。天，并未落雨，是他脸上的汗珠，滴答滴答……

他开始大口喘息，空气变得稀薄，他用力蹬了蹬脚下的支点，却一脚踩空……

他终于从梦境中醒来，吓出一身冷汗。

日有所思，夜有所梦。可能是临睡前看电视上的攀岩比赛，结果自己成了那个攀岩者，找不到支点可以承托的恐惧，让管亮醒来后好大一会儿，都有种惊厥未定的感觉。现实中呢，如果遭遇类似的境地，会是怎样的情形？总有办法找到那个救命的支点，沉下心来，一点一点，哪怕是倒退回去，推倒重来，只要思路不乱，总有转机。想着想着，管亮笑了，那不是自己排除故障的感受吗？哪能一条路走到黑？一直走，一路找，一定能看到光亮！

这个梦，像极了面对排故困境的管亮，但与梦境不同，现实中不管多难，管亮相信自己总能找到那个支点，直至目标实现。

改革之初,潍柴走的是一条从引进消化吸收到自主创新的转型之路。而从引进到消化吸收，需要解决进口设备"水土不服"的问题。在管亮看来，机器和人一样，来到新环境，都要经历一个痛苦而漫长的磨合期。而那些新落户三号工厂的"洋机器"时而发作的"小脾气"，也着实让初来乍到的管亮费了不少心思。

2014 年，三号工厂加工车间曾经引进一台价格高昂的德国进口海勒数控机床，配备有国际先进的西门子数控系统和意大利马波斯测量系统。然而，这台进口设备落户后，常因温度突变或其他因素影响，出现测量尺寸不稳定的问题，导致止口深度超差，造成工件报废，即"废活"。

这么金贵的设备，没人敢上手去修，只能请厂家上门维修。可由于故障出现得不规律，好不容易请来外国专家，故障却玩起了"躲猫猫"，人家也只能凭借大伙的描述，对程序进行一番调试。常常是外国专家前脚刚走，故障又来了。就这样，来来回回折腾了四五次，问题依旧没有解决。

最要命的是，这台海勒数控机床是单一工序，一旦停摆，影响的是整条生产线。怎么办？管亮决定跟它"较较劲"。

一上来，管亮就碰到了"拦路虎"——设备程序看不懂。设备程序说明是用德文和英文简写进行标注的，由于专业性太强，特别是夹杂着不少简写标注，找人翻译，却没人敢接招。管亮只能通过在线追踪数据的方式，一手拿着英汉、汉德词典，一手拿着说明书，在现场采集数据并进行推算。每天一上班，他先跑到生产线上看数据，一边盯着操作者的操作步骤，一边盯着电脑中的程序数据，用这种最原始的"笨办法"，一一核实比对。终于，一个月后，管亮把这第一关攻下了。

接下来，经过一段时间的摸索与尝试，管亮逐渐看出了一些门道，并从中找到了攻克难关的突破口——通过提前冷却工件、测量时断开冷却液等方法，解决了温度突变对测量尺寸的影响。但管亮认为，这些都不是解决问题的"命门"所在。

"为什么不尝试调整温度传感器的零点位置？"传感器现在的校对标准范围是 20 丝。要知道，这个范围越接近零点，误差越小。"能不能调整到 1 丝之内，一丝不差岂不更好？"这是一个之前谁都没有尝试过的解决思路，管亮决定试一试。

1 丝就是 0.01 毫米，是一根头发丝粗细的五分之一至七分之一。要挑战这个精度，可不是说说那么简单。管亮一遍又一遍地调整着螺纹的螺距和角度，一点一点缩小差距。10丝、8丝、5丝……1丝，成功了！他首次将传感器的误差缩小到1丝之内。

这一测量精度上的突破，给了管亮乘胜追击的信心——能不能再添加一套温度传感器异常报警程序？

只要是他认准的事，就会想方设法去尝试。这一试不要紧，管亮发现了原有程序算法上的一个漏洞。他果断舍弃厂家的运算逻辑，通过更改MARPOSS测量系统参数，自主编写算法和NC程序等方法，终于彻底解决了困扰三号工厂长达三年之久的"卡脖子"问题，为企业直接节省有形经济效益114万元，无形经济效益150余万元。

于管亮而言，这一次成功探索，更可贵的价值在于，让他勇于打破进口设备的技术壁垒，不再迷信与盲从外国专家的判断。"老外也是人，虽然可能在某些方面比我们强，但有些时候也不一定完全正确。"

渐渐摸出门道的管亮，有自己的一套维修逻辑。他说："机器不会骗人。干电气维修这活儿，思路和悟性最重要。书本上只有原理，没有排除故障的办法与步骤。但是吃透了原理，利用逻辑倒推回去，一点一点排查，总能把故障点找出来。有时候，它就是一层窗户纸的事。"

但就是"这一层窗户纸的事"，捅破它，其实并不容易。

同样在加工车间，一台德国进口数控机床2012年刚刚投入使用时，主轴经常出现"哒哒哒"的异响。请来外国专家查找问题，认为是一关键部件出现问题，免费更换之后，异响随之消失。然而，到了2015年，机床主轴异响再次出现，此时两年保修期已过，而外国专家也因无法明确异响原因，建议自费更换关键部件。

"购买部件需要70多万元，还要经历长达3个月的维修周期，当时的生产现状根本不允许。更何况，对一个成熟的厂家来讲，机床重复出现同一故障的可能性并不大。"无论是考虑时间与成本，还是基于自己的初步判断，管亮都决心啃啃这块硬骨头。

连续十几天，管亮蹲守在现场，细致耐心地排查分析。一一排除电机、电缆、NCU 驱动系统等问题之后，一个倍率信号的跳变，让管亮眼前一亮。他小心翼翼地卸下这个倍率开关，发现安装它的螺丝歪了，拆下来重新调整安装之后，再次启动机床，异响竟然消失了。

"厂家以为是复杂的机械故障，其实是简单的电气开关接触不良造成的。没有花一分钱，就解决了外国专家都没能解决的问题。"说起当年的"壮举"，管亮眼中闪动着骄傲和自豪。这个被写进当年潍柴优秀案例的排故经历，曾经在全公司引发不小的震动，至今仍被人津津乐道。

"洋机器"故障频发的那几年，正是潍柴从引进新设备到大批量生产的时期。那些曾经困扰一时的难题，给了管亮积累经验、历练成长的实践课堂。管亮就像一个冲锋陷阵的战士，不断在维修实践中披荆斩棘，越沟过坎，在跌跌撞撞中迅速成长。

"当他在前进路上不断攻克难关，重新在潍柴收获鲜花与掌声，他知道，人外有人，山外有山，他要把锦旗插在更高更远的地方。"

管亮信奉德国哲学家尼采的一句话："那些杀不死你的，终将使你更加强大。"

凭借过硬的技术功底和超强的学习能力，经历 3 年荣誉"空档期"的管亮，2016 年，重新收获鲜花与掌声，获得山东省国防机械电子工业协会授予的"五一劳动奖章"。

重新站上领奖台的管亮，此刻的心情却异常平静。这项奖励的意义，更多的不是新环境的接纳与认可，而是他放下过去、重新出发的一纸证明。

都说管亮是少年成名。管亮至今清楚地记得第一次获奖时的情形。21 世纪初，已经从改革中突出重围、恢复元气的潍柴集团，开始大张旗鼓地在公司实施奖励。2006 年，管亮凭借"杨铁加工中心机械手电气改造"项目，荣获工人革新项目一等奖，奖金 5000 元。为了庆祝，管亮拿出 1000 元钱，请一个班组二三十人一起出去大快朵颐。

自此，管亮的人生就像开了挂一样，一路收获鲜花与掌声：2005 年获"潍坊市优秀青年岗位能手"，2006 年获"山东省有突出贡献的技师""山东省技术能手"，2007 年获首届"山东省优秀青年技师"，2009 年获"潍坊市有突出贡献技师"，2011 年获"潍坊市首席技师"，2012 年获"山东省首席技师"，2016 年获"山东省国防机械电子工业五一劳动奖章"……

一个人身上的"荣誉光环"戴久了，极易生出一份难以掩饰又摆脱不掉的优越感来，而经历低谷又重新崛起的他，此刻郑重告诫自己：荣誉是用来忘记的。不想成为井底之蛙，就要时时具备重整旗鼓再出发的勇气与实力。

从哪里出发，又向哪里进击？管亮的思绪不由得飘回至 2006 年。那一年，在潍柴集团团委的推荐下，他参加了山东省第二届"振兴杯"青年职业技能大赛。为了备赛，他一口气买了 5 本厚厚的专业书回来啃。好在儿子已送回岳父母家，媳妇也很配合，跟着他 3 个月没看电视。结果，管亮不负众望，以总分第二名的成绩，获得山东省一等奖。

第一次代表潍柴出征，就拿到了如此鲜亮的成绩单，并为他带来了四张获奖证书的丰厚回报——"山东省优秀青年技师""山东省青年岗位能手""山东省技术能手"以及"高级技师"的职业资格证书。但在管亮眼中，这个奖项最重要的价值，就是证明了自己的能力。那是自己在潍柴工作 10 年之后，拿到的第一张被外界认可的成绩单，足够分量，足够鲜亮。人总要到更大的世界去看一看，才能找准自己的定位。这之后，管亮沉下心来，兢兢业业在他的维修岗位上，安安心心做一个生产秩序的守护者。

"人生最重要的不是所处的位置，而是所朝的方向。"随着潍柴集团不断在国内外拓展技术疆域，被技术进步裹挟着向前奔跑的他，应该也必须去外面的世界看一看，重新找准自己的定位。

十年未出征。等他再次披挂上阵，已到了 2018 年。同一班组一个关系要好的同事王平，邀请他和另外一个同事一起，组队参加第二届全国智能制造应用技术技能大赛。面对队友的信任，管亮使出浑身解数，出色完成了比赛。无奈，作为团体项目，因队友一个操作失误，最后三人以总分第九名的成绩，抱憾拿了个全国二等奖回来。

尽管没有获得理想的名次，但管亮的出色表现有目共睹。2019 年，管亮接受了一项新的任务，依托以自己名字命名的"管亮高技能创新工作室"，负责潍柴集团国赛电气方向的培训与选拔工作。这一次，管亮的两个徒弟刘韶龙和郑小洁踊跃报名参赛。师傅指导有力，徒弟也很争气，刘韶龙以总分第 5 名的成绩，捧了个全国一等奖回来。一时间，在潍柴集团传为佳话。

作为"最强助攻"的管亮，此时却有些不淡定了。只因时任潍柴集团工会主席跟管亮半开玩笑半认真说的一句话："有状元徒弟，没状元师傅啊。"管亮知道这是老领导在有意"刺挠"他，心里暗暗跟自己较上了劲：干了一辈子电工，说啥也得拿个最高奖回来！

机会来了。2021 年，全国首届数控机床装调维修工职业技能竞赛启动。管亮憋着一股劲，第一时间报名参赛，与来自全国的 62 名选手一决高下。

竞赛分实操测试和理论测试两个赛项。理论测试占总成绩的 40%，分值比重增加，且没有题库，意味着所有涉及数控机床装调维修的知识都要扎实掌握，非常考验选手的知识储备和专业技能，也成为参赛选手之间拉开总分差距的关键。半年多时间，管亮从网上搜索了上万道习题，还专门买了厚厚的三大本专业书籍，强化理论学习，苦练"真功夫"。

管亮到底下了多少功夫？年初，他刚买了部上万元的智能手机，为了准备理论考试，平均一天刷题 10 个小时，仅用了 3 个月，电池寿命就降到了 92%。要知道，正常使用的话，新手机使用大半年，电池寿命基本百分百无损耗。

理论测试难度高，实操测试也是高难度。其中，现场进行机床系统功能开发，是最具挑战性的环节。日常工作中，侧重于在机床外围增加自动化、智能化等功能装置，管亮从未尝试过对机床系统进行功能开发。4 个小时的实操测试时段，最后 1 个多小时他都在现场查阅机床参数资料，一边编写、修改程序，一边反复进行功能测试，终于在规定时间内完成了功能开发。

在忐忑不安中，管亮等来了如愿的结果：团体一等奖、个人一等奖尽收囊中，且以总分第二名的出色表现，获得"全国技术能手"的桂冠。

这一次，站上全国最高水平竞赛领奖台的管亮，笑得比任何时候都灿烂。他说，这是他生平最开心的时刻。因为这份来之不易的成绩，弥补了一个埋在他心头 3 年之久的遗憾。做事追求极致的他，又一次用堪称完美的表现证明了自己的实力。

在管亮看来，荣誉无大小，但比赛有高下。通过比赛赢得的奖项，远比别人给予你的荣誉更有含金量，"至于荣誉，那只是锦上添花的事"。

在管亮高技能创新工作室的书橱里，有一层专门用来存放他的获奖证书，那一摞摞证书像小山一样，把书橱塞得满满当当。近 5 年来，管亮获得的荣誉也相当可观：2018 年获"齐鲁行业工匠""潍坊市富民兴潍劳动奖章""鸢都产业领军人才""潍坊金牌工匠"，2019 年获"齐鲁首席技师""山东省青年技能形象大使""潍坊市劳动模范"，2020年获"全国机械冶金建材行业工匠"、第三届"齐鲁工匠"，2021 年获"全国技术能手""山东省技术能手""潍坊市职工创新创业能手"……

奋斗无止境。"不争第一就是在混"的企业文化浸润多年的管亮心里清楚，人外有人，山外有山，要做就做一个"没有最好，只有更好"的人，把锦旗插在更高、更远的地方。

"一个人强不算强。在'努力站在技术最前沿'的奋斗路上，他和他的团队在共同协作中你追我赶，让创新的动能更澎湃。"

在潍柴生产车间，以员工名字命名的设备单元，成为企业一道亮丽的风景。

近年来，潍柴集团积极倡导工匠精神，努力推动全员创新，一个个以员工名字命名的设备单元、创新工作室、创新工作站，遍地开花。

管亮高技能创新工作室成立于 2013 年 11 月，是潍柴集团成立的第一批以个人名义命名的工作室，被授予潍坊市、山东省创新工作室称号。成立 10 年来，围绕一线生产效率提升、质量防错、智能制造等方面，一专多能的管亮带领项目团队大胆创新，将机器人、视觉检测系统、RFID 信息化技术、一体化伺服电缸技术、PLC 技术等，应用于现有设备的故障排除和自动化改造上，取得了丰硕成果。仅近 5 年来，他带领团队研究解决各类智能设备故障 286 项，完成革新项目 343 项，为企业创造效益 8296.1 万元。

这一连串鲜亮的成绩单，凝结着管亮和他的团队成员的智慧与心血，也是工匠精神、创新意识最完美、最生动的表达。

什么是工匠精神？管亮有他自己的理解："就是在困难面前永不服输。遇到难题，不管别人怎样，我就是要把它弄明白。要从我嘴里说出'不会'比较难。别人说'不会'可以，让我说'不会'，我说不出口。"

这话说着简单，做到却不易。已经拥有智能制造应用技术、机器视觉应用技术和数控机床装调这三个电气领域主要方向国家级裁判证书的管亮坦言："现在，谁也不敢说自己什么都会，因为技术的发展日新月异，我们能做的只是不停地追赶，需要什么学什么，什么不会学什么。"

潍柴的员工，手机里都有一个办公软件 HiWork，任何一台设备出现故障，一个电话打过去，就能找到相关责任人。作为三号工厂乃至潍柴集团电气领域的带头人，管亮无论在哪里，笔记本电脑不离身。一个小故障，通常连现场都不用去，视频连线，远程指导，故障三下五除二就排除了，既节省时间，又提高效率。

维修场景的简单便利，支撑它的是背后一整套强大而精准的算法。不要小看这台笔记本电脑，里面存储有海量的程序、软件、工具包和虚拟机，以应对不同的工作场景。智能化多样化的工作需求，逼迫着管亮正在努力成为电气领域的"最强大脑"。

"努力站在专业技能的最前沿"，是写在管亮高技能创新工作室墙上的个人文化宣言。对于前沿技术，管亮有种不可遏制的强烈求知欲。他喜欢了解并追踪技术前沿知识。自从几年前在网上报名参加西门子PLC编程高级班之后，他便加入了西门子线上学习群，西门子公司一周两场半推广产品半介绍技术的发布会，他雷打不动、一期不落地学习。如果有事耽搁，他也会收看视频回放。有时候，他谈起一款新产品，连西门子公司的员工都闻所未闻。前不久，西门子一款新品视觉系统一亮相，管亮就买到手，应用到他的工作场景去了。

一个人强不算强。作为潍柴电气领域领跑者的管亮，带团队，做实训，搞革新，维修、培训、教学三不误，忙得不亦乐乎。

近年来，随着预检预修制度的常态化实施，机器的维护保养关口前移，设备的突发性故障明显减少，设备运行进入稳定阶段。管亮和他的团队将主要精力放在现有设备的自动化改造上。

在管亮高技能创新工作室的墙上，张贴着一张《2023年度工作计划表》，管亮和他的团队每年都要根据车间的实际需求，设计相关项目，或解决制约生产的某个瓶颈工序，或用机器人代替人工以减少劳动强度提高生产效率，通过方案提报、专家评估、部门审核等一整套严格的程序保障项目实施。

为了达到通过做项目学习新知、培养人才的效果，管亮每做一个项目，都要确立一个学习点，用最新的知识或手段来实现，并将程序做成模块化、标准化的东西固定下来，以便日后应用与推广。这样做项目的方式，很好地锻炼了一批队伍。他手把手带出的徒弟，像刘韶龙、高洋洋、郑小洁等人，都学有所长，成长为电气维修领域的大拿。

在管亮高技能创新工作室，有一个他自己制作组装的机器人视觉实训台，由直线电机、视觉相机和机器人三部分组成，它模拟现场应用场景，用来对电气维修及装备技术人员进行业务培训。"虽然不如人家专业人员做得好看，但非常实用，相当于把现场教学搬到了实验室，教学培训不影响正常生产。"

工作室还有 6 个 PLC 工作试验台，是 2019 年管亮根据需求购买相关设备组装而成，专门负责整个潍柴集团 PLC 智能制造方面的竞赛培训与选拔，又叫机电一体化培训基地。迄今为止，已有 1192 人次经过这里的培训和选拔，走上全省、全国的竞赛场，在更大的舞台展现潍柴人的风采。

管亮也有自己的烦恼。2021 年，由他牵头设计的"WP6 钢盖自动装配设备的设计与制作"项目，在当年的潍柴科技大会上获得一等奖，其设计之巧妙，匠心之独运，展现了大国工匠的智慧与风采，赢得了许多专家的肯定与褒奖。有人劝他用这个革新成果申请专利，他欣然接纳，反复研究论证，却在具体操作中遇到了一个大难题。这项成果最重要的核心点就是用 SCL 程序密密麻麻写满七八页 A4 纸的复杂算法，但由于算法抽象难懂，很难从理论上阐释明白，且申请专利时因硬件名称重合率过高，极易导致文章查重过多而失败，这个凝结着他的智慧巧思且花费巨大精力写成的算法，最后连专利代理公司都劝他不要写电气方向的专利，这让管亮很无奈。

从来不肯说出"不会"二字的管亮，这一回也抓狂了——"总不能怨自己选择了电气这条赛道吧，说到底还是技不如人，算法，算法，怎么才能把电气的算法阐释明白呢？"这是从不服输的管亮眼下正在努力攻克的难题。

尾声

一个人在成长道路上，从来都不是孤立存在的个体。

身处大发展大变革的时代，个人的成长进阶，与企业的发展变迁，甚至国家的前途命运，休戚相关。

试想，没有国家营造的"尊重科学、崇尚创新"的科技创新生态环境，没有潍柴构建的"自主创新、开放创新、工匠创新、基础研究创新"的科技创新体系，哪里会有像管亮这样"努力站在专业技能的最前沿"的大国工匠的崛起？

信守"不争第一就是在混""一天当两天半用"文化理念的潍柴人身上，都有那么一股子特别的精气神。从"让我说不会，我说不出口"的管亮身上，可以触摸到一个地地道道潍柴人坚守初心、激情干事、永不服输，始终与共和国的先进制造业同频共振，始终与潍柴的高质量发展荣辱与共的精气神。

在自己认定的道路上，管亮心无旁骛地走着，带着最初的质朴，带着不变的执拗，踩实脚下的支点，不断向上、向着最高峰、向着光亮处，攀爬，攀爬，永不服输，永不懈怠，永不停歇……

王田田　山东莱州人。原济南军区政治部前卫报社第二编辑室副主编，山东省作家协会会员，山东省作家协会军事文学创作委员会委员，山东省报告文学学会副秘书长。获中国新闻奖三等奖及全国报纸副刊年赛一等奖等奖项。

凌　寒

翱翔俄罗斯

> 凡杀不死我的，会使我更强大。
>
> ——尼采

　　美观的机型，鲜艳的色彩，结实的机身，两个闪亮精神的大眼睛。九月明丽的阳光下，一台台高大的潍柴雷沃拖拉机如一个个威风凛凛的巨人，深深吸引了俄罗斯客户们的眼光，他们围着拖拉机仔细抚摸着、观赏着。

　　"你看，他们的拖拉机多气派漂亮！尤其驾驶室很宽敞，座椅高端，档把布局设计合理，还有空调，坐在里面操作十分舒服。不像别的厂家拖拉机，坐一天会腰酸背痛。"已经和潍柴雷沃合作的俄罗斯农场主亚历山大高兴地和同伴介绍着。

　　这几天，他的内心里洋溢着喜悦和激动。和潍柴雷沃合作，不仅产品满意，还有机会到中国参观旅游。雄伟壮观的长城，绮丽华美的故宫，让他们惊叹于中国悠久的历史，灿烂的文化。鳞次栉比的高楼大厦，可以与欧美媲美的电子产品，更让他们一次次惊叹：原来中国已经如此发达！参观潍柴雷沃厂区，更让他们喜悦欣慰。潍柴雷沃智慧农业科技股份有限公司实力雄厚，技术先进，是中国最大的农机装备企业，掌控农机全产业链关键核心技术。客人们十分满意，67 名客户直接现场签约购买潍柴雷沃产品。

潍柴雷沃尊享会是潍柴雷沃对于海外客人的最高礼遇，这次尊享会中国行是潍柴雷沃公司组织的规模最大的一次活动，144 名俄罗斯农户先后五批来到中国，体验中国农业科技发展的前沿技术，近距离接触了中国五千年的传统文化，亲眼看到了中国日新月异的快速发展。

打开俄罗斯市场，架起中国潍柴雷沃和俄罗斯沟通桥梁的，是一位十分年轻帅气的小伙子。他仅用六年时间，就将俄罗斯市场做成了年销量 2500 台的公司最大海外农机市场。

进军俄罗斯

2017 年 10 月的一个深夜，浓浓夜色笼罩下的莫斯科，已经沉入了甜美的梦乡。深夜的地铁上空空荡荡，只有一位孤单的中国乘客。小伙子拖着重重的大行李箱走出地铁站，已是凌晨一点多。站在寒冷的异国街头，看着寂静空旷的大街，想起此时家乡的温暖，心头不免涌起一缕思念和孤独之情，但这种情感倏然而逝，迅速涌来的更多是新奇和豪情。他整理好肩上的背包，拉着行李箱精神抖擞地走着，心里默默地说："俄罗斯，我来啦！我一定会开创出一片新天地！"

他，就是今天的潍柴雷沃海外营销公司俄罗斯大区销售副总监于天翔。

于天翔，1993 年生人，身材匀称挺拔，面容沉静俊朗。也许从选择高考志愿俄语专业开始，他就与遥远的俄罗斯有了不解之缘。新疆大学期间，作为交换生，曾在新西伯利亚学习俄语一年。毕业后，他回到了家乡潍坊。他的姥姥姥爷、父亲母亲都曾是潍柴员工，缘分让他于2016 年 7 月也入职雷沃公司，成为第三代潍柴人。喜欢挑战的他应聘的就是面对俄罗斯的海外营销岗位。

"俄罗斯，一个干跑了所有人的市场，能有什么大作为？"这是于天翔 2017 年刚进俄罗斯大区时别人对他说的最多的一句话。当时，因为俄罗斯市场销量不好，多名业务经理都离职了。但于天翔以"初生牛犊不怕虎"的冲劲和"不破楼兰终不还"的决心来到了俄罗斯。

2017 年，是于天翔大学毕业后第一次到俄罗斯，没有同事、没有前辈、没有经销商，只有市场报告里令人沮丧的、冷冰冰的数据。2017 年，俄罗斯市场拖拉机销量仅 30 台，更可笑的是这 30 台还是发往俄罗斯经销商立陶宛分部的。

走在俄罗斯市场上，迎接他的只有数不尽的闭门羹。透过当地经销商的栅栏，看到里面只有为数不多的中国小拖。

为什么中国产品只有小拖呢？通过与当地经销商的走访沟通，于天翔发现，严格的认证制度、高额的关税壁垒是阻碍拖拉机进入俄罗斯的主要因素。发现问题就要解决问题，于大翔相信办法总比困难多。他找出当地法规、拖拉机认证种类、关税原文等相关政策法规研究起来。面对厚厚的法规、密密麻麻的小字，性格沉稳的于天翔耐心地夜以继日认真研究了一个月，终于发现了一些可利用的空间。

于是，于天翔带着相关政策法规又到当地政府部门确认，最终找到了解决方案——基于俄罗斯认证制度更换拖拉机认证种类，将出口拖拉机功率限定在报废税区间上限，这样 25 马力以下的拖拉机产品就可以比较顺利地进入俄罗斯，而且经销商也有较大盈利空间。

有了解决方案，于天翔着实兴奋了一阵，但是找谁来尝试这一方案呢？于天翔心想：要找就找最大的经销商，雷沃品牌的声誉在国内响当当，出了国门也应该是最强的。于是，他直接去找当时拖拉机年销量

1500 台、全俄最大的经销商。

谢尔盖，50 岁左右，是于天翔合作的第一个俄罗斯经销商。因为对中国产品不熟悉、不了解，开始他根本不愿代理，对于天翔的来访并不理睬。一连三天，于天翔天天去求见。终于在第三天，谢尔盖被于天翔的真诚感动，听了他设计的盈利思路很感兴趣，最终决定合作。

思路一变天地宽。2018 年，这个身材又高又壮、性格颇为直率的男人，用他灵活的头脑销售了 161 台雷沃拖拉机，是 2017 年销量的 10 倍，占当年雷沃公司在俄罗斯销售总数的一半。

突破大马力市场

隔着重症监护室玻璃房，远远看着刚出生几天儿子的小孵化室，于天翔十分难过，此刻，他多想陪在儿子身边，把他柔软的小身体抱在怀里，亲吻他芳香的小脸蛋。但是，他只能这样远远地望着他，而且，今天就要远行。

儿子，对不起，希望你能理解爸爸。爸爸爱你，也爱自己的事业。刚刚开拓的俄罗斯市场，也像我的孩子，我也要好好关心他。你还有妈妈、爷爷、奶奶照顾，他却只有爸爸一个人。现在，他也病了，需要我在身边，所以，我必须离开一段时间。我相信，你会好起来，他也会好起来的。相信爸爸！等市场好转了，我尽快回来看你。

于天翔心里和孩子说着再见，转身离开医院，又到月子中心和妻子卢洁宇告别。路上，他特意到花店买了一束美丽的鲜花。她和所有女人一样，喜欢花，喜欢那些浪漫的小情调。

推开门，于天翔看到妻子正靠坐在床上发呆。他理解她此时的心情，出生几天的孩子在重症监护室，自己还在月子中，父母不在身边，丈夫就要远去海外，虽然从恋爱时期他们就聚少离多，他知道她内心会有多悲伤。他也知道她会理解，理解他对她、对孩子的爱，知道他是为了这个家在努力，知道自己对营销事业的热爱。现在市场急需他回去，所以没必要再多解释什么。

于天翔把鲜花插在瓶子里，放在床头。他把她的手紧紧握在手里，过了好一阵才说："我一会儿就出发了，你们好好照顾自己。"

卢洁宇眼睛红红的，没说话，只默默点了点头。

于天翔知道她的眼泪很快就会掉下来，强忍内心的酸楚，赶紧转身离开。去往车站的路上，他不停用那句话安慰自己：好男儿志在四方，自古忠孝难以两全！

2019 年，雷沃拖拉机在俄罗斯市场销量大幅增长，同时客户抱怨产品农艺适应性等问题也越来越多，刚开始合作的经销商信心受到了打击，流露出不想继续合作想法。收到这样的反馈，于天翔非常着急。一边是需要照顾的妻子和孩子，一边是客户的需求和刚建立的市场，面对这一两难选择，于天翔毅然辞别了妻子和刚出生不久的孩子。

到达俄罗斯后，于天翔立即大量走访客户，了解各地不同的农艺需求，提出了雷沃产品适应性提升方案。其中，为适应俄罗斯畜牧饲料搅拌机的配套要求，推出了上下可调拖挂机型，拖挂上调离地高度可达107 厘米，下调离地高度仅 37 厘米，并可与 PTO 同时使用，这样的改进在俄罗斯市场是第一家。于天翔针对客户需求，还提出加装车速表、车内 GPS 接口等改进建议，并在研发部门的支持下得到了落实，使得雷沃产品成为俄罗斯市场适应性最好、最受欢迎的中国农机产品，极大拉动了销量提升。

初步打开了俄罗斯市场，于天翔并未满足，而是将目光瞄向了市场份额更大的 75 马力以上拖拉机。但与多家经销商沟通后，都认为本土大马力拖拉机品牌几乎垄断了整个市场，代理其他品牌十分困难。

但于天翔不信邪，认为"卖拖拉机就像卖汽车，市场上有五菱、奔驰，那么就一定也需要大众"，他马不停蹄，几乎跑遍了整个俄罗斯，但没找到一家经销商愿意销售中国的大马力拖拉机。

2019年冬天，于天翔来到了新西伯利亚，这个他曾经上过学的地方，让他感受到了久违的亲切，但也深切体会了西伯利亚的严寒天气。

俄罗斯的冬天漫长多雪，那几天雪来得尤其勤，像一位稔熟的邻居，在未留意的时候，不请自来，一闪身就进了院门。下雪的时候，无风，也无声，天地间混沌一片，片片硕大的雪花，从深邃的苍穹飘下来，只一会儿，整个城市就披上了洁白的冬装，道路消失，山峦隐形，到处一片白茫茫，宛若银装素裹的童话世界。俄罗斯的雪花比中国大很多，"燕山雪花大如席"，于天翔经常想，李白诗中的雪花就是这样的吧。

雪擦洗过的天空湛蓝澄澈，雪后的城市分外妖娆。几个小孩在街上滚雪球，打雪仗，欢乐的笑声小鸟一样在空中飞翔，震落了树上的积雪，扑簌簌掉下来。街上的汽车有的套上了防滑链，有的顶着厚厚的白帽子，速度比平常慢了许多。人们走在街上，脚下小心翼翼，心里却满怀欣喜。路上的积雪被铲雪车推到了路边，堆成了一座座高高的雪山。于天翔忍不住兴奋地跑过去，伸开双臂，拥抱着雪山合影。

大雪令人愉悦，但和经销商的沟通却不让人愉快。于天翔刚认识了一个新经销商，几次拜访，对方却连说话的机会都不给。那天夜里，他心情沮丧地回到住处，才发现妻子发来的信息：孩子吐奶了，很吓人，怎么办啊？

透过信息，于天翔能感受到妻子的无助，他推算了一下时差，当时应该是国内半夜，晚上是妻子一个人照顾孩子。已经过去了两个多小时，不知道孩子现在怎么样了，他马上也紧张起来，赶紧给妻子打电话。

"我们刚从医院往回走呢，爸妈帮我带孩子到医院检查了一下，医生说没事，孩子吃完奶后应该给他拍拍后背，打出嗝就好了。你不知道，当时看着奶水从孩子鼻子和嘴巴里涌出来，可把我吓坏了。"

　　妻子的声音虽然很平静，于天翔心却被刀扎了一下，无比疼痛。他心疼孩子，也怜惜妻子。深夜里，孩子出现意外情况，第一次做父母没有经验，她会有多紧张慌乱啊！而此时，自己却不能陪着她、帮助她。

　　于天翔打开自己很喜欢的一首俄罗斯歌曲《我是艳阳天》，让优美的歌曲平复伤感，歌声中，第一次见到她的情景又浮现在眼前。那是大三的一个雨天，放学了，雨仍"哗哗"下个不停。他和舍友没带雨具，旁边两个女孩共用一把伞，一个女孩手里拿着另一把伞。

　　"同学，能借用一下你的伞吗？"舍友过去询问。

　　拿伞的女孩瓜子脸，大大的眼睛，皮肤白净，十分漂亮。女孩看了一眼于天翔，认出他是学院学生会纪检部部长，痛快答应了。"只是因为在人群中多看了你一眼"，似乎浪漫的爱情故事很容易发生在雨天，她倩丽的身影深深印在于天翔心里，美丽的爱情故事也由此开始。

　　于天翔事业心很强，婚后大部分时间忙于工作，即使远在异国，他也尽自己所能照顾着妻子。每个节日，送给她喜欢的礼物。生日时，他在雪地上画一颗大大的心，写上妻子的名字，让蛋糕店把照片打印出来，插在蛋糕上，祝福妻子生日快乐！但他经常心存内疚，感觉对妻子和孩子照顾太少。

　　我会成为艳阳天／我会成为夏日雨／为了你在我身边能够幸福／我会成为沙漠中的风／只是为了让你在我身边能够幸福／我会成为艳阳天……优美的歌曲在耳边飘荡，在这异国的夜里，思念是如此浓烈。男儿有泪不轻弹，但是，泪水也忍不住夺眶而出。

　　第二天，于天翔再次前往拜访经销商，依然吃了闭门羹。但他没有打退堂鼓，忍受着零下35度的严寒在门外等着。俄罗斯冬天的寒冷，没经历过的人永远不能体会。厚厚的帽子、头套、手套、羽绒服、靴子，即使全副武装把全身包裹起来，在外面十几分钟，就会冻得鼻酸头疼，两只脚成了冰块。放弃吗？不能，从高中起，于天翔就特别喜欢尼采那句名言："凡杀不死我的，会使我更强大。"坚韧的他凡事绝不轻言放弃。

十五分钟后，于天翔鼓起勇气再次叩响了门铃。这次，门终于打开了！

一个身材敦实、脑袋光亮的俄罗斯商人坐在沙发上，跷着二郎腿，看着刚进来的脸上、睫毛上、围巾上都结满冰霜的"雪人"。"天气太冷了，喝一杯咖啡暖暖吧！"随意的态度中流露出傲慢之情。

利用这短短一杯咖啡的时间，于天翔赶紧递上早已准备好的样本和价格表，结合自己一年来积累的终端售价体系、区域销售方案，为经销商描绘出了一幅符合俄罗斯市场特点的销售前景。于天翔的执着和为客户着想的精神最终促成了合作协议的签署，并签订了第一批大马力拖拉机订单，让雷沃成为中国第一家批量出口80马力以上拖拉机到俄罗斯的企业。

病毒防控封锁不了激情

2020年1月23日，大年除夕前一天，这是一个几乎让所有中国人永远铭记的日子。

为了控制新冠病毒蔓延，从10时起，武汉全市公交地铁、轮渡、长途客运停运，机场火车站离汉通道暂时关闭。那时，新冠病毒像一个恐怖的恶魔，悄悄隐藏在人群中，不知道何时就会伸出利爪扑向某个人。大家尽量减少接触，甚至闭门不出，正常生活完全被打乱。

在这种情况下，2020年2月17日，于天翔却背起行囊走向车站。病毒来势汹汹，谁也无法把握其发展趋势，趁着现在还可以离境，急于开拓市场的他想尽早去往俄罗斯。

虽然知道目前形势紧张，准备出发前于天翔并没有太多担心，但看到潍坊火车站空无一人，偌大的北京机场也就是零零散散几个人时，他的心也蓦然一紧。形势这么严峻啊，国外会是什么情况？管他呢，病毒再可怕，生活、工作还是要继续。他咬咬牙，心一横，去！

病毒防控期间的俄罗斯和中国一样，口罩紧缺，生活不便。于天翔克服种种困难，进一步开拓俄罗斯西部市场。但那儿离中国更加遥远，运费成本增加，当地经销商更认可欧美产品，所以工作一度很不顺利。其中一家新开发的渠道 Miravaya 公司此前主要经营知名欧洲品牌的农机、工程机械、林业机械产品，认为中国产品质量差，服务弱，所以几次联系对方都闭门不见。

一天，于天翔拜访完 Miravaya 公司旁边的一家经销商，看到一群农户正往 Miravaya 公司里面走。他灵机一动，混在了农户中间，居然顺利"混"进了公司。辗转打听，他终于找到了相关负责人。

负责人是一个瘦长脸的大胡子，看到不速之客很不高兴地质问："你怎么进来的？"

于天翔陪着笑，早就准备好了理由："我刚才看到很多人往里走，以为今天公司有公开活动，可以自由参观，所以进来看看。"

大胡子依然冷着脸："说吧，你有什么事？"

于天翔赶紧自我介绍："我是雷沃海外营销公司俄罗斯市场部经理，想和您介绍一下我们的产品……"

"停！"对方高声喊着，"你是雷沃的，你不用说了，我正要找你们呢……"

然后，对方积压在心里的不满和指责像开闸的洪水一泻而下。

于天翔开始一脸茫然，慢慢听明白了。原来早在他就职之前，这个公司就已经和雷沃重工有过合作，但由于 2014 年经济危机爆发的原因，导致最终结果很不愉快。哎！自己今天这是撞到了枪口上了！虽然当时并不是他的过错，此刻也只能耐心听对方发泄，解释同时并表达真诚歉意。

整整指责了一个多小时，对方情绪得以痛快发泄，当然也不会给于天翔继续交流的机会。走出来，于天翔并没有沮丧，而是暗下决心，自己一定认真、诚恳地对待每一项业务，也对企业提倡的"客户满意是我们的宗旨"有了更深的理解。他没把所受委屈放在心上，而是赶紧跑回房间拿礼品重新送回 Miravaya 公司，一方面替公司致歉，一方面要对方联系方式看能否有机会再合作。

生活苦乐相伴，努力总有回报！2020 年 10 月，通过现有渠道的多次引荐，于天翔开始接触了一家实力很强的 BIZON 公司，其规模巨大到让他感到震撼：铺天盖地的整机储备、鳞次栉比的室内配件卖场、整齐划一的服务队伍，无一不让他眼界大开。于天翔与其商务总监多次沟通，最终与该公司总经理拉希多维奇先生进行了见面洽谈。

洽谈过程中，于天翔向拉希多维奇先生介绍了公司发展情况以及公司产品的性能及可靠性。拉希多维奇先生说："我多次听别人说起过雷沃，产品质量相对可靠，渠道网络和政策都非常正确，而且所合作的渠道也都正规、可靠，所以很开心能够与你们讨论合作。"

洽谈过后，为了考察他们的工作效率和质量，拉希多维奇先生提出让于天翔协助做一个竞标文件，里面需要单独整理部分机型的参数、图片等各类信息。对方又提出了多项工作任务，每一项都需要大量的时间。于天翔白天与其沟通工作细节，晚上进一步完善合作资料。经过连续两个通宵的奋战，终于完成了对方提出的相关工作要求。最终，于天翔以其较高的工作效率和执着的精神打动了公司老板，又成功开发了一家做大马力拖拉机的销售渠道。

同时，雷沃的产品也得到了南联邦一些农户的认可，他们特别喜欢雷沃拖拉机的美观和舒适。俄罗斯人性格坦诚豪爽，喜欢通过喝酒表达喜悦和友情。

"于经理，干杯！今天你必须喝，不喝就不买你产品啦！"热情的农户会这样劝酒。

俄罗斯人大都豪放擅饮，两瓶伏特加是正常酒量，所以和他们饮酒对于天翔是一大考验。尤其和农户，不仅有酒量的考验，还有他们过于简单的下酒菜，他们只有几片火腿肠，一碟腌黄瓜或花生米，喝酒像喝水一样干饮。

喝酒习惯也颇为不同。喝酒前，他们喜欢把盐洒在虎口或者酒杯上，喝酒前先舔舔盐，杯中酒一饮而尽，然后闻一闻大块的肥肉，满脸陶醉，说这样喝酒才更香。饮食文化不同，风俗更是迥异。但醉人的美酒是相同的，真诚的情感是相同的。

"酒逢知己千杯少，莫使金樽空对月。"那一次，于天翔喝得大醉。

病毒防控前期，于天翔十分小心，戴口罩，穿防护服，消毒，每一项都认真严谨。后来大家都慢慢放松，病毒就趁虚而入。2022 年 9 月 23 日，于天翔突然感觉身体很不舒服，开始发烧。三天高烧，咳嗽、拉肚子，后来身上还冒出来很多小红点，让他着实紧张起来。好在出国前，他早已准备了充足的药品。怕家人担心，他推说忙，那几天很少和家人视频联系。病得这么重，但一起的同事却因为不懂俄语，只能干着急，眼巴巴看着于天翔自己扛着重病订外卖，自己出去拿饭。着急推进一项工作，他发着近 40 度高烧线上汇报工作一个多小时。

"凡杀不死我的，会使我更强大。"病毒防控期间的种种困难，于天翔现在说来都云淡风轻。我们也平稳度过了一段艰难的时期，自由幸福地生活着。是的，不论个人还是集体，因为有顽强的意志、不屈的拼搏精神，我们才会渡过一个又一个难关，绵延不绝，生生不息！

商场上的硝烟

对人类来说，比病毒更可怕的是战争。

2022年2月，俄乌冲突爆发，当时于天翔正在俄罗斯市场。这次俄罗斯之行他于2021年12月4日出发。那时俄罗斯新冠病毒肆虐，单日新增一度达到了20万人，但这并不能成为营销战士止步不前的借口，为了提升产品销量，抢占2022年市场份额，他春节前就来到了俄罗斯，准备在这个广阔的舞台大展拳脚。

俄乌冲突爆发后，受卢布汇率暴跌、银行贷款利率暴增等因素影响，农机销售几乎停滞。面对恶劣的外部环境，于天翔没有气馁，而是坚定目标不动摇，继续与各经销商开展沟通，寻找销售契机。

老子说福祸相依。在走访市场中，于天翔发现因为俄乌冲突，欧洲厂家纷纷退出俄罗斯市场，导致市场终端出现缺口。他抓住机会快速响应，积极主动依次拜访欧美顶尖品牌的各个渠道。转眼三个月过去了，本该回国的于天翔延长了签证，全身心沉浸在工作的忙碌中，时间一天天飞逝而过，妻子的不满与日俱增。

"你多长时间没回来了，是不是不想回来了？

"你想过孩子吗？孩子都不记得你这个爸爸了。

"妈生病住院了，这几年你照顾了父母几天？"

……

电话里传来铺天盖地的埋怨。

于天翔理解妻子的不满，总是耐心地听着，然后一次次真心道歉。但他知道商场如战场，瞬息万变，有时候机会转瞬即逝。效率是核心，为了抓住这个市场窗口期，现在他必须全力以赴。

那一段时间，他每天奔波在拜访客户的路上，经常中午顾不上吃饭。很多地方交通不便，只能冒着严寒步行很久才能到达目的地。俄罗斯高速一般都是单行道，汽车速度也很快，有时能达到150公里/小时，再加上下雪时车前窗户模糊，所以去拜访客户的旅途，就像是坐过山车一样刺激、惊险。有时也想退缩，疲惫时，公司那句众人皆知"不争第一就是在混"的口号就会在耳边响起，让他重新燃起斗志。

于天翔开始与欧美品牌的部分渠道进行接洽，并通过竞品官网、熟人介绍等多个渠道获取了合作意向。并在公司领导的指示下，他领下了组织一次潍柴雷沃产品推介会的任务，利用推介会进一步加强客户对产品的了解，促成各方合作。此前，中国农机企业没有举办过类似活动，一般来说，很难让各个渠道之间保持一个良好的关系，坐在一起聊天、讨论，组织难度很大。

于天翔又一次接受了挑战。

通过不懈努力，推介会于 2022 年 5 月 17 日在巴尔瑙尔举行，为期两天。参会人数将近 40 人，都是经销商的核心人员，包括老板、采购总监、总经理等。新西伯利亚的巴尔瑙尔，让于天翔无比亲切又充满了信心。2019 年，正是在这个城市，雷沃在俄罗斯争取到了第一家大马力渠道。

推介会当天，销售处广场上雷沃全系列大马力产品排放整齐，阵容强大，阳光下熠熠发光，像一排排英勇神武的战士。于天翔则像一位精神抖擞的将领，热情洋溢地为各个渠道经销商详细介绍着自己的每一位"士兵"。他饱满的激情，流畅的表达，已经初步打开了高傲的欧美渠道的内心。

经销商办公楼里，缓缓流淌着优美的小提琴曲。各渠道品尝着丰盛的小吃，互相交流着雷沃产品、企业情况。愉悦的环境、前期经销商对雷沃的高度评价，一点一点融化了欧美渠道心中厚厚的冰山。

茶歇后，于天翔在洽谈室又为大家详细介绍了山东重工集团的企业实力以及潍柴雷沃的产品规划。在潍柴品牌力的加持下，欧美意向经销商对于雷沃的信心完全建立了起来。

于是，大家开诚布公商讨价格政策、优惠租赁合作计划、区域调整方案等，在和谐的讨论氛围中，3 家欧美渠道当即决定与雷沃开展合作。

推介会十分成功。通过这个大会，于天翔开发了全俄罗斯最大的经销商 EKONIVA 公司，800 名员工、26 个子公司，年总销售额 20 亿人民币，有土地 60 万公顷，奶牛 30 万头，是欧洲最大的奶制品供应商，全球排名第三。还开发了包括其他两家实力很强的渠道。推介会也大大提升了潍柴雷沃品牌的影响力，在全俄范围内掀起了一波购机热潮。

2021 年 12 月 4 日至 2022 年 5 月 27 日，这一次，于天翔一直在俄罗斯呆了五个半月，最终建立了 30 余家渠道储备，并成功与 3 家渠道达成合作协议，完成了潍柴雷沃品牌对于全俄罗斯的销售网点覆盖。

再次飞翔

"三十而立！" 2023 年，于天翔正好三十岁。

六年打拼，在他的努力下，俄罗斯市场一步一步做大做强。三十岁的于天翔不仅收获了成功的喜悦，通过自己的努力，让中国的农机产品在俄罗斯的田野上驰骋，助力民族产业发展，也让他感到由衷的自豪。

目标远大的他当然不会停步。2023 年 3 月，于天翔不顾危险，前往炮火轰鸣的俄乌边境，对库尔斯克、别尔哥罗德两个州的新渠道二级网点进行深入走访、调研，防止因战争造成产品滞销，并及时调整销售政策。

2023 年 6 月 13 号，俄罗斯政府突然颁布新法规，7 月 1 日要提高报废税，较之前整整提高了 3 倍多。于天翔得知消息后，紧急联合经销商进行库存发运。这一系列工作很复杂，包括协调包装、货代、资金，与经销商沟通确定信息准确度等，都得很快完成。那一阵，于天翔每天加班加点，一天只睡 5 个小时，17 天内发了 400 台车。

接着，于天翔和他的团队又一起重新激活了小马力渠道，通过与小马力渠道 GRAND 沟通业务模式，借鉴了汽车行业的先进经验，通过汽车 4S 店销售雷沃小马力拖拉机，他们将一家原本年销量只有 70 台的边缘经销商发展成了 2023 年年销量 1200 台的核心经销商。

更令于天翔欣喜的是，他使潍柴雷沃成为国内第一家向俄罗斯进行出口收割机的企业。2022 年，潍柴雷沃收割机在国内市场占有率已达 60%，在公司引导下，于天翔决定拿下俄罗斯收割机市场。

潍柴雷沃收割机都是 5 米割台以下的产品，而俄罗斯主要需求则是 7 米及以上机器。因此，俄罗斯市场上大多数认为中国的收割机太小，不能被客户接受。于天翔仔细测算公司收割机的作业效率（行走速度），发现虽然他们割台的割幅比较小，但是通过跑得快，能够实现与本土产品一样的作业效率。同时他跟经销商一起核算运费、税费等一系列的费用，核算出他们的收益率，价格较本土品牌差距也不是太大。为了达成交易，于天翔又通过一些俄罗斯全国性的展会自主进行展示，让更多的经销商对潍柴雷沃收割机有所了解。

通过这种方式，他最终成功说服了经销商进行产品试销，而事实也跟于天翔预测的一样，俄罗斯种植密度更低，也就允许收割机跑得更快，从而达到一样甚至更佳的作业效率。

收割机业务 2022 年进行验证，当年只通过西伯利亚经销商销售了 7 台。2023 年，于天翔快速把这种销售模式复制到了全俄罗斯，收割机销量已提升到了 40 台。2024 年，他计划销量达到 110 台。

随着业务扩大，于天翔也很开心收获了一批很好的战友，现在他们俄罗斯销售团队已经 11 人，大家背靠背齐心协力突破困难工作，团队效益更上一层楼。2023 年，于天翔也开始进行了俄罗斯属地人员的招聘，目前已招聘 3 人，计划共招 10 人。他完成了从一个业务人员到真正海外市场管理者的转身。

前行的路还很漫长。于天翔的长远目标是希望把潍柴雷沃打造成俄罗斯市场主流品牌之一，打破当地本土品牌明斯克拖拉机的垄断局面。也希望自己能够从一个什么都不懂的初学者，逐步成为一个强有力的职业经理人。

历史只会眷顾坚定者、奋进者、搏击者，而不会等待犹豫者、懈怠者、畏难者。于天翔以实际行动在公司俄罗斯市场销售史上写下了浓墨重彩的一笔。2023年，在于天翔和大区同事的共同拼搏下，俄罗斯市场拖拉机的销量超2467台，同比增长57%，其中75马力以上产品占比达到60%，再创新高。

于天翔说："我很庆幸能进入潍柴集团这样一家优秀的企业，董事长身体力行，给我们做了很好的榜样。公司注重效率、永争第一的文化始终引领着我不断前进，这也将成为我们在市场竞争中胜出的最强大武器。"

"岁月忽已晚。"2023年已经画上了圆满的句号。新的一年，喜欢拼搏的他，依旧像一只展翅翱翔的雄鹰，会在美丽辽阔的俄罗斯尽情飞翔！

凌寒　本名姜玉香，中国农业大学烟台研究院副教授。山东省作家协会会员，曾获第四届万松浦文学新人奖、齐鲁散文奖及烟台市优秀文艺作品等。出版长篇报告文学《凝聚的力量——烟台乡村振兴示范村纪实》。

魏　辉

追风赶月的 139 天

一个大型企业，对于一个中等规模的城市，意味着什么？

我走在潍坊的街头，望着街道车水马龙，这个问题忽然涌上心头。

潍柴就在前面，这是潍柴的众多分公司中的一个。现代化的装备，宽阔整洁的厂房，按部就班进入工厂的人，大气、平静、稳重。

潍坊，位于北纬 35 度，东经 118 度，占称"潍县"，明清两代因为商贸繁荣，曾有"南苏州，北潍县"的说法，这片土地上，重商、亲商文化源远流长。

潍柴，全名为潍柴动力股份有限公司，以前的潍坊柴油机厂，一个有着 78 年历史的企业，与这个城市的九百万人息息相关。

78 年来，潍柴与潍坊这座城市风雨相依，在齐鲁大地，潍水之滨，潍坊幸运地拥有了潍柴，潍柴，也幸运地落在了潍坊。

作为一名潍坊人，生于斯，长于斯，后来出去读了大学，又回到潍坊工作，在我五十多年的人生里，"潍柴"两个字，出现在生活中的方方面面。

小时候，邻居家的叔叔通过招工成了潍柴的一名工人，进了大厂，在大家的眼里是一件很光荣的事情。上学后，班里就有家在潍柴的同学，潍柴，是他们身上的标签。后来，有了潍柴文化宫，经常承办一些高水平的演出，去潍柴文化宫看演出成了青春时期最美好的记忆。再后来，与我差不多年龄的同学朋友有一批就业去了潍柴，有工人，有科研人员，有销售人员，有医生，他们不约而同地成了潍柴人。再后来，回老家，秋收与麦收时节，田野里那些引人注目的大型农用收割机，没有一台不是潍柴的。

……

潍柴，对于这个城市的人来说，意味着什么？

它应该意味着以亿元来计量的税收，意味着几万人的就业，而这几万人的背后是几万个家庭，这其中有几万个父母，几万个孩子，几十万个亲朋好友。他们都戴着"潍柴"的标签，思想中有着潍柴的理念，受着潍柴的影响，在这个城市中出生、长大，结婚、生子，一代又一代。

这些，并不是全部。

潍柴，融合在潍坊的血液之中。

潍柴，融合在中国的血液之中。

我不知道如何去描述"潍柴"这样一棵参天大树，它深深扎到地下的根，它粗壮的树干，它尽情伸展的树枝，树枝上面无数闪光的绿叶，还有它的树荫，和树荫下生长的小树、小草，小虫……

它的风雨历程，它的经营理念，它的企业文化，它的奋斗激情，它的工匠精神，它的国际视野……这是一篇很大的文章，鸿篇巨制。绝非凭一人之力可以描述得清晰明白。

那么，在此，我仅仅寻找一个微小的点，从这棵参天大树上找几片叶子，或许从这片叶子上，我们可以看到"潍柴"这两个字的品质。

一

我找到的第一片叶子，是一个名字叫董旭的小伙子。

董旭，是潍柴的一名科研人员，出生于 1990 年，是一个标准的"90后"。他个子不高，黑黑的，瘦瘦的，戴个眼镜，话不多，说起话来不紧不慢，逻辑清晰、条理清楚，句句透出理工男的沉稳与理性。

董旭 2013 年大学毕业后进入潍柴，十年的时间，他从一个毛头小子，到三十而立的壮年。他在潍柴恋爱、结婚，找了一位同样在潍柴工作的姑娘。后来，在潍坊市奎文区买了房子，2021 年有了一个可爱的女儿。在这个城市每天上班下班的人流中，董旭是其中的一员。

没有几个人知道发生在他身上的故事。

那是 2022 年 12 月的一天。

那日天气寒冷，临近年末，对于董旭来说，工作的事情和家里的事情都很多。更重要的是，病毒防控还没有结束，虽说已是第三年，空气中还弥漫着紧张的气息。

那一天，潍柴收到一家客户的需求，他们需要 款全新应用领域的高端柴油机，需求指标必须达到同领域内世界先进水平，而且必须要在 2023 年 5 月底前提供样机。

这是潍柴历史上从未有过的一款产品，并且是首次应用于全新领域。

客户要求的时间太短，当时潍柴科研人员们考虑过寻求支持，他们联系了业内几家大的国际设计机构，如 AVL、FEV、IAE、IAV 等，在听到产品的设计要求和时间要求后，他们纷纷摇头，说这怎么可能！这是一项不可能完成的任务，没有现成的经验与产品可以借鉴，如果按要求完成，至少得用一年或者一年半的时间。我们做不了！

放下电话，董旭和同事们的眼睛对视了一下。那一眼里的内容太过复杂，至今都很难清晰描述。

在此，需要插播介绍一下潍柴的企业环境。

在董旭他们上班的研究所里、在潍柴的车间里、办公室里，都张贴着一些标语，如"客户满意是我们的宗旨""不争第一就是在混""一天当两天半用""干就负责，做就到位"……

这就是潍柴长期以来的企业文化，有人称之为"激情文化"。潍柴的掌门人谭旭光是一个开拓进取、敢想敢干的人，是一个豪放的改革家。有的媒体称他为"谭大胆"。他从1998年担任潍柴的厂长，当时潍柴有一万三千六百名职工，账面上的资金只有八万块钱，员工六个月没有发工资。二十多年来，谭旭光带领潍柴从一个濒临破产的企业，艰难自救、浴火重生、开疆拓土，一路经历风风雨雨，直到成为行业标杆，进入世界五百强。

早在2009年，谭旭光就说过这样一段话：对于潍柴，逆境和危机一直像一对兄弟如影随形。面对危机，"等、靠、要"没有出路。十多年前，我们"等"过，等来的却是企业一步步走向破产的边缘；我们也"靠"过，靠来的却是差一点被飞速发展的时代抛弃；我们还"要"过，可要来的却是滚雪球般不堪重负的包袱。实践出真知：企业的未来不是盼出来的，而是干出来的。

干吧，作为一个潍柴人，你别无选择。

2018年3月8日，习近平总书记参加十三届全国人大一次会议山东代表团审议时，高度肯定潍柴发展，称赞"潍柴十年发展，交出了一份亮丽的成绩单，沉甸甸的！"总书记强调中央精神和国家战略的指向，就是要避免脱实向虚，要努力从制造业大国迈向制造业强国，并进一步强调，凡是成功的企业，要攀登到事业顶峰，都要靠心无旁骛攻主业。

在这样的大背景之下，每一个潍柴人，都心怀身为潍柴人的自豪和对企业文化的认同。企业文化在不知不觉中内化成了他们职业操守中的一部分。

干吧！没有人想到退缩或推脱，因为几十年来，一代又一代的潍柴人就是这样干出来的。

2022 年 12 月 6 日，潍柴迅速成立了该项目的开发团队。刚成立时，这个团队由项目经理、技术经理及设计部门、仿真部门的 15 人组成，抽调的是各部门最优秀的人员，团队成员有十年以上工作经验的占比 70%，研究生学历的占比 70%，平均年龄 34.7 岁。他们集中到一个会议室办公，会议室的门口挂上了"作战室"的牌子。分管公司领导对他们说："客户满意是我们的宗旨，咱们自己干，如果你们能完成这个任务，就可以封神了。"

32 岁的董旭是这个项目的项目经理。

他压力很大。

这是董旭大学毕业来到潍柴的第十个年头，十年来，他参与过大大小小不少科研项目，其稳重踏实的工作作风已经得到了领导和同事们的认可。此次项目是集团领导非常重视的，组建的科研团队是他所见过的最强大的：经验丰富的许成担任技术经理，技艺高超的王斌担任整机设计工程师，其余的人员也是各部门的精英。

12 月 21 日，董旭通过微信跟领导沟通汇报工作。按照以往的习惯，他每次接到任务，都会说一句："保证完成任务！"那一天，他把这六个字看了又看，输入，删除，又再次输入……纠结了好几分钟，"保证完成任务"，这六个字，有一种奇异的分量，他不敢轻易地按下发送键。这款产品能不能做出来，能不能按期交付，会遇到什么问题……他心里没底。

"干就负责，做就到位"，潍柴的那些标语，不仅是张贴在墙上，印在本子上，也会入脑入心，在无形中左右每个潍柴人的行为规范。"如果你们能够完成这个任务，就可以封神了"，领导的话又一次响起。那一天晚上，在作战室的小白板上，技术经理许成写下了八个大字："只争朝夕，一战封神。"

这句话是鼓励也是鞭策。在那个拥挤的作战室里，每个成员都感受到了"只争朝夕"的热度，大家全身心地投入到项目中。

项目组像一个组织精密的机器，启动了，开始高速运转。

从总体方案的确定，到骨架模型的建立；从整体布局、系统方案的讨论，到概念模型的确定；从零部件方案定型、设计，到布置模型的冻结；从系统及零部件的风险分析，到所有图纸下发……每一个环节无不凝聚着智慧的思考与执行的汗水。

二

万事开头难。

工作千头万绪。

这是一款从未开发过的全新产品。项目组成员们面临的是几乎不可能完成的一个个项目节点。

许成是技术经理。在项目初期客户的技术输入不明确，许成十分着急。很快就要过春节了，整车厂客户过年放假的话，一般会放到正月十五才上班。在许成的坚持下，经过多次沟通，他硬是要求客户在正月初八回到了工作岗位，许成带队和整车进行了技术对接，敲定了总体技术要求。

王斌是这个项目的整机设计工程师，作为一名从事紧固密封的设计到整机设计的人员，由点到面的改变是他面临的关键挑战。

项目团队组建成立之时，病毒防控还在继续。临近年末，由于病毒的扩散，按照防控要求，公司进行封闭管理，大部分成员隔离在家，居家办公。

分秒必争！许成和王斌一商量：反正要隔离，不如咱俩一起搬到公司隔离吧？这样一来，工作、沟通都要方便得多。

两人一拍即合，当天就搬着铺盖卷到了公司。办公室里没有床，两人就在地板上打地铺。

作为整机设计师，王斌需要尽快确定布置方案。他和许成一天二十四个小时泡在办公室里，逐项论证，在多种方案之间煎熬：选择前置齿轮室还是后置齿轮室，对于集成式电机匹配轴系有什么影响，对 NVH 有什么影响，两者怎么取舍，高速空压机如何设计……所有的技术难点、决策点像蚂蚁一样撕咬着他们，让他们寝食不安。

经过几天几夜的反复论证，他们拿出了一个又一个切实可行的方案。

他们把方案拿到总设计师面前，又经过一番论证、推翻、修改，形成一个更优化的方案。

看着这些方案，大家似乎看到了一点希望的曙光。

年底那段时间，空气里都是紧张忙碌的气息。由于防控政策的变化，病毒防控逐渐放开，仿佛一阵风吹过，大家还没回过神来，就一个接一个地"阳"了。

项目组里面好像是许成第一个"阳"的。头痛、发烧、咳嗽、浑身无力，一系列的症状接踵而来。许成回家躺了四天，烧一退就又回到了办公室。

42 岁的许成是团队的技术核心，也是项目组里年龄最大的一个，他自 2007 年进入潍柴，是一个拥有 16 年工龄的老员工了。他还是团队中因为感染了新冠后休息时间最长的一个。从他以后，项目组里似乎形成了一条不成文的规矩：感染新冠后，发烧不超过 38 度不请假，因身体原因请假后，烧一退就来上班。

项目组里大多是二三十岁的年轻人，他们对付新冠各有奇招儿。

为了方便加班，又不想把病毒传染给家人，有人在公司旁边租了宾馆住，有人把私家车当成了餐厅。

　　整机设计工程师王斌出生于1988年，他发现自己"阳"了的时候，人非常虚弱，下楼梯都不想走，话也不想说。他怕回去传染给家人，于是自己去公司对面的酒店租了间房，吃药、休息，买了一堆泡面放在床头，就这样躺了两三天，烧退了后继续去上班。

　　出生于1987年的王少帅，2012年入厂，也有十个年头了，他负责缸盖的设计工作，工作压力很大。进入项目组之后，他一直告诫自己：我可不能"阳"。如果"阳"了，那影响的不只是自己，有可能会影响三个人的健康。那时候，他的妻子刚怀上二胎，正是关键时刻。尽自己最大的努力保护好家人的健康，是他作为丈夫、作为父亲义不容辞的责任。

　　可是办公室里的咳嗽声不断，要想不被传染，几乎是不可能的。但是王少帅做到了。

　　每天上班，在进入办公室之前，他都会严严实实地戴上两层口罩，在一个上午或者一个下午的工作时间内，他几乎不喝水。中午吃饭时间，他到餐厅买回盒饭来，不敢拿到办公室里去吃，总是自己一个人来到私家车上，在车里面吃完午饭，饭后继续戴上口罩去上班。

　　一头牵挂着工作，一头牵挂着妻儿老小，那段时间，王少帅总感觉自己的胃口不太好，但也没有在意。直到有一天，妻子端详着他，关切地问："你最近是不是瘦了？"

　　他到体重称上一称，发现自己原来140斤的体重，降到了120多斤。这种减肥速度，把他自己也吓了一跳。

　　方案出来后，如何把方案落地，如何执行下去，是摆在项目组每个成员面前的问题。

　　加班，加班，不停地加班。项目组的所有成员都像是穿上了那双停不下来的红舞鞋，天天连轴转。

　　作战室面积有十几平方米，房子中间是一张宽大的长条桌子，占了房间的一半面积。项目组的成员们围着这张长条桌子坐一圈，每个人面前各有一台电脑，有的人还需要两个显示器，他们各自在电脑上分头忙碌着——提出要求、分配任务、设计图纸、计算数据、修改指标……不同部门对不同阶段、不同程序时常互相讨论、共同协作，干得热火朝天。

是真的热火朝天——岁末年初，外面寒风刺骨，室内是真的热。十几个人挤在一间办公室里面，加上近二十台电脑一刻不停地运转，主机的功率又比较大，作战室的温度比别的房间要高出一截。以至于许成每次一进作战室，工作一会儿就得脱毛衣。

从早上工作到晚上，有时候集中突破一些难点，还会再继续工作到深夜。

为了维持加班体力和精神头儿，项目组里不知道是谁先开始喝一种功能饮料——东鹏特饮，这种补充体力和能量的办法迅速在项目组成员中风行。楼下自动售货亭里的功能饮料快被他们买光了。每天，他们都会去买一大袋子易拉罐饮料，几乎每人每天都会喝一罐。有一天，有人打开一罐饮料，发现瓶口的拉环上还有中奖信息。这可把人家高兴坏了，虽然奖金或奖品不多，都是"再加一元"赠送一瓶饮料之类的，但是扛不住量大啊！他们打听到楼下自动售货亭来配货的小姑娘隔几天来一次，打听好了人家来的时间，到时候派一个人下去，拿着一堆中奖的拉环，去兑换奖品。兑换过两次之后，第三次再去的时候，配货的姑娘用疑惑的目光盯着他们，开始转弯抹角地盘问，她怀疑他们作弊，或者是遇到了一个造假的诈骗团伙，否则怎么会每次都中奖，还中不止一个？

这件事让大家笑了一阵子，这种轻松的笑声在如此紧张的工作中，是难得的调节剂。

三

连续长时间地攻关，让董旭非常疲惫。

有一天晚上，十二点多了，他从公司开车回家，在路口遇到一个红灯，自己没有任何反应，直接开了过去。开过去之后才反应过来，吓出一身冷汗，刚才闯红灯了！幸亏路上车辆不多,没撞上别的车辆和行人！

还有一次，也是深夜下班，他把车开回家后才发现，自己竟然忘了打开车灯。

每次回到家，孩子早就睡着了，有时候妻子和母亲还在等他。

加班到快撑不下去的时候,董旭有时会翻翻手机,刷刷抖音。有一次，他偶然刷到一个小视频，小视频的内容是一篇鸡汤文，一下子打动了他。

标题是"追风赶月莫停留，平芜尽处是春山。——致生活不易的我们。"

全文是这样的：

又到岁末，百般滋味涌上心头，话到嘴边不值一提，词穷不是沉默，而是一言难尽。这一年，千千万万追梦浪潮中的你，此刻或许正经历人生中的至暗时刻，快撑不下去了。但是请你咬牙坚持，不要因起点太低而愤懑，也不要因生活不公而抱怨，更不要自甘堕落放弃自己，你要明白，所有成功的背后，生活的美好，都源于日复一日地坚持，好起来从来不是生活，而是你自己。请调整好心态，提升自己，试着去改变，勇敢去尝试，坚定前行。追风赶月莫停留，平芜尽处是春山。愿你所有的坚持，都能换来繁花似锦。

——谨以此篇，献给坚定前行的你。

董旭把这篇小文章看了一遍又一遍，还把他存在了手机里。这些文字给了他前行的力量。累的时候，他就用那些话来激励自己。

"追风赶月莫停留，平芜尽处是春山。"他甚至把这两句话写在了办公室的小白板上，希望项目组的同事们都可以看到，从中汲取精神力量。

这两句话，和许成写下的"只争朝夕，一战封神"八个大字共同留在小白板上，陪伴着所有的人。

因为进度紧张，比起常规开发，工作中需要解决的各种问题更多。作为项目经理，董旭的工作细化到每一个零部件的计划，倒排每一个零部件的设计、采购、检验进度，充分识别不同零部件的风险等级，紧盯催办，协调解决遇到的问题。

那段时间，缸盖的设计和制造遇上了瓶颈。这是潍柴首次在大功率柴油机上应用铝缸盖，动力体系内还没有成熟的供应商体系，制造过程中涉及模具厂家、浇铸厂家、机械加工等多家单位，关系复杂。而按照要求，必须在 45 天内完成产品制造，这样一来，"萝卜快了不洗泥"，出现了成品率低的问题，各家单位产生了一些矛盾，作为项目经理，董旭为了平衡各方的需求，几乎是提供了保姆式服务。

工作的压力，又加上新冠"阳性"的影响，有一段时间董旭的身体很虚弱。但是项目需要推进，时间紧张，不允许有任何耽搁。他必须出差到供方去推动进度。科室主任怕董旭的身体扛不住，不批准他的出差申请。董旭立刻去医院做了心电图、CT 等各种检查，拿着一摞体检的单据给科室主任看，也给自己打气壮胆。最终他还是踏上了出差的高铁，到现场与供方对接。

经过一番努力，缸盖在经历了打印、铸造、加工、修复等各种制造问题后，按照需求到件。

2023 年的春节到了，春节期间，项目组所有的成员没有一个人回老家过年，没有一个人休假。

大年三十那天，作战室里照常一片忙碌。忙到不知道是几点，电话响起，接起来，是院领导打来的。他关切地说："还在办公室啊！今天大年三十了，别干得太晚了，早点儿回家。"

接电话的人答应着，放下电话，继续干。

干了不知道多久，领导又来电话，催着他们下班。他们答应着，放下电话，又回到电脑前。

领导"催下班"的电话打了三次，大家才意犹未尽地关上电脑，回家过年。

第二天大年初一，作战室里又聚满了人，外面天气很冷，北风夹杂着雪花，但是办公室里又是热火朝天，他们在论证优化设计方案、细化布置设计、仿真同步进行……把产品的设计挖掘到极致。

项目组成员觉得光自己赶进度还不够，也要委婉地催一催对接的客户，让他们感受到时间紧张。于是，几个理工男一商量，想了一个办法——给对接客户拜年，并在工作群里发上自己的工作小视频。

他们在工作群里的拜年信息是这样的：

X重汽各位同仁新年好！

大家因L项目有幸相识并协同开发，值此新春佳节之际，潍柴项目组祝各位同仁：新年愉快，工作顺利。祝您的家人阖家幸福，万事如意。祝我们能够携手创造出最具有竞争力的产品！

与之合作的工作人员被他们的这种精神感动，还写了一首打油诗：

撸起袖子加油干，

一天能顶两天半。

方案论证真烦琐，

打造精品心不改。

特殊的兔年春节，祝潍柴项目组的同事们兔飞猛进，未来可期！也祝这次协同顺利开展，携手打造出精品。

董旭还拍下了大年初一那天的工作餐：方形的透明塑料饭盒被分隔成四小块，有一只炸鸡腿、一份木耳炒芹菜、一份肉丝圆葱、一份辣椒炒蛋，外加一份蔬菜汤。

那是一个特殊的春节，让人难忘。

春节过后，作为项目经理的董旭想买一点小零食放在作战室里，让同事们饿了时补充一下能量，于是他买了两箱新疆大枣，"枣"与"早"同音，盼工作早日完成，盼项目早日成功。

<h2 style="text-align:center">四</h2>

一步一步，一天一天，项目在高速推进。

总体技术要求定了，整机设计解决了，一层层推进，一项项核查，将风险消灭在萌芽阶段，然后发放图纸，组织最有经验的专家团队，对每张图纸进行评审，对每个过程进行把关，做到万无一失，保证产品开发质量。

这期间，伴随着不停地出差，不停地修改，不停地优化。

项目开发得到了公司各级领导们的大力支持，也得到了公司采购、工艺、质量等部门的大力支持，形成了团队作战的优势。

其间，董事长谭旭光专门来到作战室，来给项目组的成员们加油打气，大家的士气也因此更旺。

冬天不知道什么时候悄悄地走了，项目组也迎来了春天。

2023 年 4 月 23 日，他们干到很晚，一次性装机完成，那时候差不多快到凌晨了。每一个设计工程师装完自己的件才放心离开回家。当天晚上，大家要把完成的机器送到实验台上，准备第二天的点火实验。在把机器运往实验室的路上，大家又激动又紧张，不少人跟在机器的后面，一起往实验室走。许成看了旁边的董旭一眼，说："我这心情啊，怎么这么像送自己的闺女出嫁！"

终于，到了点火的那一天。

那天，当 2023 年 4 月 24 日，点火的时候，有的人忐忑不安地在旁边等着，也有的人坐在办公室里。每个人都紧盯各种参数，紧张、担心、期待。

直到掌声和欢呼声响起来。

一次性点火成功！

一次性点火成功！

那一天，是项目组成立后的第 139 天。2022 年 12 月 6 日到 2023 年 4 月 24 日，每一天，都值得铭记。

回忆那天的情景，王少帅说："我感觉像做梦一样，曾经以为那么遥远，不可能完成的事情，我们竟然干成了！竟然成功了！我们做了一件了不起的事情。"

那天，当工作的微信群里，公布了一次性点火成功的消息后，群里沸腾了。有人发了很多烟花和庆祝的表情包，有人说："还愣着干啥，鼓掌啊！"有人说："有两下子！"有人说："牛啊！"有人说："优秀！"有人说："赞！永远走在创造奇迹的路上！"还有人发了酒的图片说要祝贺。有人闹："来点儿实际的，发红包。"于是，大家在群里抢起了红包……

一片欢声笑语。

那天傍晚下班，公司领导兴奋地给项目组打来电话，说："马上放下手里的活儿，我要请大家吃饭。"那晚，庆功的酒杯端起来，大家一起庆祝项目圆满完成，庆祝在 139 天的时间里，大家同心协力开发出了一款高性能发动机，它与同类产品相比，在动力性、尺寸、重量等方面都有明显的竞争优势，各项指标都达到了同领域内的世界先进水平。有些平时滴酒不沾的小组成员，也喝起酒来。

……

后来，这款发动机被送去北京参加行业展会，震惊全场。参展的工作人员说，他的手机都要被客户打爆了。

只争朝夕，一战封神！

在此，让我们记下参与项目开发的潍柴科研工作者的名字，他们在作战室里并肩战斗，创造了奇迹：

董旭、许成、王斌、赵文斌、王少帅、马燕燕、王刚、孙传利、孟祥晨、王增飞、赵建洲、梁小量、方桦、韩进伟、张磊、卜祥伟。

他们的背后，是潍柴其他部门和人员的全力支持。

项目完成后，2023 年 8 月 19 日，项目组解散，参与的所有人员回到各自的岗位，或者进入下一个项目组，开始另一场作战。

这就是"潍柴速度"！这就是"潍柴奇迹"！

他们的故事，成了潍柴人无数个传奇故事中的一个。

"回顾企业的发展历程，特别是近二十年来，潍柴之所以能够实现近 200 倍的增长速度，打造成为一家千亿级国际化集团，根本原因就在于我们想了别人没敢想的事情，干了别人没敢干的事情。"潍柴的董事长谭旭光说。

企业的发展靠什么？靠改革创新。心无旁骛攻主业，打造世界一流的科技创新能力，是潍柴动力奔腾不息的关键。谭旭光曾经说过："我们从一个地方品牌，逐步成长为中国品牌、国际品牌，靠的是什么？就是要争第一。"

打造钢铁团队，锻造最强中国芯，"不争第一就是在混"，已经成为潍柴企业文化的一部分，刻在了潍柴的基因里。

而每一个潍柴人，都在用自己的聪明才智、用自己的汗水心血在默默地践行着这一个口号。

几十年以来，在企业的发展过程中，不碰房地产，不搞金融投机，不做低端业务，没有杂念，心无旁骛攻主业，才让潍柴在发动机领域名声显赫，成为发动机行业的领军者。

改革创新、引领行业发展，需要科研的大力投入，来打造世界一流的科技创新能力。

据潍柴提供的数据，潍柴的主业——发动机版块的研发占期间费用的比重，2016 年到 2018 年分别是 32%、36% 和 40%，近几年更是达到了 42%。近些年来，潍柴仅发动机板块的研发就累计投入超过 150 亿元。

科研人员不仅限于国内，在国外，从美国的芝加哥、底特律、硅谷，到欧洲的亚琛，再到亚洲的东京，潍柴在全球多地设立了研发中心，组建起了一万多人的研发队伍。研发中心无总部概念，哪里有人才，就在哪里建。潍柴对人才不求所有，但求为我所用。

他们给了企业科研人员最好的待遇，给他们创造了干事创业的最佳环境。

在潍柴的展厅，红色的小旗已经插到了东南亚、南亚、中东、北非、欧洲等全球各主要市场的版图上。

绿色动力，国际潍柴。

让我们期待潍柴创造的下一个奇迹！

魏辉 山东寿光人。资深报人，主任编辑，就职于潍坊日报社，《潍坊日报 北海周末》原主编，山东省作家协会会员。作品在山东省及全国新闻大赛中获奖几十次，并获得"风筝都文化奖"等。著有历史散文集《侯门往事》，合著散文集《心归何处》等。

桑爱梅

他们，是潍柴的秘密武器
——记潍柴未来研究院的年轻人

《庄子·在宥》曰："云将东游，过扶摇之枝，而适遭鸿蒙。"唐代诗人柳宗元《愚溪诗序》中写道："以愚辞歌愚溪，则茫然而不违，昏然而同归，超鸿蒙，混希夷，寂寥而莫我知也。"后人也作"鸿蒙"，百度辞条为"鸿蒙"的造句为：华为鸿蒙系统是突破西方国家封锁后的伟大产品。华为鸿蒙创世纪的故事，让我们无数国人为之热血沸腾，热泪盈眶。而在我们中国的重卡动力界，也在书写着这样鸿蒙初开创世纪的动人故事。他们的前面，没有路径，没有遵循，也没有借鉴，有的，只是一重重的封锁，与一片片混沌茫然的未知。但是，在无数的混沌未开暗夜探索中，他们心中，却有着一个共同的明晰方向，那就是：别人能做的我们一定也会做；别人不能做的，我们也一定能做到。只有我们拥有别人学不来、带不走的核心技术，我们才敢说，我们能够决胜未来。

他们在暗夜中光明如炬，脚步铿锵。

他们，是潍柴的秘密武器：潍柴未来技术研究院。一批以"80后""90后"博士为主导的研究团队。主要任务是跳脱现有核心技术，瞄准前沿，布局未来。在每一个业务版块上，都要打造潍柴动力世界领先的"中国芯"。

他最年轻，他排在最后。他是那个拄着拐杖的新郎。他沉稳、低调、笃定，有力。他说，谁都不想等到下一代产品需要的时候再去做，那时候什么都晚了。就像诺基亚，原来是世界手机帝国，但随着智能手机上市，瞬间他就被淘汰了。储备未来，决胜未来，这就是我们未来院存在的意义。

正如潍柴对所有事情的精心一样，山东省报告文学学会组织的此次潍柴专场采访活动，潍柴做了极为周到的准备。他们提前在全公司范围内做了采访对象的征集，一层一层地挖掘，组织材料，提报，审核。我们采访团到的时候，他们在诺大的会议室内，已经把典型采访对象和他们的精要材料约集起来，然后工会负责同志逐一大致介绍，每位采访者对应自己的擅长领域和兴趣点，现场对选。确定一对一的到采访对象，随其到工作现场，进行深入体验式采访。

一直在世界动力界顶天立地的潍柴，推荐和挑选的采访对象，自然也是杠杠过硬。他们有大国工匠，有全国劳模，有各种层面的典型和标兵。我作为土生土长的潍坊本地人，自然要让贤让先于那些来自全国各地且在业内有赫赫影响的师长。因此，我与我的采访对象结对时，我看到了坐在采访席后排的他：潍柴未来研究院，陶雪成。一位入职潍柴仅3年的青年人，来自一个成立仅3年有余的最新研究机构。他稳稳地坐在那里，看着前面一位位被选中，不急不躁。脚部受伤的他走路有些困难，但他沉稳笃定，平和有力。

我忽然心中一动：他们那么年轻，静默地站在最后，在前沿市场上的前辈闪闪发光的时候，他们暗自喝彩鼓掌；然后默默发力，随时准备响应前线的征召，在前赴后继中做着坚定的储备与支撑。这次采访的流程何尝不像极了潍柴的战略布局所在？伤后的陶雪成仍在恢复期，走路一瘸一拐，这情景是否像极了他们在研发当中遇到的种种挑战与困扰？最终，他们也一定会历尽艰辛，踏平坎坷，满血复活，激情澎湃。

1993年出生的陶雪成是安徽人，硕士毕业于西北工业大学电力电子与电气传动专业，于2020年8月入职潍柴未来技术研究院。自入职以来，先后从事SOFC产品业务的发电系统架构设计、电力电子与智能控制研究业务氢燃料电池重卡DC/DC变流器、软开关电机控制器、模块化并联重卡电机控制器等重大研发项目，凭借着扎实的专业基础，解决了项目中一个又一个难题。

从业三年来，他撰写技术秘密1项，授权发明专利2篇，发表论文1篇，参与项目4项，主持1项项目。在参与的每一个项目中，总是有他积极的身影，体现出了潍柴年轻人的责任意识与担当能力，更体现出了潍柴放手大胆启用年轻人的开放导向。

人们说，潍柴从濒临破产到成为年收入超3000亿的跨国集团，潍柴人用了二十多年时间，缔造国企潍柴的逆势腾飞之路，寻根究底，开放性是其成长的法宝之一。相信新技术，相信年轻人。

入职即担重任。在陶雪成刚刚入职时，院里便安排他在发电系统的电气架构论证中承担重要任务，与合作公司论证发电并网架构问题，系统性承担项目工作，这也让他塑造了系统的项目管理思维。在SiC软开关DC/DC项目中，他从零开始，勇挑重担，担负了整个项目的软件策略任务，创新性地实现了SiC软开关DC/DC全功率交错并联调制技术，解决了困扰项目半年多的技术问题。在整机项目测试过程中，通过多项整改，实现了多项关键指标的明显改善，为项目的顺利结项，迈出了最为关键性的一步，这也让他从懵懂青涩的"菜鸟"蜕变成团队内能够独当一面的"骨干"。

2022 年 4 月，在跟清华大学合作的软开关 SiC 电机控制器项目中，陶雪成作为项目核心技术成员，在立项阶段，便独立承担交流侧谐振拓扑论证任务，零基础实现了基本电机控制策略的学习与软开关谐振策略的推导。在一个月内，完成了拓扑数学分析、仿真建模与性能分析，这令清华大学的专家真切地感受到了"潍柴效率"。在项目执行阶段，面对重重困难与压力，他不仅积极协调相关事宜，还担负功率硬件电路计算与论证和控制电路的设计开发工作，处理测试中的"疑难杂症"。

然而遗憾的是，继与美国合作的 DC/DC 变流器项目没有最终成功后，与清华大学合作的软开关电机控制器项目，虽然有清华大学实验室的专业技术背景和强大的技术团队做支撑，但是，这个软开关电机控制器项目，最终还是无法推进了。产品需要耐受高压到 600 伏，但是试验过程中一旦上到 300 伏，就"砰砰砰"的炸管子，炸一支管子就损失18000 元。反反复复试验多次之后，一直没有攻克这个技术难点。最后，清华大学和项目团队实在推进不下去了，项目只能终止。

"技术这个东西，只有你真正去试了，去摸了，才知道行不行。很多时候，不仅仅成功的技术是我们的成果，失败的教训也是我们的成果。失败的试验是向我们证明，哪一条路是走不通的，这也是我们的巨大收获。"

因此，作为前沿的科学研究，必须要有坚定的心理素质。失败的研究得来的是经验还是对信心的打击，很多时候，要看当事人的技术和情感消化能力。虽然这两个项目没有成功，但是通过全流程的跟进，陶雪成还是系统性掌握了电机控制器全套开发流程。

"科学的路有万万条，此路不通走彼路。只要方向是对的，我们相信，一定是条条大路通罗马。"2023 年 4 月份，在项目终止之前的两三个月，团队负责人付有良博士在预感到这个项目有可能推进不下去之后，积极思考：能不能做不带软开关的电机试验器？

这一想法，为潍柴自主设计 SiC 电机控制器开启了一扇希望之门。

但当 SiC 电机控制器开发项目立项后，科室内都沉默了，这是一个以前没有做过的项目，而且有前面两次失败经历的阴影，大家不知道项目未来会发展成什么结果。在一片寂静时，来潍柴不足两年半的陶雪成，"初生牛犊不怕虎"，主动请缨挂帅承担这个"从 0 到 1"项目的经理。他站出来说："我来！年轻人要有冒险意识，让我来挑战一下吧！"可谓"一个真敢上，一个真敢用"，这样，潍柴历史上第一台碳化硅电流控制器全流程研发团队就组织起来了：

陶雪成，邵光杰，周在魁，朱祥乐，让我们记一下这四位年轻人的名字。未来院就这样把一个全新的探索项目，放心地托付给了这个年轻的团队。

4 人中没有一个专业做这个的，大家都是从零开始学习，从零开始做。"虽然我心里没有底，但是我得告诉我的团队成员，我们这个项目一定能做成。"年轻的陶雪成有着一种老成持重。

4 人的团队，成员们分工配合，轮流测试，保证测试的不间断运行。陶雪成既要担任项目测试现场的管理者，又要担任专业技术的开发者、执行者等多重身份，但是他始终保持必胜的信心及决心，他和团队成员每天晚上 10 点进行项目复盘工作，分析项目问题，总结完成情况，并制订第二天工作目标等。每天都是如此。个别成员抱怨说，距离项目交付还有时间，为什么那么着急赶进度？陶雪成说："我们早结项一天，就代表潍柴早突破一天！"在测试现场，他每天都对测试上的技术问题进行汇总、分析、提出解决办法和整改建议，保证测试过程中有方案、有措施、有落实，有效提升整个团队的工作效率，加快了项目推进的速度。

作为一个全新的项目，有无数的项目中出现难点技术问题需要解决。他们每天大部分的时间都在台架上，清晨的阳光和午夜的灯光见证了他们对工作的付出，在项目过程中，几乎没有一天是在 10 点前下班，甚至连吃饭都顾不上，在周日的休息时间，他们像往常一样准点上班。他们说，只有在台架上才是最踏实的，潍柴将未来托付给我们年轻人，我们一定不会辜负这种信任！

看似寻常最奇崛，成如容易却艰辛。好事从来多磨，成功备受磨难。当项目马上进入测试阶段见成果时，项目负责人陶雪成，却因为意外，跟腱断裂躺在了病床上！那个时候的他，心急如焚，而项目中许多参数的测算也离不开技术带头人，手术刚刚结束，他便开始在病床上一个接一个电话远程指挥。但远程指挥跟到现场是完全两种情况的，医生刚确定危险期过去，他便坐着轮椅来到现场。

人在坚定的目标面前，是无所畏惧的。当时雪成婚期将至，家人朋友都纷纷劝他推迟婚期，但是为了不耽误团队项目进度，坐在轮椅上的陶雪成决定，正好趁着身体修复假将婚一起结了，免得婚假还要耽误时间。夫妻同心其利断金。他的妻子，一位受潍柴人精神不断熏陶的未来潍柴家属，同意了陶雪成的这个想法。当坐着轮椅的新郎出现在婚礼现场的时候，妻子的同学朋友们，好奇她为什么嫁给了一个"瘸子"。婚后第二天，陶雪成就返回工作岗位。妻子虽然感觉到遗憾，但理解丈夫对工作的钟爱："你要为了事业拼搏奋斗，那我就守护着你，守护着我们的家！"有如此理解并支持的爱人，陶雪成更有了事业的动力。他说："要更加努力，尽快完成项目，不辜负支持我的领导、同事和家人！"而朱祥乐等，也将怀孕的妻子交给岳父母照顾，全身心扑在研发一线。

成功总是垂青那些奋不顾身、努力奋斗的人。在全体项目成员夙夜奋战下，在经历一次又一次失败的打击之后，终于，这个由初出茅庐的年轻人组成的项目小组，完成了电机控制器全套软件、硬件、结构的整体设计开发，完成了实现自主设计控制器 99% 的效率和 0.1% 的超高控制精度，SiC 模块并联电流 850A 功能等关键技术指标。

这几个指标的意义是什么呢？一个是控制精度，行业内的标准是百分之一，而他们达到了达到千分之一，优于行业标准 10 倍，往往一个项目有一个亮点就是巨大的突破，而这个项目兼具了多个突破点。

宝剑锋从磨砺出，梅花香自苦寒来。陶雪成和他的团队用实际行动生动诠释了潍柴"一天当两天半用"的效率文化和"干就负责，做就到位"的执行力文化，用实际行动彰显了一名科研工作者的品格和风采，为新一代年轻潍柴人树立了鲜活的榜样。

"选择潍柴这个平台，感觉是带给自身的一种运气。就是在这个地方，我感受到，只要你有想法，你想做的东西，他给你充分的发挥空间，灵活的制度，充足的渠道帮你实现。我们常说实现自身价值，产业报国，这就是我们最好的平台。"这群年轻人，却有着一种似历尽千帆后独特的清醒与认知。

孤鹰不褪羽，哪能得高飞；蛟龙不脱皮，何以上青天。鹰是世界上寿命最长的鸟类。据说当它 40 岁的时候，它会拔掉自己的羽毛、喙与指甲，忍受疼痛、寒冷，甚至死亡的考验，等长出新羽后，它就会获得更强大的搏击风雨的力量，冲向更高的天空，再获 30 年的生命。潍柴未来研究院，就是那只等待潍柴蜕变的未来之鹰。

未来研究院与其他研究院不同的是，别的院有产品，在产品链条上做相关的突破与研发，而未来院做的不是产品，是技术，是着眼于潍柴未来 5 至 10 年的技术储备，没有任何可借鉴的经验。总而言之一句话：现在哪些方面是"卡脖子"的攻关，未来研究院就研究什么；未来潍柴要做哪些方面的突破，未来研究院就做哪方面的储备。这是潍柴博士最多的团队，硕士以上占比 86%。500 多人的团队中，平均年龄 31 岁，35 岁以下的占到 82%。2022 年 11 月 20 日，潍柴再次引发全球瞩目。镁光灯下，潍柴本体热效率 52.28% 的柴油机、本体热效率 54.16% 的然气机"双星"闪耀，双双刷新世界纪录！对天然气发动机和柴油发动机行业来说，这是新的世界纪录，同时也意味着天然气发动机热效率历史首次超越柴油机。而此前，全球范围内天然气发动机本体热效率平均水平为 42%，其中，瑞典沃尔沃卡车以 47.6% 的数值担当全球冠军。50.23%，5 年；51.09%，480 天；52.28%，316 天，这是潍柴柴油机三破世界纪录的步伐。十年磨一剑，本体热效率突破 54.16%，远高于国际同行 47.6% 的前期最高水平，这是潍柴天然气发动机一骑绝尘的轨迹。

"创造了这样的记录，令国人振奋，你们是值得大家骄傲的。"中国工程院党组书记、院长李晓红在双机发布现场说。柴油机问世 125 年来，全球行业科技工作者始终把热效率的提升作为毕生追求的梦想。为什么潍柴能一次次登顶封神？年轻的潍柴工程师们，是怎样在"无人区"里摸爬滚打的？

德国博世集团 CEO 史蒂芬·哈通说，潍柴发布的两项重大创新，代表了内燃机发展史上的历史性突破，也因此成为全球内燃机效率的新标杆。凭借这些创新，潍柴成功达成其长期战略中的重要一步，成为世界一流柴油发动机制造商。国际汽车工程师学会联合会 CEO 克里斯·梅森说："潍柴发动机的本体热效率提升工作取得了重大进展，并通过了国际权威测试机构 TÜV 的认证，进一步凸显了潍柴在发动机热效率提升关键技术方面的优势，也将为全球行业可持续发展和节能减排做出重大贡献。"德国 TÜV 南德意志集团中国区经理为潍柴高热效率天然气发动机开发团队代表陈文森博士颁发认证证书，"本体热效率 54.16%"短短的几个字的背后，是潍柴工程师们的 14 年苦功。

现场，与发动机相互辉映的，是被特邀出席的开发团队。潍柴动力未来技术研究院院长助理、35 岁的贾德民博士也在其中。眼前的一切恍若梦幻，但阵阵雷鸣般的掌声，一次次提醒他，这是现实。

相对柴油机来说，天然气发动机是一个"小众"产品，全球 80% 的市场在我国，多应用在天然气供应充足的新疆、山西等区域。潍柴 1999 年开始研发和生产、制造天然气发动机，是目前国内天然气发动机市场占有率超过 60% 的"领头羊"。传统的当量点燃式天然气发动机在进气管内喷气、到缸内点燃，虽然结构简单、控制简单，但它会产生一种"爆震"现象，一旦控制不好，天然气在缸内会异常燃烧，发生爆炸，强烈的冲击波会把发动机部件震裂损毁。

2008 年，一种新的天然气发动机"缸内直喷"技术出现在欧美市场，董事长谭旭光敏锐地感觉到，这种市面上不被看好的"小众"技术路线，有广阔的市场前景。潍柴引进了这一技术，布局了这一技术路线的研究课题。2012 年，潍柴成功开发出中国首台大功率缸内高压直喷压燃式天然气发动机。但这毕竟是一项全新的技术，此后再往哪里去？科研进展一度缓慢。

2018 年，"碳达峰""碳中和"概念在国际上提出，我国能源安全问题也被日益重视，潍柴组建团队，重启天然气发动机的研究，目标更清晰了：热效率。

"这种超越太难了。"贾德民知道这种艰难，但还是和团队勇敢地接下了这个重担。当时，他们对高压直喷天然气机的认识还有很多盲区，之前更多关注的是发动机扭矩、排放等表面特性，对燃料的燃烧特性认识不够，导致对有的问题百思不得其解。比如"冒黑烟"问题：天然气是气态的，按说喷到空气中，应该很容易扩散，烧完应该很干净，这黑烟是从哪里来的？是引燃物柴油造成的，还是天然气自己产生的？一直困惑着大家。

这一次，作为一名有着十年内燃机燃烧开发和前沿技术研究的优秀工程师王晓艳承担了这一艰巨的研究工作，并做了个大胆的决定：从零开始，从根上研究！到底天然气喷出来是什么样子，燃烧起来又是什么样子？他们没有去做发动机试验，而是先做天然气喷射特性研究。"白手起家"何其容易？由于这个技术的先进性，市面上连观察喷射状态的测量手段都没有。他们翻阅了国内外的文献资料，都没有发现关于该领域的研究内容。没有可以参考的，就自己做。依托潍柴广阔的对外合作平台，项目组找到了哈尔滨工程大学，并联合大学攻克了高压气体喷射控制、气体流量测量、喷射形态测试和燃烧过程测试等难题。气的喷射形态可以测了，燃烧过程也可以测了！当把这些完整地拍出来时，王晓艳他们发现，很多疑问茅塞顿开！

在这些照片里，他们发现，天然气喷出来后，并不会马上扩散，而是由于激波效应，沿着一条线前行。燃料不扩散，一燃烧，就会在有些区域产生高温缺氧地带，生成碳烟，而且燃烧效率也会下降。它们都是小颗粒，与柴油未充分燃烧粘成的大颗粒不一样。"这一不扩散特性，就是'冒黑烟'的原因了。"贾德民说。

怎样让天然气扩散开呢？项目团队想了很多方法，都不可以，最后他们想到别让它一下子喷那么多，这种不扩散现象是不是就部分消失了。因此他们提出了一种新的燃料喷射控制方法，将天然气分开喷射，一下子就解决了这个问题，但控制喷出量带来了一个新的麻烦：多了一个控制参数，参数之间的组合就呈指数增长，电控标定的工作量剧增。他们不厌其烦地更改设计、反复试验，终于在上万种搭配中找到了最优搭配。2021年初，他们把天然气机的热效率从43%左右提升到了47%。

47%，已经比肩世界最高水平了。这时，潍柴柴油机团队已经推出50%热效率柴油机了。我们还有没有更进一步的可能？贾德民和团队冥思苦想。在查阅国外先进燃烧模式的研究论文、对前期工作深入总结的基础上，他们又发明了一种模式集合了柴油和汽油机的优点，实现了更高的热效率。柴油和天然气能否融合起来，发挥"1+1大于2"的效应呢？团队又看到了希望。

思路一调整，工作难度又加大了，性格内向的康天钦在这时站了出来，担任了新的项目的项目经理，在贾德民、王晓艳的支持下开始了技术攻关。新燃烧模式为了燃烧更快，他们采用融合多点喷油，形成多处燃烧中心。多点燃烧要同步发生，还不能互相干扰，否则又会形成爆震，毁掉发动机——这又成了控制燃烧的难点。

这一次，他们又回到"根"上去研究：油和气的燃烧机理、喷洒特性、缸内微观空气流动机理都是怎样的，据此从正向去设计、从反向搞试验。没有仿真平台，就搭建仿真平台；现成的软件没有合适的机理和模型，他们就自主开发。最终，他们终于稳定地控制了燃烧，形成了"双燃料融合喷射多点稀薄燃烧技术"，申报了165项专利，获批了124项，其中70%是发明专利。就是依靠这项核心技术，他们把热效率突破到54%。

台架试验阶段，恰逢潍柴产品高产阶段，因为试验资源紧张，天然气机团队只能寻找外部资源，这就需要连续七八个月外出试验，最长的一去就是半年。团队里，不少人是"90后""95后"，但是他们并非没有表现出任何畏难情绪，不少年轻工程师一出差就长达半年之久。贾德民还清晰记得他们的状态：早晨8点，台架试验开始，工程师们专注于怎样保证实验数据正确；晚上10点，数据发回潍柴本部，本部的工程师接力再战，分析这些数据的变化趋势、特点以及是否满足要求，第二天的试验重点是什么。凌晨一两点，试验方案反馈回去，次日8点，台架试验又开始了……

其间还发生了不少波折。在一次试验中，发动机的热效率突然掉下去了，而且越来越差。按照这个方向，热效率应该越来越好才对啊！大家中止试验，找原因、换方法、换配置方案，都没起效果，折腾了半个月，最后逐个零件排查，发现居然是一个不易坏的传感器坏了，谁都没想到。还有一次，换配置，数据又异常了，最后发现是由于外部试验室的工人对发动机不熟悉，有一个垫子没有压紧。"这种全新技术，全新状态下，大家难免会犯一些小错误。"贾德民说。

王晓艳记得，从山大转战东营最后冲刺的 10 多天时间里，他们大都是从早上 8 点，一直坚持到第二天凌晨两三点。深夜自己运送物资，在病毒防控严峻期，只能走暗黑崎岖的乡间小路，那漆黑路上的颠簸与忐忑，像极了他们在技术荒原上的拓展。

2018 年以来，潍柴持续开展高效高压直喷天然气发动机关键技术攻关，成功把高效增压、低阻力、低摩擦等柴油机高热效率关键共性技术应用在天然气发动机上；他们发明了双燃料融合喷射多点稀薄燃烧技术，实现燃料喷射的精准控制，燃烧速度提升 100%；发明了以双台阶燃烧室系统为核心的双燃料融合喷射燃烧系统，提升发动机热效率的同时降低污染物排放，申报专利 165 项，授权专利 135 项。

上述突破也引发了国际同行的关注。在现场，国际汽车工程师学会联合会、美国西南研究院、奥地利 AVL 公司、德国博世集团等科研机构、国际同行，以及中国机械工程学会、中国内燃机学会、中国内燃机工业协会以贺信、视频的形式给出了极高评价。

与行业平均水平相比，52% 热效率柴油机可减少二氧化碳排放 12%，54% 热效率天然气发动机可减少二氧化碳排放 25%。如果全部切换，预计每年可为我国减少碳排放 9000 万吨。

"科研过程中，虽然一度苦恼踯躅，我们却有很多突破与发现，支撑着团队坚定信念，一步步走到现在。"贾德民说，董事长谭旭光一直关注着项目进展，鼓励他们要继续沿着这条路走下去，要甘于坐冷板凳，要在技术上有追求，对结果要有"疯子式"的精神，去不断攀登更高的巅峰。

"潍柴以博士团队为核心的广大青年科技工作者，始终牢记习近平总书记对潍柴提出的'心无旁骛攻主业'的重要嘱托，坚决贯彻总书记对青年人提出的'怀抱梦想又脚踏实地，敢想敢为又善作善成'的重要指示，在国家战略科技力量中体现潍柴科技工作者的担当精神，为建设世界一流企业做出贡献。"谭旭光的心心念念，成为潍柴未来科学院每一位科研战士的座右铭。那些所有因为落后被"卡脖子"的屈辱，成为了每一位研发人员内心的动力之光。

"我来潍柴 13 年，几乎没见过谭董事长回家过年。大年三十下午 3 点多他去各厂转转给大家拜个年，5 点后回家，大年初一早上 7 点半他就到单位。年初一 9 点半之前，大家给他拜个年，之后他就开始讨论干部调整、人员调配。"潍坊未来研究院的副书记说，"我们不了解他为啥能有这种拼劲。从外地出差出来，早就算好时间安排好一项项工作，下车一脸的疲惫，回来上趟厕所，洗把手，会议室里早就有各种会议在等。一个上午开十几、二十几个会很正常。六十多岁的人了，我们真是挺心疼他的。他完全有资格、有条件去歇歇。可他就不。他常说，我们这代人的使命，就是尽可能追赶世界差距，能让我们国家不再受那些屈辱，让我们的技术领先世界，让中国企业赢得世界尊重。"

谭总的造梦、追梦，圆梦，使得他打造了一批如他般"拼命三郎""一天当两天半用"的钢铁队伍。未来研究院的院长是一位女博士，一位女将担起未来重担，带着一个满怀梦想与激情的团队，不分昼夜向前奔跑。因为未来的途径只有前方，是没有人闯过的无人区，没有明确的参照与遵循，因此，他们在未来院设置开放性的研发体系，十几个方向，十几个团队，每个团队里面又都有诸多的小团队、小方向。他们实行"赛马"

机制，并开放性地设置"分阶段奖励"的可视化目标，使在科研旷野上的团队，能够不断被正向激励。使得未来研究院了科研团队有着特殊的"开小灶"般的待遇。

潍柴拥有"八院一中心"，八个研究院加一个产品试验测试中心，研发人员上万人。仅发动机研究院就有1000多人，电控研究院近700人，新能源研究院500多人，新建的未来研究院500多人。这庞大的研发队伍，该有多大的资金支持？不光如此，新未来研究院，还享有"三不政策"：科研开发资金不设限；未来研究院人员待遇不与市场绩效挂钩；不给未来院设定具体考核目标。

这给了潍柴未来研究院宽松的科研天地，但是也给了未来研究院更多的压力，很多同事不理解：不考虑市场产出只是烧钱，开发出来的产品三五年内用不上，甚至可能一辈子都用不上，图的是什么？！

这就是潍柴的格局与眼光，谭旭光对未来新技术研发表现出的宽容与温柔，与其强硬的作风形成鲜明的对比。

有观察者统计，潍柴仅在发动机技术研发上的投入，就达到了惊人的300亿元，而以硕士、博士全球高层次人才为基础组建的未来研究院，会是怎样的投入？这笔账，可想而知。

潍柴的定位是：攻关核心关键技术，必须毫不吝啬，全力投入！

随着新一轮科技革命和产业变革深入推进，全球能源体系和发展模式正在发生深刻变化。中国在"双碳"战略和"十四五"规划中均明确提出，要加快可再生能源发展，推进分布式发电和微电网建设。

潍柴作为中国装备制造业领军企业，坚持传统能源＋新能源"双擎驱动"战略。继连续发布了全球首款本体热效率燃气机后，同时积极推动新能源换挡超车，牵头建设国家燃料电池技术创新中心，全面布局了动力电池、氢燃料电池、固体氧化物燃料电池三大新能源技术路线，在氢燃料电池领域实现了核心技术与产业化的全球引领。

SOFC 是潍柴在能源多元发展中的又一次重大战略布局。从 2018 年开始，潍柴就着手布局 SOFC 业务，战略投资全球领先的 SOFC 技术公司英国锡里斯，并成为其第一大股东。截至目前，累计投入 20 亿元，双方组建了以百名博士为主的研发团队。

经过 5 年努力，实现了 SOFC 技术的工程化突破，全面掌控了新一代 SOFC 关键核心技术。2023 年 2 月 18 日，潍柴发布全球首款大功率金属支撑商业化 SOFC（固体氧化物燃料电池）产品。该产品的热电联产效率高达 92.55%，创下了大功率 SOFC 热电联产系统效率全球最高纪录。

以我们常人的眼光，科学是枯燥的，数字和专业化的数据是枯燥的，甚至那些天天埋头扎进试验室的科研人员，他们的生活也更是枯燥的。但是，正是这些枯燥中日复一日的坚守与突破，才使得我们的生活享有了越来越多的便利和越来越多的乐趣。

"面壁十年图破壁，难酬蹈海亦英雄。"不谋万世者，不足谋一时；不谋全局者，不足谋一域。年轻的未来研究院相信，只有"死磕"硬核科技，勇闯科技"无人区"，才能把创新的主动权，发展的主导权牢牢抓在自己手里。有了决胜未来的核心技术，潍柴动力、中国动力就有了决胜全球、决胜未来的"定海神针"，就会在世界全球市场上"任凭风吹浪打，我自岿然不动"。

桑爱梅　寿光融媒体中心党委委员，寿光日报总编辑，高级编辑。山东作协会员，山东散文学会理事。兼任中国县市报研究会副会长、山东报业协会常务理事。出版有《媒体的责任与担当》《筑梦者》《当时明月在》三部文集。

黄旭升

匠心之爱

——

开头的话

2022年9月19日黄昏时分，上海松江区茸悦路208弄，一位年轻人步履轻盈，从他炯炯有神的目光里，可以猜出要去参加一个隆重的活动，这个年轻人就是来自山东潍坊潍柴重机股份有限公司的张在彬，晚上他要入住上海富悦大酒店，参加第二天上午在这里举行的第六届中国铸造大工匠颁奖典礼，领取那份凝聚着自己心血与汗水的沉甸甸的荣誉。

晚饭后张在彬漫步在酒店外的马路上，初秋的上海热情不减，林立的高楼间霓虹闪烁，远处东方明珠电视塔流金溢彩，装扮着盛世的繁华。此刻，张在彬的内心是激动的，甚至有些忐忑不安，似乎不敢相信这份即将到来的荣誉。他不禁想起了自己因公殉职、英年早逝的父亲，如果父亲在天有灵，一定会欣慰的。回到酒店房间，张在彬躺在床上久久不能入睡，索性起身来到窗前打开了窗子。上海的夜色真美，晚风从远处的黄浦江上带来轮船汽笛的长鸣，张在彬的思绪也随着悠长的汽笛声回到了家乡，回到了自己的童年时光，少年时代。

　　1987 年 2 月，张在彬出生在潍坊市临朐县辛寨街道东郝庄村。临朐因其深厚的文化底蕴，山清水秀的自然风貌享誉齐鲁大地。东郝庄村位于辛寨街道东北方向，距村庄约 1.5 公里，有海拔 300 米的洪山与河家沟水库，是一个依山傍水的美丽村庄。像所有临朐乡村的孩子一样，张在彬从小生活在青山绿水间，朝闻鸡鸣起，晚伴牧牛归，乡间淳朴善良的民风和田野泥土五谷的清香滋润着他的童年时光。

　　上小学前，张在彬跟爷爷奶奶一起生活，经常跟在爷爷身后，玩耍戏闹于田野河畔，捕蚂蚱，逮田鼠，捉蛐蛐，掏鸟窝，这些农村孩子玩的游戏，他无所不能。让张在彬记忆最深的一件事，是儿时爷爷带他烧田鼠吃，在田野上逮到田鼠后，用草绳捆绑起来，然后把厚厚的泥巴糊在田鼠身上，点燃柴草进行烧制，大约半个小时左右，鼠肉的香味便会从烧焦的泥巴中溢出来，熄掉柴火，将变硬的泥巴与鼠皮剥离鼠肉，然后去掉内脏，将鲜美的烧田鼠肉蘸上细盐，大快朵颐。肉香混着青草的气息在田野上弥漫，在张在彬幼小的心灵上留下了深深的印记。年幼的张在彬顽皮好动，时不时给父母惹来麻烦，上小学二年级时，他从母亲开的小卖部偷偷拿了五角钱，到村子里的供销社买了一盒擦鞭，在大街上边跑边擦边扔，其中一个擦鞭擦着后不小心扔到了一户村民房前的柴草垛上。明火遇到干柴，风一吹，柴草燃烧起来，眼看着火势越来越大，张在彬慌了神，吓得撒腿就跑。幸好村民们发现及时，纷纷赶来救火，才避免了一场火灾。张在彬一口气跑到河家沟水库，因为害怕一直待到午夜才回家，父亲见到他后没有批评指责，只是告诫他以后无论干什么一定要注意安全。从那之后张在彬再也没有惹是生非，后来参加工作后也始终把安全放在首位。

　　张在彬的父亲是一位智慧型的乡村电工，他经常挂在嘴边的一句话是：无论干什么事，要干就要干到最好；干时像个干的，玩时像个玩的。有一件令张在彬印象最深的一件事，那年麦收割麦子，小麦到了成熟期要抢收，否则遇上阴雨天就会烂在地里。许多农户都是全家出动，从早晨收割到黄昏，中午在地头简单吃个饭接着干。张在彬的父亲不这样干，他带领全家早起去麦地割麦，中午天气热了回家吃饭，吃过饭后午休到下午3点多再下地割麦，做到劳逸结合。这样做的好处是，别的人家4个小时割完的麦，他们只用2个多小时就割完了，用父亲的话说，这叫磨刀不误砍柴工。

受父亲影响，少年时期的张在彬养成了勤劳善良，做事认真的好习惯。2002年张在彬初中毕业，填报中考志愿时没有选择高中，而是选择了技校。按照他当时的学习成绩，选择报考高中，然后参加高考，走上大学的学习之路是完全可行的。为了这事，父亲跟他进行了一次长谈，从月上东山，一直谈到月朗星稀，而张在彬坚持自己的选择。其实当时他也说不出为什么，可能有一个工匠梦想，那时就已经在他的心中播下了种子。

2002年9月，张在彬接到了临朐技校的录取通知书，车工专业。两年的技校学习时光里，张在彬学习勤奋，除了学好专业课外，经常利用课余时间阅读其他机械制造方面的书籍，其中包括电气焊、钳工、铸造等。上实训课，他与同学自愿结成研究小组，操作中遇到问题，或进行讨论，或向老师请教，直到找到圆满的解决方法。为此他多次受到老师的表扬，还得到一个"学生攻关能手"的雅号。2004年7月，张在彬以文化专业课与实训课双优的成绩毕业，进入青州一家潍柴集团的外协单位从事电气焊工作。工作中他不怕苦，不怕累，遇到问题爱钻研，受到领导与师傅们的一致好评，都说他是一个能在平凡岗位上干出不平凡业绩的好小伙。2004年8月潍柴集团扩招，张在彬应聘成为潍柴铸造公司的一名正式员工。

潍柴铸魂

2022年9月20日上午8点30分，第六届"兴业杯"中国铸造大工匠颁奖典礼在上海富悦大酒店会议中心拉开帷幕，代表全国 8000 多家铸造企业的颁奖嘉宾与获得"中国铸造大工匠"荣誉称号的 5 名铸造工匠，获得"中国铸造大工匠"提名奖的 5 位领奖人一起见证了这次中国铸造业的颁奖盛典。当主持人念到张在彬的名字时，他由于兴奋与激动而迟疑了一下，直到会场上响起雷鸣般的掌声，才走向颁奖台，捧回这份期待已久的荣誉。在上海返回潍坊的动车上，张在彬把这个喜讯告诉了母亲，听到电话那边的祝贺声，张在彬的眼睛湿润了，他想起自己在潍柴工作的 18 个春秋，想起工作中的点点滴滴……

张在彬初次踏进潍柴铸锻厂一车间的大门时，潍柴刚刚在市场经济大潮中起步。铸造车间环境又脏又乱，没有通风和排尘设备，一到夏天就会散发出树脂和固化剂刺鼻的气味，熏得人睁不开眼睛。机械化程度更是滞后，除了一台老旧混砂机，其他像制芯、刷灰等工作都需要手工操作。面对恶劣的工作环境和高强度的工作量，刚满 18 岁的张在彬打起了退堂鼓。他想，自己在学校已经学到了一定的专业理论，实控操作也有了相当水平，只要吃苦耐劳肯学习，未来有着无限可能，不能在这样的工作环境下度过一生。此时，有一个人改变了他的想法，这个人就是张在彬的师父王建波。王建波当过特种兵，复员后来到潍柴干铸造工，工作中他看到徒弟沉默寡言，闷闷不乐，便在工余时间主动找他交流，跟他讲当特种兵的经历。一来二去，两人成了无话不说的知心好友。生活上，王建波更是把他当成自己的孩子，像买饭票、菜票这些生活小事，几乎都包揽了。有时逢休息日还邀请张在彬到家中小聚，师母炒上几个家常小菜，师徒间其乐融融，高兴了还会小酌两杯，这让远离家乡的张在彬感受到家庭的亲情与温暖，渐渐打消了辞职的想法。

有一次，师父请他到家中吃饭，酒后跟他讲起自己第一次高空跳伞的经历。他说，飞机飞行到一定高度与指定位置后，上不着天，下不着地，这时高空跳伞就会开始。尽管自己在军训中跳伞项目考核成绩全优，可真正进入实战状态，还是有克服不了的恐惧心理，飞机打开舱门后迟迟不敢跳出，最后还是在队长的帮助下完成了第一个跳伞动作。进入空中，反而不那么恐惧紧张了。按操作规程降落，开伞，然后掌握好落地位置的方向，再缓缓滑向指定的位置，顺利完成了高空跳伞实训任务。高空跳伞最主要的是克服恐惧紧张心理，就像张在彬当前最需要的是克服对工作环境与工作强度的畏惧心理，无论干什么事情，只有绕过了心理障碍，才能更好地向前走。

生活上，王建波给予张在彬父亲般的关怀，工作中对他要求却十分严格，哪怕是一丁点的失误，都会提出严厉批评。正是因为有了师父的关心帮助与严格要求，张在彬才会在铸造岗位上留下来，并在工作中养成了严谨认真的好习惯，很快熟悉了岗位工艺，开始走上工匠之路。

工作几个月后，已经能够独立操作的张在彬和师父承接了一个重点项目，欧Ⅱ618机体新产品开发验证。由于机体水套尺寸不符合标准，水套砂芯需要打磨弧形结构面，一开始他们尝试用板搓或砂轮片进行打磨，但是效果不理想，不仅尺寸不标准，而且效率也很低，一天只能打磨两套。师父急了，这可怎么办？怎么才能提高工作效率呢？大家一筹莫展。正在师父为寻求解决问题的办法苦思冥想时，张在彬灵机一动说，圆锉行吗？就是那种修补自行车轮胎用的圆锉。说完，张在彬征得师傅同意后到五金店买回圆锉，师父拿起圆锉试了几下，没想到效果出奇的好，尺寸也非常标准，一天下来，水套砂芯成品由原来的两套增加到五套。师父笑着对他说："小张，不按套路出牌呀，小办法解决大问题，这就是咱们工人的价值。"这是张在彬参加工作后参与研制的第一个产品，没想到一把小小的圆锉竟给他带来了从未有过的成就感，也让他感受到自己的价值所在。师父的那一句"用小办法解决大问题"更像是一粒春天的种子，深深埋在了他的心里。

时间在机器的轰鸣声与深夜伏案研读的灯光中过去了10年，张在彬也由一个初进厂时的懵懂少年成长为铸造工位的行家里手。

2013 年，张在彬因工作需要被调入潍柴滨海工业园重机股份有限公司重机大缸径造型线工作。恰逢集团战略调整，重庆潍柴公司的 16 种产品转移到滨海工业园区生产，200 机体试制过程中发现，机体产生了严重的呛孔缺陷，热焊率更是高达 10%，造成严重的成本浪费。为了解决这个问题，单位成立了 QC 攻关小组，张在彬任组长。接受任务后，张在彬带领小组成员主动放弃休息时间，白天黑夜连轴干，从造型、组芯、合箱、浇铸到清理，全过程跟踪每道工序，寻找造成缺陷的原因。那段日子，他常常天不亮就进厂，月挂西天才回家，最少的时候一天只休息两三个小时。经过 QC 小组连日奋战，数十次实验论证与上百次走访，终于找到了机体呛孔的原因。原来是固定水道芯黏接剂遇到高温产生大量气体无法排出，造成机体呛孔。问题找到了，怎么解决又成了难点，是砸钉子还是拔螺丝？太烦琐，都不合适。这让张在彬与他的攻关小组陷入无路可走的境地，可是活人也不能让尿憋死啊！只要思想不滑坡，办法总比困难多。于是张在彬决定放假一天，一是让大家好好调整，二是可以好好埋顺一下思路。回到家时天色已晚，张在彬因为过度劳累，头一触到枕头便睡了过去。早晨，张在彬醒来，匆匆洗漱完毕，便想着如何解决 200 机体呛孔缺陷的事儿，穿外衣时看到挂在杂物间墙上装修新房时用的射钉枪，他突然灵机一动：改造机体呛孔缺陷，可不可以试一试射钉枪呢？到了单位，他把这一想法告诉攻关小组的工友们。大家马上动手进行实验，最终证明了这个方法可行。取消黏结剂固定，改用射钉枪固定，彻底解决了 200 机体呛孔缺陷问题。这次攻关成功，让张在彬在成为工匠的路上迈出了坚实一步，也为他成为铸造大工匠夯实了基础。

2021 年 6 月，张在彬在潍柴重机大缸径造型线工作的第八个年头，随着博杜安产品订单的不断增加，现有产量已经无法满足市场需求。面对设备极限、人手不足、场地狭小、高温酷暑等难题，车间主任找到张在彬说："小张，能不能按时完成投料？"张在彬回答道："没问题，保证按时完成任务。"话一出口，张在彬马上有些后悔，因为他心中深知这个任务的艰难。但君子一言，驷马难追，说出去的话，就不能再收回，接下来的时间里，他开始反复观察、分析，终于找到了突破生产瓶颈的办法。白天人员多，场地不足，可以把人员分成两个班次进行生产。针对大缸芯人工刷涂和翻转，他设计了大缸芯流涂和翻转装置，将大缸芯刷涂改为流涂，人工翻转改为机械翻转。经过改进博杜安的日产量也由原来的 3 台增加到 6 台。车间主任竖起大拇指对他说："好样的，我们潍柴就是需要你这样拉得出、顶得上、打得赢的人。"

张在彬所在的工部主要承担 MAN 机系列、博杜安系列等大缸径高端铸件生产任务。作为生产骨干，他专注于每一个阶段新产品的试制和转移后的持续改善，先后提出价值较高的创新改善项目 50 多项，主持或参与博杜安机体工艺改进项目 30 多项，为降低铸件废品率做出重要贡献，同时也为企业创造了很好的经济效益。他主持设计的 M 系列大缸芯流涂装置，将人工刷涂改为流涂，提高了砂芯刷涂速度和表面质量，单颗砂芯操作节省时间 30 分钟，仅这一项工艺每年为企业降低成本 20 余万元；设计研制的 M 系列大缸芯翻转装置，实现了大缸芯翻转人工化到半自动化的突破，每年为企业节约成本 30 余万元；开发改进的细长螺栓把紧工艺解决 M 系列大机前盖漂心透孔缺陷，每年为企业降低成本 10 多万元；开发 M 系列博杜安砂芯组合固定工艺，解决了黏结剂固定呛孔缺陷，提高了砂芯组合时间，改进后热焊率为零，组芯速度提高 200%，每年为企业节省成本 20 余万元。

张在彬一步一个坚实的脚印，用勤奋、智慧和汗水走出了一条让同龄人仰慕，让自身价值得到社会认可的工匠之路，留下了一串串闪光的足迹。沿着时光的隧道回望，张在彬的每一串足迹都闪耀着青春瑰丽的光芒：

2008 年 5 月荣获潍柴铸锻厂"优秀团员"荣誉称号；

2009 年 5 月荣获潍柴铸锻厂"青年质量之星"荣誉称号；

2011 年 5 月荣获潍柴铸锻厂"青年生产能手"荣誉称号；

2019 年 12 月荣获潍柴控股集团"高产优秀志愿者"荣誉称号；

2019 年 4 月荣获潍柴控股集团年度"工作标兵"荣誉称号；

2021 年 2 月荣获潍柴重机集团"岗位标兵"荣誉称号；

2021 年 5 月荣获潍柴控股集团"劳动模范"荣誉称号；

2021 年 7 月荣获潍柴控股集团"企业文化之星 – 创新之星"荣誉称号；

2021 年 7 月荣获潍柴控股集团"企业文化之星 – 奋斗之星"荣誉称号；

2021 年 12 月荣获潍柴控股集团"技术能手"荣誉称号；

2021 年 12 月荣获山东装备制造业"优秀工匠"荣誉称号；

2022 年 5 月荣获潍坊市滨海区"五一劳动奖章"荣誉称号；

2022 年 5 月荣获大缸径材料成型中心 2021 年度"创新达人"荣誉称号；

2022 年 9 月荣获兴业杯"中国铸造大工匠"荣誉称号；

2022 年 10 月荣获中国机械工业"质量工匠"荣誉称号；

2022 年 11 月荣获潍坊市"有突出贡献技师"荣誉称号；

2022 年 12 月获得潍坊市"职工创新创效能手"荣誉称号；

2023 年 5 月获得山东省国防机械电子系统"最美职工"荣誉称号；

2023 年 9 月获得全国高科技企业班组长赋能训练营"优秀学员"荣誉称号；

2023 年 7 月荣获潍柴控股集团"企业文化之星 – 创新之星"荣誉称号。

与传统工匠相比，张在彬走得更高更远，先后发明"一种带有回收装置的流涂槽""一种铸造涂料自动流涂机""一种称量装置"等 3 项国家实用新型专利，先后在《工程技术》《铸造工程》《铸造设备与工艺》《机械工业质量管理》发表论文 14 篇。工作中他善于总结经验，进行经验传授，每月对新员工进行两次技能培训，组织"M 系列博杜安机体研箱""MAN 机系列机体研箱"等专业知识培训 120 余课时，培训人数 96 人次。成功带徒 8 人，6 人获得技师证书，2 人同时获得第二届全国机械行业班组长管理技能大赛优秀奖，1 人获得中国机械工业企业管理协会"机械工业优秀班组长"。

潍柴集团采风两日，在综合办公楼、研发中心、营销中心以及车间等入口处，都可以看到一行醒目的大字：不争第一就是在混。我想这就是潍柴的精神所在，一个具备了这种精神的企业，它的决策层一定会站在时代的制高点上，员工也一定是最优秀的。多年来，潍柴之所以能在市场竞争的激流中敢立潮头，乘风破浪，正因为有了这样一种精神的支撑。在潍柴集团灿若星辰的工匠、研发明星、销售明星中，张在彬在"不争第一就是在混"的精神旗帜引领下，奋力拼搏，走出了属于自己的工匠之路，并将继续走下去。

爱心之路

在潍柴展览大厅，我看到潍柴近年来交出的一份份爱心答卷。

2019 年以来，潍柴集团投入 2000 万元助力鄄城脱贫，援建的 4 个项目均已高质量完成。其中，古泉学校教学楼投入使用后，500 余名贫困学生得以就近入学；全长 8.1 公里的"同心路"如期通车，10 个肉鸭养殖大棚全部投入使用，每年可新增扶贫收益 40 万，新增就业岗位 26 个；黄河社区扶贫车间吸纳周边 90 多名群众就业，每人月均增收 2500 余元。这些项目都受到了当地群众的高度赞扬。

鄄城扶贫是潍柴集团践行社会责任的缩影。多年来，集团所属企业对当地的贫困山区小学进行捐资助学，先后援建临朐希望小学、重庆江津希望小学、湖南株洲希望小学，迄今已持续资助20多年，累计投入300多万元。与此同时，在汶川、玉树抗震救灾中捐款捐物累计2000多万元；2018年寿光水灾期间，捐款165万元；2020年病毒防控期间，为湖北捐赠152.7万元和100吨蔬菜，用实际行动回馈社会各界的关爱，体现了国企担当。

取之于社会，回报于社会，这是潍柴人的爱心理念，而在工匠路上躬身前行的张在彬正是这一理念的践行者。

2011年农历七月初八上午10点，工作岗位上的张在彬正全神贯注进行操控，休班的同宿舍工友急匆匆跑进车间告诉他，他父亲在电力施工中受了重伤，正在县医院重症室抢救。听到这一消息，张在彬惊呆了，等他回过神来，心仿佛被掏空了一样。师父见状赶紧过来扶他坐下，给他倒了一杯水，然后找人接替了他的工位，安慰说："在彬，回家吧，我替你向车间领导请假，路上注意安全。"张在彬回到宿舍，用湿毛巾擦了一把脸，换下工装，打出租车赶回了临朐。等他赶到临朐县医院时，父亲因抢救无效已经去世，望着心脏停止跳动的父亲，张在彬双腿跪地，好久才哭出声来。

按照当地丧葬风俗，长辈去世的当天晚上，家中要点长明灯，儿子守灵一夜。张在彬向车间领导说明情况后，在老家住了下来，他心里想即使没有这个丧葬风俗，他也要留下来，陪父亲最后一程。晚上，张在彬与弟弟守在父亲椟前，望着烛火燃烧流下的烛泪，沉默不语。东郝庄村的夜与他儿时一样，偶尔有几声狗吠外，几乎听不到其他声音。整容后的父亲，神态安详，眉宇间依然透着聪慧的光芒。张在彬望着躺在身边的父亲，陌生又熟悉，这个给了他生命、陪他度过童年与少年的人，这个让他懂得了做人的道理、送他走出山村开始全新生活的人，现在与他阴阳两隔。此刻张在彬的内心在哭泣，他多想再听听父亲的声音，哪怕是唠叨，哪怕是训斥呵责。他想说，父亲，您的儿子长大了，他没有辜负您的期望，正在按照您的嘱托，干就像个干的，干一行爱一行，在平凡的岗位上实现自己的生命价值……这一夜，对于张在彬来说，太短又太长，短的是他还有一肚子的话想对父亲说，长的是在他不到30岁的生命中，第一次与至亲之人生死离别。他还年轻，没有做好应对的准备，甚至从来没有想过亲人的离世。

处理完丧事，张在彬很长一段时间无法从失去父亲的悲痛中走出来，除了上班之外，总是一个人待在宿舍，他想通过读书解脱，可是一捧起书，眼前就会浮现父亲的身影。他把所有的精力投入到工作中，拼命加班，可只要一静下来，父亲就会来到他的身边。同宿舍的工友为了转移他的注意力，邀请他看电影、玩扑克牌，他也一点兴趣没有。他沉浸在失去父亲的忧伤中，想到了生命的脆弱，人生的无常，感到未来充满了不确定性，一切都无法预料。他在这样的状态下持续了很久，直到有一天，师父的一句话喊醒了他。

一天下班后，师父王建波与张在彬一起走出车间，看到他郁郁寡欢的样子，王建波看在眼里，疼在心里，安慰他说："逝者不能复活，为了健在的母亲，你也应该好好活着。"说到这里，王建波又问了一句："你以前不是坚持无偿献血吗，最近献了没有？"师父的一句话，让张在彬一下子从悲伤中醒了过来，是啊，生命是脆弱的，死者不能复生，为了让更多脆弱的生命远离死亡，我应该继续无偿献血，奉献爱心。想到这里，心中的另一扇窗已向他打开。张在彬第一次无偿献血是在2006年9月的一天下午，正逢休息日，他散步时看到超市门口停着一辆献血车，车上的显示屏滚动播放着"献血，让世界更有温度"。怀着冲动好奇的心理，他踏上献血车，第一次进行了无偿献血。看着输血管里缓缓流动的血液，他的心中有一种莫名的激动。有了第一次，就会有第二次，从此张在彬开启了定期无偿献血的人生。在献血的过程中，他面对最多的是家人和亲友的不理解、不支持，担心他的身体会吃不消，担心他会得血液传染疾病，担心他会献血上瘾。张在彬还记得，母亲看到他的献血证时心疼又生气地说："我真想把这些证都给你撕了，你就是个傻子，为什么献那么多血，你看人家有几个去献血的？"张在彬知道母亲不理解自己献血的原因是她不了解献血的科学原理。第一次献血后，他就阅读了大量关于血液医学方面的书籍，了解了正常献血对身体健康无害，并且有益。于是，他开始耐心向母亲讲解科学献血的原理以及自己的切身体会，直到母亲的态度有了转变。有人问他为什么要献血，他说自己的想法很简单，就是帮助他人，让自己快乐。

从失去父亲的阴影中走出来，更加坚定了张在彬无偿献血的决心。他常常想，虽然无法延长生命的长度，但可以拓展它的宽度，用自己的爱，为需要的人送去健康，也是对父亲亡灵的一种告慰。2017年，张在彬成为一名造血干细胞志愿者、器官捐献志愿者和壹心公益志愿者，同时还积极参加捐款助学、关爱老人等100次公益活动。2020年3月，新冠病毒爆发，像所有人一样，张在彬被封控在家，电视节目播放钟南山院士率领的专家团队在对两例重症患者远程会诊结束后，呼吁观众加入无偿献血的行列，屏幕上滚动着"献出一份血，传递一份爱，温暖每一颗心"的字幕，这些深深触动了张在彬的心。当知道很多人因为病毒防控无法去献血，而医院很多病人急需新鲜血液时，张在彬第一时间向血站申请了献血通行证。三年新冠病毒防控期间，张在彬献血25次，有人问他："病毒传播力强，你不担心自己会被传染吗？"他回答说："正是因为如此，更应该献出自己的一份爱心，大家都不出门，不献血，那些需要用血的病人怎么办？更何况血站操作规范，消毒严格，我相信献血是安全的。国家危难之际，医务人员都冲在一线，我献点血又算什么呢？做一点力所能及的事儿，也算是为国家尽一份心意吧。"

潍柴采风认识了张在彬，不久我们成为好朋友，当我告诉他我也是产业工人出身时，我们的距离一下子拉近了。因为同为画乡寒亭的居民，相隔又比较近，在与他结识不到20天的时间，我们多次面对面交流，谈的最多的是产业工人的工作与生活上的事儿，我这个技校车工专业毕业的学长，与同为技校车工专业毕业的学弟张在彬越来越有话说。曾经跟张在彬小聚，餐桌上跟他开玩笑说："怎么每次与你在一起，都闻到你身上有股铸件的味道。"他笑着回答："可能在一种环境中工作太久了，这里的味道就会渗透到身体中吧。"我接着说："你献血多次，该不会有不合格的时候吧。"他很认真地回答说："那不可能，每次献血都要严格地进行抽样化验手续。"当然这是玩笑话。我到张在彬工作的岗位实地采访过他，宽敞明亮的车间，整洁干净的工作台，无害化处理过的地面在灯光的映照下，闪耀着温馨的光芒，工人们操作井然有序，传统铸造业污浊的气味、飞扬的粉尘，在这里荡然无存。潍柴重机股份有限公司铸造生产线早已实现了现代化作业，现代科技的制造设备多年前已在这里落户，加上严格的防护措施，工人们患职业病的概率已降为零。工作之余，张在彬有着良好的生活习惯，每天晚饭后都会坚持打两个小时羽毛球，偶尔参加比赛，还获得过不错的名次，后来改为跑步，坚持每天跑5公里，这是他多年养成的习惯。张在彬坚信每天的太阳都是新鲜的，对未来充满渴望，他在不断攀登大国工匠高峰的同时，用爱心拥抱世界，实现着自己人生的梦想。

工作中，张在彬用坚定和执着让自己的智慧与才华发挥到极致，攻克了一个又一个技术难关；生活中的他，将更多的爱奉献给了公益事业。截止到笔者写这篇小文前，张在彬无偿献血126次，献血总量43000毫升，相当于8个成年人的全身血量。先后获得中华人民共和国卫健委颁发的两次无偿献血银奖，三次无偿献血金奖，一次无偿献血终身荣誉奖。新冠病毒防控期间，他利用工余时间去社区做志愿者，尽自己所能为防控贡献一分力量。作为一名公益服务志愿者，他自2017年以来多次进社区看望慰问孤寡老人、退役老兵、残疾人，为他们送去花生油、大米、牛奶等5000余元的食品，先后为临朐水灾、河南水灾、潍坊病毒防控捐款1000多元，做到了全力而为。作为一名普通工人，他用实际行动践行着潍柴员工的责任和担当，他要做的就是成为一名既有匠心又有爱心的潍柴人。

作为一名优秀的工匠，张在彬用爱心传递着温暖，影响着身边的人，在实现中华民族伟大复兴的路上，他像众多的追梦人一样，用一个平凡人品格的光芒引领着时代前行的方向。他的公益爱心之旅与工匠之路一样，向社会交出了一份优异的答卷：

2009 年 10 月荣获"潍坊市无偿献血先进个人"荣誉称号；

2015 年 3 月荣获"2012—2013 年度全国无偿献血银奖"荣誉称号；

2016 年 7 月加入造血干细胞捐献志愿者；

2016 年 12 月荣获"2014—2015 年度全国无偿献血金奖"荣誉称号；

2018 年 3 月荣获"2016—2017 年度全国无偿献血银奖"荣誉称号；

2019 年加入潍坊致力公益服务中心；

2019 年加入潍坊壹心公益服务中心；

2019 年 4 月加入全国人体器官捐献志愿者；

2020 年 12 月荣获"2018—2019 年度全国无偿献血金奖"荣誉称号；

2021 年 5 月荣获潍坊壹心公益"最美志愿者"荣誉称号；

2021 年 10 月荣获潍坊市委员会"潍坊青年公益榜样"荣誉称号；

2022 年 3 月荣获奎文区"病毒防控优秀志愿者"荣誉称号；

2022 年 5 月荣获"2019—2020 年度全国无偿献血金奖"荣誉称号；

2022 年 5 月荣获全国无偿献血"终身荣誉奖"荣誉称号；

2022 年 9 月荣获潍坊市"潍坊好人"荣誉称号；

2023 年 10 月荣获潍坊市"道德模范"荣誉称号。

结束语

孟子曰："天将降大任于是人也，必先苦其心志，劳其筋骨，饿其体肤，空乏其身，行拂乱其所为，所以动心忍性，曾益其所不能。"19

年前从洪山脚下走出来的乡村青年张在彬，现在已是孩子父亲，青春的时光开始离他远去，他充满活力的脸庞也少了稚嫩与青葱，多了一份沉稳与干练。19年的岁月，他见证了潍柴企业改革的一次次的蝶变，从打破铁饭碗实行股份制，到收购合并兄弟企业；从站起来，到强起来，再到引领国企改革样板。潍柴的快速发展，让他坚定了对未来的信心。工作上他经历了从不适应到游刃有余，生活上从生死离别的伤痛，到奉献爱心的坚守。在潍柴这艘巨轮上，他经风雨，见世面，砥砺前行，经受住了时间的考验。如果把人生比作一场马拉松比赛，张在彬从青年跑向中年的赛道上，取得了骄人的成绩。

"乘风破浪会有时，直挂云帆济沧海。"新时代的经济大潮中，潍柴动力正以高效快速激流勇进。实现中国梦需要高质量发展，制造业的科技创新时代已经到来，大国工匠已经走上新的历史舞台。面对明天，张在彬满怀信心，他已经从身边找到了学习的榜样，这个人就是潍柴集团的全国劳模，大国工匠王树军。星光不问赶路人，相信在潍柴动力的引领下，身为铸造大工匠与爱心奉献者的张在彬，会不负众望，在未来的征途上，走得更高更远。

黄旭升　资深媒体编辑，中国作家协会会员，中国民间文艺家协会会员，山东省报告文学学会理事。出版长篇纪实文学《一座古城的青铜梦》，诗集《大海也有翅膀》《渐行渐近的距离》。多次获省市文学奖、广播电视奖、山东省第五批齐鲁文化之星。

李桂华

100 次飞行

———

　　丁连耀的"画像"是几根简洁"线条"："90后"，潍柴动力应用工程中心专用车业务室国际商用车组长，工程师，驻外十年，获得过两次集团荣誉：潍柴集团 2017 年度工作标兵、潍柴集团 2022 年度十大杰出青年。我至今还有些疑惑，为什么会从 16 位采访对象中毫不犹豫地选择了丁连耀？相比其他十几位国家级的领军人物、大国工匠，丁连耀的名字后面没有一连串闪亮的称号。当时的我，甚至不知道他正在海外驻留，直到年底才能回国，没法当面接受采访，这对于一个需要掌握第一手资料、现场为重的报告文学书写者而言，是一个不利的采访因素。到底是什么在瞬间打动了我、吸引了我？

　　或许是资料夹里那张面带微笑的照片。一台高大到需要仰视的重型机车，油污遍地的现场，身穿工作服的几个中国人，夹在一群外国人中间，合影里的丁连耀笑得有点"扎眼"，他的笑阳光、真诚，甚至有些没心没肺，在灰色调、冷冰冰的机械堆里，这一抹微笑，就像打开了另一个世界。应该是这微笑打动了我，凭着写作者的直觉，让我几秒钟之内决定走近一个生命中的陌生人。我觉得，这微笑是一把钥匙，能领我走进一扇门，走近一群有血有肉的潍柴人，走进一个真实的潍柴。

随着采访展开，我越发庆幸自己的选择。三月有余的采访结束，这张面孔从完全陌生到模模糊糊，再到渐渐清晰地还原在我的采访本里。纵然相隔万水千山，却无法阻挡潍柴的这个青年人，成为我心中的英雄。计算好 5 个小时的时差后，我通常会在深夜与身在白俄罗斯的丁连耀连线。有时语音，有时视频，有时在微信界面你来我往打字交流。我们从未谋面，却慢慢变得像老朋友一样熟悉。我从音频里听到发动机的轰鸣声，这是他拜访完客户回家的路上，我便跟着这声音随他一路回家。进入冬季，明斯克下雪了，他拍了视频发过来，啊，明斯克的雪，下得纷纷扬扬，却又无声无息，为了让我更真切地感受明斯克的雪夜，他走出室内，来到院子里，我听到了明斯克的风，呼呼刮在耳畔，像愤怒的人们扯着嗓子在吼叫，那么狂野而有力，路灯在飞雪中静立，昏黄的光落在车顶厚厚的雪上，落在院墙上，落在院外的树上……成片的树隐身在光影里，光秃秃的枝条在风雪中摇动，只有几棵针叶松是绿色的，这让明斯克的雪夜增添了生命的色彩。进入冬季，明斯克几乎每天下雪，已经连续 20 多天了，大雪，小雪，小雪，大雪，睁开眼就是阴沉沉的天。"驻外十年，早就习惯了。该出门出门，该见客户见客户"，就在视频连线的这天，他去拜访了一位客户，30 公里路程，平时只用半小时，这次走了一个半小时。很难想象汽车在积雪层上行驶的场景，可丁连耀却轻描淡写，"这里的汽车都是雪地胎，开得慢点，没事"。

一遍遍回看丁连耀发来的视频，脑海里闪现着这样的场景：十年如一日，一位个头不高的年轻工程师，行走在完全陌生的异国他乡，风雪暴雨，严寒酷暑，疾病车祸，他从未因此停下脚步，即使面对一个敲了 7 年才"开门"的客户，他脸上的微笑也从未消逝过。我慨叹这位年轻人对驻外事业的十年守望，同时我也疑惑潍柴有何"魔法"，让一位年轻工程师如此乐观而富有韧性？我想解开这个谜。

一

2005 年，潍柴集团为实现商品价值模式向市场价值模式的深拓和转型，成立了应用工程部，其时的丁连耀还是一名高中生，坐在课堂上为高考拼搏；2007 年，董事长谭旭光开始思考"未来五至十年企业发展方向"，这一年在北京西苑饭店召开的集团上半年经济运行分析会上，谭旭光做了题为《打造全球化的新型企业集团》的讲话，提出集团未来发展方向就是国际化，而此时的丁连耀，刚刚成为一名大学生。2011 年，丁连耀大学毕业进入潍柴集团实习，一年后正式入职成为一名应用工程师，而此时的潍柴，已经在自己的"十二五"规划中布局了国际化的战略目标。

彼时，在潍柴集团这个年销售额超 2000 亿元、职工总数超 10 万人，业务遍布全球的超大体量国际化"动力王国"里，丁连耀是一个"小人物"，却因为搭上了潍柴国际化的快车道、大平台，他这个做国际配套的应用工程师，被潍柴的国际化战略所"配套"，成就了一段非凡人生。在国际航班的 100 次起起落落中，他的命运与企业的命运实现了最完美的匹配度。每次连线采访丁连耀，他都会说："我能提个小小请求吗？"我问是什么请求？他说他想说出自己最深的感想："这些年做成了一些事，现在回过头来看，首先是'大势所至'，潍柴大力开拓海外市场的公司政策导向，海外市场形势的变化，产品质量的不断提升突显出了更高的性价比，这些'大势'的组合给了我们机会；再是领导们的支持他们在思路上，为我们的配套工作把方向，在资源协调上，毫不吝啬地给予支持；然后是团队的配合，我们从来不是一个人单枪匹马在战斗，都是团队集体作战。每一个项目的成功，背后凝结的都是集体智慧。"我从他的话语里，感觉到柔软的善意在流淌，小事靠个人，大事靠大势，这种时刻的清醒和自觉，让他走得更远。我也从他身上，触摸到了潍柴的事业不只有钢铁的符号，更是一份温暖的事业，一份充满人情味的事业。

2013年8月23日，北京首都机场T3航站楼。这是一个夏日里常见的桑拿天，虽然临近傍晚，有时断时续的风吹来，可丝毫吹不走周身汗津津的热度。丁连耀穿一身浅灰色运动装，背一个双肩包，手里拖着行李箱，几绺短发被汗液粘在前额，闪着青春光泽的脸庞上写着沉默，同时又有着一丝让人轻易就捕捉到的兴奋。他不高的个头，很快淹没在熙攘的人流里，只有行李箱的万向轮在整洁光亮的大理石地面上滑动，发出"沙沙沙"的声音。快到国际出发通道的时候，他回头望向身后，两位同事任在刚、孙恭春也拖着行李箱跟了过来。

这是丁连耀第一次坐飞机，也是他作为潍柴集团技术人员第一次参与公司海外业务。按照公司安排，他与同事们一起，组成销售＋技术＋服务的"三位一体"团队，将要完成一次重汽换机工作，他们此行的目的地是——尼日利亚。

飞机升空，大地上的景象渐行渐远，眼前只剩下层层叠叠、无边无际的云朵。"原来这就是坐飞机的感觉！我要出国了！""国外和中国是有时差的，外国人的肤色和我们不一样，风俗习惯不一样，语言不一样……"丁连耀坐在座椅上，一边欣赏座位前方小屏幕里播放的电影，一边兴奋地想象着异国的生活场景。此时的丁连耀不会想到，之后的十年时间里，他会踏着潍柴全球化战略的节拍，坐国际航班飞行了100次，足迹印在三大洲、十个国家，行程40多万公里。

第一次出国，最让丁连耀不适应的，是路途的遥远与"折腾"。从潍坊飞北京，北京飞埃塞俄比亚，再转机到尼日利亚经济中心拉各斯，抵达办事处，休整一夜后，乘坐一架小型飞机前往首都阿布贾，然后坐上一辆长城皮卡车，2小时后到达换机的城镇。

"也许是无知者无畏吧，第一次出国，我没有时差概念，第二天接着去了换机现场。"三人组的主要工作，是把提前运到的发动机样机装配到客户的卡车上，并现场确认发动机结构哪里需要调整，换机后的卡车性能指标是否满足客户要求。"WP10，360 马力，60 吨！"客户当场竖起大拇指，对动力非常满意。

可样机装配到位后，丁连耀却发现了问题：加机油管的朝向与原来相比有些偏差，加机油的时候不太方便。虽然客户没有提出这个缺陷，可丁连耀还是拨通了国内同事的电话，请他们立即核查 WP10 发动机是否有类似结构的加机油管。同时，在现场，协调将原来发动机的旧加机油管装在这两台样机上。国内国外，来来回回，几个电话沟通后，问题得到了现场解决——潍柴有类似结构，可以实现对加机油口方向的调整。很快，国内的加机油管图纸发回换机现场，丁连耀给客户在样机上做了演示，客户再次为这群中国人的严谨竖起了大拇指。

三周的时间转瞬即逝，三人组结束换机任务，准备回国。当他们向客户告别时，对方现场向潍柴集团下了 50 台发动机的订单。这次异国重汽换机经历，可以称得上"丝滑"。

这次海外换机，只是丁连耀执行的一次"额外"任务，其时他的身份还是一名做国内主机厂配套的应用工程师。2013 年底，时任后市场应用业务负责人姜辉接到公司安排，由他主持筹备集团应用工程中心国际配套分部，他拨通了丁连耀的电话。

"小丁，能到我这里来一趟吗？"

"噢，姜经理！我在出差青岛的路上，有急事吗？"

"好。等你回来后，过来找我吧。"

从青岛返回公司后，丁连耀急匆匆找到姜辉。姜辉直截了当向这位年轻人发出了"邀请"："集团准备成立应用工程中心国际配套分部，非常需要你这样的多面手，也很有挑战性，你还年轻，有没有兴趣一块参与进来，一展身手？"

姜辉的突然"邀约"，让丁连耀一时难以抉择。他明白姜辉所说的

"多面手"，是指他既是一名应用工程师，懂技术，同时又有去尼日利亚做海外换机的经历。2013年底，公司正进行各部门的组织架构调整，丁连耀有两个选择：继续做他的老本行，负责国内气体机的应用配套，这对于一个刚刚毕业两年、转正仅一年多的年轻技术人员来说，是难得的成长机会；第二个选择，转做特殊产品匹配。这个"邀约"，给了丁连耀第三个选择——加入即将成立的国际配套分部。

国内气体机应用配套蒸蒸日上，这是公司给予青年人才大展身手的好平台，丁连耀有点舍不得放手。可国际配套业务，他也很心动。不得不说，一次去尼日利亚的海外换机经历，已经在丁连耀心里种下了做国际配套的种子。

是什么让他最终做出了选择？在那个辗转难眠的夜晚，他想到了入职培训时，听到的董事长谭旭光做海外业务的故事。谭旭光的故事，每一个身在潍柴的人都耳熟能详，只是不同岗位上的员工，会从自己岗位的相似度去解读这些故事。丁连耀记得，年轻时的谭总同样面临过三个选择：中层管理岗位，企业学校教育工作，新组建的外贸出口小组。当时潍柴正进行工资改革，中层干部工资从21元涨到了60多元，这让谭旭光有些心动，但他最终选择了只有三个人的外贸出口小组，成了企业第一批外贸市场销售人员。

丁连耀从心底里敬佩自己的董事长，"当年的谭总在印尼雅加达做长驻代表，走访了1万多个岛屿，吃在大街上，睡在客车上，当年就把销售量由30台做到了300多台"。1992年，谭旭光被任命为潍柴进出口公司的总经理，又用五年时间几乎跑遍了全世界。1987年外贸小组成立第一年，潍柴的进出口额只有30万美元，1998年谭旭光离开时，已经做到6000多万美元，成了全国同行业第一名。"用我们谭总的话说，这6000多万美元是一个客户一个客户跑来的，是一台一台发动机换来的，来得非常不容易。"

　　十年时间，从三个人，到一支敢打硬仗勇于奉献的外贸队伍，再到全国机械行业外贸出口的一面旗帜——这是谭旭光的外贸故事。丁连耀越想越多，感觉心跳都加快了，他在迷茫中看到了一道曙光。他想，潍柴不仅有誉满全球的"蓝擎"动力，还有强大的外贸基因，这是潍柴的一体两翼，缺了谁也不行。他愿意用青春和激情去奔赴这一程新的山海。

　　十年过去，回首这次人生路上的"三选一"，丁连耀说，"不后悔！"

二

　　丁连耀在驻外日记中写道："独联体的地域很大，它的冬天不仅有冰天雪地、寒风刺骨，也有细雨绵绵、温润如春；它的夏天不仅有凉风习习、神清气爽，也有骄阳似火、酷热难耐。我们进行产品配套，不但要考虑低温冷启动，也要关注热平衡。"丁连耀的第二次国际飞行，目的地就是这里。

　　此时的潍柴已是一家蜚声海内外的国际动力集团，可它的外贸业务一直以销售发电动力为主，这种产品结构相对单一，无论是结构还是性能，都不适合车机和非道路移动机械使用，潍柴当时的海外车工直接配套几乎为零。2014 年初新成立的国际配套分部，就是要改变这一现状，丁连耀和从各部门调集起来的同事们一起，要把"客户改变适应潍柴"，变成"潍柴改变适应客户"，简而言之，就是客户的主机需要什么样的发动机，潍柴就向客户提供什么样的发动机。这是对潍柴研发能力的巨大考验，也是对丁连耀这样的海外配套人员的新挑战。用配套分部小伙伴们的话说，这是一项从"0"到"1"的工作。

　　无论是在上级姜辉的眼里，还是在同事林杰的眼里，丁连耀都是一个善于从"0"到"1"的人。林杰比丁连耀晚一年进厂，两人同在一个科室，年纪相仿，接触最多，这个快言快语的女工程师，说起丁连耀，禁不住流露出敬佩之情："让他去负责一个市场，他先去摸清这个市场，有哪些产品、哪些需求等，有时他更像一个销售人员，就是敲客户门的那个人，主动掌握前期情况，为后期的配套做好准备。他干这些看似'多余'的活儿，其实是掌握全面情况，我们遇到拿不准的信息，找他确认，他也很乐意提供。"

为了打开独联体的大门，丁连耀和同事们做了最细致的准备工作，在外籍员工的带领下，怀着满腔热情去敲客户的门，晚上回到办公室开碰头会，你一言我一语，对大家刺激最深的一句话是："你们中国的技术，还是我们教的。"

独联体国家一直有"老大哥"的荣耀感，这是摆在丁连耀眼前的现实。"敲开独联体的门很难，他们拿自己的技术，还有欧洲、美国的技术说事，甚至言语中毫不客气，当面就告诉你，他认欧美品牌，已经习惯了。其实我们潍柴的实力已经非常强了，可在欧洲买卡车，还是流行一句话，'宁买奔驰二手车，不买中国一手车'。"

姜辉在国内了解情况后，告诉丁连耀："扭转客户几十年甚至上百年的使用习惯，急不得，慢慢来。"丁连耀相信潍柴的实力，也相信潍柴动力一定能在旷野无边的西伯利亚大放异彩。可是，守着全球为数不多的大市场，看着客户依然在个位数，看着订单从个位数，到十位数，上升乏力。这些在海外风餐露宿、奔波不已的潍柴人，不甘心。他们想找个"大切口"。可这个大客户从哪里入手呢？公司经过市场调研、综合各方情况后，做出了决策：独联体拥有丰富的天然气资源，但从前期掌握的信息看，当地市场上的气体机很少。对，就从这里入手！给独联体汽车厂配套气体机！

连丁连耀自己都没有想到，给俄罗斯一家大型汽车厂配套气体机，贯穿了他在独联体工作的7年，直到2020年，他才离开独联体赴埃及，负责新的"油改气"项目。7年，潍柴在这家汽车厂的订单数从0台到

937 台，这是丁连耀创下的又一个从"0"到"1"的案例。

丁连耀自嘲，这 7 年还有另一个"收获"：得了一个"大忽悠"的外号。"大忽悠"？上级眼中的丁连耀，工作扎实靠谱，同事眼中的丁连耀，为人热心乐观，与我视频连线的丁连耀，微笑的面庞，一双真诚坦率的眼睛里闪着温和的光，眼神里甚至还有一丝学生气的羞涩，"大忽悠"这个词儿，怎么想也和他扯不上边儿。随着采访深入，才明白"大忽悠"用在他身上，不是一个贬义词，背后有一个韧劲十足的营销故事。

公司的目标是 K5 厂。这是一家大型汽车企业，汽车产量占俄罗斯市场的 45%，自己拥有发动机生产线，另外使用康明斯等欧美大品牌发动机，动力系统很全。"他们的气体机是个缺口，不过要打进去，也很难。他们用过欧美产品，有了使用习惯，再加上他的市场地位很高，相当于中国一汽加二汽这样的分量吧，在国家层面的量级非常高。"这是丁连耀的特点，他对客户和市场有清醒的认知，且韧性十足：很难，干！

经过子公司的外籍经理不断努力，K5 厂答应给 1 台 WP4.1 欧五柴油机、1 台 WP4.1 欧五气体机和两台 WP7NG 订单，前提是两台 WP4.1 必须给。"WP7NG 是我们的成熟产品，没有问题。但是两台 WP4.1 发动机还都需要全新开发，这活怎么干？"丁连耀当然明白，四台订单意味着客户极大的不信任，也意味着双方合作仍处在"0"的阶段。公司会答应吗？领导怎么看？这么大的投入，万一后续订单没有突破怎么办？他还在怀疑这个项目会不会有以后的时候，公司领导拍板，干！丁连耀眼圈红了，他忽然明白了：身在海外的底气，来自潍柴这个坚实的后盾，不管山千重水万里，不管什么时候，不管什么困难，总有一双温暖有力的大手，帮你撑起一片晴空。

订单交付之后，K5 厂一直没有再给更大的订单，每年几台的量，可他们提的配套要求却很多。每次丁连耀照单传递这些配套要求，气体机公司的同事们就问："又啥事呀，丁连耀？是不是有大订单了？"

丁连耀只能用摇头来回应同事们善意的玩笑。

下一次再向公司提出配套要求，同事们干脆玩笑升级："大忽悠，什么时候有大订单啊？"

丁连耀说："背着'大忽悠'的名号，肯定有压力啊，可没办法，只能厚着脸皮接着'忽悠'，尽力协调资源给客户配套。"

冬去春来，寒暑交替，K5厂楼前的树叶绿了黄，黄了绿，丁连耀还是没有摘掉头上"大忽悠"的帽子。他心里承受着巨大的压力，可脚下就像踩着爬坡的油门，一点也不敢松劲。他依然坚持每两三个月去一次K5厂，几个同事凑钱请厂里的技术人员吃饭，听听他们的意见，了解他们的需求。气体机公司的同事一边喊他"大忽悠"，一边帮着改进数据，也为他提供国内外气体机最新信息。团队聚神，平台支持，共情共力让丁连耀有了继续走下去的勇气。

听丁连耀讲给K5厂做配套的故事，简直就像一部谍战剧。他们曾经用大半年时间解决对方提出的发动机喘振问题。发动机的增压器有两条特性曲线，一条是"喘振线"，一条是"运行特性曲线"，当增压器的实际"运行特性曲线"超越"喘振线"，也就是增压器跑偏的时候，增压器会发出异常的"噗噗"声，称为增压器喘振，专业上用一个叫"喘振裕量"的概念来衡量增压器喘振发生的可能性。随着增压器转速的增加，喘振裕量减小，发生喘振的可能性也在增加。相较于中国，俄罗斯卡车司机（主要是K5厂测试司机）的驾驶习惯比较粗暴，在油门的控制上，喜欢"一脚油门到底"，再来一脚刹车，从油门换到刹车无缝衔接看起来非常帅气，但是增压器受不了。突加油门和松开油门后，立即来一脚刹车，都会导致增压器的实际"运行特性曲线"超越"喘振线"，这就使得在国内重卡上正常使用的增压器无法适应俄罗斯卡车司机（主要是K5厂测试司机）的驾驶习惯。丁连耀和同事们在现场观察发现，K5厂的司机还特别喜欢"钻研"，刚开始偶尔发生增压器喘振后，他们就开始琢磨怎么让喘振更容易发生，后来他们发现了窍门：车辆启动后，一脚油门到底，再在突然松开或者高速运行时，猛踩刹车，"喘振"就"乖乖"发生了。"就这样，在国内一直都很'雄起'，像老虎一样勇猛的气体机，在俄罗斯'双头鹰'的折磨下，变成了'小绵羊'。"摸准喘振的"脉门"之后，K5 厂的工程师和司机就指责潍柴发动机不行，要求我方提供增压器和发动机控制的各种参数，他们要做分析。

"戏"演到这里，丁连耀和团队就明白了，这是一出 K5 版的"醉翁之意不在酒"。"K5 厂也在研制他们自己的气体机，排量和我们相近，控制系统和我们都是一样的，但是控制系统供方对他们的支持很少，很多事情他们搞不明白，想打着喘振的幌子，让我们给他们提供免费的技术支持，来完善他们气体机的开发。"洞悉了他们的意图，丁连耀和同事们制定了应对方案：K5 厂索要材料时，我们"打太极"，说没有相关参数，而国外供方又不给，没法提供给他们；但对增压器的喘振问题，一定要帮他们解决。根据以往经验，更换增压器或者增加一个电控喘振阀就能解决喘振。可在 K5 厂测试司机的"精心调教"下，虽然用上了措施，还不能完全杜绝"喘振"的发生。"我们就想到了用两个喘振阀，一个电控的不够，再加一个机械的。"配合着控制逻辑的调整，终于完全解决了喘振问题，K5 厂方面无话可说了。

为了解决喘振问题，从丁连耀到气体机公司的领导、同事一起发力，一起面对。气体机公司的史祥东是丁连耀的亲密战友，一直和他一起研究方案，从在公司里做台架实验，到带着 K5 厂技术人员到国内的其他客户处乘车做试验，再到俄罗斯现场做调校，直到问题最后完全解决，用了大半年时间。这是一次发动机技术的改良，更是一场商业市场的纠缠和较量，丁连耀说："没有气体机公司的高度配合，没有大家对于'潍柴产品没问题'这一信念的坚持，没有对 K5 厂意图的准确判断，这个'喘振'就会成为我们与 K5 厂合作的拦路虎，就不能在保守公司机密的前提下顺利解决，也就没有 2020 年和 2021 年的销量大爆发。"

"任何配套的小事，我们都当作大事，第一时间回应客户。"丁连耀说，正是凭着这样的服务态度，得到了 K5 厂的逐步认可。就在丁连耀觉得眼前打开一扇门的时候，有一次客户认证部门的负责人把他喊了过去，指着点火线圈说："你们的供货状态和认证报告不符，需要整改。"与喘振问题不同，客户指出的认证这件事，丁连耀"照单全收"。有一些零部件没有体现在国内发动机认证报告中，即使更换也不影响认证，但国外客户用欧美标准要求产品认证，要想打开国际市场，认证符合性是绕不过去的一道门槛。"我们对气体机认证和供货进行了长达半年的研究和整改，也是从那时起，我的脑子里就始终绷着一根弦，发动机状态与认证是否一致？"丁连耀开始着手整理汇总潍柴发动机海外认证报告，为集团的海外配套补上了至关重要的一课。

2016 年的年初，正在俄罗斯驻外的丁连耀接到潍柴进出口公司总经理的电话："小丁，子公司总经理嘟嘟巴林给我发来信息，K5 厂追加订单了，这次是 90 台！"

领导的一个电话，在丁连耀心里掀起阵阵涟漪。整整两年，他感觉一直在黑夜中努力奔跑，仿佛有目标，又仿佛浓雾中看不到路的尽头。他咬牙坚持下来了，戴着"大忽悠"这顶帽子，他坚持下来了。

这是 K5 厂交给潍柴的第一个较大的订单——90 台 WP4.1NG 的气体机。"当时这款发动机是公司专门给他们开发的，我在扬州柴油机厂待了一段时间，跟踪生产装机，因为扬柴没有气体机试车能力，后来发动机发到潍坊进行试车，两位公司领导——进出口总经理和潍柴总设计师，亲自调度和现场查看解决试车问题。"公司上上下下给了这笔订单最大的支持，2016 年底，订单及时顺利交付给 K5 厂。

2020 年 8 月，丁连耀接到姜辉的电话，调任他到埃及负责油改气项目，他正式告别负责 7 年的独联体市场，正式告别从"0"到"1"拓荒 7 年的 K5 厂项目。一组数据，为他在这块土地上留驻的青春做了最好的诠释：从 2014 年到 2020 年，K5 厂订单从 0 台到 937 台，他离开后的 2021 年，K5 厂订单超过了 2600 台。坐上飞往埃及的航班，丁连耀轻轻舒了口气，终于彻底摆脱了背在身上七年的"大忽悠"名声。

<h2 style="text-align:center">三</h2>

子公司负责人嘟嘟巴林的一封邮件，让丁连耀成了"被告"！这当头一棍，把他打得有点蒙。

嘟嘟巴林发给潍柴集团进出口公司负责人的邮件里写道：双方往来邮件中，有 24 条问题丁连耀未及时答复。

自 2013 年驻外以来，丁连耀跑过欧洲、非洲、南美洲等三个大洲，给尼日利亚、秘鲁、俄罗斯、白俄罗斯、乌克兰、埃及、土耳其等十个国家的客户做过配套，这还是第一次当上"被告"呢。他有些不服气，连夜和小伙伴们逐项核实邮件，发现确实有 4 条最近日期的邮件没有及时答复，其他都及时给予了处理。

来到俄罗斯后，一心专注开拓市场、拿订单，丁连耀忽视了中外文化差面。"邮件风波"发生后，他陷入了深思。

为方便开拓海外市场，潍柴集团组建了子公司，以外籍员工为主体，丁连耀等派驻海外人员，除了适应国外工作节奏外，还面临与外籍员工的磨合。"因为俄罗斯子公司是连接我们和客户的桥梁，我就经常催促外籍员工去找客户要反馈。"丁连耀的这种做法，却没有得到很好的回应。当时的他还没有深刻认识到：国内和国外的工作环境相比，文化差异是最大的——国内讲究效率，看重执行力，工作干不完该加班加班，客户没有反馈就抓紧催；国外则是"以人为本"，你发了邮件，他有时间就处理，到了下班时间没处理完，就等到第二天再处理，如果赶上休假，设置邮件自动回复"对不起，我正在休假，休假结束后，我会尽快联系您"，你就只能等着。

除了工作方式不同，在对待客户需求上，双方也产生了错位。本意借助外籍员工敲开当地客户的大门，可事实是，外籍员工对潍柴产品并不了解，经常替客户要潍柴没有的产品，"以拖拉机为例，我们当时的产品主要是200PS以下的机械泵发动机，俄罗斯客户却要求我们提供300PS以上的产品。"文化的差异，需求的错位，更加剧了双方的不理解。

一向积极乐观、被公司树为业务模范，却突然成了公司的"反面典型"，丁连耀一度很不理解。

姜辉打来电话，慢慢解开他的心结，告诉他不要把"责任、沟通、包容"这六个字的企业文化，只当作挂在墙上的标语，"现在遇上事了，沉下心琢磨琢磨这六个字"。

"责任、沟通、包容"，简洁朴实的六个字，背后却包含着许多惊心动魄的故事。2009年2月，潍柴第一次尝试海外并购，当谭旭光和重组团队第一次走进法国博杜安动力公司时，迎接他们的是一群满脸愤怒的示威工人，他们打着"把中国人赶出去"的标语，挥舞着拳头，阻止中国人进入公司。这一幕深深印在了谭旭光的脑海里。谭旭光曾经在大会上讲："我们在收购法拉帝时，法拉帝先生对我说，'我什么都可以听你的，就是有一条，我每年的休假，你是不能剥夺的。'"中方眼中的细枝末节，在外方眼里却是不可更改的"铁律"。随着潍柴国际化战略的推进，如何从文化差异到文化融合，这是摆在潍柴人面前的一道选择题，也是一次企业文化的脱胎换骨。经过多年磨合与反思，谭旭光提出了潍柴适应全球化战略的企业文化：责任、沟通、包容。他告诫大家：成功的秘诀就是尊重对方的文化。

在法拉帝，让意大利人自己说了算，只要保证经营绩效，法拉帝先生尽可以在阳光、海滩、游艇享受自己的假日旅行。在重组的凯傲集团，潍柴人做好"合作伙伴"的角色，外方高管只要能管好公司，能胜任岗位，潍柴人就把他们的薪酬标准完全和欧洲接轨。在潍柴海外企业中，CEO是清一色的本地人，从中国派去的高管都不是企业的领导者，只是资源配置的支持者，起着同国内沟通协调的作用。这种管理层的配置结构，也是"责任、沟通、包容"企业文化理念的体现，彰显的是潍柴对当地人文环境的尊重。

"潍柴，不是去'侵略'被重组企业的文化，而是通过文化的融合、提炼，发挥各自的优势资源，做到合而不同。"谭旭光的这些话，给"遭遇"邮件风波的丁连耀心里洒进了一道光。

嘟嘟巴林发邮件之后，双方经过了一段被丁连耀称为"彼此消停"的时间过程。他开始反思，想先从自己身上找问题，做出调整。

首先，他觉得自己在思维上有不恰当的身份"优越感"："我们是母公司，你是子公司，你听母公司的，国内有成熟的配套，你只管抓，只管去做就行。"实际上，他们在俄罗斯是"新手"。

想通了这一点，丁连耀调整了工作方法，不再简单地催促子公司向客户要反馈，而是双方协商一个反馈日期，临近节点的时候做一次提醒，不能按期反馈的，双方再做协商。同理，外籍管理人员要求中方反馈的事项，也按照这个流程处理。好不容易敲开客户的门，可他们需求的产品，潍柴确实没有开发计划，怎么办？双方商定的方案是，子公司和客户加强沟通，推荐现有的产品作为替代，不再动辄要求总公司进行单独的开发。

慢慢地，双方形成了默契。"他们负责敲开客户的大门，我们负责技术对接和产品选型。毕竟对于客户而言，当地人面孔和语言带来的信任感，是我一个不懂语言的外国人怎么努力都难以达到的，而对于潍柴产品，显然子公司员工了解的不会比我更多。"丁连耀说，一番"拧巴"和较劲之后，他们和子公司同事之间相互理解和尊重，遇事做好沟通，

双方逐渐形成了合力。

四

"邮件风波"过去了，却在丁连耀心里留下了一个大大的问号：这仅仅是一次双方管理方式上的分歧吗？或者仅仅是一次中外文化理念的冲突？凭着自己数年驻海外的经历，有一种直觉告诉他，"邮件风波"背后的深层次矛盾，"实质是欧美品牌与我们的博弈"，还是实力之争。

实力，永远是最硬的道理。

常年在海外工作，民族情感是绕不过去的一道槛。他们要面对难以敲开的客户之门，还要面对另一道难题，大家共同的感受是："在国外，不认可我们。"

采访中，不止从一个潍柴人那里听到这个故事：国外客户向潍柴要一个数据：发动机飞轮的同轴度，潍柴给了 0.52，客户让潍柴技术人员再实际测量一下，是不是这个数字，担心对他们的主机匹配有影响。潍柴技术人员现场实测了一遍：0.17，远小于报给客户的 0.52。把这个数据报过去，客户觉得不可思议，他们的固定思维是：中国人，不可能做到。

这是对潍柴实力的怀疑，是对中国制造业实力的怀疑，更是对中国国力的怀疑。

偏见，只有用实力去破除。怀疑，只有用"潍柴方案"去证实：中国制造业，能做到！

走进潍柴厂区、车间，随处可见挂在墙上的标语——"客户满意是我们的宗旨"。从车间走过，简单直白的十个字，就那么静止在雪白的墙壁上，对一个旁观者而言，这就是几个汉字，不会在心里引起任何的波澜。可在每一个潍柴人心里，这句话是他们的立身之本，是潍柴事业成功所系。

怎样让客户满意？研发者、制造者、营销者……各岗位有不同的解读和落地，作为海外配套人员，丁连耀和他的团队也有自己的理解。"我们的产品很棒，型号也很多，可以毫不夸张地说，全世界范围内，潍柴的发动机除了航天器不能配套，别的都能配套。"把好的产品配套到客户的主机上，让他们体验到潍柴产品的高性能，同时体验到中国制造业的实力，这是每一个海外配套人员的愿望。可习惯了使用欧美大品牌的国外客户，并不认可中国品牌。每当遇到这样的矛盾，海外配套人员采用的办法是：只要客户有考虑的意向，或者提出要求，再小的客户，再小的订单，我们也第一时间响应、第一时间上门服务，即使付出百倍千倍的努力，也要去做成，特别是面对一些欧美小企业，潍柴不放过任何一个把发动机安装到他们的主机上的机会，只要让欧美客户用上潍柴产品，我们就有信心让他们认可潍柴产品，就能打入这个市场。

丁连耀和小伙伴们慢慢积累了经验。开拓俄罗斯市场时，子公司的外籍员工从抵触、怀疑，慢慢认清了一点：中国人过来，不是抢他们的工作，更不是要甩开他们，是帮助他们开展业务。随着潍柴产品用到客户主机之后获得的好评越来越多，客户更相信中方特别是中方技术人员，俄罗斯方面开始主动邀请中方技术人员一起对接客户。

语言不通，但产品会说话。

这种基于产品的信任度十分牢固、专一。丁连耀说："潍柴产品一旦进入，其他对手很难再进。他已经离不开潍柴产品，慢慢地，客户只认我们。市场就稳住了。"

采访中最深的一个感受是，在如何做到让客户满意上，潍柴并没有什么"高大上"的举措，他们反而采取一些很低调的方法，用潍坊方言表达，就是"很实诚"，有些甚至"实诚"得不像一个国际化集团的做法。姜辉告诉我，"潍柴有个原则，只要说我们的产品存在问题，不管是不是我们的问题，我们先去解决问题。国外有些供应商是先找出你的问题"。姜辉最早做越南市场时，遇到一个当地客户，习惯配日韩品牌发动机，面对潍柴海外人员的推荐，他开口闭口日本、韩国，固执地认为中国发动机太吵、没劲。"我们说，给你调一调。"姜辉回忆："客户去吃饭，我们在现场等着，等他回来，我说，'调好了，你试试'。他上车一试，说，'好多了'。其实，我们什么也没动。"客户可以提问题，即使不是潍柴的问题，也不能当面质疑或解释，而是用圆融的方法化解可能产生的对立，效果往往事半功倍。后期越南客户又配新车，专门请试车的老员工试验潍柴发动机，第一台，试过，围着车子转了一圈，把手放发动机上，这位老试车员说，没启动。潍柴技术人员请他打开引擎盖，一看，发动机在工作。越南客户服了。就在采访的前一周，这家企业的负责人来到潍柴，参观了潍柴的新厂区，智能化园区让他直呼"太吃惊"，当场表示"卡车、客车的发动机用潍柴的，车身用重汽的，展开与潍柴的全面合作"。

2005年11月，在内部一片不理解和反对声中，潍柴成立了应用工程部，就是为了适应客户需求，其实质就是为了让客户满意。经过近二十年的发展，潍柴应用工程中心已有近500名研发技术人员，丁连耀就是其中之一。

无论翻阅潍柴资料，还是现场跟踪采访，我对那些大国工匠、领军人物，还有那些毕业于国内外名校的研发人员，充满着敬意。接触过应用工程人员后，我发现在潍柴这条完整的"产业链"上，每个岗位都不可或缺，每个人都在"潍柴链"上对应着一个闪光点。从事海外配套的丁连耀们，把客户的要求传递给大后方，研发人员调整，大国工匠生产，在潍柴，缺了谁都不行。

今天全球客户认可潍柴，是因为潍柴的实力和中国制造业的实力。"现在，客户对潍柴的发动机有什么要求，普通的改动七天就能设计好，甚至特别着急的，在不需要新部件、不涉及大的结构性调整情况下，连夜就能赶出来。结构性调整快的也只需要半个月。并且，潍柴人越来越摸着门道了，不光是单纯较快满足客户需求，提高配套效率，而是进一步工作前移，跟上主机厂开发新产品步伐，主动介入，利用先进的应用工程理念，根据各主机厂不同的资源情况做系统配套方案、合理配比，让潍柴的发动机可以在整车上发挥出最优性能，这为主机厂带来了价值提升，也进一步锁定了潍柴和主机厂的合作关系。"丁连耀的这番话，解读了潍柴为何在 2005 年顶住种种压力，布局应用工程中心的原因，他们提前了近二十年时间，寻求如何与客户价值实现无缝链接，这种超前行动在潍柴屡见不鲜。超前谋划，正是潍柴能够代表中国制造业、不断创造世界奇迹的真正原因。

潍柴的海外配套，实行的是销售 + 技术 + 服务的"三位一体"模式。"以前只销售机器，现在把我们的技术导入到最前线，技术人员直接介入海外现场的好处是什么呢？举例，客户提出要求，第一天我们的技术人员就能给他展示三维图，让他提出修改意见，第二天又可以拿给他看，现场再比对，进一步修正，这样下来，三五天就能出订货号，如果我们技术人员在国内，客户在国外，一个小小的数据修改，需要一封封邮件反复沟通确认，估计半个月也不行，不但没效率，也可能沟通出一个误区。"丁连耀作为海外技术人员深有体会，"客户想设计一个车型，大概有个谱儿，现场商定，后方确认，沟通效率非常高，时间成本降低太多。"

潍柴的实力无可辩驳，可潍柴的海外人员去客户企业走访，看到他们的设施和潍柴老厂区的情况差不多。丁连耀说："我们采取低调的态度，不多讲潍柴怎么先进，请他们来国内看，一到潍柴，他们很惊讶，说我们是世界一流的。"

2023 年，与潍柴打交道十多年的白俄罗斯技术总工安德烈再次来到中国。他来的第一天，路边的楼房刚盖一层，五天后离开，这座楼已经封顶。负责接待安德烈的，是丁连耀的同事郑启升。2019 年，驻外期间，安德烈带着郑启升去看他的房子，一座三层小别墅，这是 1993 年安德烈结婚时买的地，2019 年刚刚盖好，还没有装修，2023 年还没有住进去。安德烈感叹："我的房子盖了 30 年，中国的房子 5 天就封顶，中国速度，太快了！"

郑启升领着安德烈走进潍柴展厅，看到又有新产品推出，而且机型不同，安德烈再次张大了嘴巴，指着一台台样机发出惊叹："在潍柴，我们公司产品全系列都能配套得上！"安德烈做这个行业很久了，十年前他和欧美产品打交道，最近这十年他一直和中国产品打交道，公司有需求，他只需要联系潍柴一家就行了。安德烈说，以前用欧美产品，出现问题，欧美大厂不理他们。潍柴却能给他"三个支持"：产品支持——来到中国，走进潍柴，给你一站式配齐；技术支持——问题不过夜，当天解决；人员支持——无论国内国外，中方人员全程陪同。

2020 年 8 月，丁连耀接到通知，调任他到埃及负责油改气项目。"我们在埃及有一台 2019 年 11 月份配套的 WP7NG 气体机，用在 12m 公交车上，因为故障，车辆停止了运行，在销售同事刘辉的不断沟通下，合作伙伴答应重启这个项目。"丁连耀回忆，埃及是个旅游国家，虽然面临病毒防控压力，但还是在 2020 年 8 月份开放了边境，中方人员才得以成行。刘辉和一位电控工程师于 2020 年 8 月 14 日从成都飞往埃及，丁连耀于 2020 年 8 月 21 日前往埃及。

电控故障解决，车辆试运行了一个月后，电控工程师于当年 10 月中旬返回了中国，剩下丁连耀和刘辉在埃及，二人一直到 2021 年 3 月 6 日才陆续返回中国。因为航班熔断，他们第一次在国外过年，更没想到的是，此后连续三年，丁连耀都在埃及过中国年，也因此错过了儿子的三个生日。

合作伙伴主要做整车组装业务，与潍柴合作"油改气"是第一次。丁连耀一直做气体机配套，熟悉潍柴气体机，换机中关于气体

机的大部分问题都可以现场为合作伙伴解答。合作伙伴的项目经理
Mohamed Gamal 原是奔驰商用车在埃及公司的服务负责人，他非常专业，
也很敬业，对他提出的关于发动机的问题分析，丁连耀都不会直接反驳，
或找理由说"不是我们的问题"。有怀疑就验证，做对照试验，是谁的
问题，谁就解决。"是我们的问题，销售同事刘辉的处理都很及时恰当，
该发配件发配件，该给政策给政策。"

丁连耀说："和中国相比，埃及的工业体系不完善，像螺栓这样的
标准件，在埃及并不容易批量获得，客户有需要，我们就帮助他实现。
后来，像整车仪表、整车线束、脚踏板这些，我们都通过国内给采购。
没什么利润也帮他们做。""潍柴为什么要做这些没有利润的事？甚至
看起来，是一些'外活'，本不属于你们分内的事。"面对我的疑问，
丁连耀笑着说："这些事，我们不去做，他找不到资源，或者找到的资
源与发动机不匹配，影响我们的产品表现，所以我们帮他，也是帮自己，
这既是代表潍柴，树立品牌，也是为客户，赢得满意。"什么是"客户
满意是我们的宗旨"？在埃及换机这件事上，诠释得很完美。

病毒防控阴霾下的驻外配套，更是一番不同的人生体验。他们和合
作伙伴建立起信任关系，和项目经理 Mohamed Gamal 也成了好朋友。
双方相互认同，"我们理解埃及镑贬值对他们带来的影响，他们也认可
我们的产品质量和专业能力"。后来双方一起竞标，一起中标。这次埃
及之行，丁连耀团队拿下了 2262 台 12m 公交车"油改气"的订单。埃
及换机期间，丁连耀感染新冠，公司领导和家人万分担心，他打电话宽
慰："'阳'一次，换 2000 台订单，值！"

埃及换机团队受到埃及方面的"礼遇"，专门协调政策帮助他们回
国。坐在驶往机场的汽车上，窗外景色疾闪而过，丁连耀的心情并不平静，
驻外场景一幕幕在眼前划过。第一次去尼日利亚换机，行李箱在过海关
时被翻个底朝天，风油精被扣，零食被扣，最后连雨伞也未能幸免。初

到俄罗斯，一张中国面孔出现在大街上，经常遭到警察的盘问……今天的潍柴人，在埃及受到如此礼遇，此时的丁连耀驻外不到十年，已感觉今非昔比，天壤之别。潍柴召开公司大会时，董事长谭旭光经常讲，潍柴要为民族工业造发动机，更要为中国制造业拼命。今天，我们有了"中国芯"的中国动力，有了"世界芯"的中国动力，这一颗颗跳动的"心脏"，代表的不仅是中国实力，更代表着中国的尊严。归航的飞机腾空而起，在云层之上平稳飞行，向着祖国的方向。丁连耀的心头涌起阵阵暖流。

五

2017年12月19日，天下着小雨。俄罗斯南部山区的盘山公路上，一辆汽车正急速行驶着。这是一条通往机场的公路。丁连耀和小伙伴们走访完俄罗斯的农机市场，工作告一段落，准备坐飞机回莫斯科，然后返回中国。

随着盘山公路的弧度，汽车左拐右弯，不停转向。丁连耀和三名同事坐在车里，不时提醒外籍司机，"慢点，慢点开"。突然，前方陡坡之后，出现一个急转弯，一座桥架在转弯处，刹车已来不及了，轮胎与湿滑的路面瞬间分离，汽车在空中翻转360度，车头朝下，向着桥下的河道直扎下去！

丁连耀坐后排中间，落河时，他头脑是清醒的，大喊一声："快跑！"发现车窗还能摇下来，大家从车窗爬了出来。步行过了河，有个小村庄，农户看到他们，领到了家里，把炉火添得更旺些，拿来干爽衣服让他们换上。大家烤着火，火光映红了一张张年轻而沉默的面庞，他们还没有从车祸中回过神来。丁连耀觉得胸口疼，呼吸有压迫感，农户联系医院送他们去检查。下午三点，汽车被打捞上来，丁连耀的电脑包没找到，电脑、手机、钱包、身份证、银行卡全都在里面。翻遍全身，他在冲锋衣的内口袋里找到了护照，湿了一个角，还能用。他捧着护照，心里莫名委屈，"最心疼的是硬盘，里面有我工作以来的点滴记录，有工作中与客户交流和外部确认的照片，有一些生活的照片，也有零星收集的一些学习资料。就这么没了，太可惜了"。

回忆起这场异国"生死劫"，丁连耀至今还觉得后怕，采访中他连说了几个"万幸"："万幸是在俄罗斯的南部，冬季不结冰；万幸河水不大，水流不急；万幸车上的人都没事。"拿到医院的检查结果，丁连耀借来手机，给妻子打了一个电话："我手机丢了，这几天先不联系了。"打完电话，他好像刚刚从车祸中清醒过来，脑海里浮现出一个念头：我还活着。

回国后，妻子看到他头上的伤口，问："头怎么了？"他才当面把车祸情形向妻子讲述了一遍"我爸爸听说后，第二天就赶来了。"妻子攥着他的手直掉眼泪，老父亲坐在沙发上一言不发。家人比他更后怕。

坦白讲，不亲身参与到这些应用工程人员的工作场景中，无论采访多少人，听到多少故事，我为他们心酸，为他们感动，陪他们流下眼泪，可我永远无法感同身受，无法用敏锐得像针尖一样的神经去洞察、去链接丁连耀们的真实内心世界。我不能让历史重回那些情境，更不能把自己代入那时那刻，我为此无奈，为此手足无措，也为此感到愧对这些我想把他们称为"英雄"的人们。

因为，现实远比他们口中的故事更惊心动魄。

应用工程配套，决定了技术人员必须到达第一现场，必须在机器运行中同步工作。无论国内还是国外，发动机都面临着复杂的工作环境，从零下45度到零上50度，从海拔5000米到海拔负数，从沙尘风暴到高盐高湿，潍柴发动机要适应这些极限环境，配套人员就要练就全能的"本事"，他们海陆两栖，登高入地，南上北下。他们高可入云端，在青藏高原5000多米海拔处检测数据，他们低可下矿坑，在黑洞洞的坑道里，冒着随时塌矿的危险跟踪矿车运行；在南半球的酷暑中，在北极圈的冰寒里……哪里有潍柴发动机，哪里就有他们的身影。

郑启升、于明浩、于团云三位"80后"，是丁连耀的同事。那天下午，我们坐在潍柴应用工程中心的小会议室聊天，聊丁连耀，也聊应用工程中心的同事们。他们回忆，三位20多岁的年轻同事牺牲在青海格尔木做"三高"试验的路上，一位重汽技术员因国外医生误诊被割掉了胆，被大家称为"无胆英雄"。聊到这里，于明浩插话说，"咱们郑启升也是无阑尾英雄啊"。2021年1月1日，郑启升在白俄罗斯突发疾病，误诊为肾结石，导致阑尾炎恶化，最终割除阑尾，术后住院，因病毒防控不允许陪床，他自己照顾自己，更不敢告诉家人，每天打6支小针，连续打了12天，出院后，他的屁股疼了几个月，不敢平躺、不敢翻身。2021年8月的一天，在白俄罗斯走访客户的于团云突然肚子疼，在床上直打滚，"像断了12根肋骨一样的疼"，诊断为肾结石，医生用大针管注射药物，"那针管粗得吓人，国内没见过"。一管就向静脉推了五分钟，"像给牛打针一样"。

异国他乡，水土不服、风雨奔波，再加上工作压力，生病是难免的。对驻外人员来说，身体上的疾病可以打针吃药，还有一种病，却难以除根，甚至还有"传染性"。这就是孤独。病毒防控期间，驻外人员难以回国，在外一待就是半年，最长的待了28个月。同事一个人去非洲出差，待了半年，每个孤独的夜晚，只有异国的星月相伴。回国后，大家经常见他自言自语，孤独的人，能走出环境，却走不出自己。孤独这种"病"，有什么良方？于团云说，刚去第一周感觉新鲜，三个月后，开始睡不着。特别到了周末，更睡不着，周一工作日也不困，处于高度兴奋状态。"再煎熬个十天半月，就好些了，这是我们共同的感受。"半夜一点、两点，依然睡不着，年轻人给自己开出的"药方"是结伴跑步，或者继续工作。

2023年8月18日，国际航班再次起飞，这是丁连耀的第100次驻外飞行，目的地是——白俄罗斯。重回独联体，公司给了他独当一面的平台。两个月后，身在白俄罗斯的丁连耀接到妻子电话，她准备带孩子前来探亲。丁连耀很开心，他连线我分享这份喜悦。"必须为公司点一个大大的赞！"他说，海外探亲政策是公司实施人性化管理的一部分，"公司鼓励驻外人员的家属出国探亲，机票和住宿费由公司负责。"在潍柴的企业文化里，重视过程、关注结果的人性化管理，是其执行力文化最鲜明的特色，这让潍柴有了刚柔相济的独特气质。

2023 年 11 月上旬，丁连耀的妻子带着儿子来到明斯克，孤独的夜晚变得热闹了，枯燥的周末变得忙碌了，他带着妻儿逛超市，吃当地美食，去游乐场，就像在国内一样，一家人其乐融融，享受着难得的异国相聚时光。儿子已经五岁了，丁连耀只在家陪他过了一次生日，儿子在幼儿园几班，他也不知道，因为他从没开过家长会，从没填过学情卡。给予父母的天伦之乐，对妻子的陪伴，在儿子的成长中，他缺席了太多太多。两周的探亲时间转瞬即逝。一家人最后一次上街游玩，丁连耀把能想到的当地特产都买了一点，给妻子买了化妆品，给儿子买了望远镜，还有带回国的巧克力、蜂蜜……他用装满行李箱的物品，表达着自己对家人的歉意。丁连耀送妻儿到机场，过安检的时候，小小的儿子仰脸看着爸爸，拉着他的手，紧紧的，怎么也不松开，儿子带着稚嫩的哭腔，连声问："爸爸，你为什么不跟我一起回家？爸爸，你跟我一起回家呀！跟我一起回家！"那双甩动的小手，一扯一扯，扯疼了丁连耀的心，扯出了他的眼泪。妻子拉过儿子的手，另一只手拖着行李箱，走进了安检通道。丁连耀望着妻儿的背影，不舍得移开眼睛，他怕错过妻子转身向他挥手，说"再见"的那个镜头。可妻子一直没有回头。

回国期间，丁连耀吃不够妻子做的饭菜，其中最爱的是妻子做的蒸鱼。妻子还笑话他，在家总是睡不醒，"好像上辈子欠了很多很多睡眠时间"。望着妻儿的背影消失在安检通道，他在心里默默对妻子说："等我回去，再吃你做的蒸鱼！"

在潍柴应用工程中心采访结束时，姜辉发到我手机一首诗，题目叫作《让子弹飞》，作者是与丁连耀一起驻外的同事周雷。我专门询问了丁连耀这首诗的写作背景。那天，他和周雷以及另一位同事一起去俄罗斯一家主机厂走访，晚上回到办事处，他和另一位同事整理客户分析材料，一直到了深夜，就在沙发上睡着了，周雷半夜醒来，到客厅看到这一幕，情之所至，当夜写下了这首诗：

这样一颗子弹，

它带着一份沉甸甸的责任，

搭起了一座跨越亚欧大陆的沟通桥梁，

从呼啸的风声中，

我听到了客户的呼唤。

有这样一颗子弹，

它离开中国，离开潍坊，离开潍柴来到俄罗斯，来到卡马河畔切尔尼，

来到卡玛斯。

它带来了"客户满意是我们的宗旨"，从它风驰电掣般的速度里，我看到了希望。

有这样一颗子弹，

来自春天，飞到冬天。

它带着春江水暖鸭先知的情怀，为诸多项目披荆斩棘，破冰求新。

从它金子一般的光彩里，

我领悟到了坚持与执着。

有这样一颗子弹，

有着"不破楼兰终不还"的决心。

在快乐中奋斗着，

在奋斗中快乐着，

在它坚毅的眼神中，我看到了钢铁般的斗志与敢为人先的勇气。

有这样一颗子弹，它很温暖，可以包容一切，可以融化一切，可以感染一切。

始终和客户在一起，with customer，aways.

让子弹飞，

让一颗颗子弹飞。

白俄罗斯时间 2023 年 12 月 12 日下午 3 点 40 分，丁连耀穿起那件浅蓝与深蓝相间的冲锋衣，准备出门。这件外衣是妻子七年前给他买的，他很喜欢，一直在穿。2017 年发生车祸时，他穿的也是这件冲锋衣，在他心里更有了一层"生命保护衣"的意义。他要和同事一起，去给客户一辆 12 米的公交车做振动测试，他配合做油门控制，同事采集数据。丁连耀端坐在驾驶位，双手扶着黑色方向盘，脚踩油门，轻快而富有韵律的发动机声音传送过来，丁连耀脸上露出了满意的微笑。工作的姿态是最美的，工作时的激情就像这台澎湃的发动机。他觉得这时候的自己最像周雷诗中所写的那颗子弹，带着信仰，冲出枪膛，仿佛是钢铁与钢铁之间，擦出了玫瑰的芬芳。

李桂华　山东寿光人。中国作协会员，第四批齐鲁文化之星，寿光市作协主席。长篇报告文学《种·梦》获第五届泰山文艺奖（文学创作奖），长篇报告文学《看云起——中国"菜篮子"的共富样本》入选山东"十四五"重点文艺创作项目。

姚凤霄

青春似火，钟如雷鸣

一

我从潍柴动力公司潍坊厂区回到住处，心中被潍柴动力世界领先的发动机所震撼，被敬业专注的潍柴人所震撼。对，就是震撼。二十多年前我与潍柴人多有接触，我已离开企业多年了，耳闻潍柴企业做大做强，已成为有持续竞争力的世界500强跨国公司。当真正走进潍柴新的厂区、车间、办公室、食堂，以及现代化科技展馆，我感到特别震撼，感觉仿佛被重炮轰击，懵了。

潍柴动力是怎样快速崛起的？ 20 世纪 90 年代，潍柴曾经与大多数工厂一样经济转型，虽是国营大厂但企业管理混乱，资不抵债，濒临破产。工人曾经 6 个月领不到工资，人心涣散。可潍柴有令人羡慕的掌门人谭旭光，他上任伊始，潍柴在短时间内，校准航向，乘风破浪地前进。潍柴动力有不少员工的父母是潍柴人（柴一代），自己是潍柴人（柴二代），儿女也是潍柴人（柴三代）。一代代工人聪明勤奋，匠心独运。潍柴人的人才队伍是一流的，有一流的科技研发人员，有勤奋钻研的大国工匠，更有开疆拓土的销售勇士。天时地利人和，潍柴能快速崛起是必然。

我走进潍柴，近距离接触到潍柴人，听了诸多潍柴故事。为在研发

"三高"试车中去世的三位员工洒下热泪，被大国工匠的事迹激励着，更被远赴海外的销售员工的开拓精神感动着，心中如同一台发动机被点燃，轰鸣不已，热血沸腾，甚至也想加入挺起国家脊梁的装备制造业洪流之中，为大国重器能领跑世界贡献一份力量。我想更深入地了解潍柴人，解密他们成功的密码。我想从企业的终端——产品销售中上溯，这也许是最好的开始。我特别想知道走出国门，为潍柴动力开疆拓土的勇士们是怎样奋斗的。窥一斑而见全豹，我选择从采访海外营销经理钟雷入手。我正想着，电话铃声响起来，是远在印度的钟雷打来的。我加了钟雷的微信，想能够通过微信视频面对面与他交流，这样我就能见见他，从影像和声音了解这个在国外奋斗的年轻人。钟雷的连线使用了音频，这样我只能听到他的声音了。微信电话里，一个年轻人生机勃勃的声音传过来，他儒雅，沉静，又有饱满的工作热情。寒暄几句后得知，他媳妇竟然是我的昌邑老乡。人与人何其有缘呢？他的媳妇老家是昌邑，他就是我们昌邑的女婿，距离一下拉近了。现实生活永远比文学作品精彩，写小说可能都不敢这样写。电话交谈期间，我听见有人来到钟雷工作的地方。钟雷对我说："您不要放电话，有个小事要处理一下，请稍等。"之后，我听到流利的英语对话，钟雷不急不躁，干净利落地处理了工作，让我感受了他工作的方式和效率，也感受到他接人待物有礼有节的气度。我们的交谈时间虽短，但我从中明白了为什么钟雷能在自己的工作岗位上做出优异的成绩，为什么他能成为十万潍柴人中闪耀光芒的一员。

潍柴之大超出我的想象。北面半圆形办公楼是潍柴的科技大楼，每层从东到西分为 A/B/C/D 四个区，钟雷工作的潍柴动力进出口公司在科技大楼 C 区的 3 楼。进出口公司办公室宽敞通透，八根圆立柱分布在大堂中央，气势恢宏。这是一个大约 1000 平方米的大格子间。一些格子间卡座上还插着五星红旗，偌大的办公室静悄悄的，不少工作人员埋头工作，有外人进来也不见有人好奇地抬头看，让人分分钟感受到大企业特有的工作氛围。我对潍柴进出口公司不陌生，多年前我在昌邑纺织机械厂进出口公司工作，与潍柴进出口公司有业务联系。潍柴的掌门人谭旭光那时才31岁，他时任潍柴进出口公司总经理。

潍柴动力进出口公司的党支部书记李翔和钟雷的三个同事接待了我们。李书记给我们介绍了进出口公司的组织机构，介绍了山东重工在全球的产业布局，在中国的产业布局。介绍了海外制造基地和海外销售中心的情况等。我了解了各种型号的发电单机，各种船舶动力，各种型号的工程机械产品，看得我眼花缭乱，一时觉得脑子不够用。真没想到，我常开车路过的潍柴现在这么威武霸气。钟雷的同事安鹏飞、陈萌向我简单介绍了钟雷的情况。

青春似火　钟如雷鸣

钟雷，进出口公司印度大区总经理，潍柴印度有限公司副总经理，1983年12月出生在湖北武汉，毕业于武汉船舶职业技术学院，学的是船舶内燃机制造与维修专业。21岁的钟雷远离家乡，来到山东潍坊，就职于潍柴。潍柴是万人大厂，工人们在各个岗位上忙碌着，制造出各种零件组装发动机，最后把发动机变成值钱的"金子"。一个人从大学进入工厂是人生中的一个重大转折，钟雷同样如此。钟雷来到工厂心就踏实下来。他明白千里之行始于足下，要想有所成就，唯有努力工作。

钟雷跟着师傅们上班下班，他渐渐明白工厂是为社会创造财富的地方，是研究技术成果落地的地方。不管多么尖端的科学技术，都要通过工匠之手做出成品。发动机再好卖出去才能创造价值。潍柴人才济济，厂里的老师傅们各有独门绝技，不少人练就了一手绝活。有的师傅练就"几丝"的眼，做出零件是否合格，眼睛一瞄就是卡尺，说几丝，就是几丝。有的师傅手就是一杆秤，误差很小。有的师傅凭多年来工作经验，上手就能判断零部件的光洁度，是花五还是花六，如此等等。潍柴人骨子里就有齐人的踏实能干、有勇有谋，开放敢闯的性格。厂里老师傅们把潍柴人的技能匠心和精神 DNA，连接到钟雷这些大学生身上，让这些新入厂的学生娃开了眼，长了见识。肯吃苦能钻研的钟雷跟着师傅们认真学习实际操作能力，从眼高手低，到眼高手高，在短短四个月的时间内，钟雷这个学生娃的双手灵巧了，思想成熟起来，完全融入潍柴这个传承红色基因，有着光荣传统的大厂，融入努力工作团结向上的集体氛围。

钟雷在潍柴技术中心产品实验室工作四个月后，经过考试和层层选拔，于 2004 年 11 月调往营销总公司，又经过一年的驻外锻炼，2005 年加入了刚刚组建的潍柴国际服务部，从营销公司业务主办开始，走上了海外服务工作岗位。

随着潍柴发动机产品逐年大批量地走出国门，海外市场的售后服务支持就显得尤为重要。一个企业产品再过硬，但最终还是要通过强大的营销和售后服务网络支持，才能打开更多的市场，因为"酒香也怕巷子深"。此时潍柴开始着手构建海外营销和服务网点，钟雷等许多潍柴青年员工被派往海外，用技术和服务解决客户的问题，加快海外市场开发的步伐。

"鹰隼试翼，风尘翕张。"钟雷是一个典型的"80 后"，成长于社会变革时期，他务实稳健，有着较强的责任感和使命感。在当时的潍柴 615 返修车间，钟雷在张晓奎师傅的指导下，独立、连续、反复地进行发动机拆装工作。在几个月的时间里，他熟悉发动机每一个部件，研究发动机出现的种种故障，像做手术一样小心拆，大胆修，精心装，同事们下班休息了，他还在思考琢磨，泡在车间里，满手油污地干活，直到如庖丁解牛般熟悉发动机的内部结构，维修好，再装配还原。钟雷完成了 36 台发动机的返修装配工作，积累了丰富的实战经验，练出了娴熟快速的动手能力。这种全身心的艰苦磨练日复一日，人与发动机日夜在一起，被浸泡出了大工匠的手感和灵慧，为他在后期前往海外市场从事售后服务工作，打下了坚实的基础。

2006年12月9日，钟雷被公司派往伊朗常驻。万事开头难，当时伊朗的售后服务网络不完善，中方人员少，基本都是一边维修，一边培训伊朗当地人，接着快速地建立当地服务站。培训伊朗当地人做维修工作，成为钟雷工作的一部分。钟雷边干边给当地伊朗人讲解维修技术，往往是维修工作完成后，累得连话都不想说。潍柴在伊朗的服务团队，只要客户需要，不论时间，不论条件，都以最快的速度处理问题。钟雷及团队扎实的服务能力，良好的态度和热情服务，赢得了客户的信任和青睐。潍柴的发动机销量也从最初的450台提升到次年的800台。

钟雷有一次难忘的发动机维修经历。那时，伊朗受到美国制裁，潍柴的发动机在一段时间里，销售量大，平均每月就有300~400台的销量，三个多月就有1000台销量，最高的月份达到了750台。维修服务的业务量也多起来。一些客户选用了潍柴的发动机，但对产品是否过硬，心怀疑虑，也怀疑潍柴的技术及服务能力。

那是一个炎热的日子，烈日如火，空气中的热量集聚到让人喘不上气的程度。钟雷接到客户维修服务的电话，他与办事处服务工程师宋卫华一同赶往现场。到达地点后，经过认真查看，他大胆做出判断，初步怀疑是冷却系统散热能力不足，经与总部技术人员现场对接，达成更换皮带轮系改为风扇中置的解决方案。伊朗的工人们围在旁边看钟雷维修发动机，没有人上前帮助。他们认为维修是供应方应该干的，很快他们都到房子里乘凉休息去了。长时间在露天环境下工作，极大地考验着人的意志力。汗水在钟雷全身流淌，衣服已经被汗水浸透，下巴上的汗水"吧嗒吧嗒"接连滴下来，他听得见自己的心脏"咚咚"跳动及粗重的呼吸声，他一个人在发动机前上上下下地忙碌，每一个动作都那么艰难。钟雷在心里给自己鼓劲，"天降大任于是人也，必先苦其心志，劳其筋骨，饿其体肤，空乏其身"。在外国人面前，他是自立自强的中国人，虽然他只有 23 岁，但已经是技术成熟的工作人员，他不能败下阵来。时间一分一秒地过去了，钟雷始终不放弃地工作着，20 分钟，30 分钟，40 分钟……酷热加劳累，让他的体力和精力达到极限了。这时阿米柯的老板正好经过现场，看到这种场景非常感动，随即安排他们的服务人员前来协助，在双方人员的共同努力下，发动机抢修好了。欢唱的发动机，听起来那么美妙，堪比世界上最美的音乐。此时钟雷才放松下来，又累又热，一点力气都没有了，连双手都有些颤。这次及时的维修，让客户看到了潍柴服务的效率，既赢得了客户的尊重和赞誉，也赢得了对潍柴动力的信任。由此伊朗的市场进一步打开，销售工作一路绿灯。

钟雷虽然青春年少，但已经筋骨坚硬，羽翼丰满。在开疆拓土的战场上，他是一位充满激情和活力的勇士，把一场场销售和服务的战役，打得果断又漂亮。脱颖而出的钟雷，人如其名，钟如雷鸣，一响震天。

2009 年 3 月，26 岁的钟雷走上了伊朗维修服务中心副主任的工作岗位，成为独当一面、德才兼备的优秀青年，成为潍柴各项决策的忠实执行者。他与企业共成长，扛起企业发展的一方重任。

钟雷的阿米柯奖牌

2009 年 6 月，工作成绩斐然，政治思想成熟的钟雷，加入了中国共产党。当年 6 月 18 日，山东重工集团成立，潍柴战略升级完成，山东重工"大国重器"赫然建立，成为世界装备制造业的重要一极。

潍柴历史悠久。1946 年潍柴成立于威海，1953 年更名为潍坊柴油机厂。1998 年 6 月，37 岁的谭旭光成为潍坊柴油机厂的掌门人，谭旭光上任后，潍柴迎来了高速发展的扩张时期。谭旭光是"潍柴二代"，从基层岗位干起，历经国内与国外工作岗位的多重历练。谭旭光对潍柴内部情况和国内外整个行业有清晰的把握和判断，他不仅有企业管理的先进理念，更是具有长远战略眼光的企业家。他以高远的境界和战略预见性，以资本之手打造产业集群。

2008年，受国际金融危机影响，具有百年历史的法国博杜安发动机公司陷入破产边缘。就在众多企业还在权衡利弊得失之际，潍柴抓住时机果断出击，资本"走出去"，完成海外战略布局。2009年1月，潍柴收购了博杜安公司，并迅速以其为平台建立了欧洲研发中心。通过欧洲研发中心这一平台，潍柴欧版WP6、WP12发动机迅速打开了欧洲大门，首次进入欧洲市场。潍柴集团的"走出去"，是以兼并重组为出发点，在工业企业的国际化层面上，这无疑是条捷径，而潍柴正是这条捷径上，中国内燃机领域的先行者与成功者。收购法国博杜安发动机公司，是潍柴国际化资本运作的首次成功试水。而后接连拥有了法士特变速器、汉德车桥、火炬火花塞以及意大利法拉帝、德国凯傲、德国林德液压、美国德马泰克、美国PSI、法国博杜安、加拿大巴拉德等国内外知名品牌。差不多同时，谭旭光带领潍柴在国内更上演企业之间的大博弈，成立的山东重工集团，将潍柴动力、中国重汽、陕汽重卡、潍柴雷沃智慧农业、山推股份、中通客车等纳入麾下。此时的潍柴如同竹笋破土而出，仿佛一夜之间成长为接地连天的巨人，摇身一变成为山东重工集团。

潍柴在国内攻城略地，在国外开疆拓土，继而成为世界跨国公司。主营业务涵盖动力系统、商用车、农业装备、工程机械、智慧物流、海洋交通装备等六大板块。重型发动机、重型变速器、重型卡车销量全球第一，工业叉车、豪华游艇全球领先，农业装备、推土机等销量中国第一。

2012年初，潍柴集团获得全球规模最大的豪华游艇集团法拉帝75%的控股权，潍柴集团正式涉足豪华游艇领域。对于此次战略重组，谭旭光说："我们并购国际化企业法拉第集团主要解决三个问题，一是从国内品牌走向国际品牌，实现了品牌国际化。二是从陆地动力制造到海上动力制造，我们的技术提升了一个层次。三是从经营国内企业团队到经营国际企业团队，实现了管理团队的国际化。"可圈可点的是，利用兼并重组的捷径，潍柴将国际化的触角一步步延伸至全球各地。潍柴在美国、法国、意大利和新加坡设立了全球运营中心，在 22 个国家设立了办事处。服务走出去，建立全球营销服务体系。提起潍柴的营销服务体系，不得不提及钟雷的阿米柯奖牌。

钟雷手中有一枚来自伊朗德黑兰的阿米柯（Amico）工业集团总裁 T.Taghizadeh 先生的奖牌。这枚奖牌，是潍柴全球化服务网络成功运营的一个缩影，也是潍柴打造全球化服务体系的起始。

阿米柯公司是潍柴在伊朗的直接配套厂。也是潍柴在海外市场最大的配套客户，其主要产品是重型卡车，而 260 马力以上的重型卡车全部配套潍柴发动机。2009 年，潍柴 WD615 和 WD618 等系列柴油机在该公司的保有量约有 4000 台，做好对该公司的服务对于潍柴发动机在伊朗的销售和品牌形象提升十分关键。

2009 年 7 月的一天晚上，时任伊朗维修服务中心副主任的钟雷接到了阿米柯公司德黑兰总部焦急的求助电话："我们组装厂内有几辆卡车在起车后振动比较大，我们的技术人员怀疑是发动机引起的，请火速赶往现场处理……"阿米柯公司总部在德黑兰，但是其组装工厂却在伊朗与阿塞拜疆边境的 Jolfa 镇，距德黑兰有八百多公里的距离，开车得十几个小时。怎么办？正是夜间，路途遥遥，偏远的目的地，不知前路会遇到什么危险和困难。但为了及时解决客户的问题，钟雷带领伊朗维修服务中心的张家富宋卫华，连夜坐出租车向现场赶去。

伊朗七月的气温已有 37 度，虽然已经是晚上，但是气温并没有降下来，出租车局促狭小的空间内，空气格外闷热，车外热风裹挟着尘土扑面而来，满身汗水不停地流下来，让人觉得浑身黏腻难忍。深夜的黑与心中的急，密不透风地覆盖在钟雷心里，作为维修服务中心的负责人，他脑海中有万千思绪，随着颠簸的车轮滚滚向前。出租车的灯光像两把利剑穿过黑暗，伸向道路的远方。车子上坡下坡，左转右转，颠簸摇晃，辗转路过山山水水，多个城市乡村。途中，钟雷手握着签证，下车，上车，应对过警察的多次询问后，三人终于在凌晨5点，到达了这个边陲小镇。

钟雷一夜未眠，劳累燥热，身心疲惫，但没有时间休整。钟雷和组装厂质检部门的技术人员迅速赶往现场。这时候，工人们还没有开始上班，随行的阿米柯技术人员建议钟雷一行等工人们上班后，再一起排查原因。钟雷婉言谢绝，与两个同来的中心服务人员先自行忙碌起来，供油提前角、配气正时……对所有能够导致发动机振动过大的故障都进行了仔细排查。太阳渐渐升起，像火球一样炙烤着大地，在露天环境忙碌着的钟雷很快便汗流浃背了，汗水顺着额头浸入眼睛里，煞得眼睛生疼，也让视线一片模糊。汗水不是滴，而是流淌的，他用手抹一把脸上的汗水，甩在地上就湿了一小片。对能够导致发动机振动过大的故障，钟雷都一一进行了排查，为什么整车还是有异常振动？出现的故障没着落，钟雷没有急躁，他静下心思考分析，发动机在技术上完全过关。钟雷尝试另一种办法测试，他与维修中心的服务人员商议后，决定跟车进行简短的道路实验。

在实验过程中，钟雷经过仔细观察发现，异常振动是由主机厂选配的发动机支架不恰当所引起的。这些支架的刚性和承载能力都很差，在机器起动后，支架的振动太大，从而加大了整车的振动。钟雷向组装厂的负责人以及相关技术人员详细解释了问题的原因，并向他们提出了合理的改装建议。下午四点的时候，事情顺利处理完毕，钟雷通过电话向阿米柯董事长解释了整个故障检查情况和处理结果，并向他提出了自己的看法和建议。钟雷专门将这次维修服务的情况写了书面分析报告，呈给阿米柯公司的董事长。这种急用户所急、设身处地为用户着想的精神和正视问题、不推卸责任的严谨工作态度，得到了阿米柯公司董事长的高度赞许。阿米柯公司董事长赞许说："如果没有你们潍柴伊朗中心在这里，我们的生产和销售将严重受到影响，谢谢你们！"

2009 年 9 月 21 日，即将回国的钟雷来到阿米柯公司，向董事长及其他部门的负责人辞行，就在他要离开的时候，阿米柯集团的副总郑重地将一个做工精美的藏蓝色盒子交到钟雷手上。钟雷疑惑地将盒子打开，发现里面有一枚阿米柯奖牌，还有一封来自集团总裁 T.Taghizadeh 先生的嘉奖信。信中用英文写道："亲爱的钟雷先生，您在提升和维护潍柴品牌过程中，认真负责的态度和开展的一系列市场活动，受到了伊朗潍柴产品用户的广泛赞誉，特此对您进行嘉奖。"看着嘉奖信，钟雷百感交集，这是一份特殊的临别礼物，对钟雷和潍柴－伊朗中心所有成员来说，这也是一份来之不易的肯定和信任，是特别的荣光。

钟雷用真心换来了用户的信任，2009 年 9 月，潍柴 WD615 和WD618 等系列柴油机在阿米柯公司的保有量已超过 4000 台。仅 2009 年，阿米柯使用潍柴的发动机就超过 2000 台，比 2008 年翻了三番。钟雷及团队良好的工作态度，有效的沟通，高效周到的服务，赢得了伊朗用户的肯定和信任。

钟雷手中的阿米柯奖牌，体现了潍柴企业的核心价值观"客户满意是我们的宗旨"，体现出企业的融合文化——责任、沟通、包容。阿米柯奖牌只是钟雷努力工作的一个侧影，却是潍柴动力建立营销服务体系的良好开端。阿米柯的奖牌效应让客户认可了中国人的服务，潍柴凭借着过硬的产品以及出色、贴心的服务在海外打开了崭新局面。如今，潍柴在国外建立了多个服务网点，产品远销印度、越南、俄罗斯、东南亚、中东、南美等 180 多个国家和地区，潍柴的服务体系也随着潍柴的健康发展，其触角延伸至世界各地。

钟雷与团队开疆拓土的超限战

打开潍柴的网络布局——海外制造基地及海外销售中心图，便看到潍柴人在世界各地开疆拓土的足迹，更看到潍柴人在海外辛勤工作的累累硕果。我看到图中有 5 家海外制造基地，9 个销售区域划分，12 家海外子公司平台，45 家海外代表处。太给力了，我们为在海外开疆拓土的潍柴人竖起大拇指。

我们把目光集中到钟雷工作过的中东大区和印度大区，钟雷经办或参与建设的多个服务维修中心，印度生产工厂等，这些都是一场场超限战的战果，是超越界限和限度的战役，它属于物质的，属于技术的，还属于精神的。钟雷所经历的一次次潍柴发动机开疆拓土之战，获得的一次次胜利都充满力量，都是这些超限战的精彩战例。

钟雷在中东大区的伊朗工作时，伊朗受到欧美的经济制裁，中国和伊朗的贸易开始持续升温，中国品牌的工程机械产品才得以进入伊朗市场。但是出口到伊朗市场的中国品牌工程机械产品，多数配装的是卡特和国产康明斯系列发动机。

从 2008 年开始，钟雷积极游说各个中国品牌在伊朗的代理商，积极向他们介绍和推荐潍柴的发动机。如柳工代理、福田重工代理、徐工代理、临工代理等，占领他人地盘的事情，谈何容易。钟雷为了和各代理商建立起合作关系，首先想到的就是发展他们成为潍柴的服务站。为了让他们真正体会到潍柴服务，对他们所用的非潍柴发动机出现故障而无法解决的，钟雷也会带人及时到现场为他们检修……钟雷这个决定和做法充满智慧，如同《伊索寓言》中太阳和风比赛脱掉人们衣服的故事，太阳的温暖更得人心，人们心甘情愿地为之折服。

钟雷刚开始和柳工代理谈发动机切换的时候，柳工代理对钟雷的态度是不屑一顾。对于把发动机切换成潍柴的，他们的答复是："首先，我们对潍柴发动机的质量没有任何概念，更没有使用经验，其次我们用的东风康明斯发动机，虽然是中国制造的，但是我们可以借助康明斯的国际品牌优势，得到更高的销售利润，因此你没有任何理由说服我使用潍柴的发动机……"否定，质疑，居高临下，冰雪般的语言扑面而来，这并没有让钟雷退缩。钟雷记不清有多少次与柳工代理谈论过发动机切换的事情，不管见面谈，还是电话谈，钟雷都是耐心与对方，春风化雨般地交流，有时旁敲侧击，有时单刀直入，有时迂回曲折，有时借机而谈。钟雷心里一直有一个目标，将潍柴的发动机替代康明斯发动机是使命所在，一定要打赢这场超限战。他心里很清楚，潍柴的发动机质量上乘，他们的技术及销售服务也是最好的。坚信的力量是巨大的，更是钟雷宝贵的底牌。钟雷时刻关注着康明斯，如同有鹰的眼睛，明察秋毫，有蝙蝠耳朵一样，定位回声。康明斯在伊朗的销售和服务，柳工代理的动向，始终在钟雷的关注之下。

2008年8月14日，钟雷在和柳工代理的售后服务人员沟通的过程中得知，东风康明斯发动机批量出现了水温高的故障，目前已经有几台发动机严重拉缸，由于他们的服务技术水平有限，具体的故障原因无法定性。钟雷认为这是一个很好的契机，也是他们服务渗透工作的切入点，抓住这个时机，也许可以打一场没有硝烟的战争。不以财力人力和谋略就可赢得胜利，不战就可屈人之兵。钟雷请示潍柴的相关领导后，向柳工代理提出："我们愿意无条件到现场为你方处理发动机故障。"柳工代理听到钟雷说的话，惊讶地说："你要想清楚，这是康明斯的发动机，而不是你们潍柴的！"柳工代理根本不相信钟雷会毫无报酬、毫无条件地为他们解决难题。他重复了三遍，而钟雷的答复始终是："我们是在为您服务而不是为康明斯"。于是柳工代理派遣他们的服务人员和钟雷一行共同赶往伊朗和巴基斯坦的边境城市扎黑丹。

康明斯发动机出现事故地点位于伊朗边远山区，离扎黑丹市区还有

200多公里的山路，与巴基斯坦边境仅有一山之隔。钟雷知道安全是个大问题，不能莽撞前往，要做好各种准备工作。他思考周密，将存在的隐患排除掉。他快速找当地一个熟悉地形的出租车司机一同前往。伊朗的山路异常蜿蜒曲折，路面窄，险象环生，200多公里的山路，钟雷一行用了整整6个小时才走完。第二天，钟雷对发动机进行了拆检，根据现场的拆检结果，钟雷和柳工代理进行了沟通，并对故障结果做出了定性判断。柳工代理对钟雷的处理方式心服口服。自此，柳工代理才开始真正关注潍柴的发动机，还不时询问潍柴发动机的使用情况。

功夫不负有心人，2009年，柳工代理正式开始小批量地将东风康明斯发动机切换为潍柴发动机。从开始谈切换，到成功实施工程机械用发动机的正式切换，钟雷用了整整一年半的时间。钟雷一次次与柳工代理商谈，一次次带领团队无条件到现场维修解决康明斯发动机故障，已经数不清有多少次了。这548天的苦心孤诣和辛劳，只有钟雷心里最清楚。此时钟雷脸上露出开心的微笑，他感觉所有的辛苦都融化在这一笑里了。自此，众多伊朗当地有实力的工程机械代理商，开始成为潍柴的忠诚客户。

开疆拓土之后就要巩固得之不易的奋斗成果。构建当地的服务网络，实现服务当地化，是钟雷一直的想法和做法。钟雷在服务网络的建设方面，借鉴国内完善的服务体系，整合已有的资源，将伊朗市场的服务体系慢慢完善起来。

伊朗市场潍柴产品种类多，数量大，要想达到高质、有效的售后服务，必须依靠当地的服务力量来实现服务当地化。2009年，钟雷带领团队新建了2个伊朗中心式服务站，2010年建设3家中心服务站，加之原有中心服务站，数量已达8家，终端服务站也相继建立起来，达到50多家，服务网络越来越完善。随着服务网络的完善和密布，伊朗的潍柴用户能时时刻刻感受到"说到、做到、更周到"的潍柴服务。从建立中心服务站，建立终端服务站，到服务网络当地化，钟雷从谋划到实施，亲力亲为，青年人蓬勃向上的朝气和充沛的精力，将一场场开疆拓土的超限战进行得如火如荼，节节胜利。这个奋斗的历程中，故事太多了，说也说不完。

随着钟雷团队的努力，潍柴品牌的知名度、美誉度提高显著，潍柴服务也很快得到了伊朗主机厂和经销商的认可。在直接配套领域，潍柴在重卡和天然气客车配套等工作上，钟雷更是一员勇将，他带领团队探出了海外销售服务的一条新路，积累了宝贵经验，潍柴产品在中东和印度市场赢得更大的发展空间。

举重若轻 让每一分努力璀璨绽放

红日初升，其道大光。河出伏流，一泻汪洋。钟雷工作起来与同事们相同又不相同，相同的是认真勤奋，不同的是他爱动脑子，思维逻辑清晰，组织协调能力强，注重细微，更掌控全局。在艰巨的任务面前，他举重若轻。钟雷的工作效率高，只要工作，就全身心投入。他说，"不能只为工作而工作，当你热爱这个工作的时候，你才能全心投入，才会做得更出色"。一种热爱，一种专注，屏蔽了身心之外的各种杂音，一个人的创造力和潜能被彻底激发出来。一个人有足够的耐心，足够的能量，足够的善意，就能给予我们这个世界一份爱和力量，贡献出一些特别美好的东西，得到同行甚至是对手的敬佩和尊重。

只有 39 岁的钟雷，已是个"海外老销售"了。他在潍柴海外销售管理岗位上工作了十七年，每年都有八九个月在国外。钟雷有一个幸福的家庭和贤惠的妻子，妻子总是全力支持他的工作。妻子成为全职主妇，是不得已的选择。钟雷工作忙，常在国外奔波，照顾两个孩子和老人，各种家务全由妻子一个人承担。钟雷说，父母在武汉老家，他在潍坊工作，离家远，在照顾家庭上有亏欠。无情未必真豪杰，钟雷爱父母，爱妻子和孩子，在回到家那短暂的时间里，他总是尽力为家人做更多的事情。

听钟雷的同事说，钟雷大儿子出生时，他没有守在妻子身边。妻子初次生产，可他在远隔万里的伊朗忙工作。钟雷从伊朗回来，大儿子都五个多月了。问起钟雷这件事，他说："这个事情可不可以不提，因为这是我和我爱人永远的痛和遗憾。"听到钟雷真诚的话，竟让人眼里泛起泪花。

钟雷专注工作，但并非不谙世事的工作狂。同事们说，钟雷爱踢足球，爱打羽毛球，钟雷写得一手漂亮的钢笔字，字如其人，清秀洒脱。钟雷善于与人交流，沟通能力强，他的爱好也是他事业成功的一方面。

在国外闯荡的人有挥之不去的孤独感，不像在国内，有领导和同事的及时支援，在国外遇到事情常常只能一个人面对。没有强大的心理素质、抗压能力和坚强的意志力，不只工作做不好，人的正常生活工作状态也无法维持。白天，钟雷在公司上班忙碌，周围全是外国人，既要有真诚的协作，也要有警觉的防范，时刻观察各种变化，及时应变，及时处理各种事务。工作中要特别细致谨慎，考虑到方方面面，如客户，工厂的管理，产品的销售，产品售后服务等，还要准备好各种预案，应对突如其来的变化。每天中午，钟雷在公司吃饭，午饭是带有异域特色的中餐，虽然印度厨师尽了力，但还是带着印度味，对钟雷来说，只为填饱肚子，保持体力和精力，应对忙碌的工作。时间长了，肠胃抗议。晚上钟雷一个人孤单地回到租住地，漂泊的感觉涌上心头。不管工作多忙多累，还要自己动手做饭，才能吃上一顿味道纯正的中餐，安慰一下疲惫的心灵。勤劳自律对钟雷来说是多年来养成的习惯，心灵手巧不只表现在工作上，他在生活中的动手能力也强，将自己的生活也打理得井井有条。他觉得一个人要保持好蓬勃向上的状态，对工作和生活都重要。钟雷得到国外客户的尊重和敬佩，除了技术能力之外，还有个人素质、人文情怀、人格魅力等因素。

孤独，是每一个在国外工作的人都要忍受的，大家都要过这一关。特别是节假日，时间变得特别漫长。夜深人静，钟雷的思绪依旧在工作上，人无远虑必有近忧，钟雷常跳出眼前的工作，把眼光放远，如同下一盘大棋，步步为营，但不是步步赢，最后的结果才是重要的。他也会想家，想家人，想念国内熟悉的工作生活环境，甚至是舒适的气候和诱人的美食。

钟雷说，我在国外的人身安全是没有问题的，与外国客户和团队也是友好相待。不管是伊朗人、沙特人、印度人还是其他国家的人，与我们中国人相处，都保持了相互尊重、彼此友好的关系，我的身后有强大的祖国，还有潍柴动力这个坚强的后盾。我能有现在的状态和业绩，都是因为有潍柴这样一个强大的平台，让我在里面锻炼成长，成就事业，实现人生价值和社会价值，我很感谢潍柴。我们潍柴有一流的创新团队，拥有行业唯一的内燃机与动力系统全国重点实验室。国家燃料电池技术创新中心，建设了国家智能制造师范基地、国家专业化众创空间。拥有各项专利 7400 余件，自主开发、具有自主知识产权的重型柴油机高压共轨电控系统——ECU 的研制成功，打破了国外技术垄断。我作为销售人员就要为中国的装备制造业走向世界而强劲呐喊，并艰苦努力、踏踏实实地走好脚下的每一步。毕竟我们的企业已经做到了这样的规模和水平，海外销售空间很大，只要装备制造业有的，我们潍柴都有，在研发、新能源、产业布局等方面，世界领先。潍柴已经向未来招手了，并提前说：未来您好！潍柴人有实现中华民族伟大复兴的责任和斗志，也有实力和自信。我们始终坚持为国家发展提供澎湃动力，担负起为国家的尊严和安全而奋斗的责任，不让我们的国家在发动机方面受制于人。这不是唱高调，而是实在的想法和永远的追求。

我与钟雷谈起令他高兴的事。他说，这些年我们潍柴一直在开拓向前，企业规模越来越大，各方面越来越好，在国内令人瞩目，在世界上也不容小觑。我们与国际上的客户相处融洽，虽然信仰不同，习惯和环境不同，但我们相互成就，互利共赢。我们在国外销售产品不仅仅是获得利润，而是给世界好产品，让外国人给我们竖起大拇指。通过我们的产品和服务创造价值，展示中国的好形象，赢得世界的尊重，展示我们中国人的美好和善意。2018 年 3 月，习近平总书记赞扬，潍柴十年发展交出一份亮丽的成绩单。并嘱托潍柴，要避免脱实向虚，要从制造业大国迈向制造业强国。"凡是成功的企业，要攀登到事业顶峰，都要靠心无旁骛攻主业。"听到习总书记的话，我深受鼓舞，潍柴快速发展的这十年，我身在其中。这是我们的荣耀，也是我们最高兴和欣慰的。

国内的同事们提起钟雷赞不绝口。钟雷工作忙，工作压力很大，销售工作苦，他在众人面前却完全显露不出疲态，反而充满自信与正能量。钟雷高效地利用时间，一直在不停地突破和成长，把职业干成了一生的事业，把工作干成了人生中的热爱，他的每一分努力都璀璨绽放。一个人的青春非常珍贵，钟雷把青春献给了潍柴动力，献给了社会和国家。正是有无数像钟雷这样平凡又伟大的潍柴人，才形成一个素质高创新能力强的群体，这种群体的力量，在心无旁骛、众志成城朝向一个目标前进时，就所向披靡。

是的，一个人只有奋斗过，才能看到波澜壮阔的人生。一群人只有共同奋斗过，才会创造一个群体的辉煌历史，才能做出伟大的事业。钟雷将个人完全融入潍柴动力这个伟大的群体，并在其中成为中坚。通过钟雷等许多海外销售人员，把中国最好的发动机和整机产品，供应给世界各国，为人类的美好生活做出了贡献。

一个人就是一支骁勇善战的部队

钟雷手中开疆拓土的旗帜始终猎猎飞扬。2021 年，钟雷开始负责印度大区的整体业务。钟雷所在印度大区的中方团队有 11 人，钟雷为负责人。印度大区有印度和孟加拉两个办事处，孟加拉办事处目前有中方员工 4 人，外籍员工 3 人，主要以船机业务为主；以印度办事处为依托，印度公司现有员工共 113 人，其中中方员工 11 人，印方员工 102 人。麻雀虽小五脏俱全，印度公司有组装厂、销售团队，还有服务培训。公司一年有近 3000 台发动机的产量。印度公司为潍柴在海外建立的第一家全资的生产制造型子公司，工厂所在地是印度浦那，潍柴的 6 升、7 升、10 升、12 升、13 升和博杜安 M 系列发动机产品均在当地完成组装，主要应用于船机、发电、商用车及工程机械配套等。印度大区这么大的一个摊子，钟雷作为负责人，辛苦和挑战是不言而喻的。

新冠病毒爆发，给全球的经济带来了极大的挑战，印度是重灾区，中方人员赴印的签证通道受阻，钟雷带着中方团队只能以线上交流的方式与外籍员工进行日常的工作安排和对接。线上沟通实属无奈，没有面对面的交流，感受不到人与人之间气场的重合，有它的局限性。但钟雷的人格魅力和善意，条理严谨的工作风范是外籍员工完全能够感受到的。把控印度这样一个海外生产市场销售局面，钟雷付出了比正常状态下更多的心血和汗水，但钟雷并不多说自己，还充分肯定并赞许合作伙伴。他说："面对如此不利的局面，以 Gurunath 和 Yashwant 为首的印度公司外籍员工团队顶住了压力，最大限度地保障了公司的运行，真的是太不容易了，一定要为他们点一个大大的赞。"

其间，印方销售总监捕捉到了一条重要的信息：印度实力较强的发电机组制造商斯特林公司正与其发动机供应商帕金斯闹"分手"。斯特林公司是一家以生产和销售大功率发电机组的头部 OEM，600 千瓦以上的发电机组，一年能销售 300 台以上，占据印度大功率发电机组市场近 12% 的市场份额。如果能抓住这样一家客户，对潍柴的博杜安 M 系列发动机在印度市场大幅上量，将有极重要的拉动作用。抓住时机，说干就干。钟雷同印度公司销售总监与斯特林公司高管开启紧锣密鼓的联系对接，向高管介绍潍柴集团的产品和业务，同时还多次安排双方高层领导线上沟通交流。经过大家的不懈努力，双方在2022年年初达成了合作，斯特林开始小批量试配博杜安M系列发电单机产品。

2022年7月25日，钟雷持印度工作签证前往印度。因印方签证限制，其他人均被拒签。钟雷独自出发了，他像一个勇敢的战将，迈着坚毅的步伐开始了印度市场的攻坚战。

来到印度后，钟雷快速进入了角色，与当地印度公司团队伙伴沟通磨合。与印度的合作伙伴相处不像在国内，印度人有自己的文化信仰和习惯，工作起来散漫不羁，随意性强，答应的事情随时会变。这种具有印度特色的说变就变，让我们很不适应，但这就是印度。"责任、沟通、包容"是潍柴人适应新环境的指引。钟雷说，印度人也有很多值得我们学习的地方，比如他们在推进项目的时候比较有章法，演讲能力强，自信，幽默，敢于尝试新事物，等等，文化的交融本身就是一个比较难的课题，只能是在当地大的文化背景下求同存异找空间。如果管理和理念有分歧，我们就多沟通，把问题摆在明面谈，一次不行就两次，两次不行就三次，多折中，不硬性，相互学习，相互影响，智慧地处理的事情，最后达到一个双方相互适应的状态。钟雷把潍柴的文化带到印度，车间里，工人的工位旁，挂着潍柴的效率文化"一天当两天半用"和激情文化"不争第一就是在混"的标语。这些中国企业管理的理念，也在逐步渗透并影响着印度的当地员工。钟雷说，只要我们努力，潜移默化，终会有所改变。随着时间的推移，潍柴印度工厂的生产效率大幅提高，供货也更加及时。

内部的磨合在有条不紊地进行，外部的客户也要尽快建立起面对面的沟通，钟雷仅仅用了四个月的时间，走访，沟通交流，解决客户问题，出差十八次，到过十二个不同的城市，不分昼夜地奔波在路上。充满了工作激情的钟雷，把主要的OEM、代理商、大客户、排放测试机构等全部走访了一遍，带着客户反馈的问题和建议，又开始进行内部新一轮的磨合和整改……这四个月，钟雷的汗水闪耀着金子般的光辉，足以照亮印度大区的生产和销售的光明前景。

有了调查研究，就有新的工作思路，为了进一步增强发电业务核心合作伙伴斯特林的使用信心，在钟雷和印度销售总监的安排下，斯特林董事长、CEO 以及核心管理团队到潍柴总部参观访问。潍柴干净整洁的办公和生产环境，高自动化和智能化的生产线，强大的铸造和研发能力，设备先进的试验中心……斯特林董事长在参观后发出了由衷的赞叹："潍柴是我访问过的企业中，综合实力最强的一家，特别是你们的试验中心，绝对的世界第一。这次的访问对我太有价值了，这也不得不让我重新调整与潍柴集团合作的深度和广度。"这次的访问让客户的合作信心大增，双方后续的合作也如鱼得水，一炮而红。

自 2022 年初开始合作，斯特林公司当年就实现了 M 系列发动机 192 台的销售成绩，占整个印度公司 M 系列产品销售的 63%，成为潍柴印度公司的第一大客户。强强联合带来的是新的增长动能，斯特林公司 2023 年 M 系列产品销售有望同比翻番，突破 M 系列销售 400 台。斯特林公司的配套成功是钟雷日常工作中的一个缩影，钟雷带领的潍柴印度公司团队准备充分，市场嗅觉敏锐，加之百折不挠的开拓意识，常人不及的魄力，挖掘出一个又一个金矿，发展了一家又一家的优质客户。

让我们看看钟雷所在的印度大区的业绩，统计如下：2022 年实现销量 2514 台，销售额 6270 万美元，金额同比增长 29%。其中 M 系列完成 316 台，同比增长 327%。2022 年完成发电单机销量 807 台，销售额 2238 万美元，分别实现同比增长 72% 及 252%。船机销量 1141 台，销售额 1790 万美元，其中印度船机市场份额超 45%，孟加中速机市场份额超 70%，持续保持船机市场份额第一。这些沉甸甸的数字的背后，都凝结着钟雷的心力和汗水。

一个人就是一支部队。潍柴在印度偌大的一个摊子，需要钟雷一个人挑起这副重担。虽然钟雷有足够的胆识，也有把控全局的能力，但他没有同事可以商讨工作，连个可以安排调遣的中方人员都没有，一切需要他自己打理。以前印度大区的每个板块有中方的人员带领，工作像在国内一样，按照既定的流程走就可以了，同事们积极工作，不需要他事事操心。如今，他一个人在印度，没有援手，更没有抓手，要做好各项工作，能到达现场的只有他一个中国人，工作压力和强度可想而知。

种种挑战要他一个人应对。怎么办？兵来将挡，水来土掩，勇与谋缺一不可。一个人的战争容不得半点迟疑，每天，钟雷只要醒来，就打起十二分精神面对工作。一切都需要他认真谨慎地处理，既要考虑全局，又要注重细节。重要的工作他事必躬亲。这意味着钟雷要承担起印度公司的运营，包括财务、人资、生产、销售，市场决策等全方位工作。对印度的合作伙伴既要信任，也要存疑。中国人特有的智慧就派上了用场，抓主要矛盾，见微知著，合作是手段，共赢是目的。有原则的隐忍和委屈，历练出宽广的胸怀，艰难的工作历练出不屈不挠的精神，权衡利弊的思考历练出逻辑思维和整体观。钟雷工作多年所历练出的技术水平，动手能力，泰山压顶不弯腰的心态，对客户的友善能力，在这场一个人的战争中，全都派上了用场。打造协作融洽，共同发展，互赢互利的产业链生态，是潍柴成为世界一流强企的追求，更是钟雷在印度大区保持执行力的前进方向。

岁月不居，万物向阳而生。高强度和难度的工作磨炼着钟雷，他早上8点到公司，晚上8点半才离开，也常有晚上加班到半夜甚至凌晨的情况。明灯孤影，打电话，或者伏案工作，或在销售维修、生产现场，庞大的工作量和工作压力始终伴随着他。有人问钟雷，你一个人在国外这么拼命工作，集团会给你很多钱，给你很大的荣誉，给你提升一下级别吧？钟雷回过头一脸不屑地说，你懂什么！他有些生气地转身离开了。

钟雷的想法，外人怎么会懂呢。

2022 年春节，中国人万家团圆的日子，钟雷独自一人在印度坚守岗位。他也想父母，想妻子和两个年幼的孩子，但他不能回国，印度公司只有他一个中国人。钟雷仍就早八晚九地工作着，忙碌地推进项目进展，推进市场订单，没有丝毫懈怠。大年初三，重点 OEM 斯特林下了 10 台紧急订单，要求三天交付。由于同一机型前一批刚发货，新的一批发动机尚未装配，印度团队同事按照既定思维，告知客户不能如期交付。面对有可能丢失的订单，钟雷显示了他的过人之处，那就是他总能找到问题的关键，找出解决问题的办法。他亲自带领印度团队连续奋战两个晚上，现场推进装配试车工作，将产品如期交付，客户对潍柴的效率文化肃然起敬。潍柴人敢打敢拼的精神，"一天当两天半用"的企业效率文化，被钟雷智慧地运用到印度团队之中，让印度团队有越来越多的认同感，潍柴"客户满意是我们的宗旨"的核心价值观，已被钟雷同化到印度团队之中，并成为他们之精神营养。

钟雷尽力适应着印度繁杂的工作环境，承担着高强度的工作。他的意志和心智，在艰苦的环境里熬炼着，终是百炼成钢。一个人就是一支骁勇善战的部队，一个人干了一支部队的活儿，他不仅是劳动模范，而且是劳动模范中的典范。他在伊朗、印度等国，开拓市场，传播友谊，创造了物质和精神多方面的价值。不能不说，钟雷是天选之才，是不可多得的自驱型人才，外人看来不可忍受的工作压力和劳累，不能解开的销售难题，在他却是举重若轻，从技术服务，团队管理，到组织协调，突破市场，样样做得令人敬佩。钟雷用生命放射出着光芒，点燃了无悔的青春，照亮了周围的人，为企业积累财富，为国家赢得尊严。

从 2022 年 7 月到印度，直至 2023 年 4 月，10 个月之后，钟雷才得以回国一次。时至今日，钟雷还是一个人在印度奋斗着。火红的青春，写就了热烈滚烫的人生。钟雷先后从事业务主办、维修服务中心主任、

中东公司副总经理、进出口公司印度大区总经理，潍柴印度有限公司副总经理（主持工作）、海外营销党总支印度党支部书记。看着钟雷闪闪发光的履历表，我们特别敬佩这个一步步踏实走来的年轻人。39岁的钟雷前途无量，堪当大任。

姚凤霄　中国作家协会会员。首届齐鲁文化之星。著有长篇小说《泗渡》散文集《一叶慈悲》等五部。作品见于《人民文学》《山花》《飞天》《中国散文年选》等。曾获第八届冰心散文奖等全国及省市几十种奖项。

逄春阶

向世界"炫耀"自己的青春
——侧记求"扁"的新生"超人"团队

2024 年 1 月 13 日上午 9 点，潍柴集团工业园内，大雾弥漫，身着天蓝色工装的员工们在楼宇间步履匆匆，不像走，不像跑，我感觉是走和跑中间的竞走。这就是潍柴节奏，潍柴速度。

远远的，就听到一声喊："逄老师，我，孙义博！"目光炯炯有神，穿透浓雾。

1993 年出生的这个年轻的工程师，220 扁线电机团队项目经理，在做着新能源电机大事。

他是我的安丘老乡，我知道，他坐下就没了时间概念，沉浸在电机组装的奇妙世界里。从公司到家，从家到公司，距离三公里，他常常是脚底生风小跑着（平时没时间锻炼身体，这算是运动项目）。晚上收工他会刻意避开九点半到十点，甚至会在家门口小踱一会儿，为啥呢？这是女儿睡觉的时间，要是这个时间回去，好久见不到爸爸的孩子兴奋得又蹦又跳。孩子不安生，一家人都不安生。

这就是"90 后"孙文博的生活节奏，在潍柴这个大家庭里，像他这样的"90后"不在少数。"把一天当两天半用""不争第一就是在混"的理念，已经深深刻在脑海里。

文质彬彬的孙文博和他的伙伴们，没有"躺平"，他们是在"求扁"。

孙文博是潍坊市安丘市官庄镇小河口村人。他属于"超生"，为此，母亲带着他东躲西藏，直到近1岁才跨进了自己的家门，父亲也为他付出了沉重代价。他的生命起点，比同龄人多了些沉重和与众不同，每每思之，文博感念着自己的父母。

有时，他公关不下去了，自嘲，我是"超生"人，应该有"超越"的基因在，超越自我，超越平庸，赶超同行。再说，老父亲在他的名字里还加了个"博"字，是提醒他要博采众长。

他自小懂事，爱钻研，父亲让他从四年级直接跳到六年级，依然还能名列前茅，初中和高中都是在县里的重点学校就读。2012年考入江南大学，在大学学的是机械工程。2015年毕业后进入潍柴。

作为电机设计组组长，项目经理，他和他的潍柴新能源动力科技公司220扁线电机团队历经1年8个月，从零开始、攻坚克难，完成首台自主产品研发，推动扁线电机，从图纸设计成为了现实。

单从重量上讲，扁线电机每台50公斤，圆线电机是60公斤。这是看得见的"减肥"，不是节约吗？

没有到专门的会客室，就在公司休息间聊吧。问一个，离不开，问另一个，在做实验，都忙。孙文博搓搓手，我们的人每天都是这样。我说今天是星期六，文博说，星期六我们照常上班，一直这样。

在等待访谈者的间隙，我问文博，为什么要设计新型扁线电机？

孙文博回答得简洁明了：线由"圆"到"扁"可以让电机功率密度提升20%以上，以相同的输出能力，电机成本大大降低。

这让我想到 2013 年我采访科学家薛其坤院士的事儿。

薛其坤当时带领团队在实验中"发现量子反常霍尔效应"的论文一发布,诺贝尔物理奖得主杨振宁先生认为薛其坤发表出来了诺贝尔奖级的物理学论文,还说这是整个国家发展的一个大喜事。

我采访时遇到了个大难题,就是根本不知道什么是量子反常霍尔效应,薛其坤院士耐心跟我讲,要理解量子反常霍尔效应,你得先理解量子霍尔效应;要理解量子霍尔效应,你得先理解霍尔效应;要理解霍尔效应,你得先了解霍尔,霍尔是美国科学家,他分别于 1879 年和 1880 年发现霍尔效应和反常霍尔效应。此后,整数量子霍尔效应和分数量子霍尔效应也相继被发现。霍尔效应,是一个在物理上非常重要的电磁现象。咱用一个形象的比喻,计算机芯片里电子的运动从微观上看是无规则的。当它们从晶体管的一个电极到达另一个电极的时候,就像人从农贸市场的一端到达另一端,运动过程中总是碰到很多无序的障碍,它要走弯路,走弯路就会造成发热,效率就不高,这是目前晶体管发热的重要原因之一。量子霍尔效应给电子定义了一个规则,其运动不像农贸市场的运动那么杂乱,而是像高速公路上的汽车一样,按照规则,有序进行。

孙文博说:"薛院士说得好,通俗易懂。您一定会问,量子反常霍尔效应的应用价值在哪里?"

我说:"是!薛其坤院士回答,最大的应用就是,从原理上来讲,可以推动下一代集成电路的发展,现在的集成电路,包括咱的笔记本电脑、大型计算机等,它来做无用功的发热占到了将近三分之一,而量子反常霍尔效应,可以让计算机中的晶体管不发热。这不但可以提高速度,还能节约能源。利用量子反常霍尔效应,可以解决微电子技术的一些瓶颈性问题。现在我们电脑的用电量,是照明用电量的三分之一啊,你可以想象,每天有多少电浪费在这上面。如果解决了这个问题,对能源的节省将会有非常大的贡献。"

孙文博他们攻克的 220 扁线电机项目也如量子反常霍尔效应一样，是节约能源，提高效率。

不说别的，单从重量上讲，220 扁线电机每台 50 公斤，最高输出 150 万千瓦功率。圆线电机每台则 60 公斤，差十公斤。通俗说，就是"减肥"，这不是节约吗？

"投资门槛高，技术门槛高。我们潍柴集团采取弯道超车战略，就是要玩高难度动作，做一些难度系数大一点的东西，要有突破性价比优势。这一切，对我们研究团队来说，有迷人的魅力。"孙文博很自信地道。

世上就没有绝对的事，矛盾从产生的那一刻，便已孕育了破解办法

9 点钟，1994 年出生的工程师宋明建来了。这位文质彬彬的白面书生是武汉理工大学船舶动力专业毕业的高才生，在 220 扁线电机项目中负责磁路设计，平时在办公室一坐就是一整天。他为了锻炼身体，新买的汽车不开，改骑自行车。

宋明建说，电线由"圆"到"扁"，看似简单，不过是形状的变化，可是，在装机时，圆线绕线方式是灵活的，而扁线则需提前成型后嵌入且重新焊接，设计和工艺难度将大大增加。是循规蹈矩、墨守成规，还是从零开始、驱动革新并大胆试错，孙文博带领我们一群以"90 后"为主体的年轻设计队伍，面对道路的选择不甘平庸，以年轻人的朝气和勇气决定在"扁线"的道路上搏一搏。

2021 年 12 月，220 扁线电机开发项目在潍柴集团内获批立项。

孙文博说："这就是我们潍柴集团的文化，鼓励年轻人创新，你只要有梦想啊，而且这想法在同行业中又是领先的，就可以给你平台，帮助你实现梦想。"

电机磁路，是肉眼看不见的，需要仿真设计方案，需要大量计算。宋明建他们对案例反复计算了一万多次，在数据库里遨游，花了两三个月的时间。而那段时间，恰恰是防控最吃紧的时候，他们坚持下来了。

"去年除夕那天，其实已经放假了，可是都没走，一直在讨论评审方案，到了12点多，才恋恋不舍地离开。"孙文博说，"大家都拧着一股劲儿。"

扁线电机技术是行业公认的难点，尤其是工艺性设计，这是从书本上学不来的。孙文博2017年就加入潍柴新能源公司，经过4年的研发打磨和与行业内主流电机厂的广泛沟通，他利用掌握的资源带着同事"明察暗访"，把电机行业朋友圈逛了个遍。

220扁线研发团队，集成各路资源，抽调的都是各专业的行家里手，毕业于天津大学热能与动力工程专业的康明明做结构设计，她以前是做发动机的，改做电机，发动机和电机的工作原理完全不一样，但在结构设计上还是相通的。毕业于佳木斯大学的王昊是做柴油机工艺的，改做电机设计也是顺茬。来自上海交大的崔荣高，沉稳好学的性格深受高校老师的喜爱，带着疑问他拿起笔记本，重新回到人学校园争取学术研发资源。来自专业厂的袁明柯，对零部件的加工制造颇有研究，借助潍柴发动机的供方，顺藤摸瓜，结识了众多电机子部件供方。不光调研技术，准确的设计输入是做好设计的第一步，来自应用部门的肖修硕打听到整车厂的终端客户，试乘和趴车底，把第一手的终端路谱传递到技术手中。在1~2个月的时间内，大家两天一调研，三天一开会，知识源源不断注入了团队，对产品的认知逐步加深，步入详细设计阶段。

世界上什么事最开心？跟合适的人在合适的时间、合适的地点干着合适的事情，就最开心。他们是这样一群特别"实"的人，朴实、扎实、真实，老老实实，踏踏实实，还特别有落实的能力，大家都在提升，都有不断提升的能力。

在设计之初，大家基于客户和竞品，很快固化了一版"完美"的方案。更多的追求扭矩密度和功率密度，尝试着触碰磁路的设计边界，但是他们很快发现，如果反电动势过高，会对电机控制器带来诸多的风险，但是反电动势越高，电机的出力能力越好，如何权衡折中，让大家一时摸不着头脑；还有为了效率更高，要把硅钢片做到更薄，减小涡流损耗，但是随之而来的成本增加是否会让产品失去竞争力？包括磁路的斜极及空气槽，改善NVH，必然牺牲性能。团队一时陷入了混乱，甚至出现了各持己见、互不相容的局面，方案的放行遇到了新的挑战。整个3月份大家在争吵中提升，在较真中进步，为产品的先进性打下了坚实的基础。

世界上就没有绝对的事，矛盾从产生的那一刻，便已孕育了破解办法。

经历了奔波的二月和争吵的三月，终于拿出了最佳方案，本以为会很快见到自己的产品。殊不知，这一等就是三个月。2022年3月底，上海一声令下，全城静默。让大家一下慌了神，由于转轴、扁铜线等核心部件的供方都是在长三角地区，眼看着零部件加工完毕，就是无法出城，甚至当地供方直接无法开工。但是大家不甘于等待，一方面在山东本地寻找新的加工方，一方面想办法把零部件"偷渡"出来。不让持续开工，那他们就这家毛坯那家铣，不让出城，那他们就拼车接力，内外接应，发挥"小聪明"，势要把样机搞出来！

在上海解除管控之际，220扁线的首台电机也顺利完成，大家立即开展了台架测试。原定10天的测试周期，加班加点，7天便完成，大家对亲手设计产品的测试结果满怀期望，早已把疲惫抛之脑后。

但有时候努力并不能保证一帆风顺，测试结果并没有完全达到设计目标。电机的高效区占比比设计值低了4%，原定50kW的额定功率只能输出47kW。难道他们就要败了吗？

不服输，爱较真，潍柴的激情文化鼓励着他们：用创新诠释青春的无限活力，用奋斗释放青春的无限动能，用实干书写青春的无限可能；经风雨、见世面、强本领，就是要成长为堪担重任的时代栋梁。

短暂的失落后，大家开始了排查，一定要追出"真凶"！

首先，他们从设计的源头查起，从理论公式、图纸、仿真边界、损耗参数等关键因素重新进行了校对，并且与外部的行业专家进行了沟通确认，并没有发现设计缺陷。那希望就寄托在对电机"解剖"上，整个过程要尽量细致而且不能破坏其原始特征，尤其是需要高温条件下才能完成的工作，更是需要谨慎。然后对拆解后的零部件进行了一一复测，最终发现了两个致命的问题点：永磁体的磁性能比设计值衰减了 2% 左右，同时定转子之间的气息比设计值大了 0.2mm，均属于加工缺陷。有的放矢，自然有了从头再来、一鼓做气的底气，剩下的就是抢时间、抓资源。

历经 70 天的时间，第二轮样机终于在 2022 年 12 月如期完成并测试成功，自信的笑容重新回到了青春的面庞。

"3000 万元，这可不是个小数目。如果没有实力，如果没有足够的自信，怎么敢投？"

孙文博开车拉着我去潍柴新能源产业园生产线现场。在路上，他说，电机虽然是电驱动的核心零部件，但是其毛利并不高，公司长期以来的战略就是轻资产运营，对自产的方式一直持谨慎态度。但随着团队的成长和对产品红红火火的验证开发，集团公司也重启了对电机产业化的论证，论证是慎而又慎的，最终在充分论证决策后，同意投资 3000 万元建设一条年产 5 万台的扁线电机产线，计划于 2023 年 6 月份建成。"3000万元，这可不是个小数目。如果没有实力，如果没有足够的自信，怎么敢投？"孙文博感叹。

巨大的投资背后是潍柴的文化支撑，也就是潍柴让每一滴汗水都能有收获，让每一分努力都不被辜负。尊重每一个创新火苗，让每一朵理想之花都自由绽放，让一个个潍柴人的小梦想，托起共同的百年潍柴梦。

我参观了电机组装的一尘不染的现代化车间，定子组装、转子组装、总装三部分有效衔接。

孙文博说："定子组装是难点，分以下几个环节：一是铜线来料后，捋直，有很高的直线度要求，二是 2D 成型，机械手将铜线折弯成要求二维空间的角度，过程中要高精度控制，防止损坏铜线的绝缘漆皮，三是 3D 成型，特定工装，把铜线塑成三维空间的角度，共有 6 种线型。四是嵌线，定子组件①插入绝缘纸后插入铜线，其中插线的顺序、种类、精度、一致性有严格要求。五是机器人焊接，2 平方分米的空间接近 200 个焊点，不能相互接触，焊接的精度要求很高。六是把焊接后的定子重新用绝缘胶包裹，过程中不能有起泡，精准控制温度和速度。"

听着孙文博带有技术术语的介绍，我似懂非懂地绕生产线三次，略有所悟。孙文博又补充说："再形象地说，扁线折成发卡形，也就是像发卡的形状，插到铁芯，编成整个定子组件。"

潍柴新能源开发，源于新理念的保护和开掘，他们不仅要自己设计电机，还要批量自产，以领头羊的姿态，加速山东省新旧动能转换。布局生产线的意义不仅仅是经济层面的，对于设计团队来说，也解开了多年的心结，秉承"所有问题都是设计问题"的职业态度，只有能够参与产品全生命周期的过程，形成良性循环，才能设计出最棒的产品，也因此，团队的士气空前高涨！

---

① 定子冲片最小 0.25mm 厚度，几百片焊接后形成了定子组件。

从图纸到产品的孵化过程，隔着质量的大山

"潍柴的 220 扁线电机电耗比竞品低了 3%"，这是在整车测试时传来的好消息！

整车厂在拿到测试结果后，对这台电机给予了高度的评价，在电机重量更轻的情况下，这款电机的输出扭矩比竞品高了 7%，输出功率高了 11%，综合工况的电耗比竞品低了 3%，个别定速巡航能耗甚至可以达到 8%。客户对他们的态度来了个 180° 大转弯，主动下了 30 套订单。

新能源院长王迎波评价说"这是第一次有客户主动问我们要产品"。王迎波这个"拼命三郎"，是"80 后"，在团队成员眼里，他就是台永动机——永远在忙活。我几次约采访，他都是在出差。

面对这 30 台订单，大家视如珍宝。供方方面，他们优先选择了发动机的资源，因为传统供方的配合度好，质量管控规范。殊不知这个想法让他们步入了惯性思维的陷阱。电机的最高转速在 12000r/min，而发动机的常用转速在 2000 r/min 以下，前者对精度的要求更高，发动机的合格供方却在电机上失了灵。可想而知，第一轮试生产以失败告终。

此刻孙文博团队意识到，有了好的图纸，还需要一批优秀而专业的供方做支撑。供方开发和质量管控成为下一个主战场。

孙文博说："220 扁线电机作为一款高速扁线电机，转速能达到 12000 转以上，要求关键零部件配合尺寸达到 μ 级，这对供方选择和来料质量检验提出了极高的要求，无疑增加了供方准入和协同检验的困难。双方检验工具、检验方式等都会导致检测结果的差异，对此需要多次进行对照检验、开展复检确认。厂区一片灯火通明，评估、检验、附检、再评估成为工程师们的日常。"

检验资源少是他们面临的最大难题，扁线电机中一些专用件，例如铜线、永磁体，检验特性需要极为专业的计量器具进行检验，这些检验

资源当前新能源暂不具备，只能依赖于供方检验。经过内部评估，为最快速度解决难题，团队决定采用"飞行检验"的方式，由质量工程师沟通各个供方确认零部件下线时间，飞行到各供方处检验。但时处7、8月份旅游旺季，票源一直十分紧张，为了能及时赶到供方处执行飞行检验，大家常常是"坐一站，站九站"，在各供方之间无缝衔接，在地图上画出了一张"质量之网"。

1997年出生的李明辰就做过"人工快递"，从潍坊到无锡，大概需要9小时。而为了让客户接受他们的产品，去年2月在一个客户厂家呆了3个月，把技术搬到生产现场，跟客户一起，现场解决一切问题。李明辰是大连人，毕业于哈尔滨工业大学威海分校，他很享受潍柴的这个快节奏，他不能回大连，父母就从大连来看他。李明辰说："我与潍柴，是双向奔赴！工作在潍柴，快乐在潍柴。"

业务经理诗赠孙文博及220扁线电机团队

在供方开发和质量管控的那段时间，孙文博压力特别大，他自己经常睁眼闭眼都是在思考到底怎么能尽快让220产品产出来，因为从设计完成到现在已经过去了8个月了，订单来了，但"颗粒无收"，市场等不起、领导等不起、团队等不起，重重压力让他的头发一天比一天少。

那段时间，他经常被别人问，怎么每天见你都是一副愁眉苦脸？但他也有自己的排解方式，偶尔地在下班途中，他会听或者跟着唱许绍洋的《花香》，他喜欢这首歌："记忆是阵阵花香／我们说好谁都不能忘／守着黑夜的阳光／难过却假装坚强／等待的日子里／你比我勇敢／记忆是阵阵花香／一起走过永远不能忘／你的温柔是阳光／把我的未来填满／提醒我花香常在／就像我的爱／风伴着花谢了又开／雨把眼泪落向大海……"歌声能化解一些焦虑，也能安慰自己继续前行。

"已经干了快 2 年了，一个一个零件抠也能抠出来"，这句话不止一次被院级领导在各种会议上提起。大家都是热血青年，谁都不想认输，团队憋着一股劲，暗暗发誓一定要争口气，谁也不想给"220 电机"抹黑。1994 年出生的李嘉诚，2023 年下半年结婚，正好项目到了关键阶段，结婚第四天就说服了妻子正常上班。袁明珂媳妇住院，他也没有去医院照顾。好多人腰椎颈椎病犯了，加大药剂量也不吭声。

节奏是带出来的，气氛是带出来的，一群为了项目而拼命的人。潍柴人的精神底色是什么？百折不挠！

2023 年 9 月 1 日，历经 1 年零 8 个月，首台批量状态的 220 电机，在设计、工艺、质量、生产、应用的全过程管控下，终于顺利下线。

团队所在业务经理高文进同志，在喜悦与辛酸的双重情感碰撞下，激动地作诗一首，特别赠予孙文博及 220 扁线电机团队——

《颂某博》

古人情深赠汪伦，今朝效颦颂某博

扁线电机干得好，项目经理水平高

计划推进猛如虎，定睛一看原地杵

信誓旦旦没问题，轻轻松松两年起

本是天天协调命，偏偏钟爱研发病

ＢＣ 样机全隔离，样式量产两层皮

设计采购连工艺，质量意识无人提

敢问英雄服不服，拖字武决吾独步

指点江山吹牛皮，马户又鸟无人敌

今朝有酒今朝醉，举杯相对两行泪

醉醒激昂满江红，靖康雪耻征途中

山高水长亦珍重，设计生产全管控

革命法宝要牢记，潍柴精髓701

黄金百战穿金甲，不破量产终不还

望君缅怀当自励，沧海一声笑风起

朴实的诗句，透出的是潍柴人的自我肯定，也就是他们的自信。

"我们生产的 220 扁线电机 5 分钟生产一台，而同类的竞品半小时生产一台。"

25年来，潍柴倾注心血最多的就是创新，配置资源最大的也是创新，价值回报最高的还是创新。他们以"十年磨一剑"的大毅力、率先挺进无人区的大胆魄、全球链合创新的大胸怀，向着科技之巅进发，一次次冲破封锁、超越极限、战胜不可能，实现了关键技术的大突破、科技成果的大爆发、创新能力的大跃升。

历经重重困难，新能源 220 扁线电机团队从零开始，完成了从无到有的突破，实现了产品成功下线，对新能源公司抢占市场、打造产品差异化优势具有重要意义。当前，220 扁线电机产线正在加速调试，将很快批量投产。新能源公司已完成 30 余款整车公告准备，电机上量蓄势待发。集团内汉德车桥、潍柴新能源商用车等国内外配套订单纷至沓来。

孙文博说："我们生产的 220 扁线电机 5 分钟生产一台，而同类的竞品半小时生产一台。从 30 台的订单，到 2023 年第三季度的 400 台，速度还是很快的，预计到 2025 年可达到年产 5 万台。我相信，我们这支年轻的团队将会继续聚焦重点任务和项目，向着 2030 新能源业务引领全球行业发展的目标奋勇前进！"他们的项目，还及时总结成论文《电机磁性材料损耗计算方法研究》等在国内外刊物上发表。

我看到在第一条生产线旁边，技术工人正在铺设第二条生产线，主体已经起来，预计很快就能投产。

潍柴人都有一颗好奇心，而好奇心是保持青春的密码

孙文博是"90 后"，但看上去远远比自己的年龄老成。康明明在孙文博眼里就是大姐了，这个"80 后"大姐说孙文博考虑问题很全面，很拼，有板有眼，少年老成。他是团队里加班最多的人。还有王迎波、高文进等领导，永远最晚下班。

孙文博说他也爱玩，喜欢打篮球和钓鱼，但是老没时间。

康明明、王昊是两位年轻的妈妈，都留着短发，很干练。康明明的儿子 8 岁，王昊的女儿 7 岁，她们几乎天天加班。老人不在身边，周末只能把孩子放在家里，一开始也是担心，中午回去看一眼，后来慢慢就习惯了。康明明说："我们没更多的时间管孩子，不像其他家长那样督促孩子做作业什么的，但也锻炼了孩子的独立能力。"

"去年，孩子住了两次医院、父母住了一次医院，都是送进去，再也没时间管，最后一天去办出院手续，接出来，请人照看。当然，心里对孩子和父母有愧疚，但是工作离不开我们。我最高兴的是，闲暇时，能给孩子检查一次作业，知道孩子的学习状态。"王昊说，"我来潍柴十多年了，刚毕业时，二十多岁，没成家，工资也不高，很单纯，很快就融入了潍柴这个大家庭。我们很庆幸在这个大家庭里，无论从衣食住行还是其他福利待遇，潍柴该给的都给予了。我们觉得就该干，该奉献，我们做的任何努力，都是希望潍柴能更好。所以，就说不出哪些细节感人，因为任何一点努力，都是我们应该和愿意干的。对孩子、对老人的爱，和对潍柴这个大家庭的爱，都分不清界限了。这是我的真心话。周六、周日加班，不用纠结，如果那个项目需要我，我就甘心情愿加班。"

康明明说："电机组团队氛围非常好，大家一起协作，不藏着掖着，

导师带徒弟，手把手教，毫不保留，徒弟成长很快，刚入职的员工半年就上手了。大家的关系都是透明的。"

宋明建喜欢车载摇滚乐，喜欢字画，但很少听，很少看。团队有的队员喜欢养鱼，没法伺候，就在鱼缸旁边装上监控，偶尔看一看。有的团队成员的孩子在家，不放心，也装上监控。一群理工男和理工女，有这样有趣的生活方式。

1月13日下午，云开雾散。在潍柴集团厂区，我依旧看到穿着工装的员工在步履匆匆地走。而那些在电脑前的公关者，却在自己的工作间，遨游在潍柴的世界里。潍柴的世界，很大、很深邃，那里有未来走向，那里有让世界惊讶的奇迹。

别林斯基说："人在儿童时，瞥见群鸟飞过就蹦跳起来。"儿童最大的财富是童心，也就是好奇心，潍柴人都有一颗好奇心，而好奇心是保持青春的密码。

新时代、新员工、新思维、新能源，我看到了潍柴的新生力量，他们是一群"超人"，他们在向世界"炫耀"青春，他们没有颓废和迷茫，他们没有抱怨和彷徨，他们沉默而坚毅，他们承受巨大压力，却又信心满满，从这个小小团队身上，我看到了一支敢打敢拼、所向无敌的钢铁军团的威猛，我看到了中华民族的希望，我触摸到了中国工业的脊梁。

逄春阶　山东安丘人，中国作协会员，享受国务院政府特贴专家，大众报业集团培训委总监，高级记者，山东省报告文学学会会长。曾获中国新闻奖、老舍散文奖等。